Cette autobiographie imaginaire part d'une histoire vraie. En 1518,
un ambassadeur maghrébin, revenant d'un pèlerinage à La Mecque,
est capturé par des pirates siciliens, qui l'offrent en cadeau à
Léon X, le grand pape de la Renaissance. Ce voyageur s'appelait
Hassan al-Wazzan. Il devient le géographe Jean-Léon de Médicis,
dit Léon l'Africain.

Ainsi, après avoir vécu à Grenade, sa ville natale, à Fès, à Tombouctou, au Caire, à Constantinople, Léon passe plusieurs années à
Rome, où il enseigne l'arabe, écrit la partie hébraïque d'un diction-
naire polyglotte, et rédige, en italien, sa célèbre *Description de
l'Afrique*, qui va rester pendant quatre siècles une référence essen-
tielle pour la connaissance du continent noir.

Mais plus fascinante encore que l'œuvre de Léon, c'est sa vie, son
aventure personnelle, que ponctuent les grands événements de son
temps : il se trouvait à Grenade pendant la Reconquista, d'où, avec
sa famille, il a dû fuir l'Inquisition ; il se trouvait en Égypte lors de
sa prise par les Ottomans ; il se trouvait en Afrique noire à l'apogée
de l'empire de l'Askia Mohamed Touré ; il se trouvait enfin à Rome
aux plus belles heures de la Renaissance, ainsi qu'au moment du
sac de la ville par les soldats de Charles Quint. Homme d'Orient et
d'Occident, homme d'Afrique et d'Europe, Léon l'Africain est,
d'une certaine manière, l'ancêtre de l'humanité cosmopolite
d'aujourd'hui. Son aventure méritait d'être reconstituée, d'une
année à l'autre, d'une ville à l'autre, d'un destin à l'autre.

On pouvait difficilement trouver dans l'histoire personnage dont la
vie corresponde davantage à ce siècle étonnant que fut le XVIᵉ. À
cela s'ajoute le style d'Amin Maalouf, celui d'un grand écrivain.

Paru dans Le Livre de Poche :

SAMARCANDE.
LES JARDINS DE LUMIÈRE.
LE PREMIER SIÈCLE APRÈS BÉATRICE.

AMIN MAALOUF

Léon l'Africain

J.-C. LATTÈS

À Andrée

Cependant ne doute pas que Léon l'Africain,
Léon le voyageur, c'était également moi.

W. B. YEATS.
Poète irlandais.
(1865-1939.)

Moi, Hassan fils de Mohamed le peseur, moi, Jean-Léon de Médicis, circoncis de la main d'un barbier et baptisé de la main d'un pape, on me nomme aujourd'hui l'Africain, mais d'Afrique ne suis, ni d'Europe, ni d'Arabie. On m'appelle aussi le Grenadin, le Fassi, le Zayyati, mais je ne viens d'aucun pays, d'aucune cité, d'aucune tribu. Je suis fils de la route, ma patrie est caravane, et ma vie la plus inattendue des traversées.

Mes poignets ont connu tour à tour les caresses de la soie et les injures de la laine, l'or des princes et les chaînes des esclaves. Mes doigts ont écarté mille voiles, mes lèvres ont fait rougir mille vierges, mes yeux ont vu agoniser des villes et mourir des empires.

De ma bouche, tu entendras l'arabe, le turc, le castillan, le berbère, l'hébreu, le latin et l'italien vulgaire, car toutes les langues, toutes les prières m'appartiennent. Mais je n'appartiens à aucune. Je ne suis qu'à Dieu et à la terre, et c'est à eux qu'un jour prochain je reviendrai.

Et tu resteras après moi, mon fils. Et tu porteras mon souvenir. Et tu liras mes livres. Et tu reverras alors cette scène : ton père, habillé en Napolitain sur cette galée qui le ramène vers la côte africaine, en train de griffonner, comme un marchand qui dresse son bilan au bout d'un long périple.

Mais n'est-ce pas un peu ce que je fais : qu'ai-je gagné, qu'ai-je perdu, que dire au Créancier suprême ? Il m'a prêté quarante années, que j'ai dispersées au gré des voyages : ma sagesse a vécu à Rome, ma passion au Caire, mon angoisse à Fès, et à Grenade vit encore mon innocence.

I

LE LIVRE DE GRENADE

L'ANNÉE DE SALMA LA HORRA

894 de l'hégire
(5 décembre 1488-24 novembre 1489)

Cette année-là, le saint mois de *ramadane* tombait en plein été, et mon père sortait rarement de la maison avant le soir, car les gens de Grenade étaient nerveux dans la journée, leurs disputes étaient fréquentes et leur humeur sombre était signe de piété, puisque seul un homme n'observant pas le jeûne pouvait garder le sourire sous un soleil de feu, puisque seul un homme indifférent au sort des musulmans pouvait rester jovial et affable dans une ville minée par la guerre civile et menacée par les infidèles.

Je venais de naître, par la grâce imparable du Très-Haut, aux derniers jours de *chaabane*, juste avant le début du mois saint, et Salma ma mère était dispensée de jeûner en attendant qu'elle se rétablisse, et Mohamed mon père était dispensé de grogner, même aux heures de faim et de chaleur, car la naissance d'un fils qui portera son nom, et un jour ses armes, est pour tout homme un sujet de réjouissance légitime. De surcroît, j'étais le premier fils, et, de s'entendre appeler « Abou-l-Hassan », mon père bombait imperceptiblement le torse, se lissait les moustaches et faisait lentement glisser ses deux pouces le long de sa barbe en louchant vers l'alcôve de l'étage supérieur où j'étais enfagoté. Sa joie exubérante n'avait toutefois ni la profondeur ni l'intensité de celle de Salma qui, en dépit de ses douleurs persistantes et de son extrême faiblesse, se sentait naître une seconde fois par ma venue au monde, car ma naissance faisait d'elle la première des femmes de la maison et lui attachait les faveurs de mon père pour de longues années à venir.

C'est bien après qu'elle m'a avoué ses craintes, que j'avais, sans le savoir, apaisées, sinon dissipées. Mon père et elle, cousins promis l'un à l'autre depuis l'enfance, mariés pendant quatre ans sans qu'elle tombe enceinte, avaient senti monter autour d'eux, dès la seconde année, le bourdonnement d'une rumeur infamante. Si bien que Mohamed était revenu un jour avec une belle chrétienne aux cheveux noirs tressés, achetée à un soldat qui l'avait capturée lors d'une razzia aux environs de Murcie. Il l'avait appelée Warda, l'avait installée dans une petite pièce donnant sur le patio, parlant même de l'envoyer chez Ismaël l'Égyptien pour qu'il lui enseigne le luth, la danse et l'écriture comme aux favorites des sultans.

« J'étais libre et elle était esclave, me dit ma mère, et entre nous le combat était inégal. Elle pouvait user à sa guise de toutes les armes de la séduction, sortir sans voile, chanter, danser, verser du vin, cligner des yeux et se dévêtir, alors que j'étais tenue, de par ma position, de ne jamais me départir de ma réserve, encore moins de montrer un intérêt quelconque pour les plaisirs de ton père. Il m'appelait "ma cousine". En parlant de moi il disait respectueusement la "Horra", la libre, ou la "Arabiya", l'Arabe ; et Warda elle-même me montrait toute la déférence qu'une servante doit à sa maîtresse. Mais, la nuit, c'était elle la maîtresse.

« Un matin, poursuivait ma mère, la gorge serrée malgré le passage des ans, Sarah-la-Bariolée vint frapper à notre porte. Les lèvres peintes aux racines de noyer, les yeux fardés de kohol, les ongles passés au henné, attifée, de la tête aux escarpins, dans de vieilles soieries fripées de toutes les couleurs et pénétrées de poudres odorantes. Elle avait l'habitude de passer me voir – Dieu la prenne en miséricorde, où qu'elle se trouve ! – pour vendre des amulettes, des bracelets, des parfums à base de citron, d'ambre gris, de jasmin ou de nénuphar, et pour dire la bonne aventure. Elle remarqua tout de suite que j'avais les yeux rouges et, sans que j'aie eu besoin de lui dire la cause de mon malheur, elle commença à lire dans ma main comme dans la page froissée d'un livre ouvert.

« Sans lever les yeux, elle prononça lentement ces mots, que je me rappelle encore : « Pour nous, femmes de « Grenade, la liberté est un esclavage sournois, l'esclavage « une subtile liberté. » Puis, sans rien ajouter, elle tira de son cabas d'osier un minuscule flacon verdâtre. « Ce soir, tu ver- « seras trois gouttes de cet élixir dans un verre de sirop « d'orgeat et tu les offriras toi-même à ton cousin. Il viendra « vers toi comme un papillon s'approche d'une lampe. Tu « répéteras ce geste dans trois nuits, puis dans sept. »

« Quand Sarah est repassée me voir quelques semaines plus tard, j'avais déjà des nausées. Ce jour-là, je lui donnai tout l'argent que je portais sur moi, une bonne poignée de dirhams carrés et de maravédis, et c'est en riant que je la vis danser et se déhancher, tapant lourdement du pied sur le sol de ma chambre, faisant sauter dans ses mains les pièces dont le tintement se mêlait à celui du joljol, la clochette imposée aux juives. »

Il était grand temps que Salma soit enceinte, car la Providence avait voulu que Warda le soit déjà, bien qu'elle l'eût soigneusement caché pour s'éviter des ennuis. Quand la chose fut découverte, deux mois plus tard, c'était à qui aurait un garçon et, si les deux en portaient, à celle qui accoucherait en premier. Seule Salma était angoissée à n'en plus dormir, car Warda se serait contentée de donner naissance à un fils cadet, ou même à une fille, puisque le seul fait d'enfanter lui valait, selon notre Loi, d'acquérir le statut de femme libre, sans perdre pour autant la précieuse frivolité qu'autorisait son origine serve.

Quant à mon père, il était si comblé d'avoir offert cette double preuve de virilité qu'il ne se douta pas un instant de la curieuse compétition qui se déroulait sous son toit. Lorsque ses deux femmes furent bien rondes, il leur ordonna même un soir de l'accompagner, peu avant le coucher du soleil, jusqu'aux abords de la buvette où il avait l'habitude de retrouver ses amis, près de la porte des Drapeaux. Main dans la main, elles marchèrent à quelques pas derrière lui, honteuses, surtout ma mère, du regard scrutateur des hommes et des ricanements des vieilles commères de notre quartier, les plus bavardes et les plus désœuvrées de tout le faubourg d'Albaicin, qui les observaient du haut des miradors domestiques, cachées derrière les tentures qui s'écartaient sur leur passage. Les ayant ainsi proprement exhibées, et ayant senti lui aussi sans doute le poids des regards, mon père feignit d'avoir oublié quelque chose et revint vers la maison par le même chemin, alors que l'obscurité commençait à voiler les innombrables périls des ruelles d'Albaicin, les unes boueuses et glissantes en ce printemps pluvieux, les autres dallées mais d'autant plus dangereuses puisque chaque pierre manquante pouvait être un piège fatal pour les futures mères.

Épuisées, confuses, à bout de nerfs, Salma et Warda, pour

une fois solidaires, s'affalèrent sur le même lit, celui de la servante, la Horra étant incapable de gravir l'escalier jusqu'à son alcôve, alors que mon père repartait vers la buvette, ignorant qu'il avait failli perdre ses deux futurs enfants à la fois, pressé sans doute, disait ma mère, de recueillir les vœux admiratifs de ses amis pour la naissance de deux gros et beaux garçons et de défier aux échecs notre voisin Hamza le barbier.

Dès qu'elles entendirent la porte se refermer à clef, les deux femmes partirent d'un long rire commun qu'elles mirent longtemps à maîtriser. En l'évoquant quinze ans plus tard, ma mère rougissait encore de ces gamineries, me faisant observer sans fierté que, si Warda avait alors seize ans à peine, elle-même allait déjà sur ses vingt et un ans. À la faveur des événements, une certaine complicité s'était tissée entre elles, atténuant leur rivalité, et quand, le lendemain, Sarah-la-Bariolée rendit à Salma sa visite mensuelle, celle-ci invita la servante à venir se faire palper le ventre par la marchande-voyante juive, qui était aussi, quand il le fallait, sage-femme, masseuse, coiffeuse, épileuse, qui de plus savait transmettre à ses innombrables clientes, cloîtrées dans leur harem, nouvelles et rumeurs sur les mille et un scandales de la ville et du royaume. Sarah jura à ma mère qu'elle la trouvait bien enlaidie, ce qui lui fit grand plaisir, car c'était le signe indubitable qu'elle portait un garçon ; en revanche, elle complimenta Warda avec compassion sur la fraîcheur exquise de son visage.

Salma était si confiante en la justesse du diagnostic qu'elle ne put se retenir d'en parler le soir même à Mohamed. Elle croyait pouvoir ainsi mieux introduire une nouvelle observation, bien embarrassante, de Sarah, à savoir que l'homme ne devait plus s'approcher de l'une ni de l'autre de ses femmes de peur de nuire aux fœtus ou de provoquer des accouchements prématurés. Même enveloppé de précautions et entre-coupé de longues hésitations, le message était suffisamment effronté pour que mon père s'enflammât en un instant comme une bûche trop sèche, et se lançât dans des invectives à peine intelligibles où revenaient, comme des coups de pilon au creux d'un mortier, « balivernes », « sorcières », « Ibliss-le-Malin », ainsi que des propos peu élogieux sur la médecine, les juifs et le cerveau des femmes. Salma pensa qu'il l'aurait battue si elle n'était enceinte, mais elle se dit aussi que, dans ce cas-là, la dispute n'aurait sans doute pas eu lieu.

Pour se consoler, elle conclut sagement que les avantages de la maternité outrepassaient ses inconvénients passagers.

En guise de sanction, Mohamed lui interdit formellement de recevoir à nouveau dans sa propre maison « cette empoisonneuse de Sirah » – il sifflait son nom avec l'accent typique de Grenade qu'il allait garder toute sa vie et qui lui faisait appeler ma mère Silma, sa concubine Wirda, la porte « bib » au lieu de « bab », sa ville « Ghirnata » et le palais du sultan « Alhimra ». Pendant plusieurs jours, il demeura d'humeur massacrante, mais, autant par prudence que par dépit, il ne se rendit plus dans les chambres des femmes jusqu'après leurs accouchements.

Ceux-ci intervinrent à deux jours d'intervalle. Warda fut la première à sentir les contractions qui, espacées le soir, ne se rapprochèrent qu'à l'aube. C'est alors seulement qu'elle commença à gémir assez haut pour qu'on l'entende. Mon père courut chez notre voisin Hamza, tambourina à sa porte et le pria d'avertir sa mère, une vieille dame digne, pieuse et d'une grande habileté, de l'imminence de l'accouchement. Elle arriva quelques minutes plus tard, toute drapée de voile blanc, portant une cuvette évasée, une serviette et un savon. On disait qu'elle avait la main heureuse et qu'elle avait fait naître bien plus de garçons que de filles.

Ma sœur Mariam naquit vers midi. Mon père la regarda à peine. Il n'avait d'yeux que pour Salma, qui osa lui affirmer : « Moi, je ne te décevrai pas ! » Mais elle n'en était pas si sûre, malgré les recettes infaillibles de Sarah et ses promesses répétées. Surtout, il lui fallut encore deux interminables journées d'angoisse et de souffrances avant de voir enfin exaucé son vœu le plus cher : entendre son cousin l'appeler Oum-el-Hassan, la mère d'el-Hassan.

Le septième jour après ma naissance, mon père fit appeler Hamza le barbier pour me circoncire et invita tous ses amis à un banquet. En raison de l'état où se trouvaient ma mère et Warda, ce sont mes deux grand-mères et leurs servantes qui s'occupèrent de préparer le repas. Ma mère n'assista pas à la fête, mais elle m'avoua s'être cependant glissée en douce hors de sa chambre pour voir les invités et écouter leurs propos. Son émotion était si grande en ce jour que le moindre des détails s'était gravé dans sa mémoire.

Rassemblés dans le patio, autour de la fontaine de marbre

blanc ciselé, dont l'eau rafraîchissait l'atmosphère à la fois par son bruit et par les milliers de gouttelettes qu'elle répandait, les invités mangeaient avec d'autant plus d'appétit que l'on était déjà aux premiers jours de *ramadane* et qu'ils rompaient le jeûne en même temps qu'ils fêtaient mon entrée dans la communauté des Croyants. Selon ma mère, qui devait se régaler des restes le lendemain, le repas était un véritable festin de rois. Le plat principal était la *maruziya* : de la viande de mouton préparée avec un peu de miel, de la coriandre, de l'amidon, des amandes, des poires, ainsi que des cerneaux dont la saison venait tout juste de commencer. Il y avait aussi de la *tafaya* verte, de la viande de chevreau mélangée à un bouquet de coriandre fraîche, et de la *tafaya* blanche préparée avec de la coriandre séchée. Vais-je parler des poulets, des pigeonneaux, des alouettes, avec leur sauce à l'ail et au fromage, du lièvre cuit au four, nappé de safran et de vinaigre, des dizaines d'autres plats que ma mère m'a si souvent égrenés, souvenir de la dernière grande fête qui ait eu lieu dans sa maison avant que la colère du Ciel ne s'abatte sur elle et sur les siens ? En l'écoutant, encore enfant, j'attendais chaque fois avec impatience qu'elle arrive aux *mujabbanât*, ces tourtes chaudes au fromage blanc saupoudrées de cannelle et trempées de miel, aux gâteaux de pâte d'amandes ou de dattes, aux galettes fourrées de pignons et de noix et parfumées à l'eau de rose.

À ce banquet, les invités ne burent que du sirop d'orgeat, me jurait ma mère avec piété. Elle se gardait bien d'ajouter que, si aucune goutte de vin ne fut versée, c'était uniquement pour respecter le mois saint. La circoncision a toujours fourni, au pays de l'*Andalous,* l'occasion de fêtes où l'on oubliait entièrement l'acte religieux qu'on célébrait. Ne cite-t-on pas encore de nos jours la cérémonie la plus somptueuse de toutes, celle qu'organisa jadis l'émir Ibn Dhoul-Noun à Tolède pour la circoncision de son petit-fils, et que chacun cherche depuis à imiter sans jamais y parvenir ? N'y avait-on pas versé à flots vins et liqueurs, pendant que des centaines de belles esclaves dansaient aux rythmes de l'orchestre de Dany-le-Juif ?

À ma circoncision aussi, insistait ma mère, il y avait des musiciens et des poètes. Elle se rappelait même des vers qui avaient été déclamés à l'adresse de mon père :

Ton fils, par cette circoncision, est bien plus rayonnant
Car la lumière du cierge augmente quand on taille la
[mèche.

Récité et chanté sur tous les tons par le barbier lui-même, ce vers d'un ancien poète de Saragosse marqua la fin du repas et le début de la cérémonie proprement dite. Mon père monta à l'étage pour me saisir dans ses bras, pendant que les invités se rassemblaient en silence autour du barbier et de son aide, un jeune garçon imberbe. Hamza fit un signe à celui-ci, qui commença à faire le tour du patio, une lanterne à la main, s'arrêtant devant chaque invité. Il fallait faire un petit cadeau au barbier et, selon la coutume, chacun colla les pièces qu'il offrait sur le visage du garçon qui annonçait à voix haute le nom du donateur et le remerciait avant de se diriger vers son voisin. Une fois les dons récoltés, le barbier demanda qu'on approchât de lui deux puissantes lanternes, déballa sa lame en récitant les versets appropriés et se pencha vers moi. Ma mère disait que le cri que j'avais poussé alors avait retenti dans tout le quartier comme un signe de précoce vaillance, puis, tandis que je continuais à hurler de tout mon minuscule corps, comme si j'avais vu devant mes yeux tous les malheurs à venir, la fête reprit au son du luth, de la flûte, du rebec et du tambourin jusqu'au *souhour,* le repas de l'aube.

Mais tout le monde n'avait pas le cœur à la fête. Mon oncle maternel, Abou-Marwân, que j'ai toujours appelé Khâli, alors rédacteur au secrétariat d'État à l'Alhambra, arriva tard à la fête avec la mine des mauvais jours. Un cercle interrogateur se forma autour de lui. Ma mère tendit l'oreille. Une phrase lui parvint, qui la replongea durant de longues minutes dans un cauchemar qu'elle croyait à jamais oublié :
« Depuis la Grande Parade, disait-il, nous n'avons plus connu une seule année de bonheur ! »
« Cette maudite parade ! » Ma mère en eut à nouveau la nausée, comme aux premières semaines de sa grossesse, et dans son cerveau embrumé elle se revit fillette de dix ans, pieds nus, assise dans la boue au milieu d'une ruelle déserte où elle était passée cent fois mais qu'elle ne reconnaissait plus, relevant le pan de sa robe rouge froissée, trempée et maculée, pour cacher son visage en pleurs. « J'étais l'enfant la plus jolie et la plus cajolée de tout le faubourg d'Albaicin,

et ta grand-mère – Dieu lui pardonne ! – avait accroché à mes habits deux amulettes identiques, l'une apparente, l'autre cachée, pour ne prendre aucun risque avec le mauvais sort. Mais, ce jour-là, rien n'y fit. »

*

« Le sultan de l'époque, Abou-l-Hassan Ali, avait décidé d'organiser, jour après jour et semaine après semaine, de pompeuses parades militaires afin de montrer à tout un chacun l'étendue de sa puissance – seul Dieu est puissant et il n'aime pas les arrogants ! Ce sultan avait fait construire sur la colline rouge de l'Alhambra, près de la porte de la Trahison, des gradins où il s'installait chaque matin avec son entourage, recevait ses serviteurs et traitait des affaires de l'État, pendant que des détachements de soldats venant de tous les coins du royaume, de Ronda à Basta et de Malaga à Almeria, défilaient sans arrêt en le saluant et en lui souhaitant santé et longue vie. Les habitants de Grenade et des villages alentour avaient pris l'habitude de se rassembler, grands et petits, sur les pentes de la Sabika, au pied de l'Alhambra, près du cimetière, d'où ils pouvaient voir, au-dessus d'eux, l'interminable cérémonie. Des marchands ambulants étaient installés à proximité, qui vendaient aussi bien des babouches que des saucisses *mirkâs,* des beignets ou du sirop à l'eau de fleur d'oranger. »

Au dixième jour de Parade, comme l'année arabe 882 se terminait, la célébration toujours discrète du Râs-as-Sana fut à peine remarquée au milieu des festivités ininterrompues. Celles-ci allaient se poursuivre au cours de *moharram,* le premier mois de l'année nouvelle, et ma mère, qui se rendait chaque jour à la Sabika avec ses frères et ses cousins, remarqua que le nombre des spectateurs ne faisait qu'augmenter, qu'il y avait de plus en plus de têtes inconnues. Les ivrognes se multipliaient dans les rues, des vols étaient commis, des rixes éclataient entre des bandes de jeunes qui se battaient jusqu'au sang à coups de gourdin. Il y eut un mort et plusieurs blessés, ce qui amena le *muhtasib,* prévôt des marchands, à donner la police.

C'est alors que, craignant désordres et émeutes, le sultan se décida enfin à arrêter les festivités. Il décréta que le dernier jour de Parade serait le 22 *moharram* 883, qui tombait le

25 avril de l'année du Christ 1478, ajoutant toutefois que les réjouissances finales seraient encore plus somptueuses que celles des semaines précédentes. Ce jour-là, dans la Sabika, les femmes des quartiers populaires s'étaient mêlées, avec ou sans voile, aux hommes de toutes conditions. Les enfants de la ville, dont ma mère, étaient sortis avec leurs habits neufs dès les premières heures du matin, non sans s'être munis de quelques pièces de cuivre pour s'acheter des figues sèches de Malaga. Attirés par la foule grossissante, des jongleurs, des illusionnistes, des baladins, des funambules, des équilibristes, des montreurs de singes, des mendiants, vrais ou faux aveugles, s'étaient répandus dans tout le quartier de la Sabika ; et, comme l'on était au printemps, des paysans promenaient avec eux des étalons, faisant saillir contre rétribution les juments qu'on leur amenait.

« Toute la matinée, se souvenait ma mère, nous avions crié et tapé des mains au spectacle du jeu de la "tabla", durant lequel les cavaliers zénètes tentaient l'un après l'autre d'atteindre la cible de bois avec des bâtons qu'ils lançaient du haut de leur monture au galop. Nous ne pouvions voir qui réussissait le mieux, mais la clameur qui nous parvenait de la colline, de l'endroit appelé précisément al-Tabla, nous désignait sans erreur possible gagnants et perdants.

« Soudain un nuage noir apparut au-dessus de nos têtes. Il arriva si vite que nous eûmes l'impression que le soleil s'éteignait comme une lampe qu'un djinn aurait soufflée. Il faisait nuit à midi, et, sans que le sultan l'eût ordonné, le jeu s'arrêta, car chacun sentait sur ses épaules le poids du ciel.

« Il y eut un éclair, l'éclatement de la foudre, un autre éclair, un grondement sourd, puis des trombes d'eau qui s'abattirent sur nous. De savoir qu'il s'agissait d'un orage plutôt que d'une sombre malédiction, j'étais un peu moins apeurée, et, à l'instar des milliers de personnes agglutinées dans la Sabika, je me mis à chercher un endroit pour m'abriter.

Mon grand frère me tenait la main, ce qui me rassurait mais me forçait aussi à courir sur une chaussée déjà boueuse. Subitement, à quelques pas de nous, des enfants et des vieillards s'écroulèrent et, en les piétinant, la foule s'affola. Il faisait toujours aussi sombre. Aux cris d'effroi se mêlaient les hurlements de douleur. À mon tour je glissai, et ma main lâcha celle de mon frère pour s'accrocher au pan d'une robe mouillée, puis à un autre, sans jamais pouvoir réellement s'agripper. L'eau m'arrivait déjà aux genoux, je hurlais sans doute plus fort que tous les autres.

« À cinq ou six reprises, je tombai puis me relevai sans être piétinée, jusqu'à découvrir peu à peu que la foule était devenue plus éparse autour de moi, plus lente à se mouvoir aussi, car le chemin était montant et les flots qui le dévalaient se gonflaient. Je ne reconnaissais ni les gens ni les lieux, je ne cherchais plus mes frères ni mes cousins. Je me jetai sous un porche et, de fatigue autant que de désespoir, je m'endormis.

« Je me réveillai une heure ou deux plus tard. Il faisait moins sombre, mais il pleuvait toujours à verse, et un grondement assourdissant me parvenait de toute part, faisant trembler la dalle sur laquelle j'étais assise. La ruelle où je me trouvais, que de fois l'avais-je parcourue ! mais, de la voir ainsi déserte et traversée par un torrent, je ne parvenais plus à la situer. Je frissonnai de froid, mes habits étaient trempés, mes sandales s'étaient perdues dans ma course, de mes cheveux ruisselait un filet d'eau glacée qui baignait sans arrêt mes yeux brûlés par les pleurs. Je frissonnai encore, toussai de toute ma poitrine, quand une voix de femme m'appela : « Fille, fille, par ici ! » Promenant mon regard dans tous les sens, je vis, très haut au-dessus de moi, dans le cadre d'une fenêtre cintrée, un foulard rayé et une main qui remuait.

« Ma mère m'avait prévenue qu'il ne fallait jamais entrer dans une maison inconnue et qu'à mon âge je devais commencer à me méfier non seulement des hommes mais aussi de certaines femmes. Mon hésitation ne fut pas longue pourtant. À une trentaine de pas, du même côté de la chaussée, celle qui m'avait interpellée vint en effet ouvrir une lourde porte de bois, se dépêchant de crier, pour me rassurer : « Je te «connais, tu es la fille de Suleyman le libraire, un homme de «bien qui vit dans la crainte du Très-Haut.» Je m'approchais d'elle à mesure qu'elle parlait. « Je t'ai vue plusieurs fois «passer avec lui pour aller chez ta tante maternelle Tamima, «la femme du notaire qui habite près d'ici, dans l'impasse du Cognassier. » Bien qu'aucun homme ne fût en vue, elle avait jeté sur son visage un voile blanc qu'elle n'enleva qu'après avoir verrouillé la porte derrière moi. Me prenant alors par la main, elle me fit traverser un étroit couloir qui formait une sorte de coude, puis, sans me lâcher, courut sous la pluie à travers un petit patio, avant de s'engager dans un escalier étroit aux marches raides qui nous conduisit vers sa chambre.

Elle me tira doucement vers la fenêtre « Regarde, c'est la colère de Dieu ! »

« Je me penchai avec appréhension. J'étais au sommet de la colline de Mauror. À ma droite la nouvelle Casba de l'Alhambra, à ma gauche, au loin, la vieille Casba avec, au-delà des murailles, les minarets blancs de mon faubourg d'Albaicin. Le grondement que j'avais entendu dans la rue était maintenant assourdissant. Cherchant des yeux la source du bruit, je regardai vers le bas et ne pus retenir un cri d'horreur. « Dieu nous ait en pitié, c'est le déluge de Noé ! » marmonnait mon hôtesse derrière moi. »

L'image qui s'offrait à ses yeux de fillette apeurée, ma mère ne l'oublierait jamais, pas plus que ne l'oublieraient tous ceux qui se trouvaient à Grenade en cette maudite journée de la Parade. Dans la vallée où coulait d'habitude le bruyant mais paisible Darro, voilà qu'un torrent démentiel s'était formé, balayant tout sur son passage, dévastant jardins et vergers, déracinant des milliers d'arbres, des ormeaux majestueux, des noyers centenaires, des frênes, des amandiers et des alisiers, avant de pénétrer au cœur de la cité, charriant tous ses trophées, tel un conquérant tartare, enveloppant les quartiers du centre, démolissant des centaines de maisons, d'échoppes et d'entrepôts, rasant les habitations construites sur les ponts, jusqu'à former, en fin de journée, du fait des débris qui encombraient le lit du fleuve, une immense mare qui engloutissait la cour de la Grande Mosquée, la Césarée des négociants, le souk des bijoutiers et celui des forgerons. Nul ne sait le nombre des personnes qui périrent noyées, écrasées sous les décombres ou happées par les flots. Au soir, quand le Ciel permit enfin que le cauchemar se dissipe, le torrent emporta les débris hors de la ville, tandis que l'eau refluait plus rapidement qu'elle n'avait afflué. Au lever du jour, si les victimes jonchaient toujours le sol luisant, le tueur était loin.

« C'était la juste punition des crimes de Grenade », disait ma mère, avec la monotonie des phrases définitives. « Dieu voulait montrer Sa puissance à nulle autre pareille et punir l'arrogance des gouvernants, leur corruption, leur injustice et leur dépravation. Il tenait à nous prévenir de ce qui allait s'abattre sur nous si nous persistions dans la voie de l'impiété, mais les yeux et les cœurs sont restés clos. »

Le lendemain du drame, tous les habitants de la ville s'étaient persuadés que le premier responsable de ce malheur, l'homme qui avait attiré sur eux la colère divine, n'était autre que l'arrogant, le corrompu, l'injuste, le dépravé Aboul-Hassan Ali, fils de Saad le Nasride, vingt et unième et avant-dernier sultan de Grenade, que le Très-Haut efface son nom de toutes les mémoires !

Pour monter sur le trône, il avait renversé et emprisonné son propre père. Pour consolider son pouvoir, il avait fait trancher la tête des fils des plus nobles familles du royaume, parmi lesquels les valeureux Abencérages. Pourtant, aux yeux de ma mère, le crime impardonnable du sultan était d'avoir délaissé sa femme libre, sa cousine Fatima, fille de Mohamed-le-Gaucher, pour une captive chrétienne appelée Isabel de Solis, qu'il avait nommée Soraya.

« On raconte, disait-elle, que le sultan rassembla un matin les membres de son entourage dans la cour des Myrtes pour qu'ils assistent au bain de cette *Roumiyya.* » Ma mère était horrifiée d'avoir à rapporter une telle impiété. « Dieu me pardonne ! balbutiait-elle en regardant vers le ciel ; Dieu me pardonne ! » répétait-elle, car elle avait bien l'intention de poursuivre son récit : « Une fois le bain terminé, le prince invita chacun à boire un petit bol de l'eau dont Soraya venait de sortir, et tous de s'extasier, en prose comme en vers, sur le goût merveilleux que ce liquide avait acquis. Tous, sauf le vizir Abou-l-Kassem Venegas qui, loin de se pencher vers la piscine, resta dignement à sa place. Une attitude qui n'échappa pas au sultan, qui lui en demanda la raison. « Majesté, répondit Aboull-Kassem, je crains qu'en goûtant « à la sauce je n'aie soudaine envie du perdreau. » Dieu me « pardonne ! » répétait encore ma mère, sans chercher à réprimer son rire.

J'ai entendu cette anecdote à propos de plusieurs personnages du pays de l'*Andalous,* et je ne sais, à vrai dire, auquel il faut l'attribuer ; mais à Grenade, au lendemain de la maudite Parade, chacun cherchait dans la vie dissolue du maître de l'Alhambra l'incident qui avait pu excéder le Très-Haut, et c'était à qui trouverait l'explication définitive, qui n'était souvent qu'un vers, une boutade, ou même une parabole ancienne agrémentée au goût du jour.

Plus inquiétante que ces bavardages fut la réaction du sultan lui-même aux calamités qui s'abattaient sur sa capitale.

Loin de voir dans l'inondation dévastatrice un avertissement du Très-Haut, il en tira la conclusion que les plaisirs de ce monde étaient éphémères, que la vie s'échappait et qu'il s'agissait de profiter intensément de chaque instant. C'était peut-être là la sagesse d'un poète, certainement pas celle d'un prince qui avait atteint la cinquantaine et dont le royaume était menacé.

Il s'adonna donc aux plaisirs, malgré les fréquentes mises en garde de son médecin Ishak Hamon. Il se couvrit de belles esclaves et s'entoura de poètes aux mœurs douteuses, des poètes qui sculptaient vers après vers les formes des danseuses nues et des éphèbes élancés, qui comparaient le haschisch à l'émeraude et son odeur à l'encens, qui, nuit après nuit, chantaient inlassablement le vin, rouge ou jaune, vieilli et toujours frais. Une immense coupe d'or passait de main en main, de lèvre en lèvre, et celui qui la vidait était fier d'appeler l'échanson pour qu'il la lui remplisse à nouveau jusqu'au bord. Devant les convives se pressaient d'innombrables petits plats, amandes, pignons et noix, fruits secs et frais, artichauts et fèves, confitures et pâtisseries, dont on ne sait s'ils servaient à calmer la faim ou à attiser la soif. J'ai appris plus tard, lors de mon long séjour à Rome, que cette habitude de grignoter en s'enivrant se pratiquait déjà chez les anciens Romains, qui appelaient chacun de ces plats « nucleus » – serait-ce pour cela qu'à Grenade on donnait à ces mêmes plats le nom de « nukl » ? Dieu seul connaît l'origine des choses !

Tout à ses plaisirs, le sultan négligeait les affaires du royaume, laissant ses proches amasser de véritables fortunes par des taxes illégales et des expropriations, alors que ses soldats, ne touchant plus leur dû, se voyaient contraints de vendre leurs habits, leurs montures et leurs armes pour nourrir leurs familles. Dans la ville, où régnaient l'insécurité et la crainte du lendemain, où le sort de chaque militaire était rapidement connu et commenté, où les nouvelles des beuveries parvenaient régulièrement par les indiscrétions des invités et des serviteurs, la seule mention du nom du sultan ou de Soraya appelait injures et imprécations et poussait parfois les gens jusqu'aux frontières de l'émeute. Sans avoir besoin de s'en prendre directement à Abou-l-Hassan, ce qu'ils osaient rarement faire, certains prédicateurs du vendredi n'avaient qu'à vilipender la corruption, la turpitude et l'impiété pour que tous les fidèles sachent sans l'ombre d'un doute qui était visé, et s'évertuent à lancer, à voix haute, des *Allahou akbar !* frondeurs, auxquels l'imam de la prière répondait parfois, faussement énigmatique : « La main de Dieu est au-dessus de leurs mains. » Cela tout en lançant des regards courroucés en direction de l'Alhambra.

Bien qu'il fût unanimement détesté, le sultan avait encore dans la foule des yeux et des oreilles qui lui rapportaient ce qui se disait, ce qui le rendait de plus en plus méfiant, brutal et injuste. « Que de notables, que d'honnêtes citadins, se rappelait ma mère, furent arrêtés sur la dénonciation d'un rival, ou même d'un voisin jaloux, accusés d'avoir insulté le prince et porté atteinte à son honneur, puis promenés dans les rues assis à l'envers sur le dos d'un âne avant d'être jetés dans un cachot ou même décapités ! » Sous l'influence de Soraya, Abou-l-Hassan plaça sa propre femme Fatima ainsi que ses deux fils, Mohamed, dit Bouabdillah ou Boabdil, et Youssef, en résidence forcée dans la tour de Comares, une imposante citadelle carrée au nord-est de l'Alhambra, face au Generalife. La maîtresse espérait ainsi ouvrir la voie du pouvoir à ses propres fils. La cour était d'ailleurs divisée entre les partisans de Fatima, nombreux mais discrets, et ceux de Soraya, les seuls que le prince écoutait.

Si les gens du commun trouvaient dans le récit de ces luttes de palais de quoi tromper l'ennui de longues soirées froides, la conséquence la plus dramatique de l'impopularité croissante du sultan fut son attitude à l'égard de la Castille. Puisqu'il était accusé de favoriser une *Roumiyya* aux dépens de sa cousine, de négliger l'armée et de mener une vie sans gloire, Abou-l-Hassan, qui ne manquait nullement de courage physique, résolut de croiser le fer avec les chrétiens.

Ignorant les avertissements de quelques sages conseillers qui lui faisaient remarquer que l'Aragon avait désormais uni son sort à celui de la Castille par le mariage de Ferdinand et d'Isabelle, et qu'il fallait éviter de leur donner le moindre prétexte de s'attaquer au royaume musulman, le sultan décida de mettre fin à la trêve qui régnait entre Grenade et ses puissants voisins, en envoyant un détachement de trois cents cavaliers grenadins prendre par surprise le château de Zahara qui avait été occupé par les chrétiens trois quarts de siècle plus tôt.

À Grenade, la première réaction fut une explosion de joie, et Abou-l-Hassan regagna quelque faveur auprès de ses sujets. Mais, très vite, beaucoup commencèrent à se demander si, en engageant le royaume dans une guerre à l'issue pour le moins incertaine, le sultan ne faisait pas preuve d'une légèreté criminelle. La suite des événements allait leur donner raison : les Castillans ripostèrent en s'emparant de la forteresse la plus puissante de la partie occidentale du royaume, Alhama, pourtant construite sur un piton rocheux. Et les efforts désespérés du sultan pour la reprendre furent vains.

Une grande guerre était en cours, que les musulmans ne pouvaient gagner, mais qu'ils auraient pu, sinon éviter, du moins retarder. Elle allait durer dix ans et se terminer de la manière la plus infamante qui soit. De surcroît, elle se doublerait très vite d'une guerre civile meurtrière et démoralisante qui est le lot des royaumes en voie de disparition.

En effet, deux cents jours, très précisément, après son succès à Zahara, Abou-l-Hassan fut écarté du pouvoir. La révolution eut lieu le 27 du mois de *jumada-oula* 887, le 14 juillet 1482. Ferdinand se trouvait, ce même jour, à la tête de l'ost royal au bord du fleuve Genil, sous les murs de la ville de Loja, qu'il assiégeait depuis cinq jours, lorsqu'il subit par surprise l'assaut d'un détachement musulman commandé par Ali al-Attar, l'un des officiers les plus habiles de Grenade. Ce fut une journée mémorable, dont Abou-l-Hassan aurait pu s'enorgueillir, puisque le héros du jour, agissant sur ses ordres, avait réussi à semer la panique dans le camp du roi chrétien, qui s'enfuit en direction de Cordoue, laissant derrière lui des canons, des munitions, une grande quantité de farine ainsi que des centaines de morts et de prisonniers. Mais sans doute était-il trop tard. Lorsque la grande nouvelle parvint à Grenade, la révolte grondait déjà : Boabdil, le fils de Fatima, avait réussi à s'enfuir de la tour de Comares en se laissant glisser, dit-on, le long d'une corde. On l'acclama aussitôt dans le faubourg d'Albaicin et, dès le lendemain, quelques complices lui permirent d'entrer dans l'Alhambra.

« Dieu a voulu qu'Abou-l-Hassan soit renversé le jour même de sa victoire, comme Il lui avait envoyé le déluge le jour de la Parade, pour l'obliger à courber le dos devant son Créateur », observait Salma.

Mais le vieux sultan ne s'avoua pas vaincu. Il se réfugia à Malaga, rassembla ses partisans autour de lui et prépara activement une revanche contre son fils. Le royaume était désormais divisé en deux principautés ennemies qui allaient s'entre-déchirer sous le regard amusé des Castillans.

« Déjà sept ans de guerre civile, songeait ma mère, sept ans d'une guerre où le fils tue son père, où le frère étrangle son frère, où les voisins se soupçonnent et se trahissent, sept ans que les hommes de notre faubourg d'Albaicin ne peuvent s'aventurer du côté de la Grande Mosquée de Grenade sans être conspués, maltraités, assommés, et parfois même égorgés. »

Son esprit voguait alors bien loin de cette cérémonie de circoncision qui se déroulait à quelques pas d'elle, bien loin de ces voix et du tintement des coupes qui lui parvenaient étrangement feutrés, comme dans un songe. Elle se surprit à répéter : « Cette maudite Parade ! » Elle soupira, à moitié assoupie.

*

« Silma, ma sœur, toujours en train de rêvasser ? »

La voix rêche de Khâli métamorphosa ma mère en petite fille. Elle sauta au cou de son frère aîné et lui couvrit le front, les épaules, puis les bras et les mains de baisers chauds et furtifs. Attendri, mais quelque peu embarrassé par ces effusions qui bousculaient sa digne contenance, il restait debout, raide dans sa longue *jubba* de soie aux manches flottantes, son écharpe, le *taylassan,* élégamment enroulée autour de ses épaules, ne portant sur le visage que l'ébauche d'un sourire protecteur pour attester sa joie. Mais cette apparente froideur ne décourageait nullement Salma. Elle avait toujours su qu'un homme de qualité ne pouvait étaler ses sentiments sans donner une impression de légèreté qui sied mal à son statut.

« À quoi pensais-tu ? »

Si la question était venue de mon père, la réponse de Salma aurait été évasive, mais Khâli était le seul homme devant lequel elle savait dévoiler son cœur en même temps que sa chevelure.

« Je pensais à nos malheurs, au jour de la Parade, à cette guerre sans fin, à notre ville divisée, aux gens qui meurent chaque jour. »

De son gros pouce aplati, il écrasa sur la pommette de sa sœur une larme solitaire.

« Ce ne sont pas des pensées pour une mère qui vient de donner naissance à son premier fils, décréta-t-il sans conviction, avant de reprendre sur un ton solennel, mais bien plus sincère : Vous aurez les gouvernants que vous méritez, a dit le Prophète ».

Elle-même répéta les mots après lui :

« *Kama takounou youalla aleikoum.* »

Puis, ingénue :

« Que veux-tu me dire par là ? N'as-tu pas été l'un des premiers partisans du sultan actuel ? N'as-tu pas soulevé Albaicin pour le soutenir ? N'es-tu pas un personnage respecté de l'Alhambra ? »

Piqué au vif, Khâli s'apprêtait à se défendre par une violente diatribe ; mais il s'avisa qu'il n'avait en face de lui que sa petite sœur, frêle et malade, et que de surcroît il chérissait plus que tout au monde.

« Tu n'as pas changé, Silma. On croit parler à une simple femme, et c'est à la fille de Suleyman le libraire qu'on a affaire, que Dieu ajoute à ton âge ce qu'il a retranché du sien. Et qu'il écourte ta langue autant qu'il a allongé la sienne. »

Tout en bénissant la mémoire de leur père, ils éclatèrent d'un rire franc. Ils étaient maintenant complices, comme par le passé. Khâli rabattit vers l'avant le pan de sa *jubba* et s'assit en tailleur sur une natte de paille tressée, à l'entrée de la chambre de sa sœur.

« Tes questions déchirent l'esprit avec douceur, comme la neige du mont Cholaïr qui brûle le visage plus sûrement encore que le soleil du désert. »

Soudain confiante, et un tantinet espiègle, Salma lui lança sans ménagement :

« Et ta réponse ? »

D'un geste qui n'avait rien de spontané, elle baissa la tête, ramassa le bord du *taylassan* de son frère et y enfouit ses yeux rouges. Puis, le visage toujours caché, elle prononça, comme une sentence de cadi :

« Dis-moi tout ! »

Les mots de Khâli ne furent pas nombreux.

« Cette ville est protégée par ses propres voleurs, gouvernée par ses propres ennemis. Bientôt, ma sœur, nous devrons nous exiler au-delà des mers. »

Sa voix s'étrangla, et, pour ne pas trahir son émotion, il s'arracha à Salma et disparut.

Atterrée, elle ne tenta pas de le retenir. Elle ne remarqua même pas qu'il s'éloignait. Plus aucun bruit, plus aucun éclat de voix, plus aucun rire, plus aucun tintement de coupes ne lui parvenait du patio. Plus aucun filet de lumière.

La fête s'était éteinte.

L'ANNÉE DES AMULETTES

895 de l'hégire
(25 novembre 1489-13 novembre 1490)

Cette année-là, pour un sourire, mon oncle maternel prit le chemin de l'exil. C'est en tout cas ainsi qu'il m'expliqua sa décision bien des années plus tard, alors que notre caravane se mouvait dans le vaste Sahara, au sud de Segelmesse, par une nuit fraîche et sereine que berçaient plus qu'elles ne la troublaient les plaintes lointaines des chacals. Un petit vent obligeait Khâli à déclamer très haut son récit, et sa voix était si rassurante qu'elle me faisait respirer les odeurs de ma Grenade natale, et sa prose était si envoûtante que mon chameau semblait n'avancer qu'à son rythme.

J'aurais voulu rapporter chacun de ses mots, mais ma mémoire est étroite et mon éloquence est poussive, et bien des enluminures de son histoire n'apparaîtront plus jamais, hélas ! dans aucun livre.

« Le premier jour de cette année-là, j'étais monté de bonne heure à l'Alhambra, non pas pour rejoindre, comme à l'accoutumée, le petit bureau du *diwan* où je rédigeais les lettres du prince, mais pour présenter, avec quelques notables de ma famille, les vœux du Râs-es-Sana. Le *majlis,* la cour du sultan, qui se tenait pour l'occasion dans la salle des Ambassadeurs, grouillait de cadis enturbannés, de dignitaires aux hautes calottes de feutre, vertes ou rouges, de riches négociants aux cheveux teints au henné et séparés, comme les miens, par une raie soigneusement tracée.

« Après s'être inclinés devant Boabdil, la plupart des visiteurs se retiraient vers la cour des Myrtes, où ils rôdaient quelque temps autour de la piscine, se répandant en salama-lecs. Les principaux notables s'asseyaient sur les divans couverts de tapis, adossés aux murs de l'immense pièce, jouant lourdement des hanches afin de s'approcher autant que possible du sultan ou des vizirs, pour les entretenir de quelque requête, ou simplement montrer qu'ils étaient bien en cour.

« En tant que rédacteur et calligraphe au secrétariat d'État, ce dont témoignaient les traces d'encre rouge sur mes doigts, j'avais quelques maigres privilèges, comme celui de déambuler à ma guise entre le *majlis* et la piscine, et de faire ainsi quelques pas avec les personnages qui me semblaient intéressants, puis de revenir m'asseoir, guettant une nouvelle proie. Excellent moyen de recueillir nouvelles et opinions sur les affaires du moment, d'autant que les gens parlaient librement sous Boabdil, alors que du temps de son père l'on regardait sept fois autour de soi avant de formuler la moindre critique, que l'on s'exprimait en termes ambigus, à coups de versets et de dictons, pour pouvoir se rétracter en cas de dénonciation. De se sentir plus libres, moins épiés, les Grenadins n'en étaient que plus durs à l'égard du sultan, même quand ils se trouvaient sous son toit, même quand ils étaient venus lui souhaiter longue vie, santé et victoires. Notre peuple est impitoyable pour les souverains qui ne le sont pas.

« En cette journée d'automne, les feuilles jaunies étaient plus fidèlement attachées à leur arbre que les notables de Grenade à leur monarque. La ville était divisée, comme elle l'était depuis des années, entre le parti de la paix et le parti de la guerre, aucun des deux ne se réclamant du sultan.

« Ceux qui voulaient la paix avec la Castille disaient : nous sommes faibles et les *Roum* sont puissants ; nous sommes abandonnés par nos frères d'Égypte et du Maghreb, alors que nos ennemis ont l'appui de Rome et de tous les chrétiens ; nous avons perdu Gibraltar, Alhama, Ronda, Marbella, Malaga, et bien d'autres places, et tant que la paix ne sera pas rétablie, la liste ne cessera de s'allonger ; les vergers sont dévastés par les troupes et les paysans se plaignent ; les routes ne sont plus sûres, les négociants ne peuvent plus s'approvisionner, la Césarée et les souks se vident et les prix des denrées augmentent, sauf celui de la viande qui se vend un dirham la livre, car il a fallu abattre des milliers de têtes de bétail pour les soustraire aux razzias ; Boabdil devrait tout mettre en œuvre pour faire taire les bellicistes et parvenir à une durable trêve avec les Castillans, avant que Grenade elle-même ne soit investie.

« Ceux qui voulaient la guerre disaient : l'ennemi a décidé une fois pour toutes de nous anéantir, et ce n'est pas en nous soumettant que nous le ferons reculer. Regardez comment les habitants de Malaga ont été réduits en esclavage après leur reddition ! Regardez comment l'Inquisition élève des bûchers pour les juifs à Séville, à Saragosse, à Valence, à Teruel, à Tolède ! Demain, les bûchers s'élèveront ici même à Grenade, non seulement pour les gens du sabbat mais pour les musulmans aussi ! Comment l'empêcher, sinon par la résistance, par la mobilisation, par le Jihad ? Chaque fois que nous nous sommes battus avec énergie, nous avons pu enrayer l'avance des Castillans, mais après chacune de nos victoires il s'est trouvé parmi nous des traîtres qui ne cherchaient qu'à se concilier l'ennemi de Dieu, qui lui payaient des tributs, lui ouvraient les portes de nos villes. Boabdil lui-même n'a-t-il pas promis à Ferdinand de lui livrer un jour Grenade ? Voilà plus de trois ans qu'il lui a signé un papier à cet effet à Loja. Ce sultan est un traître. Il doit être remplacé par un vrai musulman, déterminé à mener la guerre sainte et qui redonne confiance à notre armée.

« Il aurait été difficile de trouver un soldat, un officier, commandant de dix, de cent ou de mille, encore moins un homme de religion, cadi, notaire, uléma ou prédicateur de mosquée, qui ne partageât ce dernier point de vue, alors que les commerçants et les cultivateurs se déclaraient plutôt pour la paix. La cour de Boabdil était elle-même divisée. Laissé à ses penchants, le sultan aurait conclu n'importe quelle trêve, à n'importe quel prix, car il était né vassal et n'aspirait qu'à mourir ainsi ; mais il ne pouvait ignorer la volonté de son armée qui observait avec une impatience mal contenue les combats que menaient avec héroïsme d'autres princes de la famille royale nasride.

« Un exemple éloquent revenait dans tous les propos des partisans de la guerre : celui de Basta, cité musulmane à l'est de Grenade, encerclée et canonnée depuis plus de cinq mois par les *Roum*. Les rois chrétiens – que le Très-Haut démolisse ce qu'ils ont bâti et bâtisse ce qu'ils ont démoli ! – avaient élevé des tours de bois qui faisaient face à l'enceinte et creusé un fossé pour empêcher les assiégés de communiquer avec l'extérieur. Pourtant, malgré leur supériorité écrasante en hommes et en matériel, et malgré la présence sur place de Ferdinand lui-même, les Castillans ne parvenaient pas à l'emporter, et la garnison effectuait chaque nuit des sorties meurtrières. Ainsi, la résistance acharnée des défenseurs de Basta, commandés par l'émir nasride Yahya an-Najjar, excitait-elle l'ardeur des Grenadins et enflammait-elle leur imagination.

« Boabdil ne s'en réjouissait guère, car Yahya, le héros de Basta, était l'un de ses ennemis les plus acharnés. Il revendiquait même le trône de l'Alhambra, sur lequel son grand-père s'était déjà assis, et considérait le sultan actuel comme un usurpateur.

« La veille même du Jour de l'An, un nouvel exploit des défenseurs de Basta parvint aux oreilles des Grenadins. Les Castillans avaient appris, disait-on, que les provisions commençaient à manquer à Basta. Pour les persuader du contraire, Yahya avait imaginé un stratagème : rassembler tous les vivres qui restaient, les étaler bien en évidence dans les échoppes du souk, puis inviter une délégation de chrétiens à venir négocier avec lui. Entrés dans la ville, les envoyés de Ferdinand furent étonnés de voir une telle profusion de produits en tous genres, et ne manquèrent pas de rapporter le fait à leur roi en lui recommandant de ne plus chercher à affamer Basta mais de proposer à ses défenseurs un arrangement honorable.

« À quelques heures d'intervalle, dix personnes au moins, au hammam, à la mosquée et dans les couloirs de l'Alhambra, me rapportèrent joyeusement la même histoire ; chaque fois, je feignais d'être surpris pour ne pas froisser mon interlocuteur, pour lui laisser le plaisir d'ajouter son propre grain de sel. Je souriais aussi, mais un peu moins chaque fois, car l'inquiétude me labourait la poitrine. Je me demandais pourquoi Yahya avait laissé les représentants de Ferdinand entrer dans la ville assiégée, surtout, comment il espérait cacher à l'ennemi la pénurie qui tenaillait Basta si tout le monde à Grenade, et probablement ailleurs aussi, connaissait la vérité et se gaussait de la ruse.

« Mes pires craintes, poursuivait mon oncle, allaient se confirmer, le Jour de l'An, au cours de mes conversations avec les visiteurs de l'Alhambra. J'appris en effet que Yahya, « Combattant de la Foi », « Glaive de l'Islam », avait décidé non seulement de livrer Basta aux infidèles, mais de se joindre aux troupes castillanes pour leur ouvrir la route des autres villes du royaume, notamment Guadix et Almeria, et finalement Grenade. L'habileté suprême de ce prince avait été de distraire les musulmans au moyen de sa prétendue ruse afin de cacher l'objet véritable de ses pourparlers avec Ferdinand. Il avait pris sa décision, dirent certains, en échange d'une importante somme d'argent, de la promesse de vie sauve pour ses soldats ainsi que pour les habitants de sa ville. Mais il avait obtenu plus encore : se convertissant lui-même à la foi du Christ, cet émir de la famille royale, ce petit-fils de sultan, allait devenir un haut personnage de la Castille. Je te reparlerai de lui.

« Au début de l'année 895, on ne soupçonnait évidemment pas qu'une telle métamorphose fût possible. Mais, dès les premiers jours du mois de *moharram,* les nouvelles les plus alarmantes nous parvenaient. Basta capitula, suivie de Purcena, d'Almeria, puis de Guadix. Toute la partie orientale du royaume, où le parti de la guerre était le plus puissant, tombait sans coup férir aux mains des Castillans.

« Le parti de la guerre avait perdu son héros, et Boabdil était débarrassé d'un rival gênant ; toutefois, les victoires des Castillans réduisaient son royaume à bien peu de chose, à Grenade et à ses environs immédiats, eux-mêmes soumis à des incursions répétées. Le sultan devait-il se réjouir ou se lamenter ?

« C'est à des moments pareils, disait mon oncle, que se révèle la grandeur ou la mesquinerie. Et c'est cette dernière que j'ai lue clairement sur le visage de Boabdil, le Jour de l'An, dans la salle des Ambassadeurs. Je venais d'apprendre la cruelle vérité sur Basta par un jeune officier berbère de la garde qui avait de la famille dans la ville assiégée. Il venait souvent me voir au secrétariat d'État, et il s'était adressé à moi car il n'osait aborder directement le sultan, surtout pour lui annoncer un malheur. Je le conduisis immédiatement auprès de Boabdil, qui l'invita à lui faire son rapport à voix basse. Penché vers l'oreille tendue du monarque, il lui répéta en balbutiant les informations qu'il avait recueillies.

« Mais, à mesure que l'officier parlait, le visage du sultan se gonflait d'un sourire large, indécent, hideux. Je vois encore devant moi ces lèvres charnues qui s'ouvraient, ces joues poilues qui s'écartaient jusqu'aux oreilles, ces dents espacées qui croyaient croquer la victoire, ces yeux qui se refermaient lentement comme pour recevoir le baiser chaleureux d'une amante, et cette tête qui se déplaçait avec délectation, d'avant en arrière et d'arrière en avant, comme pour entendre la plus langoureuse des chansons. Aussi longtemps que je vivrai, j'aurai devant moi ce sourire, cet affreux sourire de la mesquinerie. »

Khâli s'interrompit. La nuit me cachait son visage, mais je l'entendis haleter, soupirer, puis murmurer quelques formules de prières, que je répétai après lui. Les jappements des chacals semblaient plus proches.

« L'attitude de Boabdil ne me surprenait pas, reprit Khâli d'une voix rassérénée. Je n'ignorais ni la légèreté du maître de l'Alhambra, ni sa faiblesse de caractère, ni même l'ambiguïté de ses rapports avec les Castillans. Je savais que nos princes étaient corrompus, qu'ils ne songeaient nullement à défendre le royaume, et que l'exil allait bientôt être le lot de notre peuple. Mais il a fallu que je voie de mes propres yeux le cœur nu du dernier sultan d'Andalousie pour que je me sente contraint de réagir. Dieu montre à qui Il veut le droit chemin, et aux autres la voie de la perdition ! »

Mon oncle ne demeura à Grenade que trois mois encore, le temps de changer discrètement quelques biens en pièces d'or faciles à transporter. Puis, par une nuit sans lune, muni d'un cheval et de quelques mules, il partit avec sa mère, sa femme, ses quatre filles et un serviteur vers Almeria, où il obtint des Castillans l'autorisation de s'embarquer avec d'autres émigrés pour Tlemcen. Mais c'est à Fès qu'il avait l'intention de s'installer, et c'est là que nous le retrouverions, mes parents et moi, après la chute de Grenade.

Si ma mère pleurait sans arrêt cette année-là le départ de Khâli, Mohamed mon père, Dieu parfume sa mémoire, ne songeait nullement à suivre l'exemple de son beau-frère. L'atmosphère de notre ville n'était nullement au désespoir. Des récits particulièrement encourageants circulèrent, tout au long de l'année, souvent colportés, me disait ma mère, par l'ineffable Sarah. « Chaque fois que la Bariolée me rendait visite, je savais que j'allais pouvoir rapporter à ton père des propos qui allaient le rendre joyeux et confiant pendant une semaine entière. À la fin, c'est lui-même qui me demandait, impatient, si le "joljol" avait tinté dans notre maison en son absence. »

Un jour, Sarah arriva les yeux pleins de nouvelles. Avant

même de s'asseoir, elle commença à débiter son récit avec mille gesticulations. Elle venait d'apprendre, d'un cousin installé à Séville, que le roi Ferdinand avait reçu en grand secret deux messagers du sultan d'Égypte, deux moines de Jérusalem, chargés, disait-on, de lui transmettre un avertissement solennel du maître du Caire : si les attaques contre Grenade ne cessaient, la colère du sultan mamelouk serait terrible !

La nouvelle fit en quelques heures le tour de la ville, grossissant démesurément et s'enrichissant constamment de détails, si bien que le lendemain, de l'Alhambra à Mauror et de l'Albaicin au faubourg des Potiers, quiconque osait mettre en doute l'arrivée imminente et massive des troupes égyptiennes était regardé avec un grand mépris et une profonde suspicion. Certains assuraient même qu'une immense flotte musulmane était apparue au large de La Rabita, au sud de Grenade, et qu'aux Égyptiens s'étaient joints des Turcs et des Maghrébins. Si ces nouvelles n'étaient pas vraies, lançait-on aux derniers sceptiques, comment expliquer que les Castillans, depuis des semaines, aient suspendu brusquement leurs attaques dans tout le royaume, alors que Boabdil, naguère si timoré, lançait désormais razzia sur razzia contre le territoire contrôlé par les chrétiens sans encourir de représailles ? Une étrange ivresse de victoire s'était emparée de la ville agonisante.

Je n'étais moi-même qu'un nourrisson, privé de la sagesse des hommes mais aussi de leur folie, ce qui m'évita de participer à la crédulité générale. Bien plus tard, devenu homme et portant fièrement le surnom de Grenadin pour rappeler à tous la cité prestigieuse dont j'avais été exilé, je ne pouvais m'empêcher de penser souvent à cet aveuglement des gens de mon pays, à commencer par mes propres parents, qui avaient pu se persuader de l'arrivée imminente d'une armée salvatrice alors que seules la mort, la défaite et la honte étaient à l'affût.

*

Cette année-là était également, pour moi, l'une des plus dangereuses de toutes celles que j'allais traverser. Non seulement en raison des menaces qui pesaient sur ma ville et sur les miens, mais aussi parce que pour tout fils d'Adam la première année est celle où les maladies sont les plus meurtrières, celle où bien des hommes disparaissent sans laisser trace de ce qu'ils auraient pu être ou faire. Que de grands rois, que de poètes inspirés, que de voyageurs intrépides n'ont jamais pu réaliser le destin auquel ils semblaient promis, n'ayant pu accomplir cette première et difficile traversée, si simple, si meurtrière. Que de mères n'osent s'attacher à leur enfant de peur de devoir, un jour, caresser une ombre.

La mort, dit le poète, *tient notre vie par les deux bouts :*
La vieillesse n'est pas plus proche du trépas que
[l'enfance.

Ne disait-on pas à Grenade que le moment le plus dangereux de la vie d'un nourrisson est la période qui suit immédiatement son sevrage, vers la fin de la première année ? Privés du lait maternel, bien des enfants ne parviennent pas à survivre longtemps, aussi a-t-on pris l'habitude de leur accrocher, en guise de protection, des amulettes de jais et des talismans, enveloppés dans des sachets de cuir et contenant parfois des écritures mystérieuses, censés protéger leur porteur du mauvais œil et des maladies ; un certain talisman, appelé « pierre du loup », devait même permettre d'apprivoiser les animaux sauvages sur la tête desquels on le plaçait. À une époque où il n'était pas rare de rencontrer des lions féroces dans la région de Fès, il m'est arrivé de regretter de ne pas avoir cette « pierre » à portée de la main ; mais je ne crois pas que j'aurais osé m'approcher suffisamment de ces bêtes pour leur poser le talisman sur la crinière.

Les gens pieux trouvent ces croyances et ces pratiques contraires à la religion, pourtant leurs propres enfants portent souvent des amulettes, car ces hommes de bien parviennent rarement à raisonner leurs femmes ou leur mère.

Moi-même, pourquoi le nier ? jamais je ne me suis séparé du bout de jais que Sarah a vendu à Salma la veille de mon premier anniversaire, et sur lequel sont tracés des signes cabalistiques que je n'ai pu déchiffrer. Je ne crois cette amulette investie d'aucun pouvoir magique, mais l'homme est si vulnérable face au Destin qu'il ne peut que s'attacher à des objets enveloppés de mystère.

Dieu, qui m'a créé faible, me reprochera-t-Il un jour ma faiblesse ?

L'ANNÉE D'ASTAGHFIRULLAH

896 de l'hégire
(14 novembre 1490 -3 novembre 1491)

Cheikh Astaghfirullah avait le turban large, l'épaule étroite et la voix éraillée des prédicateurs de la Grande Mosquée, et, cette année-là, sa barbe drue et rougeoyante vira au gris, donnant à son visage anguleux cette apparence d'insatiable colère qu'il allait emporter pour tout bagage à l'heure de l'exil. Jamais plus, il ne se teindrait les poils au henné, avait-il décidé en un moment de lassitude, et malheur à qui lui en demandait la raison : « Quand ton Créateur t'interrogera sur ce que tu as fait lors du siège de Grenade, oseras-tu Lui répondre que tu t'es fardé ? »

Tous les matins, à l'heure du muezzin, il montait sur le toit de sa maison, l'une des plus hautes de la cité, non pour appeler les croyants à la prière, comme il l'avait fait pendant de longues années, mais pour scruter, au loin, l'objet de sa juste fureur.

« Regardez, criait-il à ses voisins mal réveillés, c'est votre tombeau qui se construit là-bas, sur la route de Loja, et vous êtes couchés ici à attendre que l'on vienne vous ensevelir ! Venez voir, si Dieu veut bien vous ouvrir les yeux ! Venez voir ces murs qui se sont élevés en un seul jour par la puissance d'Ibliss-le-Malin ! »

La main tendue vers l'ouest, il désignait de ses doigts effilés l'enceinte de Santa Fe que les rois catholiques avaient commencé à bâtir au printemps, et qui, au milieu de l'été, avait déjà l'aspect d'une ville.

Dans ce pays où les hommes avaient pris, depuis longtemps, la détestable habitude d'aller dans la rue tête nue, ou de se couvrir d'un simple foulard jeté nonchalamment sur les cheveux, qui glissait lentement dans la journée pour reposer sur les épaules, tout le monde reconnaissait de loin la silhouette en champignon d'Astaghfirullah. Mais peu de Grenadins savaient son vrai nom. On dit que c'est sa propre mère qui l'avait affublé, en premier, de son sobriquet, en raison des cris effarouchés qu'il poussait dès son plus jeune âge, chaque fois qu'on évoquait devant lui un objet ou un acte qu'il jugeait répréhensible. « *Astaghfirullah ! Astaghfirullah !* J'implore-le-pardon-de-Dieu ! » hurlait-il à la seule mention d'un vin, d'un meurtre ou d'un vêtement de femme.

Il fut un temps où on le moquait, gentiment ou férocement. Mon père m'a avoué que, bien avant ma naissance, il se réunissait souvent avec une bande d'amis le vendredi, juste avant la prière solennelle de midi, dans une échoppe de libraire non loin de la Grande Mosquée, pour faire des paris : combien de fois le cheikh allait-il prononcer son expression favorite au cours du sermon ? Les chiffres allaient de quinze à soixante-quinze, et tout au long de la cérémonie l'un des jeunes conjurés tenait consciencieusement le compte, échangeant avec les autres des clins d'œil amusés.

« Mais, au moment du siège de Grenade, plus personne ne se gaussait des saillies d'Astaghfirullah, poursuivait mon père, songeur et perplexe au rappel de ses anciennes gamineries. Le cheikh est apparu, aux yeux de la grande masse des gens, comme un personnage vénérable. Il n'avait nullement abandonné avec l'âge ces mots et ces comportements qui le caractérisaient, bien au contraire les traits qui nous le rendaient risible s'étaient accentués. Mais notre ville avait changé d'âme.

« Comprends-tu, Hassan mon fils, cet homme avait passé son existence à prédire aux gens que, s'ils continuaient à vivre comme ils le faisaient, le Très-Haut les punirait dans ce monde et dans l'autre ; il avait fait du malheur son rabatteur. Je me rappelle encore l'un de ses discours qui commençait à peu près ainsi :

« – En venant ce matin vers la mosquée, à travers la « porte de la Sablière et le souk des fripiers, je suis passé « devant quatre tavernes, *astaghfirullah !* où l'on vend en « se cachant à peine du vin de Malaga, *astaghfirullah !* et « d'autres boissons interdites dont je ne veux pas connaître « le nom. »

D'une voix grésillante et pesamment affectée, mon père se mit à imiter le prédicateur, émaillant ses phrases d'innombrables *astaghfirullah !* si promptement sifflés qu'ils en étaient incompréhensibles sauf quelques-uns, les seuls authentiques sans doute. Mais, à cette exagération près, les propos m'avaient semblé assez fidèlement reproduits :

« Ceux qui hantent ces lieux infâmes n'ont-ils pas appris, dès leur plus jeune âge, que Dieu a maudit celui qui vend le vin et celui qui l'achète ? Qu'Il a maudit celui qui le boit et celui qui le donne à boire ? Ils ont appris, mais ils ont oublié, ou alors ils ont préféré la boisson qui transforme l'homme en animal rampant à la Parole qui lui promet l'Eden. Une de ces tavernes est tenue par une juive, nul ne l'ignore, mais les trois autres sont tenues, *astaghfirullah !* par des musulmans. Et d'ailleurs, leurs clients ne sont ni juifs ni chrétiens, que je sache ! Certains d'entre eux sont peut-être parmi nous ce vendredi, courbant humblement la face devant leur Créateur, alors qu'ils étaient hier soir prosternés devant la coupe, affalés dans les bras d'une prostituée, ou même, le cerveau embrumé et la langue indomptée, en train de blasphémer contre Celui qui a interdit le vin, contre Celui qui a dit : « Ne « venez pas à la prière en état d'ivresse ! » *Astaghfirullah !* »

Mohamed mon père se racla la gorge, lacérée par la voix aiguë qu'il avait empruntée, avant de poursuivre :

« Oui, frères croyants, ces choses se passent dans votre ville, sous vos yeux, et vous ne réagissez pas, comme si Dieu ne vous attendait pas au jour du Jugement pour vous demander des comptes. Comme si Dieu allait vous soutenir contre vos ennemis quand vous laissez bafouer Sa parole et celle de Son Messager, Dieu le gratifie de Sa prière et de Son salut ! Quand, dans les rues grouillantes de votre ville, des femmes se promènent sans voile, offrant leur face et leur chevelure aux regards concupiscents de centaines d'hommes qui ne sont pas tous, je suppose, leur mari, leur père, leurs fils ou leurs frères. Pourquoi Dieu préserverait-Il Grenade des dangers qui la menacent quand, dans la vie des habitants de cette ville, se sont réinstallées les mœurs de l'âge de l'ignorance, les coutumes d'avant l'islam, comme les lamentations funèbres, l'orgueil de la race, la pratique de la divination, la croyance aux présages, la foi dans les reliques, l'utilisation, les uns envers les autres, d'épithètes et de sobriquets contre lesquels le Très-Haut nous a clairement mis en garde ? »

Mon père m'adressa un regard entendu, mais sans interrompre le sermon, et sans même reprendre son souffle :

« Quand, dans vos propres maisons, se sont introduites, au

mépris des interdictions formelles, des statues de marbre et des figurines d'ivoire reproduisant de façon sacrilège les formes des hommes, des femmes et des bêtes, comme si le Créateur avait besoin de l'assistance de Ses créatures pour achever Sa Création ? Quand dans vos esprits et dans ceux de vos fils s'est introduit le doute pernicieux et impie, le doute qui vous éloigne du Créateur, de Son Livre, de Son Messager et de la Communauté des Croyants, le doute qui fissure les murs et les fondements mêmes de Grenade ? »

À mesure que mon père parlait, son ton devenait sensiblement moins enjoué, ses gestes moins amples et moins désordonnés, ses *astaghfirullah* plus rares :

« Quand vous dépensez sans honte et sans retenue pour votre plaisir des sommes qui auraient assouvi la faim de mille pauvres et rendu le sourire à mille orphelins ? Quand vous vous comportez comme si les maisons et les terres dont vous jouissez étaient vôtres, alors que toute propriété est au Très-Haut, à Lui seul, vient de Lui et reviendra à Lui à l'heure qu'Il voudra, comme nous reviendrons à Lui nous-mêmes, n'emportant d'autre trésor que notre linceul et nos bonnes actions ? La richesse, frères croyants, ne se mesure pas aux choses qu'on possède mais à celles dont on sait se passer. Craignez Dieu ! Craignez Dieu ! Craignez-Le quand vous êtes vieux, mais aussi quand vous êtes jeune ! Craignez-Le quand vous êtes faible, mais aussi quand vous êtes puissant ! Je dirais même que vous devez Le craindre bien davantage quand vous êtes puissant, car pour vous Dieu sera encore plus impitoyable, et sachez que Son regard traverse tout aussi aisément la muraille imposante d'un palais que le mur d'argile d'une masure. Et que rencontre Son regard à l'intérieur des palais ? »

À ce point du discours, le ton de mon père n'était plus celui d'un imitateur, mais d'un répétiteur d'école coranique ; sa voix coulait maintenant sans artifice, et ses yeux étaient fixés au loin comme ceux d'un somnambule :

« Lorsque le regard du Très-Haut traverse les enceintes des palais, il voit que les chanteuses sont plus écoutées que les docteurs de la Loi, que le son du luth empêche les hommes d'entendre l'appel à la prière, qu'on ne distingue plus un homme d'une femme ni dans l'habit ni dans la démarche, que l'argent extorqué aux croyants est jeté aux pieds des danseuses. Frères ! De même que dans le poisson pêché, c'est la tête qui pourrit en premier, de même dans les communautés humaines, c'est de haut en bas que se propage la pourriture. »

Un long silence suivit, et, lorsque je voulus poser une question, mon père m'interrompit d'un geste. J'attendis donc qu'il soit totalement remis de ses souvenirs, et qu'il me parle lui-même :

« Les phrases que je t'ai répétées, Hassan, sont des fragments de discours du cheikh prononcés quelques mois avant la chute de Grenade. Que j'approuve ou non ses propos, j'en suis tout secoué, même quand je me les rappelle dix ans plus tard. Tu peux donc imaginer l'effet que ses sermons produisaient sur cette ville aux abois qu'était Grenade en l'année 896.

« À mesure qu'ils réalisaient que la fin était proche, et que les malheurs inlassablement prédits par Astaghfirullah commençaient à s'abattre sur eux, les Grenadins en étaient venus à se persuader que le cheikh avait eu raison dès le début et que c'est le Ciel qui avait toujours parlé par sa voix. On ne vit plus alors dans la rue, même dans les quartiers pauvres, un seul visage de femme. Certaines, même des filles à peine pubères, se couvraient par crainte de Dieu, d'autres par crainte des hommes, car des groupes de jeunes armés de gourdins s'étaient formés pour appeler les gens à faire le bien et à s'éloigner du mal. Plus aucune taverne n'osa ouvrir sa porte, même en cachette. Les prostituées quittèrent la ville en grand nombre pour se rendre au camp des assiégeants où les soldats leur firent bon accueil. Les libraires dérobèrent aux regards les ouvrages qui mettaient en doute les dogmes et les traditions, les recueils de poèmes où l'on célèbre le vin et les plaisirs, ainsi que les traités d'astrologie et de géomancie. Un jour, des livres furent même saisis et brûlés dans la cour de la Grande Mosquée. Je passais là, par hasard, alors que le petit bûcher commençait à s'éteindre et que les badauds se dispersaient en même temps que la fumée. Une feuille envolée m'apprit qu'il y avait dans le lot l'œuvre d'un médecin-poète des temps passés, connu sous le nom d'al-Kalandar. Sur ce papier à moitié dévoré par le feu, je pus retrouver ces mots :

Ce qu'il y a de mieux dans ma vie, je le tiens de l'ivresse.
Le vin coule en moi comme le sang. »

Les livres brûlés ce jour-là en public appartenaient, m'expliqua mon père, à un autre médecin, l'un des adversaires les plus acharnés d'Astaghfirullah. Il s'appelait Abou-Amr, mais les amis du cheikh avaient déformé son nom en Abou-Khamr, « le père Alcool ».

Le prédicateur et le médecin n'avaient qu'une seule chose en commun, le franc-parler, et c'est précisément ce franc-parler qui attisait sans arrêt leurs querelles dont les Grenadins suivaient les péripéties. Pour tout le reste, on avait l'impression que le Très-Haut s'était amusé à créer les deux êtres les plus dissemblables qui fussent.

Astaghfirullah était le fils d'un chrétien converti, et c'est sans doute cela qui expliquait son zèle, alors qu'Abou-Khamr était fils et petit-fils de cadi, et par conséquent ne se sentait pas obligé de fournir la preuve de son attachement au dogme et à la tradition. Le cheikh était blond, maigre et coléreux ; le médecin était aussi brun qu'une datte mûre, plus gras qu'un mouton à la veille de l'Aïd, et ses lèvres quittaient rarement le sourire, de contentement et d'ironie.

Il avait étudié la médecine dans les livres anciens, ceux d'Hippocrate, de Galien, de Razès, d'Avicenne, d'Abulcasis, d'Avenzoar et de Maimonide, ainsi que dans des ouvrages plus récents sur la lèpre et la peste, Dieu les éloigne ! Il avait coutume de distribuer chaque jour, gratuitement aux riches comme aux pauvres, des dizaines de flacons de thériaque de sa fabrication. Mais c'était seulement pour vérifier l'effet de la chair de vipère ou de l'électuaire, car il s'intéressait bien plus à la science et à l'expérimentation qu'à la pratique médicale. Comment aurait-il pu d'ailleurs, avec ses mains que l'alcool faisait constamment trembler, opérer un œil atteint de la cataracte ou même coudre une plaie ? Aurait-il pu prescrire des diètes – « la diète est le début de tout traitement », a dit le Prophète – conseiller aux patients de ne pas abuser des boissons et des aliments, alors que lui-même s'adonnait sans retenue à tous les plaisirs de la table ? Tout au plus pouvait-il recommander du vin vieux pour soigner le foie, comme l'ont fait d'autres médecins avant lui. Si on l'appelait « tabib », c'est parce que, de toutes les disciplines auxquelles il s'intéressait, et qui allaient de l'astronomie à la botanique, en passant par l'alchimie et l'algèbre, la médecine était celle où il se confinait le moins dans le rôle de simple lecteur. Mais il n'en avait jamais retiré un seul dirham, car ce n'est pas de cela qu'il vivait : il possédait, dans la riche Vega de Grenade, non loin des terres du sultan, une douzaine de villages entourés de champs de blé et d'orge, d'oliveraies, et surtout de vergers admirablement agencés. Sa récolte de froment, de poires, de cédrats, d'orangers, de bananes, ainsi que de safran et de canne à sucre, lui rapportait, dit-on, trois mille dinars d'or par saison, ce qu'un médecin ne gagne pas en trente ans. De plus, il possédait sur la colline même de l'Alhambra une immense villa, superbe *carmen* engloutie dans la vigne.

Quand Astaghfirullah vouait les riches aux gémonies, c'est souvent à Abou-Khamr qu'il faisait allusion, et c'est l'image du médecin bedonnant et couvert de soie que les humbles avaient alors à l'esprit. Car même ceux qui bénéficiaient sans bourse délier de ses remèdes éprouvaient un certain malaise en sa présence, soit en raison de ses pratiques qui semblaient relever de la magie, soit à cause de son langage, si émaillé de termes savants qu'il en était incompréhensible, sauf pour un petit groupe de lettrés désœuvrés qui passaient avec lui leurs jours et leurs nuits à boire et à discuter de mithridate, d'astrolabe et de métempsychose. Il y avait souvent parmi eux des princes de la famille royale, et Boabdil lui-même fut un adepte occasionnel de leurs beuveries, du moins jusqu'au jour où l'atmosphère créée dans la ville par Astaghfirullah contraignit le sultan à se montrer plus prudent dans le choix de ses compagnons.

« C'étaient des hommes de science et d'inconscience, rappelait mon père ; ils exprimaient souvent, hors boisson, des choses sensées, mais d'une manière qui, par son impiété tout autant que par son hermétisme, exaspérait les gens du commun. Quand on est riche, en or ou en savoir, on doit ménager l'indigence des autres. »

Puis, sur un ton de confidence :

« Ton grand-père maternel, Suleyman le libraire, Dieu l'ait en miséricorde, est allé quelquefois avec ces gens. Ce n'était pas pour le vin, bien entendu, mais pour la conversation. Et puis ce médecin était son meilleur client. Il faisait venir pour lui des livres rares du Caire, de Bagdad ou d'Ispahan, et parfois même de Rome, de Venise ou de Barcelone. Abou-Khamr se plaignait d'ailleurs du fait que les pays musulmans produisaient moins de livres que par le passé, qu'il s'agissait surtout de simples reprises ou de résumés de livres anciens. Ce sur quoi ton grand-père était d'accord : aux premiers siècles de l'islam, répétait-il souvent avec amertume, on ne comptait plus en Orient les traités de philosophie, de mathématiques, de médecine ou d'astronomie. Les poètes eux-mêmes étaient bien plus nombreux et novateurs, dans le style comme dans le sens. »

En Andalousie également, la pensée était florissante, et ses fruits étaient des livres qui, patiemment copiés, circulaient parmi les hommes de savoir de la Chine à l'extrême occident. Et puis ce fut le dessèchement de l'esprit et de la plume. Afin de se défendre contre les Francs, leurs idées et leurs habitudes, on fit de la Tradition une citadelle où l'on s'enferma. Grenade ne donna plus naissance qu'à des imitateurs sans talent ni audace.

Abou-Khamr s'en lamentait, mais Astaghfirullah s'en accommodait. Pour ce dernier, rechercher à tout prix les idées nouvelles était un vice ; l'important était de se conformer aux enseignements du Très-Haut tels qu'ils ont été entendus et commentés par les anciens. « Qui ose se prétendre plus proche de la Vérité que ne l'ont été le Prophète et ses compagnons ? C'est parce qu'ils se sont écartés de la voie juste, parce qu'ils se sont laissé corrompre les mœurs et les idées que les musulmans ont faibli devant leurs ennemis. » Pour le médecin, en revanche, les enseignements de l'Histoire étaient tout autres. « Le plus bel âge de l'islam, disait-il, c'était quand les califes distribuaient leur or aux savants et aux traducteurs, qu'ils passaient leurs soirées à discuter de philosophie et de médecine en compagnie de poètes à moitié ivres. Et l'Andalousie, se portait-elle si mal du temps où le vizir Abderrahman disait en riant : "O toi qui cries : accourez à la prière ! tu ferais mieux de crier : accourez à la boisson !" Les musulmans n'ont faibli que lorsque le silence, la peur et la conformité ont assombri leurs esprits. »

Il m'apparaissait que mon père avait suivi de près tous ces débats, mais sans jamais porter de jugement définitif. Dix ans après, ses propos restaient dénués de certitudes.

« Peu de gens suivaient le médecin sur la voie de l'irréligion, mais certaines de ses idées les ébranlaient. En témoigne l'affaire du canon. Te l'ai-je déjà contée ? »

C'était vers la fin de l'année 896. Toutes les routes menant à la Vega étaient désormais aux mains des Castillans, et les vivres se faisaient rares. Les journées de Grenade n'étaient plus ponctuées que par le sifflement des boulets et des quartiers de roc qui s'abattaient sur les maisons et par les lamentations des pleureuses ; dans les jardins publics, des centaines de miséreux en guenilles, démunis face à un hiver qui s'annonçait long et rude, se disputaient les dernières branches du dernier arbre écartelé ; les hommes du cheikh, aussi déchaînés que désemparés, rôdaient dans les rues à la recherche de quelque fauteur à punir.

Autour de la ville assiégée, les combats étaient plus espacés, moins violents aussi. Les cavaliers et les fantassins de Grenade, décimés à chacune de leurs sorties par l'artillerie castillane, n'osaient plus s'aventurer en masse loin des remparts. Ils se contentaient de petits coups de main nocturnes pour assaillir une escouade ennemie, ravir des armes ou s'emparer de quelque bétail, actes audacieux mais sans horizon, car ils ne suffisaient ni à desserrer l'étau, ni à approvisionner la ville, ni même à lui redonner courage.

Soudain, une rumeur. Non pas de celles qui se répandent comme la pluie fine d'une nuée trop grosse, mais de celles qui s'abattent comme une averse d'été, couvrant de son tumulte assourdissant la misère des bruits quotidiens. Une rumeur qui apportait à notre ville cette touche de dérision dont nul drame n'est exempt.

« On apprit qu'Abou-Khamr venait d'acquérir un canon, pris sur l'ennemi par une poignée de soldats téméraires qui avaient accepté, contre dix pièces d'or, de le traîner jusqu'à son jardin. »

Mon père porta à ses lèvres une coupe de sirop d'orgeat et avala lentement plusieurs gorgées successives, avant de poursuivre, insensible à l'incompréhension dans laquelle je baignais :

« Les Grenadins n'avaient jamais possédé de canons, et, comme Astaghfirullah ne cessait de leur répéter que cette invention diabolique faisait plus de bruit que de mal, ils s'étaient résignés à l'idée qu'un engin si neuf et si compliqué ne pouvait se trouver que chez l'ennemi. L'initiative du médecin les plongea dans la perplexité. Ce fut, pendant des jours, un défilé ininterrompu de jeunes et de vieux, qui restaient à une distance respectueuse de "la chose", dont ils commentaient à mi-voix les rondeurs bien roulées et la mâchoire menaçante. Quant à Abou-Khamr, il était là, avec ses propres rondeurs, savourant sa revanche. « Allez dire au

« cheikh de venir, plutôt que de passer ses journées à la
« prière ! Demandez-lui s'il sait allumer une mèche aussi
« facilement qu'il brûle un livre ! » Les plus pieux s'éloignaient précipitamment, marmonnant quelque imprécation,
alors que d'autres interrogeaient le médecin avec insistance
sur la manière de se servir du canon et sur ses effets s'il était
utilisé contre Santa Fe. Bien entendu, lui-même n'en savait
rien, et ses explications n'en étaient que plus impression-
nantes.

« Tu auras deviné, Hassan mon fils, que ce canon ne servit
jamais. Abou-Khamr n'avait ni boulets, ni poudre, ni
artilleurs, et parmi ses visiteurs on se mit à ricaner. Fort heureusement pour lui, le *muhtasib,* responsable de la police,
alerté par les attroupements, fit enlever l'objet par quelques
hommes et le tira vers l'Alhambra pour le montrer au sultan.
On ne le revit plus jamais. Mais on continua longtemps
encore à en entendre parler, de la bouche du médecin bien
évidemment, qui ne se lassait pas de répéter que c'est uniquement par le canon que les musulmans pourraient vaincre
leurs ennemis, que, tant qu'ils ne se résoudraient pas à
acquérir ou à fabriquer un grand nombre de ces engins, leurs
royaumes seraient en péril. Astaghfirullah prêchait tout autre
chose : c'est par le martyre des combattants de la foi que les
assiégeants seraient écrasés.

« Le sultan Boabdil allait les mettre d'accord, car il ne
désirait, quant à lui, ni canons ni martyre. Tandis que le
cheikh et le médecin ergotaient sans répit et qu'à travers eux
Grenade entière s'interrogeait sur son sort, le maître de la
ville ne songeait qu'à se dérober au combat. Il envoyait au
roi Ferdinand message sur message, où il n'était plus question que de la date de la reddition, l'assiégeant parlant en
semaines et l'assiégé en mois, espérant peut-être que la main
du Très-Haut brouillerait entre-temps les frêles arrangements
des hommes par quelque décret subit, un déluge, un cata-
clysme ou une peste qui décimerait les grands d'Espagne. »
Mais le Ciel avait pour nous d'autres desseins.

L'ANNÉE DE LA CHUTE

897 de l'hégire
(4 novembre 1491 – 22 octobre 1492)

« Il a fait froid cette année-là sur Grenade, froid et peur, et la neige était noire de terre remuée et de sang. Qu'elle était familière, la mort, que l'exil était proche, que les joies du passé étaient cruelles au souvenir ! »

Ma mère n'était plus la même quand elle parlait de la chute de notre ville ; elle avait pour ce drame une voix, un regard, des mots, des larmes que je ne lui connaissais en aucune autre circonstance. Moi-même, je n'avais pas trois ans en ces journées tumultueuses, et je ne sais si les cris qui se pressent en cet instant à mes oreilles sont le rappel de ce que j'ai vraiment entendu alors, ou bien seulement l'écho des mille récits qu'on m'en a faits depuis.

Ces récits ne commençaient pas tous de la même manière. Ceux de ma mère parlaient d'abord de disette et d'angoisse.

« Dès les premiers jours de l'année, disait-elle, les neiges étaient venues couper les rares routes que les assiégeants avaient épargnées, achevant d'isoler Grenade du reste du pays, et surtout de la Vega et des monts Alpujarras, au sud, d'où nous parvenaient encore blé, avoine, millet, huile et raisin sec. Dans notre voisinage, les gens avaient peur, même les moins pauvres ; ils achetaient chaque jour tout ce qui leur tombait sous la main, et, de voir les jarres de provisions alignées contre les murs des chambres, ils avaient, au lieu de se sentir rassurés, encore plus peur de la famine, des rats et des pillards. Tous disaient que si les routes s'ouvraient à nouveau, ils partiraient sans tarder vers quelque village où ils avaient de la famille. Aux premiers mois du siège, c'étaient les habitants des villages alentour qui cherchaient asile à Grenade, rejoignant ainsi les réfugiés de Guadix et de Gibraltar ; ils se logeaient tant bien que mal chez leurs proches, dans les dépendances des mosquées ou dans les bâtiments désaffectés ; l'été précédent, ils étaient même dans les jardins et les terrains vagues, sous des tentes de fortune. Les rues étaient parsemées de mendiants de toute origine, parfois regroupés par familles entières, père, mère, enfants et vieillards, tous squelettiques et hagards, mais souvent aussi rassemblés en bandes de jeunes aux allures inquiétantes ; et les hommes d'honneur qui ne pouvaient se livrer à l'aumône ni au brigandage mouraient lentement dans leurs demeures à l'abri des regards. »

Tel ne fut pas le sort des miens. Même aux pires moments de pénurie, notre maison n'a jamais manqué de rien, grâce à la position de mon père. Il avait en effet hérité de son propre père une importante charge municipale, celle de mitterrand principal, avec pour fonctions de peser les grains et de s'assurer de l'honnêteté des pratiques commerciales ; c'est ce qui valut aux membres de ma famille le surnom d'*al-Wazzan,* le peseur, que je porte toujours ; au Maghreb, nul ne sait que je m'appelle aujourd'hui Léon ou Jean-Léon de Médicis, nul ne m'a jamais surnommé l'Africain ; là-bas, j'étais Hassan, fils de Mohamed al-Wazzan, et dans les actes officiels on ajoutait « al-Zayyati », du nom de ma tribu d'origine, « al-Gharnati », le Grenadin, et lorsque je m'éloignais de Fès on me désignait également par « al-Fassi », référence à ma première patrie d'adoption, qui ne fut pas la dernière.

En tant que peseur, mon père aurait pu prélever sur les denrées qui lui étaient soumises les quantités qu'il désirait, dans des limites raisonnables, ou même toucher en dinars d'or le prix de son silence sur les fraudes des marchands ; je ne crois pas qu'il ait cherché à s'enrichir, mais sa position éloignait totalement de lui et de ses proches le spectre de la famine.

« Tu étais alors un petit garçon si gros, me disait ma mère, que je n'osais plus te promener dans la rue, de crainte d'attirer le mauvais œil » ; c'était aussi pour ne pas trahir notre relative opulence.

Dans son souci de ne pas s'aliéner ses voisins les plus éprouvés, mon père les fit souvent profiter de ses acquisitions, surtout quand il s'agissait de viande ou de primeurs, mais il donnait toujours avec mesure et modestie, car toute largesse était provocation, toute condescendance humiliation. Et lorsque la population de la capitale, à bout de forces et d'illusions, manifesta dans la rue sa fureur et son désarroi, et qu'une délégation se rendit auprès du sultan pour le sommer de mettre fin à la guerre de n'importe quelle façon, mon père accepta de se joindre aux représentants d'Albaicin.

Aussi, quand il me contait la chute de Grenade, son récit débutait-il immanquablement dans les salles tapissées de l'Alhambra.

« Nous étions trente, venus de tous les coins de la ville, de Najd à la Fontaine des Larmes, et du faubourg des Potiers au Champ d'Amandes, et ceux qui criaient fort ne tremblaient pas moins que les autres. Je ne te cacherai pas que j'étais moi-même terrorisé, et que je serais bien revenu sur mes pas si je n'avais craint de perdre la face. Imagine donc la folie de notre démarche : pendant deux journées entières, des milliers de citadins avaient semé le désordre dans les rues, hurlant les pires invectives contre le sultan, injuriant ses conseillers et ironisant sur ses femmes, lui enjoignant sans égard de se battre ou de faire la paix, plutôt que de prolonger indéfiniment une situation où la vie était sans joie et la mort sans gloire. Or, comme pour porter directement à ses oreilles les insultes que ses espions lui avaient sans aucun doute déjà rapportées, voilà que nous venions, curieux parlementaires échevelés et vociférants, le défier dans son propre palais, devant son chambellan, ses vizirs et les officiers de sa garde. Et moi, fonctionnaire au bureau du *muhtasib,* censé veiller au respect de la loi et de l'ordre public, j'étais là, avec les meneurs d'émeutes, alors que l'ennemi se trouvait aux portes de la ville. En songeant confusément à tout cela, je me disais que j'allais me retrouver dans une oubliette, flagellé jusqu'au sang par un nerf de bœuf, ou même crucifié sur le créneau d'une muraille.

« Mes craintes s'avérèrent ridicules, et à la frayeur succéda très vite la honte ; fort heureusement, aucun de mes compagnons ne se rendit compte de l'une ni de l'autre. Tu vas bientôt comprendre, Hassan mon fils, pourquoi je te révèle ce moment de faiblesse, dont je n'ai jamais parlé à aucun de mes proches. Je veux que tu saches ce qui s'est vraiment passé dans notre ville de Grenade en cette année de malheur ; peut-être cela t'évitera-t-il de te laisser abuser à ton tour par ceux qui ont entre les mains le sort de la multitude. Moi-même, je n'ai rien appris de précieux sur la vie qu'en dévoilant les cœurs des princes et des femmes.

« Notre délégation entra donc dans la salle des Ambassadeurs où Boabdil trônait à sa place habituelle, entouré de deux soldats en armes et de quelques conseillers. Il avait les rides étonnamment creusées pour un homme de trente ans, la barbe bien grise et les paupières flétries ; devant lui, un énorme brasero de cuivre ciselé nous cachait ses jambes et sa poitrine. C'était à la fin de *moharram,* qui correspondait cette année-là au début du mois chrétien de décembre, une époque si froide qu'elle remettait en mémoire les paroles insolentes du poète Ibn-Sara de Santarem, lorsqu'il avait visité Grenade :

Gens de ce pays, ne priez pas,
Ne vous détournez pas des choses interdites,
Vous pourrez ainsi gagner votre place en Enfer,
Où le feu est si réconfortant
Quand souffle le vent du nord.

« Le sultan nous accueillit avec un sourire à peine dessiné sur ses lèvres, mais qui me parut bienveillant. Il nous invita d'un geste à nous asseoir, ce que je fis du bout des fesses. Mais, avant même que la discussion ne fût engagée, je vis défiler, à ma grande surprise, un grand nombre de dignitaires, officiers, ulémas, notables venus d'un peu partout, parmi lesquels le cheikh Astaghfirullah, le vizir al-Mulih, le médecin Abou-Khamr, en tout près d'une centaine de personnages, dont certains s'évitaient depuis toujours.

« Boabdil parla lentement, d'une voix basse qui contraignit ses visiteurs à se taire et à se pencher, en respirant à peine, dans sa direction : « Au nom de Dieu Bienfaiteur et « Miséricordieux, j'ai voulu que se réunissent ici, au palais « de l'Alhambra, tous ceux qui ont une opinion sur la « situation préoccupante où le sort a placé notre ville. « Échangez vos vues et entendez-vous sur l'attitude à « adopter pour le bien de tous, et j'agirai conformément à « vos conseils. Notre vizir al-Mulih donnera son opinion en « premier ; je ne parlerai qu'à la fin. » Sur quoi, il cala son dos dans les coussins alignés contre le mur et ne dit plus mot.

« Al-Mulih était le principal collaborateur du sultan, et l'on attendait de sa bouche un éloge en prose rimée de l'attitude adoptée jusqu'ici par son maître. Il n'en fut rien. S'il adressa bien son discours « au glorieux descendant de la glorieuse dynastie nasride », il poursuivit sur un ton tout autre : « Seigneur, me garantissez-vous l'impunité, l'*amân,* si je

« dis sans détour et sans retenue ce que je pense en cet
« instant ? » Boabdil acquiesça d'un léger signe de la tête.
« Mon avis, enchaîna le vizir, c'est que la politique que
« nous suivons ne sert ni Dieu ni ses adorateurs. Nous
« pouvons discourir ici dix jours et dix nuits durant, cela
« ne mettra pas un grain de riz dans les bols vides des enfants
« de Grenade. Regardons la vérité en face, même si elle est
« hideuse, et fuyons le mensonge, même s'il est paré de
« joyaux. Notre cité est grande et, déjà en temps de paix, il
« n'est pas facile de lui procurer les vivres dont elle a besoin.
« Chaque jour qui passe prélève son lot de victimes, et
« le Très-Haut nous demandera un jour des comptes pour
« tous ces innocents que nous avons laissés mourir. Nous
« pourrions exiger des habitants des sacrifices si nous leur
« promettions une délivrance prochaine, si une puissante
« armée musulmane était en route pour dégager Grenade
« punir ses assiégeants, mais, nous le savons maintenant,
« personne ne viendra nous secourir. Toi, seigneur de ce
« royaume, tu as écrit au sultan du Caire et à l'Ottoman,
« t'ont-ils répondu ? » Boabdil haussa les sourcils en signe
de négation. « Et récemment encore, tu as écrit aux souve-
« rains musulmans de Fès et de Tlemcen pour qu'ils accou-
« rent avec leurs armées. Comment ont-ils réagi ? Ton sang
« noble, ô Boabdil, t'interdit de le dire, mais je le ferai à ta
« place. Eh bien, les souverains de Fès et de Tlemcen ont
« envoyé des messagers alourdis de cadeaux, non pas à nous,
« mais à Ferdinand, pour lui jurer que jamais ils ne porte-
« raient les armes contre lui ! Grenade est seule, aujourd'hui,
« car les autres villes du royaume sont déjà perdues, car les
« musulmans des autres contrées sont sourds à nos appels.
« Quelle solution nous reste-t-il ? »

« Un silence accablé régnait sur l'assistance, qui se
contentait d'émettre, de temps à autre, quelques grondements
approbatifs. Al-Mulih ouvrit la bouche comme s'il s'apprêtait à poursuivre son argumentation. Mais il ne dit rien, fit un
pas en arrière et s'assit, le regard rivé au sol. Trois orateurs
d'origine obscure se levèrent alors successivement pour dire
qu'il fallait négocier d'urgence la reddition de la ville, et que
les dirigeants avaient perdu trop de temps, insensibles qu'ils
étaient aux malheurs des humbles.

« Puis ce fut au tour d'Astaghfirullah, qui dès le début
s'impatientait sur son siège. Il se leva, porta d'un geste

machinal les deux mains à son turban pour l'ajuster et dirigea son regard vers le plafond orné d'arabesques. « Le vizir « al-Mulih est un homme réputé pour son intelligence et son « habileté, et quand il désire inculquer une idée à « son audience, il y parvient aisément. Il a voulu nous « transmettre un message, il a préparé nos esprits à le « recevoir, et puis il s'est tu, car il ne veut pas nous présenter « de sa main la coupe amère qu'il nous demande de boire. « Qu'y a-t-il dans cette coupe ? S'il ne veut pas le dire de sa « bouche, je le dirai moi-même : le vizir veut que nous « acceptions de livrer Grenade à Ferdinand. Il nous a expli- « qué que toute résistance était désormais inutile, qu'aucune « aide ne nous parviendra d'Andalousie ni d'ailleurs ; il nous « a révélé que des envoyés des princes musulmans se sont « compromis avec nos ennemis, Dieu punisse les uns et « les autres comme Lui seul sait le faire ! Mais al-Mulih ne « nous a pas tout révélé ! Il ne nous a pas dit qu'il était « depuis des semaines en pourparlers avec les *Roum*. Il ne « nous a pas avoué qu'il s'était déjà entendu avec eux pour « leur ouvrir les portes de Grenade. »

« Astaghfirullah haussa la voix pour couvrir le brouhaha qui montait. « Al-Mulih ne nous a pas confié qu'il avait « même accepté d'avancer la date de la reddition, que celle- « ci aura lieu dans les jours à venir, et qu'il a seulement « cherché à obtenir un délai pour préparer l'esprit des « gens de Grenade à la défaite. C'est pour nous contraindre « à la capitulation que les dépôts de vivres sont fermés « depuis plusieurs jours ; c'est pour hâter notre décou- « ragement que des manifestations de rue ont été organisées « par les agents du vizir ; et si l'on nous a fait venir à « l'Alhambra en ce jour, ce n'est pas pour critiquer les actes « de nos gouvernants, comme le vizir a voulu nous le « faire croire, mais bien pour donner notre aval à leur déci- « sion impie de livrer Grenade. » Le cheikh hurlait presque ; sa barbe vibrait de colère et d'amère ironie. « Ne vous indignez pas, frères croyants, car, si al-Mulih « nous a caché la vérité, ce n'est pas dans l'intention « de nous tromper ; c'est uniquement parce que le temps lui « a manqué. Mais, par Dieu, ne l'interrompons plus, lais- « sons le exposer dans le détail ce qu'il a fait durant ces « derniers jours, ensuite nous pourrons deviser sur l'atti- « tude à adopter. » Il se tut brusquement et s'assit en ramassant d'une main tremblante les pans de son habit maculé, tandis qu'un silence de mort enveloppait la salle, que les regards se tournaient à l'unisson vers al-Mulih.

« Ce dernier attendit qu'un de ceux qui étaient présents intervienne ; en vain. Il se leva alors avec un sursaut d'énergie. « Le cheikh est un homme de piété et de cœur, nous le « savons tous ; son amour pour cette cité est d'autant plus « méritoire qu'il n'y est pas né, et son zèle pour l'islam « est d'autant plus louable que ce n'est pas sa religion « d'origine. C'est également un homme de vaste savoir, « versé dans les sciences de la religion et du monde, et qui « n'hésite pas à chercher la connaissance à sa source, aussi « lointaine soit-elle ; en l'entendant raconter ce qui « s'est passé entre moi, envoyé du puissant sultan de « l'Andalousie, et l'émissaire du roi Ferdinand, je ne peux « cacher mon admiration, mon étonnement et ma surprise, « puisque ce n'est pas moi qui lui ai rapporté ces faits. Je « dois reconnaître d'ailleurs que ce qu'il a dit n'est pas « éloigné de la vérité. Je lui reprocherais seulement d'avoir « présenté les choses de la manière dont on les décrit chez « nos ennemis. Pour ceux-ci, l'important est la date de la « paix, car le siège leur coûte cher ; pour nous, le but n'est « pas de retarder l'inévitable dénouement de quelques jours « ou de quelques semaines, au bout desquels les Castillans « se jetteraient sur nous avec un acharnement redoublé ; « à présent que la victoire est hors de portée, par un décret « irrévocable de Celui qui régit toutes choses, nous devons « essayer d'obtenir les meilleures conditions possibles. « C'est-à-dire la vie sauve pour nous, pour nos femmes, pour « nos enfants ; c'est-à-dire la préservation de nos biens, de « nos champs, de nos maisons, de nos bêtes ; le droit pour « chacun de nous de continuer à vivre à Grenade, selon la « religion de Dieu et de son Prophète, en priant dans nos « mosquées, et en ne payant d'autres taxes que la *zakat* et la « dîme prescrites par notre Loi ; le droit également pour ceux « qui le veulent de partir outre-mer vers le Maghreb, empor-« tant tous leurs biens, avec un délai de trois ans pour faire « leur choix, et avec la faculté de vendre leurs possessions au « juste prix à des musulmans ou à des chrétiens. Voilà ce « sur quoi j'ai voulu obtenir l'accord de Ferdinand, en lui « faisant jurer sur l'Évangile de le respecter jusqu'à sa mort, « et ses successeurs après lui. « Ai-je eu tort ? »

« Al-Mulih ne s'arrêta pas pour écouter les réponses, il poursuit : « Dignitaires et notables de Grenade, je ne vous « annonce pas une victoire, mais je veux vous éviter l'amère « coupe de la défaite humiliante, du massacre, du viol des « femmes et des filles, du déshonneur, de l'esclavage, du « pillage, de la destruction. Pour cela, j'ai besoin de votre « accord et de votre soutien. Si vous me le demandez, « je peux rompre les négociations ou les faire traîner en « longueur ; c'est ce que je ferais si je ne cherchais que les « louanges des sots et des faux dévots. Je fournirais aux « envoyés de Ferdinand mille prétextes pour retarder la « paix. Mais serait-ce vraiment l'intérêt des musulmans ? « Nous sommes en hiver, les forces de l'ennemi sont « plus éparses, et la neige l'a contraint à réduire ses attaques. « Il s'abrite derrière les murs de Santa Fe et les fortifications « qu'il a construites, se contentant de nous interdire les « routes. Dans trois mois, ce sera le printemps, Ferdinand « aura des troupes fraîches, prêtes à lancer l'attaque déci-« sive contre notre ville que la faim aura déjà rendue « exsangue. C'est maintenant qu'il faut négocier ! C'est « maintenant que Ferdinand acceptera nos conditions, car nous « pouvons encore lui offrir quelque chose en échange. »

« Abou-Khamr, qui était resté silencieux depuis le début de la discussion, bondit soudain de sa place, bousculant ses voisins de ses épaules massives : « Nous pouvons lui offrir « quelque chose, dis-tu, mais quelle chose ? Pourquoi caches-« tu les mots au fond de ta gorge ? Ce que tu veux offrir « à Ferdinand, ce n'est ni un chandelier d'or, ni une robe « d'apparat, ni une esclave de quinze ans. Ce que tu veux « offrir à Ferdinand, c'est cette ville dont le poète a dit :

Grenade, nulle cité ne te ressemble
Ni en Égypte, ni en Syrie, ni en Irak,
C'est toi la mariée,
Et ces pays ne sont que ta dot.

« Ce que tu veux offrir à Ferdinand, ô vizir, c'est ce palais « de l'Alhambra, gloire des gloires et merveille des « merveilles. Regardez autour de vous, mes frères ! Prome-« nez lentement vos yeux tout autour de cette salle dont nos « pères et nos grands-pères ont patiemment ciselé chaque « pan de mur comme un bijou délicat et rare ! Fixez à jamais

« dans vos mémoires ce lieu vénéré où aucun de vous ne
« remettra plus les pieds, sauf peut-être comme esclave. »

« Le médecin pleurait, et bien des hommes se cachèrent le
visage. « Pendant huit siècles, poursuivit-il d'une voix
« cassée et haletante, nous avons illuminé cette terre de notre
« savoir, mais notre soleil est à l'heure de l'éclipse, et tout
« devient sombre. Et toi, Grenade, je sais que ta
« flamme vacille une dernière fois avant de s'éteindre,
« mais qu'on ne compte pas sur moi pour la souffler, car mes
« descendants cracheraient sur mon souvenir jusqu'au jour
« du Jugement. » Il s'affala plus qu'il ne s'assit, et quelques
secondes s'écoulèrent lentement, lourdement, avant que le
silence ne soit rompu, à nouveau par Astaghfirullah, qui
oublia, pour l'occasion, son inimitié envers Abou-
Khamr. « Le médecin dit vrai. Ce que le vizir veut offrir
« au roi des infidèles, c'est notre ville, avec ses mosquées
« qui deviendront églises, ses écoles où ne pénétrera plus
« jamais le Coran, ses maisons où plus aucun interdit ne sera
« respecté. Ce qu'il offre aussi à Ferdinand, c'est un droit de
« vie et de mort sur nous et sur les nôtres, car nous
« n'ignorons pas ce que valent les traités et les serments
« des *Roum*. N'ont-ils pas promis respect et vie sauve aux
« habitants de Malaga il y a quatre ans, avant d'entrer dans la
« ville et d'emmener femmes et enfants en captivité ?
« Peux-tu m'assurer, al-Mulih, qu'il n'en sera pas de même à
« Grenade ? »

« Le vizir répondit d'un ton excédé : « Je ne peux rien
« t'assurer, sinon que je resterai moi-même dans cette ville,
« que je partagerai le sort de ses fils et que j'utiliserai toute
« l'énergie que le Très-Haut voudra bien me prêter pour
« faire respecter les accords. Ce n'est pas entre les mains de
« Ferdinand qu'est notre destin, mais entre les mains
« de Dieu, et c'est Lui seul qui pourra un jour nous donner la
« victoire qu'Il nous refuse aujourd'hui. Pour le moment, la
« situation est celle que vous connaissez, et il est inutile de
« prolonger notre discussion. Il faut parvenir à une décision.
« Que ceux qui approuvent la conclusion d'un accord avec
« les Castillans proclament la devise de la dynastie nas-
« ride ! »

« De tous les coins de la salle des Ambassadeurs, se rappelait mon père, fusa la même phrase, « Seul Dieu peut donner
la victoire », dite avec détermination mais sans joie aucune,

car ce qui avait été naguère un cri de guerre était devenu, cette année-là, une formule de résignation ; peut-être même aussi, dans la bouche de certains, un reproche à l'adresse du Créateur, puisse-t-Il nous préserver du doute et de l'incroyance !

« Quand il fut assuré du soutien de la multitude des présents, Boabdil se décida à reprendre la parole à son vizir. Il fit taire ses sujets d'un geste insistant des deux mains, pour dire sur un ton sentencieux : « Les croyants se sont « prononcés dans leur ensemble et leur décision est « faite. Nous suivrons la voie de la paix, confiants que Dieu « nous guide vers ce qui est le meilleur pour nous, Il est « Celui qui écoute, Il est Celui qui répond. »

« Avant que le sultan n'ait achevé sa phrase, Astaghfirullah se dirigeait déjà vers la sortie, son boitillement accentué par la fureur, et ses lèvres proférant ces mots terribles : « Est-ce bien de nous que Dieu a dit dans son Livre : "Vous êtes la meilleure nation qui ait jamais été donnée aux hommes ?" »

*

Le soir même de la réunion de l'Alhambra, Grenade tout entière savait exactement ce qui s'y était dit. Alors commença la dure épreuve de l'attente, avec son lot quotidien de rumeurs, qui tournaient toutes autour d'un thème désespérément unique : le jour et l'heure de l'entrée des Castillans dans la ville.

« Au cours de la dernière semaine du mois de *safar,* me raconta ma mère, c'était au lendemain de la fête de la naissance du Messie Issa – paix sur lui ! – Sarah-la-Bariolée vint me voir avec un petit livre soigneusement enveloppé dans un foulard de soie mauve qu'elle tira avec précaution du fond de son cabas d'osier. « Ni toi ni moi ne savons lire », lui dis-je en me forçant à sourire, mais elle semblait avoir perdu toute sa jovialité. « J'ai apporté ceci pour le montrer à ton « cousin, me débita-t-elle sur le ton le plus froid. C'est un « traité écrit par un homme très sage de notre communauté, « rabbi Ishak Ben Yahouda. Il dit qu'un déluge va s'abattre « sur nous, un déluge de sang et de feu, un châtiment auquel « vont succomber tous ceux qui ont abandonné la vie de « nature pour la corruption de la ville. » Son élocution était saccadée et ses mains tremblantes.

« Tu étais assis sur mes genoux, mon fils ; je te serrais
bien fort et t'embrassais chaudement sur la nuque. « Devine-
« resse de malheur, lançai-je à Sarah avec plus d'agacement
« que de méchanceté ! Ne vois-tu pas que les souffrances
« quotidiennes sont déjà bien envahissantes ? Faut-il
« vraiment que tu nous prédises un sort plus lamentable
« encore ? » Mais la juive ne se laissa pas détourner de son
propos : « Rabbi Ishak est un familier du roi Ferdinand, il
« connaît bien des secrets, et, s'il emprunte le langage des
« prophètes, c'est pour nous faire entendre ce qu'il ne peut
« divulguer autrement. – Peut-être cherche-t-il à vous avertir
« que Grenade sera prise, mais cela n'est plus un secret. –
« Ses propos vont plus loin. Il affirme que, pour les juifs, il
« n'y aura plus d'air à respirer ni d'eau à boire en ce pays de
« Séfarade. »

« Elle, si exubérante d'habitude, articulait à grand-peine
tant sa frayeur était grande. « Est-ce ton livre qui t'a ainsi
« bouleversée ? – Il y a autre chose. J'ai appris ce matin
« qu'un de mes neveux a été brûlé vif sur un bûcher à La
« Guardia, près de Tolède, avec dix autres personnes. Ils
« étaient accusés d'avoir pratiqué la magie noire,
« d'avoir enlevé un enfant chrétien et de l'avoir
« crucifié comme Issa. Les inquisiteurs n'ont rien pu
« prouver ; ils n'ont pu fournir le nom de l'enfant soi-disant
« assassiné, ni produire un cadavre, ni même établir qu'un
« enfant de la région avait disparu ; mais, sous la torture de
« l'eau et les tours de corde, Youssef et ses amis ont dû
« avouer n'importe quoi. – Crois-tu que les tiens
« pourraient subir un sort semblable à Grenade ? » Sarah me
lança un regard où je crus percevoir de la haine. Je ne savais
en quoi je l'avais offensée, mais, dans l'état où elle se trouvait, je résolus de lui faire des excuses. Elle ne m'en laissa
pas le temps. « Quand cette ville sera prise, crois-tu que
« vos terres, vos maisons et votre or seront moins convoités
« que les nôtres ? Crois-tu que le feu du bûcher affectionne
« un fils de Sem plus qu'un autre ? Nous sommes à Grenade
« comme sur une arche, nous avons flotté ensemble et nous
« coulerons ensemble. Demain, sur le chemin de l'exil… »

« Sentant qu'elle était allée trop loin, elle s'interrompit et,
pour atténuer l'effet de ses dires, elle m'entoura de ses bras
aux amples manches et à l'odeur de musc, et elle se mit à
sangloter contre mon épaule. Pourtant, je ne lui en voulais

pas, car ces mêmes images qui l'effrayaient hantaient mon esprit dans l'éveil et dans le rêve, et en cela nous étions sœurs, déjà orphelines de la même ville agonisante.

« Nous nous lamentions ainsi lorsque j'entendis le pas de ton père qui revenait. Je l'appelai de mon alcôve, et pendant qu'il montait les marches je m'essuyai les joues avec le pan de ma robe tandis que Sarah se couvrait précipitamment la tête et le visage. Mohamed avait les yeux rouge sang, mais je feignis de ne pas m'en rendre compte pour ne pas l'embarrasser. « Sarah t'a apporté un livre pour que tu nous « expliques ce qu'il contient. » Ton père n'avait plus, depuis longtemps, la moindre prévention contre la Bariolée, qui était maintenant presque chaque jour chez nous et avec laquelle il se plaisait à échanger opinions et nouvelles ; il aimait bien aussi la taquiner sur ses accoutrements, ce dont elle riait de bon cœur. Ce jour-là, toutefois, il n'avait pas plus qu'elle le cœur à rire. Il prit le livre de ses mains sans mot dire et s'assit en tailleur au seuil de la chambre pour le feuilleter. Il s'y plongea durant plus d'une heure, tandis que nous l'observions en silence ; puis il le referma et demeura songeur. Il me regarda sans avoir l'air de me voir : « Ton « père Suleyman le libraire m'avait dit jadis qu'à la veille de « tous les grands événements des livres comme celui-ci « apparaissent qui prédisent la fin du monde et qui cherchent « à expliquer par le mouvement des astres ou par la « désobéissance des hommes les décrets sévères du Très- « Haut. Les gens se les passent en cachette, et leur lecture « les rassure car le malheur de chacun se perd et s'oublie « comme une goutte dans un torrent. Ce livre dit que les tiens « doivent partir, Sarah, sans attendre que le destin frappe à « leur porte. Dès que tu le pourras, prends tes enfants et « éloigne-toi de ce pays. » Sarah se découvrit la face en signe d'affliction. « Pour aller où ? » C'était moins une question qu'un cri de détresse, mais ton père répondit en feuilletant le livre : « Cet homme recommande l'Italie, ou « le pays des Ottomans, mais tu peux même aller au « Maghreb outre-mer, qui est plus proche. C'est là-bas que « nous irons nous-mêmes. » Il lâcha le livre et s'en alla sans nous regarder.

« C'était la première fois que ton père parlait d'exil, et j'aurais voulu l'interroger sur cette décision et sur les dispositions qu'il avait prises, mais je n'osais pas, et lui-même ne m'en reparla qu'une fois, le lendemain, pour me dire à mi-voix de ne pas évoquer cette question devant Warda. »

Les jours suivants, les canons et les mangonneaux demeurèrent silencieux ; la neige tombait toujours sur Grenade, la revêtant d'un voile de paix et de sérénité que rien ne semblait devoir déchirer. Il n'y avait aucun combat, et seuls quelques cris d'enfants animaient les rues. La cité aurait tellement voulu que le temps l'oublie ! Mais il était en marche : l'année chrétienne 1492 commença le dernier jour du mois de *safar* 897, et avant l'aube on vint frapper à grands coups à notre porte. Ma mère se réveilla en sursaut et appela mon père, qui dormait cette nuit-là auprès de Warda. Il alla ouvrir. C'étaient des officiers du sultan qui lui demandaient de les suivre sur son cheval ; ils avaient déjà rassemblé plusieurs dizaines de personnes, parmi lesquelles de tout jeunes adolescents dont la neige éclairait les faces glabres. Mohamed rentra chez lui pour s'habiller chaudement, puis il s'en fut, flanqué de deux soldats, détacher sa monture dans la grange, derrière la maison. Debout dans l'entrebâillement de la porte, moi à moitié endormi sur son bras et la tête de Warda tendue par-dessus son épaule, ma mère insistait auprès des officiers pour savoir où on emmenait son mari. Ils répondirent que le vizir al-Mulih leur avait donné une liste de personnes qu'il voulait voir d'urgence ; ils ajoutèrent qu'elle n'avait rien à craindre. Mon père, en partant, la rassura lui aussi de son mieux.

En atteignant la place de la Tabla, devant l'Alhambra, Mohamed vit, à la lueur naissante du jour, près de cinq cents détenus, tous montés, tous enveloppés de lourds manteaux de laine, entourés d'un millier de soldats à pied et à cheval, qui n'usaient à leur égard d'aucune brutalité, même verbale, se contentant de les entourer pour les empêcher de s'éloigner. Puis l'immense troupe s'ébranla en silence, un cavalier voilé en tête, les soldats en file sur les côtés. Elle passa devant la porte des Sept Étages, longea les remparts, sortit de la ville par la porte de Najd pour atteindre le Genil, dont la surface était gelée. C'est dans un champ de cerisiers, au bord de la rivière, que la caravane silencieuse et tremblante fit halte pour la première fois.

Il faisait clair déjà, mais l'on distinguait encore dans le ciel le fin croissant du mois nouveau. L'homme voilé se découvrit le visage et appela vers lui une douzaine de hauts dignitaires choisis parmi les détenus. Nul ne fut surpris que ce soit al-Mulih. Il commença par leur demander de ne pas s'inquiéter et s'excusa de ne pas leur avoir fourni des explications plus tôt.

« Il fallait que nous sortions de la ville pour éviter tout incident, toute réaction inconsidérée. Ferdinand a demandé que cinq cents notables appartenant aux grandes familles grenadines lui soient laissés en otages pour qu'il puisse introduire ses troupes dans la ville sans craindre de piège. Nous aussi avons intérêt à ce que la capitulation se passe sans la moindre violence. Rassurez les autres, dites-leur qu'ils seront bien traités et que tout se passera très vite. »

L'information fut communiquée à tous sans provoquer d'autre réaction que quelques murmures sans conséquence, car la plupart ressentaient de la fierté d'avoir été choisis ainsi qu'une certaine sécurité à ne pas se trouver dans la ville quand elle serait envahie, ce qui compensait largement la gêne d'une captivité provisoire. D'autres, comme mon père, auraient préféré se trouver auprès de leurs femmes et de leurs enfants au moment difficile, mais ils savaient qu'ils ne pourraient rien pour eux, et que la volonté du Tout-Puissant devait s'accomplir jusqu'au bout.

La pause ne se prolongea pas au-delà d'une demi-heure, puis on repartit vers l'ouest, sans jamais s'éloigner du Genil à plus d'un jet de pierre. Bientôt une troupe de Castillans apparut à l'horizon et, quand elle arriva à notre hauteur, son chef discuta à l'écart avec al-Mulih, puis, sur ordre de celui-ci, les soldats grenadins tournèrent bride et revinrent au trot vers la ville alors que les cavaliers de Ferdinand prenaient leur place tout autour des otages. Dans le ciel, le croissant était maintenant invisible. La marche reprit, encore plus silencieuse, encore plus accablée, jusqu'aux murailles de Santa Fe.

« Elle est étrange, leur ville nouvelle construite avec nos vieilles pierres », songeait Mohamed en pénétrant dans ce campement si souvent observé de loin avec frayeur et curiosité. Il y régnait un branle-bas annonciateur des grandes attaques, les soldats de Ferdinand s'apprêtaient ostensiblement à engager le dernier combat, ou plutôt à abattre la ville aux abois comme on achevait dans les arènes de Grenade le taureau déchiré de tous côtés par une meute de chiens.

Le soir même du 1er janvier 1492, le vizir, qui était resté

auprès des otages, reprit le chemin de Grenade, accompagné cette fois de plusieurs officiers chrétiens qu'il devait introduire dans la cité conformément aux accords. Ils y pénétrèrent la nuit, par la route qu'avaient empruntée mon père et ses compagnons de captivité, ce qui avait l'avantage de ne pas éveiller trop tôt les soupçons des gens de la ville. Le lendemain matin, ils se présentaient à la tour de Comares, où Boabdil leur livra les clefs de la forteresse. Bientôt arrivèrent, toujours par le même chemin dérobé, quelques centaines de soldats castillans qui s'assurèrent des remparts. Un évêque hissa une croix sur la tour du guet, et les soldats l'acclamèrent en criant trois fois « Castille », « Castille », « Castille », ce qui était pour eux la coutume quand ils s'emparaient d'une place. En entendant ces cris, les Grenadins comprirent que l'irréparable était déjà arrivé, et, stupéfaits qu'un événement si considérable se soit produit avec si peu de fracas, ils se mirent à prier et à psalmodier, les yeux embués et les genoux amollis.

À mesure que la nouvelle se propageait, les habitants sortaient dans la rue, hommes et femmes mêlés, musulmans et juifs, riches et pauvres, rôdant hébétés, sursautant au moindre bruit. Ma mère m'entraîna d'une ruelle à l'autre jusqu'à la Sabika, où elle se posta pendant des heures, observant tout ce qui bougeait autour de l'Alhambra. Je crois me souvenir avoir vu ce jour-là des soldats castillans qui chantaient, criaient et se pavanaient sur les murailles. Vers midi, ils commencèrent à se répandre dans la ville, déjà éméchés, et Salma se résigna à aller attendre son mari à la maison.

Trois jours plus tard, l'un de nos voisins, un notaire âgé de plus de soixante-dix ans, qui avait été pris en otage avec mon père, fut reconduit chez lui ; il avait feint un malaise et les Castillans avaient craint qu'il ne meure entre leurs mains. On apprit de lui quel chemin avait emprunté leur troupe, et ma mère décida d'aller dès le lendemain à l'aube faire le guet à la porte de Najd, tout au sud de la ville, non loin du Genil. Elle jugea prudent de se faire accompagner de Warda, qui pourrait discuter avec ses coreligionnaires au cas où ils s'en prendraient à nous.

Nous partîmes donc à la première heure du jour, moi-même porté par ma mère, ma sœur Mariam également au bras de sa mère, l'une et l'autre progressant lentement pour éviter de glisser sur la neige gelée. Nous traversâmes la vieille Casba, le pont du Cadi, le quartier de Mauror, la Grenade-des-juifs, la porte des Potiers, sans croiser un seul passant ; seuls les tintements métalliques de quelques ustensiles nous rappelaient, de temps à autre, que nous n'étions pas dans un campement abandonné, hanté par des fantômes, mais bien dans une ville où des êtres de chair éprouvaient encore le besoin d'entrechoquer des marmites.

« Il est vrai qu'il fait à peine jour, mais cela explique-t-il qu'à la porte de Najd pas une sentinelle ne soit en faction ? » s'interrogeait ma mère à voix haute.

Elle me posa à terre et poussa le battant, qui céda sans difficulté, car il était déjà entrouvert. Nous sortîmes de la ville, sans trop savoir quel chemin prendre.

Nous étions encore à quelques pas de la muraille lorsqu'un spectacle étrange s'offrit à nos yeux écarquillés : deux troupes de cavaliers semblaient se diriger vers nous, l'une à droite, remontant du Genil mais avançant au trot malgré la pente, l'autre à notre gauche, venant du côté de l'Alhambra, la démarche pesante. Bientôt un cavalier se détacha de celle-ci et partit d'un pas plus soutenu. Revenus précipitamment vers la ville, nous franchîmes à nouveau la porte de Najd, sans toutefois en refermer le battant, pour continuer à observer sans être vus. Quand le cavalier de l'Alhambra fut tout près, ma mère étouffa un cri :

« C'est Boabdil ! » dit-elle, et, craignant d'avoir parlé trop haut, elle colla sa paume sur ma bouche pour me faire taire, alors que j'étais parfaitement silencieux, ma sœur de même, absorbés l'un et l'autre par l'étrange scène qui se déroulait devant nous.

Du sultan, je ne vis que le turban dont il s'était ceint la tête et qui lui couvrait le front jusqu'aux sourcils. Son cheval me parut bien terne face aux deux palefrois royaux qui, venant de l'autre côté, avançaient maintenant au pas, couverts d'or et de soieries. Boabdil fit mine de vouloir mettre pied à terre, mais Ferdinand l'arrêta d'un geste rassurant. Le sultan s'approcha alors de son vainqueur et tenta de lui saisir la main pour la baiser, mais le roi la retira, et Boabdil, qui s'était penché sur lui, ne put lui embrasser que l'épaule, signe qu'il était toujours traité en prince. Pas en prince de Grenade toutefois : les nouveaux maîtres de la cité lui avaient accordé une petite seigneurie dans les monts Alpujarras, où il était autorisé à s'installer avec les siens.

La scène de la porte de Najd ne dura que quelques secondes, au bout desquelles Ferdinand et Isabelle poursuivirent leur route en direction de l'Alhambra, alors que Boabdil, un moment interloqué, tournait une fois sur lui-même avant de reprendre sa marche. À pas si lents qu'il fut très vite rejoint par sa troupe, formée de plus d'une centaine de chevaux et de mulets transportant des hommes, des femmes, des enfants, ainsi qu'un grand nombre de coffres et d'objets enveloppés de draperies. Le lendemain, on racontait qu'il avait déterré les cadavres de ses ancêtres et les avait emmenés avec lui pour leur éviter de tomber aux mains de l'ennemi.

On prétendit aussi qu'il n'avait pu emporter tous ses biens, qu'il avait fait cacher une fortune fabuleuse dans les grottes du mont Cholaïr. Que de gens se sont alors promis de la retrouver ! Me croira-t-on si je dis que, tout au long de ma vie, j'ai rencontré des hommes qui ne rêvaient que de cet or enfoui ? J'ai même connu des personnes que l'on désigne partout sous le nom de *kannazin,* et qui n'ont pas d'autre activité que de chercher des trésors, notamment celui de Boabdil ; à Fès, ils sont si nombreux qu'ils se réunissent régulièrement en assemblée et, du temps où je vivais dans cette ville, ils avaient même élu un consul pour s'occuper des litiges qui les opposaient constamment aux propriétaires des bâtiments dont ils ébranlaient les bases au cours de leurs fouilles. Ces *kannazin* sont persuadés que les richesses abandonnées par les princes du passé ont été ensorcelées pour éviter qu'on ne les retrouve ; d'où le recours qu'ils ont souvent aux services d'un enchanteur chargé de dénouer le sort. On ne peut échanger de mots avec un *kannaz* sans qu'il se mette à jurer qu'il a déjà vu dans un souterrain des monticules d'or ou d'argent, auxquels il n'aurait pu toucher parce que ignorant les incantations appropriées ou ne portant pas sur lui les parfums qu'il fallait. Et le voilà qui vous montre, sans toutefois vous permettre de le feuilleter, un livre où sont mentionnés les lieux où se trouvent ces trésors !

Je ne sais, quant à moi, si celui qu'avaient longtemps amassé les souverains nasrides est toujours enfoui en cette terre d'Andalousie, mais je ne pense pas, car l'exil de Boabdil était sans espoir de retour, et les Roum lui avaient permis d'emporter tout ce qu'il désirait. Il partit donc vers l'oubli, riche mais misérable, et au moment où il traversait le dernier col, d'où il pouvait encore voir Grenade, il resta un long moment immobile, le regard trouble et l'esprit figé dans la torpeur ; les Castillans appelèrent ce lieu l'« Ultime soupir du Maure », car le sultan déchu y avait versé, dit-on, quelques larmes, de honte et de remords. « Tu pleures comme une femme un royaume que tu n'as pas su défendre comme un homme ! » lui aurait lancé Fatima, sa mère.

« Aux yeux de cette femme, me dira plus tard mon père, ce qui venait de se passer n'était pas seulement la victoire des Castillans ; c'était également, et peut-être avant tout, la revanche de sa rivale. Fille de sultan, épouse de sultan, mère de sultan, Fatima était pétrie de politique et d'intrigues, bien plus que Boabdil qui se serait contenté volontiers d'une vie de plaisir sans ambition et sans risque. C'est elle qui avait poussé son fils vers le pouvoir, afin qu'il détrône son propre époux Abou-l-Hassan, coupable de l'avoir délaissée en faveur de la belle captive chrétienne Soraya. C'est Fatima qui avait fait fuir Boabdil de la tour de Comares et organisé dans le détail sa rébellion contre le vieux monarque. C'est elle qui avait ainsi évincé la concubine et écarté à jamais du pouvoir les jeunes enfants de celle-ci.

« Mais le sort est plus changeant que la peau d'un caméléon, comme disait un poète de Denia. Et, tandis que Fatima fuyait la cité perdue, Soraya reprenait promptement son ancien nom, Isabel de Solis, et faisait baptiser ses deux fils, Saad et Nasr, qui devenaient don Fernando et don Juan, infants de Grenade. Ils ne furent pas les seuls membres de la famille royale à abandonner la foi de leurs pères pour devenir des grands d'Espagne : Yahya an-Najjar, l'éphémère héros du "parti de la guerre", les y avait précédés, recevant le titre de duc de Grenade-Venegas. Dès la chute de la ville, Yahya allait être nommé "alguazil mayor", chef de la police, ce qui montre assez qu'il avait acquis l'entière confiance des vainqueurs. D'autres personnages suivirent cet exemple, parmi lesquels un secrétaire du sultan, nommé Ahmed, dont on soupçonnait depuis quelque temps qu'il était un espion au service de Ferdinand.

« Les lendemains de défaite mettent souvent à nu la pourriture des âmes. En disant cela, je pense moins à Yahya qu'au vizir al-Mulih. Car en négociant, comme il nous l'avait longuement expliqué, le salut des veuves et des orphelins de Grenade, cet homme ne s'était pas oublié lui-même : il avait obtenu de Ferdinand, pour prix de la capitulation qu'il avait si habilement hâtée, vingt mille castillans d'or, soit près de dix mille milliers de maravédis, ainsi que de vastes terres. D'autres dignitaires du régime s'accommodèrent également sans mal de la domination des Roum, qui se montraient conciliants aux premiers temps de la victoire. »

De fait, la vie reprit tout de suite dans Grenade occupée, comme si Ferdinand voulait éviter que les musulmans ne partent en masse vers l'exil. Les otages revinrent à leurs familles le lendemain même de l'entrée du roi et de la reine dans la ville, et mon père nous raconta qu'il avait été traité avec plus d'égards que s'il avait été un hôte princier. À Santa Fe, ses compagnons et lui n'étaient pas confinés à une prison ; ils pouvaient aller au marché et se promener parfois en petits groupes de par les rues, accompagnés cependant de gardes chargés tout à la fois de les surveiller et de les protéger contre les fureurs de quelque soldat ivre ou excité. C'est au cours d'une de ces balades qu'on montra à mon père, à la porte d'une taverne, un marin génois dont tout Santa Fe parlait et se distrayait. On l'appelait « Cristobal Colón ». Il voulait, disait-il, armer des caravelles pour rejoindre les Indes par l'ouest, la terre étant ronde, et il ne cachait pas son espoir d'obtenir pour cette expédition une partie du trésor de l'Alhambra. Il se trouvait là depuis des semaines, insistant pour rencontrer le roi ou la reine qui l'évitaient, bien qu'il leur fût recommandé par de hauts personnages. En attendant d'être reçu, il leur adressait sans arrêt messages et suppliques, ce qui, en ces temps de guerre, ne manquait pas de les importuner. Mohamed ne revit plus jamais ce Génois, mais moi-même j'eus souvent l'occasion d'en entendre parler.

Quelques jours après le retour de mon père, le duc Yahya le convoqua pour lui demander de reprendre sa fonction de peseur, car, lui dit-il, les denrées vont bientôt revenir sur le marché en abondance, et il faudra veiller à ce que toute fraude soit réprimée. D'abord révulsé par la seule vue du renégat, mon père finit par collaborer avec lui comme avec tout autre chef de la police, non sans marmonner cependant de temps à autre quelque imprécation lorsqu'il se souvenait de l'espoir que cet homme avait représenté jadis pour les musulmans. La présence de Yahya n'était d'ailleurs pas sans rassurer les notables de la ville, qui pour certains le connaissaient bien, les uns et les autres se mettant à le fréquenter bien plus assidûment qu'au temps où il était le rival malheureux de Boabdil.

« Soucieux de tranquilliser les vaincus sur leur sort, Ferdinand, se rappelait mon père, se rendit souvent lui-même à Grenade pour vérifier que ses hommes respectaient les engagements pris. Extrêmement inquiet pour sa personne les premiers jours, le roi finit par se déplacer régulièrement dans la cité, visitant le marché, sous bonne escorte s'entend, inspectant les vieilles murailles. Il est vrai qu'il évita encore pendant des mois de passer la nuit dans notre ville, préférant revenir à Santa Fe avant le coucher du soleil, mais sa méfiance, au demeurant bien compréhensible, ne s'accompagnait alors d'aucune mesure inique ou discriminatoire, d'aucune violation du traité de capitulation. La sollicitude de Ferdinand, sincère ou affectée, était telle que les chrétiens qui visitaient Grenade disaient aux musulmans : « Vous êtes « maintenant plus chers au cœur de notre souverain que nous « ne l'avons jamais été nous-mêmes. » Certains allaient jusqu'à dire, par une extrême malveillance, que les Maures avaient ensorcelé le roi afin qu'il empêche les chrétiens de leur enlever leurs biens.

« Nos souffrances, soupira Mohamed, allaient bientôt nous innocenter, et nous rappeler que, même libres, nous étions désormais enchaînés à notre humiliation. Toutefois, dans les mois qui suivirent la chute de Grenade – Dieu la délivre ! – le pire nous fut épargné, car, en attendant de s'acharner sur nous, la loi des vainqueurs s'abattait sur les juifs. Pour son plus grand malheur, Sarah avait raison. »

*

En *jumada-thania* de cette année-là, trois mois après la chute de Grenade, des hérauts royaux vinrent au centre de la ville proclamer, tambours à l'appui, et en arabe autant qu'en castillan, un édit de Ferdinand et Isabelle décrétant « la rupture définitive de toute relation entre juifs et chrétiens, ce qui ne peut être accompli qu'en expulsant de notre royaume tous les juifs ». Désormais ceux-ci devaient choisir entre le baptême et l'exil. S'ils optaient pour cette dernière solution, ils avaient quatre mois pour vendre leurs biens, meubles et immeubles, mais ils ne pouvaient emporter avec eux ni or ni argent.

Quand, au lendemain de cette proclamation, Sarah vint nous voir, elle avait le visage tuméfié par une interminable nuit de pleurs, mais de ses yeux, désormais secs, se dégageait cette sérénité qui souvent accompagne l'arrivée d'un drame trop longtemps attendu. Elle se permit même d'ironiser sur l'édit royal, récitant d'une voix d'homme enroué des phrases qu'elle avait retenues :

« Nous avons été informés par les inquisiteurs, et par d'autres personnes que le commerce des juifs avec les chrétiens entraîne les pires maux. Les juifs cherchent à séduire les chrétiens nouvellement convertis ainsi que leurs enfants en leur faisant tenir les livres de prières juives, en leur procurant à Pâques du pain azyme, en les instruisant sur les mets interdits, en les persuadant de se conformer à la loi de Moïse. Notre sainte foi catholique s'en trouve avilie et diminuée. »

À deux reprises, ma mère dut lui faire baisser le ton, car nous étions assis dans le patio en cette matinée de printemps et Salma n'aurait pas voulu que cette moquerie tombe dans l'oreille d'un voisin malveillant. Fort heureusement, Warda était partie au marché avec mon père et ma sœur, car je ne sais quelle aurait été sa réaction en entendant prononcer sur un mode ironique les mots de « sainte foi catholique ».

Dès que Sarah eut fini son imitation, ma mère lui posa la seule question importante :

« Qu'as-tu décidé de faire ? Vas-tu choisir la conversion ou l'exil ? »

Un sourire affecté lui répondit, puis un « J'ai encore le temps ! » faussement désinvolte. Ma mère attendit quelques semaines avant de recommencer. La réponse ne fut pas différente.

Mais au début de l'été, alors que le délai accordé aux juifs était aux trois quarts expiré, c'est la Bariolée elle-même qui vint annoncer :

« J'ai appris que le grand rabbin de toute l'Espagne, Abraham Senior, vient de se faire baptiser avec ses fils et tous ses parents. J'ai d'abord été horrifiée, et puis je me suis dit : « Sarah, veuve de Jacob Perdoniel, vendeuse de parfum à « Grenade, es-tu meilleure juive que rabbi Abraham ? » J'ai donc décidé de me faire baptiser, ainsi que mes cinq enfants, laissant au Dieu de Moïse le soin de juger ce qu'il y a dans mon cœur.

Sarah avait l'angoisse volubile ce jour-là, et ma mère la regarda avec tendresse :

« Je suis contente que tu ne partes pas. Moi aussi je reste dans cette ville, car mon cousin n'a plus parlé d'exil. »

Pourtant, moins d'une semaine après, Sarah avait changé d'avis. Elle arriva un soir chez nous, tout agitée, traînant trois de ses enfants, le plus jeune à peine plus grand que moi.

« Je viens vous dire adieu. J'ai finalement décidé de partir. Il y a demain à l'aube une caravane pour le Portugal ; je vais m'y joindre. J'ai marié hier mes deux grandes filles, âgées de quatorze et treize ans, pour que des époux s'occupent d'elles, et j'ai vendu ma maison à un soldat du roi pour le prix de quatre mules. »

Avant d'ajouter, sur un ton d'excuse :

« Si je reste, Salma, j'aurai peur chaque jour, jusqu'à ma mort, et chaque jour je penserai à partir, mais je ne le pourrai plus.

– Même si tu es convertie ? » s'étonna ma mère.

Pour toute réponse, la Bariolée raconta une parabole qui faisait depuis quelques jours le tour du quartier juif de Grenade, et qui l'avait finalement décidée à opter pour l'exil.

« On dit qu'un sage de notre communauté a placé sur une fenêtre de sa maison trois pigeons. L'un était tué et plumé, et il lui avait accroché un petit écriteau sur lequel il avait noté : « Ce converti a été le dernier à partir » ; le second pigeon, plumé mais vivant, portait l'écriteau : « Ce converti est parti un peu plus tôt » ; le troisième avait gardé et sa vie et ses plumes, et sur son écriteau on pouvait lire : « Celui-ci a été le premier à partir. »

Sarah et les siens marchèrent donc sans se retourner ; il était écrit que nous devions bientôt les rejoindre sur le chemin de la dispersion.

L'ANNÉE DU MIHRAJAN

898 de l'hégire
(23 octobre 1492 – 11 octobre 1493)

Jamais plus, depuis cette année-là, je n'ai osé prononcer devant mon père le mot du *Mihrajan*, tant cela le plongeait dans les plus douloureux souvenirs. Et jamais plus ma famille ne célébra cette fête.

Tout s'est passé au neuvième jour du mois saint de *ramadane,* ou plutôt devrais-je dire, à la Saint-Jean, au vingt-quatrième jour de juin, puisque la fête du *Mihrajan* ne se célébrait pas selon l'année musulmane mais d'après le calendrier chrétien. Cette journée marque le solstice d'été, qui ponctue le cycle du soleil, et n'a donc pas sa place dans notre année lunaire. À Grenade, comme d'ailleurs à Fès, on a toujours suivi les deux calendriers en même temps. Si l'on cultive la terre, si l'on a besoin de savoir à quel moment greffer les pommiers, couper les cannes à sucre ou rameuter des bras pour les vendanges, alors seuls les mois solaires permettent de s'y retrouver ; à l'approche du *Mihrajan* par exemple, on savait qu'il était temps de cueillir les roses tardives, dont certaines femmes s'ornaient alors la poitrine. En revanche, quand on part en voyage, ce n'est pas du cycle du soleil qu'on s'enquiert mais de celui de la lune : est-elle pleine ou nouvelle, croissante ou décroissante, car c'est ainsi qu'on peut fixer les étapes d'une caravane.

Cela dit, je ne serais pas fidèle à la vérité si j'omettais d'ajouter que le calendrier chrétien ne servait pas seulement à s'occuper des plantes, mais qu'il fournissait également maintes occasions de festoyer, ce dont mes compatriotes ne se privaient jamais. On ne se contentait pas de célébrer la naissance du Prophète, le *Mouled,* par de grandes joutes poétiques sur les places publiques et par des distributions de vivres aux nécessiteux, on se rappelait également la Nativité du Messie en préparant des plats spéciaux à base de blé, de fèves, de pois chiches et de légumes. Et si le Jour de l'An musulman, le *Râs-es-Sana,* était surtout marqué par les présentations officielles de vœux à l'Alhambra, le premier jour de l'année chrétienne donnait lieu à des festivités que les enfants attendaient avec impatience : ils arboraient alors des masques et allaient frapper aux portes des riches en chantant des rondes, ce qui leur valait quelques poignées de fruits secs, moins pour les remercier d'ailleurs que pour éloigner leur vacarme ; de plus, on accueillait avec pompe le début de l'année persane, le *Nayrouz* : la veille, on célébrait d'innombrables mariages, car l'occasion était propice, disait-on, à la fécondité, et, dans la journée, on vendait à tous les coins de rue des jouets en terre cuite ou en faïence vernissée représentant des chevaux ou des girafes, en dépit de l'interdit religieux. Il y avait aussi, bien entendu, les principales fêtes musulmanes : l'*Adha,* le plus grand *Aïd,* pour lequel bien des Grenadins se ruinaient à se procurer un mouton de sacrifice ou à s'acheter des habits neufs ; la Rupture du Jeûne, quand les plus pauvres ne savaient faire bombance avec moins de dix plats différents ; l'*Achoura,* journée consacrée au souvenir des morts, mais où l'on ne manquait pas d'échanger de somptueux cadeaux. À toutes ces fêtes s'ajoutaient Pâques, l'*Assir,* début de l'automne, et surtout le fameux *Mihrajan.*

Pour ce dernier événement, on avait coutume d'allumer de grands feux de paille ; l'on disait en riant que, cette nuit étant la plus courte de l'année, elle ne valait pas la peine d'être dormie. Inutile, d'ailleurs, de chercher le moindre repos, car des bandes de jeunes rôdaient jusqu'au matin dans la ville en chantant à tue-tête ; ils avaient, de surcroît, la détestable habitude d'asperger d'eau toutes les rues, ce qui les rendait glissantes trois jours durant.

À ces voyous s'étaient joints, cette année-là, des centaines de soldats castillans qui envahirent dès le matin les nombreuses tavernes ouvertes depuis la chute de la cité, avant de se répandre dans les divers quartiers. Aussi mon père n'avait-il aucune envie de prendre part aux réjouissances. Ce sont mes pleurs et ceux de ma sœur ainsi que les intercessions de Warda et de ma mère qui le décidèrent à nous emmener en balade, « sans quitter Albaicin », précisa-t-il. Il attendit donc le coucher du soleil, puisqu'on était au mois du jeûne, avala en vitesse une soupe de lentilles bien méritée – que *ramadane* est pénible quand les journées sont si longues ! – puis il nous emmena vers la porte des Drapeaux où s'étaient installés, pour l'occasion, les vendeurs de beignets-éponges, de figues séchées et de sorbets aux abricots préparés avec de la neige transportée à dos de mulet des hauteurs du mont Cholaïr.

Le destin nous avait donné rendez-vous rue de la Vieille-Enceinte. Mon père marchait en tête, tenant Mariam d'une main et moi de l'autre, échangeant quelques mots avec chaque voisin qu'il croisait ; ma mère était à deux pas derrière, suivie de près par Warda, quand soudain celle-ci hurla : « Juan ! » et s'immobilisa. À notre droite, un jeune soldat moustachu s'était arrêté à son tour, avec un petit gloussement d'ivrogne, cherchant non sans mal à identifier la femme voilée qui venait de l'interpeller ainsi. Mon père sentit instantanément le danger et fit un bond vers sa concubine, qu'il prit vigoureusement par le coude en disant à mi-voix :

« Rentrons à la maison, Warda ! Par Issa le Messie, rentrons ! »

Son ton était suppliant, car le nommé Juan était entouré de quatre autres militaires castillans visiblement éméchés et armés comme lui d'imposantes hallebardes ; tous les autres passants s'étaient écartés, afin d'assister à la scène sans y être mêlés. Warda s'expliqua d'un cri :

« C'est mon frère ! »

Puis elle lança au jeune homme qui demeurait interloqué :

« Juan, je suis Esmeralda, ta sœur ! »

En prononçant ces mots, elle dégagea son bras droit du poing serré de Mohamed et souleva légèrement son voile. Le soldat s'approcha, la tint quelques instants par les épaules et la serra fort contre lui. Mon père blêmit et se mit à trembler. Il savait qu'il était en train de perdre Warda, et, plus grave encore, il était humilié devant tout le quartier, blessé dans sa virilité.

Moi-même, je ne comprenais évidemment rien au drame qui se jouait devant mes yeux d'enfant. Je me souviens seulement avec précision de l'instant où le soldat s'en prit à moi. Il venait de dire à Warda qu'elle devait l'accompagner pour rentrer à leur village, qu'il appela Alcantarilla. Elle se montra soudain hésitante. Si elle avait exprimé spontanément sa joie de retrouver son frère après cinq années de captivité, elle n'était pas sûre de vouloir quitter la maison de mon père pour revenir chez ses parents affublée d'une fille qu'un Maure lui avait faite. Sans doute ne trouverait-elle plus de mari. Elle n'était pas malheureuse chez Mohamed le peseur, qui la nourrissait, l'habillait et ne la négligeait jamais plus de deux nuits de suite. Et puis, quand on a vécu dans une ville comme Grenade, même en des temps de désolation, on ne souhaite pas revenir s'enterrer dans un petit village des environs de Murcie. On peut imaginer que telles étaient ses pensées quand son frère la secoua, impatient :

« Ces enfants sont à toi ? »

Elle s'adossa à un mur, chancelante, et balbutia un « non », aussitôt couvert d'un « oui ». En entendant ce dernier mot, Juan sauta vers moi et me happa avec son bras.

Comment oublier le hurlement que poussa alors ma mère ? Elle se jeta sur le soldat, le griffant, le rouant de coups, tandis que je me débattais de mon mieux. Mais le jeune homme ne s'y trompa pas. Il se délesta promptement de moi pour lancer à sa sœur sur un ton de reproche :

« Alors seule la fille est à toi ? »

Elle ne dit rien, ce qui était pour Juan une réponse suffisante.

« Tu l'emmènes avec toi ou tu la leur laisses ? »

Le ton était maintenant si dur que la malheureuse prit peur.

« Calme-toi, Juan, implora-t-elle, je ne veux pas de scandale. Demain, je prendrai mes affaires et je partirai pour Alcantarilla. »

Mais le soldat ne l'entendait pas de cette oreille.

« Tu es ma sœur et tu vas aller prendre tes bagages sur-le-champ pour me suivre ! »

Encouragé par la volte-face de Warda, mon père s'approcha et dit :

« C'est ma femme ! »

Il le dit en arabe puis en mauvais castillan. Juan le gifla à toute volée, l'envoyant s'étendre sur la chaussée boueuse. Ma mère s'était mise à se lamenter comme une pleureuse, tandis que Warda criait :

« Ne lui fais pas de mal ! Il m'a toujours bien traitée. C'est mon mari. »

Le soldat, qui avait empoigné sa sœur sans ménagement, hésita un moment avant de lancer, subitement adouci :

« Pour moi, tu étais sa captive, et tu ne lui appartiens plus depuis que cette ville est entre nos mains. Si tu me dis que c'est ton mari, il pourra te garder, mais il faudra qu'il soit baptisé immédiatement et qu'un prêtre bénisse votre mariage. »

C'est vers mon père que Warda tourna alors ses supplications :

« Accepte, Mohamed, sinon on nous séparera ! »

Il y eut un silence. Quelqu'un dans la foule cria :

« Allah est grand ! »

Mon père, qui était encore à terre, se releva sans hâte, avança dignement vers Warda et lui lança d'une voix mal assurée : « Je te donnerai tes habits et ta fille ! » avant de se diriger vers la maison, en traversant une haie de murmures approbateurs.

« Il avait voulu sauver la face devant les voisins, commenta ma mère avec détachement, mais il se sentait tout de même diminué et impuissant. »

Puis elle ajouta, s'efforçant de ne laisser transparaître aucune ironie :

« Pour ton père, c'est à ce moment-là que Grenade est vraiment tombée aux mains de l'ennemi. »

*

Pendant des jours, Mohamed demeura prostré chez lui, inconsolable, refusant même de se joindre aux amis pour les repas de rupture du jeûne, les traditionnels *iftars* ; nul ne lui en voulut cependant, car sa mésaventure était connue de tous le soir même du *Mihrajan,* et plus d'une fois les voisins vinrent lui porter, comme à un malade, les plats qu'il n'avait pu goûter chez eux. Salma se faisait toute petite, ne lui adressant la parole qu'en réponse à ses questions, m'empêchant de l'importuner, évitant de lui imposer sa présence, mais ne s'éloignant jamais de lui afin qu'il n'ait pas à réclamer deux fois la même chose.

Si ma mère était inquiète, elle gardait son tempérament, car elle était persuadée que le temps viendrait à bout de la douleur de son cousin. Ce qui l'affectait, c'était de voir Mohamed si attaché à sa concubine, et surtout que cet attachement ait été étalé ainsi devant toutes les commères d'Albaicin. Quand, adolescent, je lui demandai si elle n'était pas malgré tout satisfaite alors que sa rivale fût partie, elle s'en défendit avec conviction :

« Une épouse sage cherche à être la première des femmes de son mari, car il est illusoire de vouloir être la seule. »

Et d'ajouter, faussement enjouée :

« Quoi qu'on en dise, être épouse unique n'est pas plus agréable que d'être enfant unique. On travaille plus, on s'ennuie plus, et on supporte seule les humeurs et les exigences de l'homme. Il est vrai qu'il y a la jalousie, les intrigues, les disputes, mais au moins cela se passe-t-il à la maison, car, dès que le mari se met à chercher ses joies à l'extérieur, il est perdu pour toutes ses femmes. »

C'est sans doute pour cette raison que Salma s'affola quand, au dernier jour de *ramadane,* Mohamed bondit de sa place habituelle et sortit de la maison d'un pas décidé. Elle n'apprit que deux jours plus tard qu'il était allé voir Hamed, dit *al-fakkak,* le vieux « délivreur » de Grenade, qui avait, depuis plus de vingt ans, la tâche difficile mais lucrative de racheter les captifs musulmans en territoire chrétien.

Il y a toujours eu au pays de l'*Andalous* des personnes chargées de rechercher les prisonniers et d'obtenir leur rédemption. Il y en avait non seulement chez nous mais également chez les chrétiens, qui avaient pris depuis longtemps l'habitude de nommer un « alfaqueque mayor », souvent un haut personnage de l'État, assisté de nombreux autres délivreurs. C'étaient les familles des captifs qui venaient signaler les disparitions : un militaire tombé aux mains de l'ennemi, un habitant d'une ville investie, une paysanne capturée lors d'une razzia. Le *fakkak,* ou l'un de ses représentants, commençait alors ses investigations, se rendant en territoire adverse, parfois même dans des contrées lointaines, déguisé en marchand, ou même se prévalant de sa vraie qualité, pour retrouver les personnes perdues et discuter du montant de la rançon. Comme beaucoup de familles ne pouvaient payer la somme réclamée, des quêtes étaient organisées, et nulle aumône n'était plus appréciée des croyants que celle qui devait servir à la rédemption des fidèles asservis. Bien des gens pieux se ruinaient à racheter des captifs que souvent ils n'avaient jamais vus, n'espérant d'autre rétribution que la bienveillance du Très-Haut. En revanche, certains délivreurs n'étaient que des charognards qui profitaient de la désolation des familles pour leur extorquer le peu d'argent qu'elles possédaient.

Hamed n'était pas de ceux-là ; sa modeste demeure en témoignait.

« Il m'accueillit avec la froide courtoisie de ceux qui

reçoivent sans arrêt des requêtes, me raconta mon père avec des réticences que les années n'avaient pas balayées. Il m'invita à m'asseoir sur un coussin moelleux, et, après s'être dûment enquis de ma santé, il me pria de lui exposer ce qui m'amenait à lui. Quand je le lui dis, il ne put s'empêcher de partir d'un rire bruyant qui se termina par un toussotement prolongé. Offusqué, je me levai pour prendre congé, mais Hamed me retint par la manche. « J'ai l'âge de ton père, me « dit-il ; tu ne dois pas m'en vouloir. Ne prends pas mon rire « comme une offense mais comme un hommage à ton « incroyable audace. Ainsi la personne que tu veux récupé-« rer n'est pas une musulmane mais une chrétienne castillane « que tu as osé garder captive chez toi pendant dix-huit mois « après la chute de Grenade, alors que la première décision « prise par les vainqueurs avait été de libérer en grande « pompe les sept cents derniers captifs chrétiens restés dans « notre ville. » Pour toute réponse, je dis : « Oui. » Il m'observa, contempla longuement mes habits, et, me jugeant sans doute respectable, il s'adressa à moi avec lenteur et bienveillance. « Mon fils, je comprends bien que tu sois « attaché à cette femme, et si tu me dis que tu l'as toujours « traitée avec égards, et que tu chéris la fille que tu as « eue d'elle, je te crois volontiers. Mais dis-toi bien que tous « les esclaves n'étaient pas traités ainsi, ni chez nous ni en « Castille. Pour la plupart ils passaient la journée à « transporter de l'eau ou à fabriquer des sandales, et la nuit « ils étaient parqués comme des bêtes, les chaînes aux pieds « ou au cou, dans de sordides caveaux souterrains. Des « milliers de nos frères subissent encore ce sort, et plus « personne ne se préoccupe de les délivrer. Pense à eux, « mon fils, et aide-moi à en acheter quelques-uns, plutôt que « de poursuivre une chimère, car, sois-en sûr, plus jamais, « sur la terre andalouse, un musulman ne pourra commander « à un chrétien ni même à une chrétienne. Et si tu t'entêtes à « vouloir récupérer cette femme, il faudra que tu passes « par une église. » Il lâcha une imprécation, passa les paumes de ses mains sur son visage, avant de poursuivre : « Réfugie-« toi en Allah, et demande-lui de te procurer patience et « résignation. »

« Comme je me levais pour partir, déçu et rageur, poursui-vit mon père, Hamed me prodigua, sur un ton de confidence, un dernier conseil : « Il y a dans cette ville beaucoup de

« veuves de guerre, beaucoup d'orphelines démunies,
« beaucoup de femmes désemparées. Il y en a même, sans
« aucun doute, dans ta propre parenté. Le Livre n'a-t-il
« pas prescrit aux hommes qui le peuvent de les couvrir de
« leur protection ? C'est au moment des grands malheurs, tel
« celui qui s'abat sur nous, qu'un musulman généreux se doit
« de prendre deux, trois ou quatre épouses, car, tout
« en accroissant ses plaisirs, il accomplit un acte louable et
« utile à la communauté. Demain, c'est la fête ; pense à
« toutes celles qui la célébreront avec des larmes. » Je quittai
le vieux *fakkak* sans savoir si c'était le Ciel ou l'Enfer qui
m'avait guidé vers sa porte. »

Aujourd'hui encore, je serais bien incapable de le dire.
Car Hamed allait finalement agir avec tant d'habileté, tant de
dévouement, tant de zèle, que la vie de tous les miens allait
en être bouleversée pour de longues années.

L'ANNÉE DE LA TRAVERSÉE

899 de l'hégire
(12 octobre 1493 - 1er octobre 1494)

« Une patrie perdue, c'est comme la dépouille d'un
proche ; enterrez-la avec respect et croyez en la vie éternelle. »

Les mots d'Astaghfirullah tintaient au rythme du chapelet
d'ambre que ses doigts maigres et pieux égrenaient, inlassablement. Autour du prédicateur, quatre visages barbus et
graves, parmi lesquels celui de Mohamed mon père, quatre
visages allongés sur lesquels se dessinait une même angoisse
que le cheikh attisait sans ménagement.

« Partez, émigrez, laissez Dieu guider vos pas, car si vous
acceptez de vivre dans la soumission et l'humiliation, si vous
acceptez de vivre dans un pays où sont bafoués les préceptes
de la Foi, où sont insultés chaque jour le Livre et le Prophète
– prière et salut sur lui ! – vous donnerez de l'islam une
image avilissante dont le Très-Haut vous demandera des
comptes au jour du Jugement. Il est dit dans le Livre que ce

jour-là l'ange de la mort vous interrogera : « La terre de Dieu
« n'est-elle pas assez vaste ? Ne pouviez-vous pas quitter
« votre pays pour chercher asile ailleurs ? » Désormais, vous
aurez l'enfer pour demeure. »

C'est en cette année d'épreuves et de déchirements que se
terminait le délai de trois ans laissé aux Grenadins pour choisir la soumission ou l'exil. Selon l'accord de capitulation,
nous avions jusqu'au début de l'année chrétienne 1495 pour
nous décider, mais, comme la traversée vers le Maghreb
outre-mer s'avérait hasardeuse dès le mois d'octobre, il
valait mieux partir au printemps ou, au plus tard, en été. À
celui qui voulait rester, on avait tôt accolé le qualificatif déjà
en usage pour désigner le musulman habitant en territoire
chrétien : « domestiqué », « mudajjan », un mot déformé par
les Castillans en « mudéjar ». En dépit de cette appellation
infamante, bien des Grenadins hésitaient.

Le conciliabule dans le patio de notre maison d'Albaicin –
Dieu nous la rende ! – ressemblait à mille autres tenus cette
année-là dans notre ville pour débattre du sort de la communauté, parfois même de celui d'un seul de ses membres.
Astaghfirullah était présent chaque fois qu'il le pouvait, le
verbe haut mais la voix basse pour bien marquer qu'il était
désormais en pays ennemi. S'il n'avait pas encore pris la
route de l'exil, se hâtait-il de préciser, c'était uniquement
pour détourner les hésitants du chemin de la perdition.

Des hésitants, il n'en manquait pas parmi ceux qui étaient
présents, à commencer par mon père, qui n'avait pas déses-
péré de retrouver Warda et sa fille, qui s'était juré de ne pas
partir sans les emmener avec lui, au nez et à la barbe de tous
les soldats de Castille et d'Aragon. À force d'insister, visite
après visite, il avait obtenu de Hamed le délivreur la promesse de faire parvenir un message à sa concubine. Il avait
également réussi, moyennant une forte somme, à charger
d'une mission semblable un commerçant génois du nom de
Bartolomé, installé depuis longtemps à Grenade et qui avait
fait fortune dans le rachat des captifs. Aussi ne voulait-il pas
s'éloigner avant d'avoir récolté les fruits de ses coûteuses
démarches. Sa mésaventure avait fait de lui un autre
homme. Insensible à la réprobation générale comme aux
larmes de Salma, il s'abritait dans son malheur des malheurs
ambiants.

Hamza le barbier, notre voisin, avait d'autres raisons

d'hésiter. Il possédait des terres, achetées lopin après lopin en vingt années de délicates et lucratives circoncisions, et se promettait de ne pas émigrer avant d'avoir revendu à bon prix jusqu'au dernier pied de vigne ; pour cela, il fallait attendre, car trop de partants, pressés de se mettre en route, bradaient maintenant leurs champs, et les acheteurs étaient rois.

« Je veux faire payer à ces maudits *Roum* le plus cher possible », se justifiait-il.

Astaghfirullah, dont Hamza avait toujours été un admirateur, voulait lui éviter de se retrouver en état d'impureté, lui dont la lame avait purifié la moitié des garçons d'Albaicin.

Un autre de nos voisins, Saad, vieux jardinier récemment frappé de cécité, ne se sentait pas la force de partir.

« On ne replante pas un vieil arbre hors de son sol », répétait-il.

Homme pieux, humble, et craignant Dieu en toutes choses, il était venu entendre de la bouche du cheikh ce que préconisent pour son cas les ulémas trempés dans la Parole et dans la juste Tradition.

« Hamza et Saad arrivèrent chez nous peu après la prière de midi, se rappelait ma mère. Mohamed les fit entrer, tandis que je me retirais avec toi vers mon étage. Ils avaient les joues blêmes et les sourires faux, tout comme ton père, qui les installa sur de vieux coussins dans un coin ombragé du patio, n'échangeant avec eux que d'inaudibles balbutiements. Le cheikh arriva une heure plus tard, et c'est alors seulement que Mohamed m'appela pour que je prépare du sirop frais. »

Astaghfirullah s'était fait accompagner de Hamed, dont il savait les liens avec le maître de céans. Le vieux délivreur s'était pris de tendresse pour la folie de mon père, et s'il le voyait souvent depuis un an, c'était moins pour le raisonner que pour côtoyer son audace, sa jeunesse et ses turbulentes amours. Ce jour-là, pourtant, la visite du *fakkak* avait quelque chose de solennel. Il était redevenu le dignitaire religieux que l'on connaissait, ses yeux aux paupières craquelées se voulaient sévères, ses propos étaient le fruit de son long commerce avec l'adversité.

« Toute ma vie, j'ai côtoyé des captifs qui ne rêvaient que de liberté, et je ne puis comprendre qu'un homme libre et sain d'esprit choisisse de plein gré la captivité. »

Ce fut le vieux Saad qui répondit le premier :

« Si nous partons tous, l'islam sera extirpé à jamais de cette terre, et lorsque les Turcs arriveront, par la grâce de Dieu, pour croiser le fer avec les *Roum,* nous ne serons plus là pour leur prêter main-forte. »

La voix sentencieuse d'Astaghfirullah imposa silence au jardinier :

« Demeurer dans un pays conquis par les infidèles est interdit par la religion, comme est interdite la consommation des animaux morts, du sang, de la chair de porc, comme est interdit l'homicide. »

Il ajouta, posant lourdement la main sur l'épaule de Saad :

« Tout musulman qui demeure à Grenade augmente le nombre des habitants du pays des infidèles et contribue ainsi à renforcer les ennemis de Dieu et de son Prophète. »

Une larme coula sur la joue du vieillard, avant de se faufiler timidement entre les poils de sa barbe :

« Je suis trop vieux, trop malade, trop pauvre pour me traîner sur les routes et chevaucher les mers. Le Prophète n'a-t-il pas dit : faites ce qui est facile pour vous et ne cherchez pas inutilement la difficulté ? »

Hamed s'apitoya sur le sort du jardinier, et, au risque de contrarier le cheikh, il cita d'une voix modulée un verset réconfortant de la sourate des femmes :

« – ... à l'exception des impuissants, hommes, femmes et « enfants, qui ne disposent d'aucun moyen et devant lesquels « ne s'ouvre aucune voie, car à ceux-là il se peut que Dieu « donne l'absolution, c'est Lui le maître de l'absolution, « c'est Lui le maître du pardon. »

Saad se dépêcha d'enchaîner :

« Il a dit vrai, Allah le Tout-Puissant. »

Astaghfirullah ne nia pas l'évidence :

« Dieu est bon et sa patience est sans limite. Il n'exige pas les mêmes choses de ceux qui peuvent et de ceux qui ne peuvent pas. Si tu désires Lui obéir en émigrant, mais que tu ne le puisses pas, Il saura lire dans ton cœur et te jugera sur tes intentions. Il ne te condamnera pas à l'enfer, mais ton enfer pourrait bien être sur cette terre et dans ce pays. Ton enfer sera l'humiliation quotidienne pour toi et pour les femmes de ta parenté. »

Plaquant soudain contre le sol chaud les paumes de ses mains, il se retourna de tout son corps vers mon père, puis vers le barbier, les regardant fixement :

« Et toi, Mohamed ? Et toi, Hamza ? Etes-vous également pauvres et infirmes ? N'êtes-vous pas des notables, des personnages bien en vue de la communauté ? Quelle excuse avez-vous pour ne pas obéir aux préceptes de l'islam ? N'espérez nul pardon, nulle indulgence, si vous suivez le chemin de Yahya le renégat, car le Très-Haut est exigeant envers ceux qu'Il a comblés de ses bienfaits. »

Les deux hommes jurèrent, non sans un extrême embarras, qu'ils ne songeaient nullement à s'éterniser en pays infidèle, et qu'ils voulaient seulement mettre un peu d'ordre dans leurs affaires pour partir dans de bonnes conditions.

« Malheur à qui brade le paradis contre des biens terrestres ! » s'écria Astaghfirullah, tandis que le délivreur, désireux de ne pas brusquer Mohamed, qu'il savait tendu et capable de folies, s'adressait aux récalcitrants sur un ton paternel :

« Depuis qu'elle est tombée aux mains des infidèles, cette ville est pour chacun de nous un lieu d'infamie. C'est une prison, et sa porte est en train de se refermer lentement. Comment ne pas profiter de cette dernière chance pour vous échapper ? »

Ni les imprécations du prédicateur ni les remontrances du délivreur ne décidèrent mon père à quitter sa ville. Dès le lendemain de la réunion, il se rendait chez Hamed pour lui demander des nouvelles de sa bien-aimée. Salma souffrait en silence et espérait l'exil.

« Nous vivions déjà, disait-elle, les premières chaleurs de l'été, mais dans les jardins de Grenade les promeneurs étaient rares et les fleurs sans éclat. Les plus belles maisons de la cité s'étaient vidées, les échoppes des souks avaient perdu leurs étalages et le brouhaha des rues s'était éteint, même dans les quartiers pauvres. Sur les places publiques, les soldats castillans ne côtoyaient plus que des mendiants, car tous les musulmans soucieux de leur honorabilité, quand ils n'étaient pas partis, avaient honte de se livrer aux regards. »

Et d'ajouter, d'une voix accablée :

« Quand on désobéit au Très-Haut, il vaut mieux le faire en cachette, car c'est pécher doublement que de se pavaner avec son péché. »

Elle le répétait sans arrêt à mon père, sans parvenir à l'ébranler.

« Les seuls yeux qui m'observent dans les rues de Grenade sont ceux des gens qui ne sont pas partis. Quels reproches oseraient-ils me faire ? »

D'ailleurs, assurait-il, son vœu le plus cher était de s'éloigner de cette ville où son honneur d'homme avait été bafoué ; mais il ne fuirait pas comme un chacal. Il partirait le front haut et le regard dédaigneux.

Bientôt arriva *dhoul-qaada,* l'avant-dernier mois de l'année, et ce fut au tour de Hamza de prendre la route : pressé par sa vieille mère l'accoucheuse, qui l'assaillait de ses lamentations, l'accusant de vouloir entraîner tous les siens vers la Géhenne, il partit sans vendre ses terres, se promettant de revenir seul dans quelques mois en quête d'un acheteur. Pour Astaghfirullah aussi, l'heure de l'exil avait sonné. Il n'emporta avec lui ni or ni habits d'apparat, seulement un Coran et des provisions pour la route.

« Puis vint le mois de *dhoul-hijja,* le ciel se fit plus nuageux et les nuits plus fraîches. Ton père s'obstinait encore, passant ses journées entre le délivreur et le Génois, revenant le soir abattu ou surexcité, soucieux ou rasséréné, mais toujours sans un mot concernant le départ. Puis, soudain, à moins de deux semaines de l'année nouvelle, il fut pris d'une fébrilité déroutante : il voulait partir à l'instant, il lui fallait atteindre Almeria avant trois jours. Pourquoi Almeria ? N'y avait-il pas des ports plus proches, tel Adra, par lequel s'était embarqué Boabdil, ou La Rabita, ou Salobreña, ou Almuñecar ? Non, il fallait que ce soit Almeria, et il fallait y arriver dans les trois jours. La veille du départ, Hamed vint nous souhaiter bonne route, et je compris qu'il n'était pas étranger à l'exaltation de Mohamed. Je lui demandai s'il émigrait lui aussi. « Non, me répondit-il avec un sourire, « je ne partirai qu'après la libération du dernier captif « musulman. »

Salma insista :

« Tu risques de rester longtemps encore en pays infidèle ! »

Le délivreur eut un sourire énigmatique mais non dénué de mélancolie :

« Il faut parfois désobéir au Très-Haut pour mieux lui obéir, marmonna-t-il, comme s'il ne parlait qu'à lui-même – ou peut-être directement à son Créateur. »

Nous partîmes le lendemain avant la prière de l'aube, mon père à cheval, ma mère et moi sur une mule, nos bagages entassés sur cinq autres bêtes. Vers la porte de Najd, au sud de la ville, nous rejoignîmes quelques dizaines d'autres voyageurs avec lesquels nous fîmes route pour mieux assurer notre sécurité. Les bandits étaient nombreux dans le voisinage de la ville et dans les passages montagneux, car nul n'ignorait que des richesses considérables étaient sans cesse convoyées vers la côte.

*

À mes yeux d'enfant, l'extrême confusion qui régnait dans le port d'Almeria laissa un souvenir inoubliable. Bien des gens s'étaient, comme nous, avisés de partir au dernier moment, et ils se pressaient pour prendre d'assaut la moindre petite barque. Çà et là, quelques soldats castillans s'employaient à calmer, d'un hurlement menaçant, les fauteurs de bousculades ; d'autres vérifiaient, les yeux avides, le contenu d'un coffre. Il était convenu que les émigrants pouvaient emporter tous leurs biens sans restriction aucune, mais il n'était souvent pas inutile de laisser une pièce d'or entre les doigts d'un officier trop insistant. Sur la plage, les marchandages allaient bon train, les propriétaires des embarcations se faisaient sermonner sans arrêt sur le sort que Dieu réserve à ceux qui profitent des malheurs des musulmans ; apparemment sans résultat, puisque les tarifs de la traversée continuaient à augmenter d'heure en heure. L'appât du gain ensommeille les consciences et les moments d'affolement sont peu propices à la générosité. Résignés, les hommes déliaient leurs bourses en faisant signe à leur famille de se hâter. Une fois à bord, ils s'efforçaient d'éviter à leurs femmes et à leurs filles de trop grandes promiscuités, tâche bien malaisée quand s'entassent trois cents personnes sur une fuste qui n'en a jamais porté plus de cent.

Mon père refusa, dès notre arrivée, de se mêler à la foule. Du haut de sa monture, il promena lentement son regard tout autour du port, avant de se diriger vers une petite cabane en bois, au seuil de laquelle un homme bien habillé l'accueillit avec empressement. Nous le suivions à distance ; il nous fit signe de nous approcher. Quelques minutes plus tard, nous étions confortablement assis sur nos bagages dans une fuste vide à laquelle nous avions accédé par une passerelle qu'on retira derrière nous. L'homme, qui n'était autre que le frère de Hamed, dirigeait la douane d'Almeria, charge dont les Castillans ne l'avaient pas encore privé. L'embarcation lui appartenait, et elle ne devait s'emplir de passagers que le lendemain. Ma mère me donna, ainsi qu'à mon père, un bout de gingembre à mâcher pour nous éviter le mal de mer, elle-même en prit un gros morceau. Bientôt, le soir tomba et nous cédâmes tous au sommeil, non sans avoir mangé quelques boulettes de viande que notre hôte nous avait fait porter.

Ce sont des cris et des bousculades qui nous réveillèrent dès l'aube. Des dizaines d'hommes vociférants, de femmes voilées de blanc ou de noir, d'enfants piaillant ou hébétés prenaient d'assaut notre fuste. Nous devions nous cramponner à nos bagages pour ne pas être délogés. Ou même renversés par-dessus bord. Ma mère me serra contre elle lorsque l'embarcation commença à s'éloigner de la côte. Autour de nous, des femmes, des vieillards priaient, se lamentaient, leurs voix à peine couvertes par les bruits de la mer.

Seul mon père demeura serein en cette journée d'exil et sur ses lèvres Salma put même lire, tout au long de la traversée, un étrange sourire. Car il avait su se ménager, au cœur même de la déroute, un minuscule champ de victoire.

II

LE LIVRE DE FÈS

J'avais ton âge, mon fils, et plus jamais je n'ai revu Grenade. Dieu n'a pas voulu que mon destin s'écrive tout entier en un seul livre, mais qu'il se déroule, vague après vague, au rythme des mers. À chaque traversée, il m'a délesté d'un avenir pour m'en prodiguer un autre ; sur chaque nouveau rivage, il a rattaché à mon nom celui d'une patrie délaissée.

D'Almeria à Melilla, en une journée et une nuit, mon existence a chaviré. La mer était clémente pourtant, et le vent docile, mais c'est dans le cœur des miens que grossissait la tempête.

Hamed le délivreur avait bien fait les choses, Dieu lui pardonne. Quand la côte d'Andalousie ne fut plus derrière nous qu'un mince filet de remords, une femme accourut vers notre coin de fuste, enjambant allégrement bagages et voyageurs. Sa démarche enjouée seyait mal à son accoutrement, des voiles si sombres, si épais, que nous aurions tous eu du mal à la reconnaître si Mariam n'avait été dans ses bras.

Les seuls cris de joie furent les miens et ceux de ma sœur. Mohamed et Warda étaient pétrifiés par l'émotion, ainsi que par les cent regards qui les assiégeaient. Quant à Salma, elle me serra un peu plus fort contre sa poitrine. À sa respiration retenue, à quelques soupirs échappés, je compris qu'elle souffrait. Ses larmes coulaient sans doute à l'abri de son voile, et ce n'était pas sans raison, puisque la passion débridée de mon père allait bientôt nous mener tous au bord de la déchéance.

Mohamed le peseur, si serein, et tout à coup si indomptable ! Il m'est arrivé de le perdre dans ma jeunesse, pour le retrouver dans mon âge mûr, quand il n'était plus là. Et j'ai dû attendre mes premiers cheveux blancs, mes premiers regrets, avant de me convaincre que tout homme, y compris mon père, avait le droit de faire fausse route s'il croyait poursuivre le bonheur. Dès lors je me suis mis à chérir ses errements, comme j'espère que tu chériras les miens, mon fils. Je te souhaite même de t'égarer parfois à ton tour. Et je te souhaite d'aimer, comme lui, jusqu'à la tyrannie, et de rester longtemps disponible aux nobles tentations de la vie.

L'ANNÉE DES HÔTELLERIES

900 de l'hégire
(2 octobre 1494 – 20 septembre 1495)

Avant Fès, je n'avais jamais mis les pieds dans une ville, jamais observé ce grouillement affairé des ruelles, jamais senti sur mon visage ce souffle puissant comme le vent du large, mais lourd de cris et d'odeurs. Certes, je suis né à Grenade, majestueuse capitale du royaume d'Andalousie, mais il était bien tard dans le siècle et je ne l'ai connue qu'agonisante, vidée de ses hommes et de son âme, humiliée, éteinte, et lorsque j'ai quitté notre faubourg d'Albaicin il n'était plus pour les miens qu'un vaste baraquement hostile et délabré.

Fès, c'était autre chose, et j'ai eu ma jeunesse entière pour l'apprendre. De notre première rencontre, cette année-là, il ne me reste que des souvenirs embrumés. Je m'étais approché de la cité à dos de mule, lamentable conquérant à moitié endormi, soutenu d'une main ferme par mon père, car toutes les routes étaient en pente, parfois si raide que la monture n'avançait plus que d'un pas instable et hésitant. À chaque secousse, je me redressais, avant de m'assoupir à nouveau. Soudain, la voix paternelle retentit :

« Hassan, réveille-toi si tu veux voir ta ville ! »

Sortant de ma torpeur, je me rendis compte que notre petit convoi était déjà au pied d'une enceinte couleur de sable, haute et massive, hérissée d'innombrables merlons pointus et menaçants. Une pièce glissée dans la main d'un gabeleur nous fit franchir une porte. Nous étions dans les murs.

« Regarde », insistait Mohamed.

Tout autour de Fès s'alignaient à perte de vue des collines incrustées d'innombrables maisons de brique et de pierre, souvent ornées, comme à Grenade, de carreaux de faïence.

« Là-bas, dans cette plaine traversée par l'oued, c'est le cœur de la cité. À gauche, la rive des Andalous, fondée il y a des siècles par des émigrés de Cordoue ; à droite, la rive des gens de Kairouan, avec, au milieu, la mosquée et l'école des Karaouiyines, ce vaste bâtiment aux tuiles vertes, où, si Dieu l'agrée, tu recevras l'enseignement des ulémas. »

Je n'écoutai que d'une oreille distraite ces doctes explications, car ce fut surtout le spectacle des toits qui m'emplit alors le regard : en cet après-midi d'automne, le soleil était adouci par d'obèses nuages, et partout des milliers de citadins étaient assis comme sur des terrasses, en train de deviser, de crier, de boire, de rire, toutes leurs voix se fondant en un immense brouhaha. Autour d'eux, pendus ou étalés, des linges de riches et de pauvres frémissaient à chaque brise, comme la voilure d'un même navire.

Une rumeur grisante, un vaisseau qui vogue de tempête en tempête et qui, parfois, fait naufrage, n'est-ce pas cela, une ville ? Dans mon adolescence, il m'arriva souvent de passer des journées entières devant ce paysage, à rêvasser sans bride. Le jour de mon entrée à Fès, ce ne fut qu'un ravissement passager. Le trajet depuis Melilla m'avait épuisé, et j'avais hâte d'atteindre la maison de Khâli. Je n'avais certes gardé aucun souvenir de mon oncle, émigré en Berbérie lorsque j'avais un an, ni de ma grand-mère, partie avec lui, l'aîné de ses fils. Mais j'étais sûr que leur accueil chaleureux nous ferait oublier les affres de la route.

Chaleureux, il le fut, pour Salma et pour moi. Tandis qu'elle disparaissait corps et biens sous les voiles déployés de sa mère, je me retrouvai dans les bras de Khâli, qui me contempla longuement sans mot dire avant d'apposer sur mon front le plus affectueux des baisers.

« Il t'aime comme tout homme aime le fils de sa sœur, me disait ma mère ; en plus, comme il n'a que des filles, il te considère comme son propre fils. »

Il devait me le prouver en maintes occasions. Mais, ce jour-là, sa sollicitude me fut néfaste.

C'est après m'avoir déposé à terre que Khâli se tourna vers Mohamed.

« Je t'attendais depuis longtemps », lui lança-t-il sur un ton où perçait le reproche, puisque nul n'ignorait l'embarrassante idylle qui avait retardé l'émigration du peseur.

Les deux hommes se donnèrent tout de même l'accolade.

Puis mon oncle se tourna pour la première fois dans la direction de Warda, qui se tenait à l'écart. Son regard faillit s'arrêter sur elle, mais il glissa prestement vers le lointain. Il avait choisi de ne pas la voir. Elle n'était pas la bienvenue dans sa demeure. Mariam elle-même, adorable fillette joufflue et souriante, n'eut pas droit à la moindre caresse.

« Je redoutais cet accueil, et c'est pourquoi je ne me suis pas réjouie quand Warda est apparue sur le bateau, m'expliqua plus tard ma mère. J'avais toujours supporté en silence les écarts de Mohamed. Son comportement m'avait humiliée aux yeux de tout le voisinage, et Grenade tout entière avait fini par se gausser de ses frasques. Malgré cela, je ne cessais de me dire : « Salma, tu es sa femme et tu lui dois « obéissance ; un jour, de guerre lasse, il reviendra à toi ! » En attendant, j'étais résignée à courber patiemment la tête. Mon frère, si fier, si altier, ne pouvait pas en faire autant. Sans doute aurait-il oublié le passé si nous étions arrivés seuls tous les trois. Mais accueillir sous son toit la *Roumiyya* dont tout le monde disait qu'elle avait ensorcelé son beau-frère aurait fait de lui la risée des émigrés grenadins, qui ne sont pas moins de six mille à Fès, et qui, tous, le connaissent et le respectent. »

À part moi, comblé d'attentions et qui rêvais déjà d'onctueuses gâteries, tous les miens respiraient avec peine.

« C'était comme si nous assistions à une cérémonie qu'un djinn malfaisant aurait transformée de mariage en funérailles, me dit Mohamed. J'ai toujours considéré ton oncle comme un frère, et j'avais envie de lui crier que Warda s'était enfuie de son village pour me retrouver, au péril de sa vie, qu'elle avait quitté le pays des *Roum* pour venir parmi nous, que nous n'avions plus le droit de la considérer comme une captive, que nous n'avions même pas le droit de l'appeler *Roumiyya*. Mais aucun son ne sortait de ma gorge. Je n'avais plus qu'à me tourner et à sortir, dans un silence de cimetière. »

Salma lui emboîta le pas sans un instant d'hésitation, bien qu'elle fût au bord de l'évanouissement. Elle était, de tous, la plus affectée, plus que Warda encore. La concubine avait été humiliée, certes. Du moins avait-elle la consolation de savoir que désormais Mohamed ne pourrait plus jamais l'abandonner sans perdre la face ; et, pendant qu'elle tremblait dans son coin, elle avait, pour lui tenir compagnie, le sentiment d'avoir été victime d'une injustice. Un sentiment qui blesse, mais qui met du baume sur la blessure, un sentiment qui tue parfois, mais qui, bien plus souvent, donne aux femmes de puissantes raisons de vivre et de se battre. Salma n'avait rien de tout cela.

« J'étais broyée par l'adversité, c'était pour moi le jour du Jugement, j'étais en train de perdre ton père après avoir perdu ma ville natale et la maison où j'avais enfanté. »

*

Nous remontâmes donc sur nos mules sans savoir quelle direction prendre. Mohamed grommelait, en martelant de son poing le garrot de sa bête :

« Par le sol qui recouvre mon père et mes aïeux, si l'on m'avait dit que je serais reçu ainsi en ce royaume de Fès, je n'aurais jamais quitté Grenade ! »

Ses mots claquaient dans nos oreilles apeurées :

« Partir, abandonner sa maison et ses terres, courir les montagnes et les mers, pour ne rencontrer que des portes fermées, des bandits sur les routes et la peur des épidémies ! »

Il est vrai que, depuis notre arrivée sur la terre d'Afrique, malheurs et déconvenues n'avaient cessé de s'acharner sur nous. Cela dès l'instant où notre fuste avait accosté au port de Melilla. Nous pensions atteindre là un havre d'islam où des paumes rassurantes se poseraient sur nous pour écumer la fatigue des vieux et les larmes des affaiblis. Mais seules des questions haletantes nous avaient accueillis sur le quai : « Est-il vrai que les Castillans arrivent ? Avez-vous vu leurs galées ? » Pour ceux qui nous interrogeaient ainsi, il ne s'agissait nullement de préparer la défense du port mais de ne prendre aucun retard sur la débandade. En voyant que c'était à nous, réfugiés, de dispenser les mots d'apaisement, nous n'étions que plus pressés de mettre une montagne ou un désert entre nous et ce rivage qui s'offrait béant aux envahisseurs.

Un homme se présenta à nous. Il était muletier, disait-il, et devait partir sans tarder pour Fès. Si nous le voulions, il nous louerait ses services pour une somme modique, quelques dizaines de dirhams d'argent. Désireux de quitter Melilla avant la nuit, et sans doute alléché par le prix, Mohamed accepta sans marchander. Il demanda toutefois au muletier d'emprunter la route côtière jusqu'à Bedis avant de piquer plein sud vers Fès ; mais l'homme avait une meilleure idée, un raccourci qui nous ferait gagner, jurait-il, deux journées pleines. Chaque mois, il l'empruntait, il en connaissait la moindre aspérité comme le dos de sa mule. Il argumenta si bien qu'une demi-heure après avoir débarqué nous étions déjà en route, mon père et moi sur une bête, ma mère sur une autre avec le gros des bagages, Warda et Mariam sur une troisième, le muletier marchant à nos côtés avec son fils, un détestable garnement d'une douzaine d'années, pieds nus, doigts crasseux et regard de biais.

À peine avions-nous fait trois milles que deux cavaliers voilés de bleu firent irruption devant nous, portant à la main des poignards recourbés. Comme s'ils n'attendaient qu'un signal, le muletier et son fils se mirent à dévaler la côte sans demander leur reste. Les bandits s'approchèrent. Voyant qu'ils avaient affaire à un seul homme tenu de protéger deux femmes et deux enfants, et se sentant ainsi tout à fait en confiance, ils se mirent à palper d'une main experte le chargement des mules. Leur premier trophée fut une cassette nacrée où Salma avait imprudemment rangé tous ses bijoux. Puis ils se mirent à retirer l'une après l'autre de superbes robes de soie ainsi qu'un drap de nuit brodé qui avait fait partie du trousseau de ma mère.

Allant ensuite vers Warda, l'un des bandits lui ordonna :

« Saute en l'air ! »

Comme elle demeurait interloquée, il vint vers Mohamed et lui posa sur le cou la pointe d'un poignard. Terrorisée, la concubine s'ébroua et gesticula comme un pantin désarticulé, mais sans décoller du sol. Ne saisissant pas le tragique de la situation, je partis d'un rire franc que mon père rabattit d'un froncement de sourcils. Le malfaiteur hurlait :

« Saute plus haut ! »

Warda s'élança en l'air du mieux qu'elle put, et un léger tintement de pièces se fit entendre.

« Donne-moi tout cela ! »

Passant sa main sous sa robe, elle sortit une modeste bourse qu'elle envoya rouler à terre d'un geste dédaigneux. Le bandit la ramassa sans se formaliser et se tourna vers ma mère :

« À toi, maintenant. »

À cet instant, retentit au loin l'appel d'un muezzin de village. Mon père éleva un regard vers le soleil, planté tout en haut du ciel, et d'une main preste il prit au flanc de sa monture son petit tapis de croyant qu'il étala sur le sable, puis, tombant à genoux, la face tournée vers La Mecque, il se mit à réciter à voix haute sa prière de midi. Tout cela en un clin d'œil, et d'un air si naturel que les bandits ne savaient trop comment réagir. Tandis qu'ils se consultaient du regard, une poussière épaisse jaillit de la route, comme par miracle, à moins d'un mille devant nous. Les malfaiteurs n'eurent que le temps d'enfourcher leurs chevaux pour détaler dans le sens opposé. Nous étions sauvés, ma mère n'avait pas eu à s'exécuter.

« Si je l'avais fait, ce n'est pas un tintement qu'on aurait entendu, mais une véritable pétarade, car ton père m'avait fait porter des centaines de dinars, tassés dans dix bourses ventrues, que j'avais attachées tout autour de mes côtes, convaincue que jamais aucun homme n'oserait fouiller aussi loin. »

Quand les passants providentiels parvinrent à notre hauteur, nous vîmes qu'il s'agissait d'un détachement de soldats. Mohamed s'empressa de leur conter dans le détail la machination dont nous avions été victimes. Précisément, expliqua leur commandant, un sourire aux lèvres, ses hommes et lui avaient pour mission de patrouiller sur cette route, infestée de brigands depuis que les Andalous débarquaient par bateaux entiers à Melilla. En général, ajouta-t-il du ton le plus anodin, les voyageurs ont la gorge tranchée et le muletier vient récupérer ses bêtes ainsi que la part du butin qui lui aura été laissée. Selon l'officier, beaucoup de Grenadins venus à Fès ou à Tlemcen avaient connu semblables mésaventures. En revanche, les émigrants qui avaient opté pour Tunis, Tétouan, Salé ou la Mitidja d'Alger n'avaient pas été inquiétés.

« Revenez vers le port, nous conseilla-t-il, et attendez. Dès que se formera une caravane de marchands, partez à ses côtés. Elle sera nécessairement accompagnée par des gardes, et vous y serez en sécurité. »

Comme ma mère lui demandait si elle avait une chance de retrouver sa précieuse cassette, il répondit, comme tout homme sage, par un verset du Coran :

« Il se peut que vous détestiez une chose, et qu'elle s'avère bénéfique pour vous ; il se peut que vous vous réjouissiez d'une chose et qu'elle fasse votre malheur ; car Dieu sait et vous, vous ne savez pas. »

Avant de commenter :

« Ces mules que les coupeurs de routes ont été contraints de vous abandonner vous seront bien plus utiles que les bijoux ; elles vous porteront avec vos bagages, et elles n'attireront pas les voleurs. »

Nous suivîmes à la lettre les conseils de cet homme, et c'est ainsi qu'au bout de dix jours nous arrivâmes à destination, exténués mais saufs. Pour constater que nos proches nous refusaient l'hospitalité.

*

Il nous fallait trouver désormais un toit pour nous abriter, ce qui n'était pas facile depuis que les émigrés andalous, arrivés à Fès par vagues successives, s'étaient approprié toutes les maisons disponibles. Quand Boabdil avait débarqué, trois ans auparavant, il était accompagné, dit-on, de sept cents personnes, qui avaient maintenant leur propre quartier où la vie était encore réglée à la mode de l'Alhambra, la fierté en moins. D'habitude, les nouveaux arrivants descendaient, pour un temps, chez leurs parents les plus proches, ce que nous aurions certainement fait sans Warda. Telles que les choses se présentaient, il n'était plus question de passer une seule nuit dans la maison de Khâli, où mon père estimait, à juste titre, qu'il avait été bafoué.

Restaient les hôtelleries, les *fondouks*. Il n'y en a pas moins de deux cents à Fès, la plupart d'une grande propreté, dotées chacune d'une fontaine ainsi que de latrines traversées par une eau courante à fort débit qui emporte constamment l'ordure vers la rivière, éclatée en mille canaux affluants. Certaines ont plus de cent vingt chambres, spacieuses et donnant toutes sur des couloirs. Les pièces sont louées complètement vides, sans même un lit, le tenancier ne procurant à ses clients qu'une couverture et une natte pour dormir, leur laissant le soin d'acheter eux-mêmes leurs propres aliments pour les donner à cuisiner. Beaucoup s'en accommodent toutefois, car les hôtelleries ne sont pas uniquement des lieux de passage pour voyageurs, mais aussi des habitations pour certains veufs de Fès, qui n'ont ni famille, ni suffisamment d'argent pour se payer maison et serviteurs, qui se logent parfois à deux dans la même chambre, pour se partager le loyer et les tâches quotidiennes, pour se tenir compagnie dans leur détresse. Nous devions nous installer de la même façon pour quelques jours, le temps de trouver une demeure plus décente.

Ce n'était pourtant pas le voisinage de ces malheureux qui préoccupait mon père, mais celui d'une tout autre engeance. Ayant visité Fès dans sa première jeunesse, il se rappelait encore la réputation de certaines hôtelleries, si détestables qu'aucun honnête citadin n'aurait voulu franchir le seuil ni adresser la parole à l'un de leurs tenanciers, parce que habitées par ceux qu'on appelle *al-hiwa*. Comme je l'ai écrit dans ma *Description de l'Afrique*, dont le manuscrit est resté à Rome, ce sont des hommes constamment habillés en femmes, avec fards et ornements, qui se rasent la barbe, ne parlent que d'une voix aiguë et, dans leurs journées, filent la laine. Les gens de Fès ne les voient qu'au moment des funérailles, car il est de coutume de les engager aux côtés des pleureuses pour ajouter à la désolation. Il faut savoir que chacun de ces êtres a un concubin et se comporte avec lui exactement comme une femme avec son mari. Puisse le Très-Haut nous guider hors des chemins de travers !

Bien plus dangereux sont les hors-la-loi qui infestent ces mêmes hôtelleries. Tueurs, brigands, contrebandiers, souteneurs, agents de tous les vices s'y sentent en sécurité, comme dans un territoire extérieur au royaume, y organisant à leur aise le trafic du vin, les fumeries de kif et la prostitution, s'y acoquinant pour perpétrer leurs méfaits. Je me suis longtemps demandé pourquoi la police de Fès, si prompte à sanctionner l'avidité d'un commerçant et la faim d'un voleur de pain, n'intervient jamais en ces lieux pour se saisir des malfrats et mettre un terme à des agissements qui déplaisent à Dieu autant qu'aux hommes. Il ne m'a pas fallu beaucoup d'années pour trouver la réponse : chaque fois que l'armée du sultan partait en campagne, ces hôteliers étaient tenus de lui fournir gratuitement tout le personnel nécessaire à la cuisine des soldats. En échange de cette participation à l'effort militaire, le souverain les laissait faire ce que bon leur semblait. Il est vrai que dans toute guerre ordre et désordre sont complices.

Pour être sûrs de ne pas nous retrouver dans l'un de ces lieux malfamés, nous devions chercher une hôtellerie dans le voisinage de la mosquée des Karaouiyines. C'est là que s'installent les riches commerçants de passage. Bien que le prix des chambres y soit plus élevé qu'ailleurs, ces établissements ne désemplissent pas ; leurs clients les envahissent par caravanes entières. Le soir de notre arrivée, il nous fallut donc bien de la chance pour trouver un logement dans un établissement tenu par un immigré grenadin. Il envoya un de ses esclaves nous acheter au marché de la Fumée des petits poissons frits, des beignets à la viande, des olives et quelques grappes de raisin. Il nous posa également sur le pas de la porte une gargoulette d'eau fraîche pour la nuit.

Au lieu de quelques jours, nous restâmes près de six semaines dans cette auberge, jusqu'au moment où le tenancier lui-même nous trouva, non loin du marché aux fleurs, au fond d'une impasse, une maison étroite, la moitié de celle que nous avions à Grenade, dont la porte d'entrée était basse et quelque peu sordide, d'autant plus qu'on ne pouvait y accéder sans patauger dans une mare de boue. En nous la proposant, il nous expliqua qu'elle était habitée par un marchand andalou qui avait décidé d'aller s'installer à Constantinople-la-Grande pour y développer son activité. Mais la réalité était bien différente, comme les voisins allaient se dépêcher de nous l'apprendre : notre prédécesseur, constamment alité, incapable d'exercer son commerce, n'ayant pas connu tout au long des trois années qu'il avait passées à Fès un seul jour de bonheur, était tout simplement retourné à Grenade. Deux de ses enfants avaient succombé à la peste et son fils aîné avait contracté, disait-on, une maladie honteuse, celle qu'on appelle « les boutons ». À notre arrivée, tout Fès vivait dans la hantise de ce mal ; il se répandait si vite qu'aucun homme ne semblait devoir y échapper. Les premiers temps, on isolait les personnes qui en étaient atteintes dans des habitations à part, comme les lépreux, mais bien vite leur nombre fut si grand qu'on dut les ramener au sein de leurs familles. La ville tout entière devenait un immense quartier infesté, aucune médecine ne s'avérait efficace.

À peine moins meurtrière que le mal était la rumeur qui l'entourait. Les gens de la ville chuchotaient qu'il ne s'était jamais manifesté chez eux avant l'arrivée des Andalous. Ceux-ci se défendaient en clamant que « les boutons » avaient été répandus, sans doute aucun, par les juifs et leurs femmes ; qui, à leur tour, accusaient les Castillans, les Portugais, parfois même les marins génois ou vénitiens. En Italie, ce même fléau est appelé le mal français.

*

Cette année-là, je crois que c'était au printemps, mon père se mit à me parler de Grenade. Il le ferait souvent à l'avenir, me retenant des heures à ses côtés, sans toujours me regarder, sans toujours savoir si j'écoutais, si je comprenais, si je connaissais les personnages et les lieux. Il s'asseyait en tailleur, son visage s'illuminait, sa voix se modulait, ses fatigues et ses colères s'estompaient. Pour quelques minutes ou quelques heures, il devenait conteur. Il n'était plus à Fès, surtout pas dans ces murs qui exhalaient la pestilence et la moisissure. Il voyageait dans sa mémoire et n'en revenait qu'à regret.

Salma le regardait avec compassion, avec inquiétude, parfois avec frayeur. Dans son attitude, elle ne décelait ni le mal du pays, ni le reflet des difficultés de sa vie d'émigré. Pour elle, mon père avait cessé d'être lui-même depuis le jour où Warda était partie, et le retour de la concubine n'avait rien arrangé. Ces yeux absents, cette voix empruntée, cette attirance envers le pays des *Roum,* ces obsessions qui le faisaient agir contre toute sagesse laissaient supposer que Mohamed était sous l'effet d'un enchantement. Elle tenait à l'en délivrer, même si elle devait consulter un à un tous les devins de Fès.

L'ANNÉE DES DEVINS

901 de l'hégire
(21 septembre 1495 - 8 septembre 1496)

Les honnêtes femmes de Fès, quand elles doivent traverser le marché aux fleurs, pressent le pas, s'enveloppent un peu plus dans leurs voiles et jettent à gauche et à droite des regards de bête traquée ; car, si la fréquentation du myrte ou du narcisse n'a, en soi, rien de répréhensible, nul n'ignore la curieuse coutume qu'ont les Fassi de s'entourer de fleurs, plantées ou cueillies, chaque fois qu'ils s'adonnent aux plaisirs défendus de l'alcool. Pour certains dévots, acheter un bouquet parfumé devenait à peine moins coupable que se procurer une carafe de vin, et les fleuristes ne valaient pas mieux, à leurs yeux, que les taverniers, d'autant qu'ils étaient souvent, les uns comme les autres, andalous, prospères et libertins.

Salma elle-même ne manquait pas de modifier sa démarche dès qu'elle passait par la place carrée où se trouve le marché aux fleurs, moins par bigoterie que par un légitime souci de respectabilité. J'avais fini par remarquer son comportement, et par m'en amuser comme d'un nouveau jeu quand, trottinant à ses côtés, je feignais de la défier à une course.

Un jour de cette année-là, alors que nous traversions la place, ma mère accéléra la cadence. Riant aux éclats, je me mis à courir. Mais au lieu de me retenir, ce qu'elle faisait d'habitude, elle se mit à cavaler à son tour, de plus en plus vite. Comme je ne parvenais plus à la suivre, elle se retourna un instant, me porta dans ses bras et reprit sa course de plus belle, hurlant, trop près de mon oreille, un mot que je ne saisissais pas. C'est seulement quand elle s'arrêta, à l'autre bout de la place, que je compris enfin la raison de sa hâte et le nom qu'elle criait : Sarah !

Sarah-la-Bariolée. J'entendais souvent encore parler de la juive, mais ses traits ne me disaient plus rien.

« C'est Dieu lui-même qui t'envoie dans cette contrée », haleta Salma en la rejoignant.

Sarah arbora une moue amusée :

« C'est ce que répète sans arrêt notre rabbin. Moi-même, je n'en suis pas si sûre. »

Tout en elle me paraissait curieux, ses habits de toutes les couleurs, son rire en cascade, ses dents en or, ses volumineuses boucles d'oreilles, sans oublier le parfum étouffant que je reçus en pleines narines quand elle me serra contre son buste. Pendant que je la dévisageais sans vergogne, elle se mit à raconter avec mille gestes et mille éclats de voix ce qu'elle avait connu depuis qu'elle avait quitté, peu avant nous, le faubourg d'Albaicin.

« Chaque jour, je remercie le Créateur de m'avoir guidée vers l'exil, car ceux qui ont opté pour le baptême sont maintenant victimes des pires persécutions. Sept de mes cousins sont en prison, une nièce a été brûlée vive avec son mari, accusés d'être demeurés juifs en secret. »

Elle me déposa à terre avant de poursuivre, un ton plus bas :

« Tous les convertis sont soupçonnés de judaïser ; aucun Espagnol ne peut échapper à l'Inquisition tant qu'il n'a pas prouvé qu'il a « le sang pur », c'est-à-dire qu'il n'a dans son ascendance, aussi loin qu'il remonte, aucun juif ni aucun Maure. Et pourtant, leur roi Ferdinand lui-même a du sang juif, de même que Torquemada l'inquisiteur. Que les flammes de l'Enfer les poursuivent jusqu'à la fin des temps ! »

Sarah ne regrettait donc nullement de s'être enfuie avec les siens au Portugal, même si elle s'était rapidement rendu compte que seuls les juifs riches pouvaient y élire domicile, et à la condition encore d'asperger d'or le roi et ses conseillers. Quant aux gens modestes, ils allaient bientôt devoir choisir, comme en Castille, entre la conversion et le départ.

« Je me suis donc dépêchée de prendre la mer pour Tétouan, où j'ai passé quelques mois ; puis je suis venue à Fès avec ma fille aînée et mon gendre, qui compte s'établir ici auprès d'un oncle bijoutier. Ma seconde fille et son mari sont allés, comme la plupart des nôtres, au pays du Grand Turc, notre protecteur. Que le Très-Haut prolonge sa vie et lui donne la victoire sur nos ennemis !

– C'est ce que nous espérons tous, approuva ma mère. Si Dieu a la bonté de nous redonner un jour notre pays, le Turc sera Son bras. »

Pour Salma, la revanche sur les Castillans était certes un vœu des plus chers. Mais ce qui accaparait pour l'heure ses pensées était moins le sort de Grenade que celui de son propre foyer. Si elle montrait tant de joie à retrouver Sarah, c'est qu'elle se rappelait avec quel succès elle l'avait aidée à récupérer Mohamed quand il avait failli lui échapper peu avant ma naissance. Cette fois, un élixir ne suffirait pas ; Salma tenait à consulter les devins, et comme sa mère, gravement malade, ne pouvait l'accompagner, elle comptait sur la présence rassurante de la Bariolée.

« Comment se porte ton cousin ? interrogea celle-ci.

– Comme Dieu l'autorise à se porter ! »

L'ambiguïté de la formule n'échappa évidemment pas à la juive. Elle posa sa main sur le bras de ma mère. L'une et l'autre me regardèrent en même temps du coin de l'œil, s'éloignèrent d'un pas et engagèrent, à voix basse, une conversation dont je ne saisis que des bribes. Dans la bouche de Salma revinrent plusieurs fois les mots de « Roumiyya » et de « sorcellerie », peut-être aussi de « drogue » ; la juive se montra attentive et rassurante.

Les deux femmes se donnèrent rendez-vous au même endroit le surlendemain pour commencer la tournée des devins. Je le sus ce jour-là, car ma mère avait décidé que je l'accompagnerais. Peut-être ne voulait-elle pas me laisser aux mains de Warda. Peut-être estimait-elle plus convenable, aux yeux de mon père comme des voisins, de se déplacer avec un enfant, gage vivant de l'honnêteté de ses allées et venues. Pour moi, ce fut en tout cas, à l'âge de sept ans, une expérience aussi merveilleuse qu'inattendue. Et par moments angoissante, je dois le reconnaître.

Notre première visite fut pour une voyante appelée Oum-Bassar. On disait que le sultan de Fès la consultait à chaque nouvelle lune, et qu'elle avait jeté un sort à un émir qui le menaçait, le frappant de cécité. En dépit de sa renommée, elle habitait une maison aussi modeste que la nôtre, située dans le souk des parfumeurs, au fond d'une étroite galerie à arcades. Il nous suffit d'écarter une tenture pour y entrer. Une servante noire nous fit asseoir dans une petite pièce, avant de nous conduire, au bout d'un sombre couloir, dans une salle légèrement plus grande. Oum-Bassar était assise sur un immense coussin vert, les cheveux couverts d'une écharpe de même couleur, ourlée de fils dorés, avec derrière le dos une tenture murale représentant les vingt-huit tabernacles de la lune et devant elle une table basse sur laquelle était posée une terrine vernissée.

Ma mère s'assit en face de la devineresse et lui exposa à mi-voix ce qui l'amenait. Sarah et moi étions restés en arrière, debout. Oum-Bassar versa de l'eau dans le récipient et y ajouta une goutte d'huile, sur laquelle elle souffla trois fois. Elle récita quelques formules incompréhensibles, puis elle plongea son regard dans la terrine en disant d'une voix caverneuse :

« Les djinns sont là, les uns arrivent par voie de terre, les autres par la mer. »

Soudain, elle se tourna vers moi et me fit signe :

« Viens plus près ! »

Méfiant, je ne bougeai pas.

« Viens, n'aie pas peur ! »

Ma mère me rassura du regard. Je m'approchai d'un pas craintif.

« Penche-toi au-dessus de la table ! »

Le spectacle était, je l'avoue, assez étonnant. Les reflets dansants des gouttelettes d'huile sur la face polie de l'amphore donnaient une illusion de mouvement incessant. En y attachant le regard pendant quelques secondes, et en laissant courir son imagination, on pouvait observer toutes sortes d'êtres et d'objets.

« Tu as vu ces djinns qui s'agitent ?

– Oui », répondis-je évidemment.

J'aurais dit oui quelle que soit la question, mais ma mère était tout oreilles. Pour le but qu'elle s'était fixé, pour le prix qu'elle payait, elle ne voulait pas être déçue. Sur ordre d'Oum-Bassar, je revins à ma place. La devineresse resta alors quelques moments sans bouger.

« Il faut attendre que les djinns se calment, ils sont trop agités », expliqua-t-elle sur un ton de confidence.

Il y eut un long moment de silence, puis elle se mit à converser avec ses djinns. Elle leur chuchotait des questions, puis elle se penchait au-dessus du récipient pour observer les gestes qu'ils faisaient de la main ou de l'œil.

« Ton cousin reviendra à toi après trois signes », décréta-t-elle, sans préciser s'il s'agissait de trois jours, trois semaines, trois mois ou trois ans.

Ma mère déboursa une pièce d'or et s'en alla, perplexe et pensive. Sur le chemin du retour, elle me demanda de ne rien dire à personne de cette visite, pas même à mon père, sous peine de voir les djinns grimper sur moi dans mon sommeil.

Une semaine plus tard, nous retrouvâmes à nouveau la Bariolée sur la place carrée, si proche de chez nous. Notre visite nous mena cette fois vers une demeure somptueuse située non loin du palais du sultan. Le salon où l'on nous reçut était vaste et haut, avec un plafond peint en couleurs azur et or. Il y avait là plusieurs femmes, toutes grasses et dévoilées, qui ne semblèrent nullement ravies de me voir. Elles devisèrent quelques mots à mon sujet, puis l'une d'elles se releva lourdement, me prit par la main et m'installa dans un coin écarté de la pièce en me promettant de m'amener des jouets. Je n'en vis pas le moindre, mais je n'eus pas le temps de m'ennuyer car, au bout de quelques minutes, Salma et Sarah vinrent me cueillir.

Je dois dire tout de suite qu'il me fallut attendre de longues années avant de connaître la vérité sur ce qui s'est passé ce jour-là. Je me souviens seulement qu'en s'éloignant ma mère et la Bariolée grommelaient sans arrêt, mais qu'entre deux éclats de colère elles échangeaient des plaisanteries et partaient d'un rire bruyant. Je me souviens aussi d'avoir entendu parler, dans le salon, d'al-Amira, la Princesse.

C'était un singulier personnage. Veuve d'un cousin du sultan, versée dans toutes les sciences occultes, elle avait fondé une étrange confrérie, uniquement formée de femmes, certaines choisies pour leurs dons de voyance, d'autres simplement pour leur beauté. Les gens ayant une longue expérience de la vie appellent ces femmes *sahacat,* car elles ont l'habitude d'user l'une de l'autre, ce que je ne peux exprimer par un terme plus convenable. Quand une femme vient les voir, elles lui font croire qu'elles sont liées d'amitié avec certains démons, qu'elles divisent en plusieurs espèces : démons rouges, démons blancs, démons noirs. Elles-mêmes changent de voix pour faire croire que ce sont ces démons qui parlent par leurs bouches, comme je l'ai exposé dans ma *Description de l'Afrique.* Ces démons ordonnent souvent aux visiteuses, quand elles sont bien faites, de se mettre toutes nues et d'échanger avec eux, c'est-à-dire en fait avec la Princesse et ses acolytes, des baisers amoureux. Si la femme accepte, par sottise ou par goût, de se prêter à ce jeu, on l'invite à faire partie de la confrérie, et on organise un somptueux banquet en son honneur où toutes les femmes dansent ensemble au son d'un orchestre de nègres.

C'est à l'âge de seize ou dix-sept ans que j'appris l'histoire de la Princesse aux démons. Alors seulement je devinai ce qui avait fait fuir si précipitamment ma mère et Sarah.

*

En dépit de cette mésaventure, Salma ne voulait nullement interrompre sa quête. Mais, pour sa visite suivante, elle se montra plus circonspecte sur le choix du devin. C'est ainsi que nous nous rendîmes tous les trois, quelques semaines plus tard, auprès d'un homme fort respecté de la ville, un libraire-astrologue qui tenait boutique dans le voisinage de la

Grande Mosquée des Karaouiyines. Il nous reçut à l'étage, dans une salle qui n'avait pour tout mobilier que des livres aux murs et une natte au sol, et tint à préciser, dès notre arrivée, qu'il n'était ni magicien ni alchimiste, mais qu'il cherchait seulement à lire les signes envoyés par Dieu à ses créatures. À l'appui de ses dires, il cita des versets du Livre :

Il y a sur la terre des signes, pour ceux dont la foi est
[solide.
Il y en a aussi en vous-mêmes, ne les voyez-vous pas ?
Il y a dans le Ciel les biens qui vous sont destinés
Et aussi ce dont vous êtes menacés.

Nous ayant ainsi rassurés sur la foi et son honorabilité, il nous demanda de nous écarter jusqu'à l'extrémité de la pièce, enroula la natte et, à l'aide d'une craie, traça sur le sol plusieurs cercles concentriques. Il dessina dans le premier une croix, aux extrémités de laquelle il nota les quatre points cardinaux et à l'intérieur il écrivit le nom des quatre éléments. Il partagea ensuite le second cercle en quatre quadrants, et chaque quadrant en sept parties, soit vingt-huit parties, dans lesquelles il inscrivit les vingt-huit lettres de l'alphabet arabe. Dans les autres cercles, il plaça les sept planètes, les douze mois de l'année latine et divers autres signes. Cette opération, appelée *zairaja*, est longue et compliquée, et je ne me serais souvenu d'aucun détail si je ne l'avais vue s'accomplir trois fois devant mes yeux. Je regrette simplement de ne pas avoir appris à la faire moi-même, car de toutes les sciences occultes, c'est la seule dont les résultats soient indiscutables, même aux yeux de certains ulémas.

Après avoir terminé son dessin, l'astrologue demanda à ma mère ce qu'elle cherchait. Il prit une à une les lettres de sa question, nota leur valeur numérique et, par un calcul fort compliqué, retrouva l'élément naturel auquel correspond chacune des lettres. Au bout d'une heure de griffonnage, sa réponse nous arriva sous forme de vers :

La mort va passer, puis les vagues de la mer,
Alors reviendront la femme et son fruit.

Ma mère était si troublée que sa parole s'étouffa, et que l'homme chercha à la calmer :

« Quand on veut connaître l'avenir, on doit s'attendre à croiser parfois la mort. N'est-elle pas au bout de chaque destin ? »

Salma trouva la force de répliquer, tremblante, suppliante presque :

« Au bout, sans doute, mais là, c'est au début de la prédiction qu'elle apparaît. »

Pour toute réponse, l'homme leva les yeux et les paumes vers le haut. Plus un mot ne sortit de sa bouche, et quand ma mère voulut le payer, il refusa d'un geste sans appel.

*

C'est la quatrième visite qui perdit Salma. Il s'agissait cette fois d'un de ces individus qu'on appelle à Fès les *mouazzimin,* réputés pour la chasse aux démons. Ma grand-mère, Dieu la prenne en miséricorde ! avait fait l'éloge de cet homme, qui avait résolu, disait-elle, mille affaires bien plus compliquées que la nôtre. De fait, il était si couru que nous dûmes l'attendre deux heures dans son antichambre, le temps qu'il ait fini avec six autres clientes.

Dès que Salma lui eut exposé son cas, il arbora un sourire condescendant, lui jurant qu'avant sept jours son problème serait oublié.

« Ton cousin a dans la tête un diable minuscule qu'il faudra chasser. S'il était ici, je le guérirais séance tenante. Mais je vais te transmettre le pouvoir de l'exorciser toi-même. Je t'apprendrai une formule, que tu réciteras au-dessus de sa tête pendant son sommeil, ce soir, demain et après-demain ; je te donne également cette fiole de parfum. Tu en verseras une goutte en prononçant chaque formule. »

Le premier soir, mon père dormit chez Salma, et elle n'eut aucun mal à réciter sa formule et à verser sa goutte d'élixir. Dès le deuxième soir cependant, il arriva ce que tout être sensé aurait pu deviner. Mohamed était auprès de Warda, et ma mère se glissa en tremblant dans leur chambre. Elle s'apprêtait à verser le liquide, quand la concubine poussa un cri strident, lorsque mon père se réveilla, et d'un geste de défense saisit son frêle agresseur par le tendon. Salma tomba à terre en sanglotant.

Voyant la fiole dans sa main, Mohamed traita sa femme de sorcière, de folle, d'empoisonneuse et, sans attendre l'aube, il lui cria trois fois de suite : « *Anti talika, anti talika, anti talika* », lui signifiant ainsi qu'elle était désormais libre de lui et divorcée.

L'ANNÉE DES PLEUREUSES

902 de l'hégire
(9 septembre 1496 – 29 août 1497)

Cette année-là, Boabdil en personne vint chez nous pour les condoléances. Je veux dire chez Khâli, puisque c'est avec lui que j'habitais depuis que mon père avait répudié Salma. Le sultan déchu entra dans le salon, suivi d'un chambellan, d'un secrétaire et de six gardes vêtus à la manière de l'Alhambra. Il murmura quelques mots de circonstance à l'oreille de mon oncle, qui lui serra longuement la main, avant de lui céder son divan haut, le seul de la maison. Les hommes de sa suite étaient restés debout.

Ma grand-mère était morte dans la nuit, et dès le matin les Grenadins de Fès avaient commencé à affluer. Boabdil était arrivé sans se faire annoncer, bien avant la prière de midi. Aucun de ceux qui étaient présents n'avait une haute idée de lui, mais ses titres, même fictifs, ne manquaient pas d'en imposer à ses anciens sujets. D'ailleurs, l'occasion ne se prêtait nullement aux rancœurs ni aux règlements de compte. Sauf pour Astaghfirullah, qui, entré peu après le sultan, ne le gratifia pas du moindre regard, s'assit sur le premier coussin inoccupé et commença à réciter tout haut, de sa voix éraillée, les versets adaptés à l'événement.

Quelques lèvres priaient, quelques autres étaient figées dans une moue rêveuse, parfois amusée, d'autres encore bavardaient inlassablement. Dans la salle des hommes, seul Khâli avait des larmes. Je le revois encore, comme s'il reprenait matière devant moi. Je me revois également, assis à ras du sol, sans joie, certes, mais sans grande tristesse, mes yeux secs et insouciants se promenant avidement sur l'assistance. De Boabdil, devenu obèse, vers le cheikh, que les ans et l'exil avaient rendu squelettique et anguleux. Plus que jamais, son turban paraissait immense, démesuré. Chaque fois qu'il se taisait s'élevaient les hurlements disgracieux des pleureuses au visage barbouillé de suie, aux cheveux ébouriffés, aux joues griffées jusqu'au sang, tandis que dans un coin du patio les pleureurs habillés en femmes, rasés de près et fardés, agitaient fébrilement leurs tambourins carrés. Pour leur imposer silence, Astaghfirullah recommença à psalmodier, plus fort, plus faux, avec plus de ferveur. De temps à autre, un poète de rue se levait pour réciter sur un ton triomphal une élégie qui avait déjà servi à cent autres disparus. Dehors, un bruit de casseroles jaillit : c'étaient les voisines qui apportaient la nourriture, car on ne cuisine pas dans la maison d'un défunt.

Une fête, la mort. Un spectacle.

Mon père n'arriva qu'à midi, expliquant confusément qu'il venait tout juste d'apprendre la triste nouvelle. Tous le lorgnaient de curieuse façon, tous se croyaient obligés de le saluer froidement, ou même de l'ignorer. Je me sentais meurtri. J'aurais voulu qu'il ne soit pas là, qu'il ne soit pas mon père. Honteux de mes pensées, je vins vers lui, posai ma tête contre son épaule et ne bougeai plus. Mais, pendant qu'il me caressait lentement la nuque, je me mis à songer, je ne sais trop pourquoi, au libraire-astrologue et à sa prédiction.

Ainsi, la mort était passée. Sans me l'avouer, j'étais quelque peu rassuré que la victime ne soit ni ma mère ni mon père. Salma me dira plus tard qu'elle craignait que ce soit moi. Ce qu'elle ne pouvait dire, même tout bas dans son cœur, seul le vieil Astaghfirullah allait oser l'exprimer, il est vrai par une parabole.

S'étant levé pour faire l'éloge de la défunte, il s'adressa d'abord à mon oncle :

« On raconte qu'un calife des temps passés avait perdu sa mère, qu'il chérissait comme tu chérissais ta mère, et qu'il s'était mis à gémir sans retenue. Un sage s'approcha de lui. « Prince des Croyants, lui dit-il, tu dois remercier le Très- « Haut, car il a honoré ta mère en te faisant pleurer sur « sa dépouille, au lieu de l'humilier en la faisant pleurer sur « la tienne. » Il faut remercier Dieu lorsque la mort survient dans l'ordre naturel des choses, et s'en remettre à Sa sagesse quand, par malheur, il en est autrement. »

Il enchaîna sur une prière, que l'assistance murmura en

même temps que lui. Puis il reprit, sans transition, le fil de son sermon :

« Trop souvent, aux funérailles, j'entends des croyants et des croyantes maudire la mort. Pourtant, la mort est un cadeau du Très-Haut, et l'on ne peut maudire ce qui vient de Lui. Le mot « cadeau » vous semble-t-il provocateur ? C'est cependant l'exacte vérité. Si la mort n'était pas inévitable, l'homme aurait perdu sa vie entière à l'éviter. Il n'aurait rien risqué, rien tenté, rien entrepris, rien inventé, rien construit. La vie aurait été une perpétuelle convalescence. Oui, mes frères, remercions Dieu de nous avoir donné en cadeau la mort, pour que la vie ait un sens ; la nuit, pour que le jour ait un sens ; le silence, pour que la parole ait un sens ; la maladie, pour que la santé ait un sens ; la guerre, pour que la paix ait un sens. Remercions-Le de nous avoir donné la fatigue et les peines, pour que le repos et les joies aient un sens. Remercions-Le, Sa sagesse est infinie. »

L'assistance prononça en chœur les remerciements : « *Alhamdoulillah ! Alhamdoulillah !* » Je remarquai qu'un homme au moins était demeuré silencieux, les lèvres gercées, les mains crispées. C'était Khâli.

« J'avais peur, m'expliqua-t-il plus tard. Je me disais : « Pourvu qu'il n'aille pas au-delà des limites ! » Malheureusement, je connaissais trop bien Astaghfirullah pour nourrir la moindre illusion à ce sujet. »

De fait, le sens du discours se mit à glisser.

« Si Dieu m'avait offert la mort en cadeau, s'Il m'avait appelé à Lui au lieu de me faire vivre l'agonie de ma ville, aurait-Il été cruel envers moi ? Si Dieu m'avait épargné de voir de mes yeux Grenade captive et les croyants déshonorés, aurait-Il été cruel envers moi ? »

Le cheikh haussa brusquement la voix, faisant sursauter tous les présents.

« Suis-je le seul ici à penser que la mort vaut mieux que le déshonneur ? Suis-je le seul à crier : « Ô Dieu, si j'ai failli à « ma mission envers la Communauté des Croyants, écrase- « moi de Ta main puissante, balaie-moi de la surface de « la terre comme une vermine malfaisante. Ô Dieu, juge-moi « aujourd'hui même, car ma conscience est trop lourde à « porter. Tu m'as confié la plus belle de Tes villes, Tu as

« placé entre mes mains la vie et l'honneur des musulmans,
« que ne m'apelles-Tu pour me demander des comptes » ?

Khâli était en sueur, ainsi que tous les voisins de Boabdil.
Ce dernier était blême comme un épi de curcuma. On aurait
dit que son sang royal l'avait abandonné pour ne pas partager
sa honte. S'il était venu, sur avis de quelque conseiller, pour
resserrer ses liens avec ses anciens sujets et pouvoir leur
demander bientôt de contribuer aux dépenses de sa cour, son
entreprise se terminait par une débâcle. Une de plus. Ses
yeux louchaient désespérément vers la sortie, mais son corps
trop lourd était affaissé.

Est-ce par miséricorde, par lassitude ou simplement par
hasard qu'Astaghfirullah se décida soudain à interrompre son
réquisitoire pour reprendre ses prières ? Mon oncle y vit,
quant à lui, une intervention du Ciel. Et dès que le cheikh eut
prononcé « Je témoigne qu'il n'y a pas d'autre divinité que
Dieu et que Mohamed est Son Messager », Khâli en profita
pour sauter littéralement de sa place et donner le signal du
départ vers le cimetière. Les femmes accompagnèrent le linceul jusqu'au seuil de la porte, agitant des mouchoirs blancs
en signe de désolation et d'adieu. Boabdil s'éclipsa par une
porte dérobée. Désormais les Grenadins de Fès pouvaient
mourir tranquilles : la silhouette avachie du sultan déchu ne
viendrait plus troubler leur dernier voyage.

*

Les condoléances se prolongèrent pendant six jours
encore. Contre la peine que cause la mort d'un être cher, quel
meilleur remède que l'épuisement ? À l'aube arrivaient les
premiers visiteurs ; les derniers partaient bien après la tombée de la nuit. Dès le troisième soir, les proches n'avaient
plus aucune larme, ils s'oubliaient parfois à sourire ou à rire,
ce que ne manquaient pas de critiquer ceux qui étaient présents. Seules tenaient bon les pleureuses, qui croyaient augmenter leur paie en redoublant de gémissements. Quarante
jours après le décès, les condoléances reprirent selon le
même cérémonial, pendant trois autres jours.

Ces semaines de deuil furent l'occasion pour mon père
et mon oncle d'échanger quelques propos conciliants. Ce
n'étaient pas encore les retrouvailles, loin s'en faut, et ma
mère évita de croiser celui qui l'avait répudiée. Mais, du

haut de mes huit ans, je crus déceler un espoir à l'horizon.

Entre autres sujets, mon père et mon oncle avaient discuté de mon avenir. Ils étaient convenus qu'il était temps pour moi de commencer l'école. D'autres enfants y allaient plus tard, mais je donnais, paraît-il, des signes d'intelligence précoce, et il était inutile de me laisser la journée entière à la maison en compagnie des femmes. Je pourrais me ramollir, ma virilité pourrait en pâtir. Ils vinrent me l'expliquer l'un après l'autre, et solennellement m'accompagnèrent tous les deux, un matin, à la mosquée du quartier.

Le maître, un jeune cheikh enturbanné, à la barbe presque blonde, me demanda de lui réciter la *Fatiha*, première sourate du Livre. Je le fis sans une faute, sans la moindre hésitation. Il s'en montra satisfait :

« Son élocution est bonne, sa mémoire est précise ; il ne lui faudra pas plus de quatre ou cinq ans pour mémoriser le Coran. »

Je n'étais pas peu fier, car je savais que beaucoup d'élèves y passaient six années, parfois sept. C'est après avoir appris par cœur le Livre de Dieu que je pourrais entrer au collège, où s'enseignent les diverses sciences.

« Je lui donnerai également quelques principes d'orthographe, de grammaire et de calligraphie », précisa le maître.

Quand on lui demanda quelle rétribution il voulait, il fit un pas en arrière :

« Ma rétribution, je ne l'attends que tu Très-Haut. »

Non sans ajouter toutefois que chaque parent d'élève donnait ce qu'il pouvait à l'école au moment des fêtes, avec un présent plus substantiel à la fin de la dernière année, lors de la Grande Récitation.

Me promettant de retenir au plus tôt les cent quatorze sourates, je commençai à suivre assidûment, cinq jours par semaine, les cours du cheikh. Il n'y avait pas moins de quatre-vingts garçons dans ma classe, âgés de sept à quatorze ans. Chaque élève venait à l'école dans l'habit qui lui plaisait, mais nul n'aurait songé à porter des vêtements somptueux, en soie ou brodés, sauf en certaines occasions. De toute manière, les fils des princes et des grands du royaume n'allaient pas aux écoles des mosquées. Ils recevaient chez eux l'enseignement d'un cheikh. À cette exception près, il y avait à l'école des garçons de diverses conditions, fils de cadis, de notaires, d'officiers, de fonctionnaires royaux ou municipaux, de boutiquiers et d'artisans ; même quelques fils d'esclaves envoyés par leurs maîtres.

La salle était grande, avec des gradins. Les plus grands s'asseyaient derrière, les plus petits devant, chacun avec sa planchette, sur laquelle il écrivait les versets du jour sous la dictée du maître. Celui-ci avait souvent à la main un roseau, dont il n'hésitait pas à user quand l'un d'entre nous laissait échapper un juron ou commettait quelque faute grave. Mais aucun élève ne lui en tenait rigueur, et lui-même ne gardait jamais rancune jusqu'au lendemain.

Le jour de mon arrivée à l'école, je m'assis au troisième rang, je crois. Assez près pour voir le maître et l'entendre, assez loin pour m'abriter de ses interrogations et de ses inévitables colères. À mes côtés, il y avait le plus diable de tous les enfants du quartier : Haroun, dit le Furet. Il avait mon âge, le teint très brun, les habits usés et rapiécés, mais toujours propres. Dès la première bagarre, nous étions amis, soudés à la vie à la mort. Nul ne le voyait sans lui demander de mes nouvelles, nul ne me voyait sans s'étonner qu'il ne soit pas là. C'est en sa compagnie que j'allais explorer Fès et mon adolescence. Je me sentais étranger, il savait la ville sienne, créée pour lui, rien que pour ses yeux, rien que pour ses jambes, rien que pour son cœur. Et il m'offrait de la partager.

Il est vrai qu'il appartenait, de naissance, à la plus généreuse des corporations.

L'ANNÉE DE HAROUN LE FURET

903 de l'hégire
(30 août 1497 - 18 août 1498)

C'est cette année-là que Melilla est tombée aux mains des Castillans. Une flotte était venue pour l'attaquer, elle la trouva déserte, abandonnée par ses habitants, qui avaient fui vers les collines avoisinantes, emportant leurs biens. Les chrétiens s'emparèrent de la ville et entreprirent de la fortifier. Dieu sait s'ils la quitteront un jour !

À Fès, les réfugiés grenadins prirent peur. Ils avaient l'impression que l'ennemi était à leurs trousses, qu'il les pourchasserait au cœur même des pays d'islam, et jusqu'au bout de la terre.

L'inquiétude montait parmi les miens, mais je n'en étais que peu affecté encore, tout à mes études et à mes amitiés naissantes.

*

Lorsque Haroun vint chez moi pour la première fois, tout timide encore, que je le présentai à mon oncle en lui disant à quelle corporation appartenait sa famille, Khâli prit dans ses mains celles de mon ami, plus menues, mais déjà plus rugueuses, et il déclama ces mots qui, sur le moment, me firent sourire :

« Si la belle Schéhérazade les avait connus, elle aurait consacré une nuit paisible à conter leur histoire, elle y aurait mêlé des djinns, des tapis volants et des lanternes magiques et avant l'aube elle aurait miraculeusement changé leur chef en calife, leurs masures en palais et leurs habits de peine en robes d'apparat. »

Eux, c'étaient les portefaix de Fès. Trois cents hommes, tous simples, tous pauvres, presque tous illettrés, et qui, pourtant, avaient su devenir la corporation la plus respectée de la ville, la plus solidaire, la mieux organisée.

Chaque année, aujourd'hui encore, ils élisent un chef, un consul, qui règle minutieusement leur activité. C'est lui qui désigne en début de semaine ceux qui devront travailler et ceux qui se reposeront, selon l'arrivée des caravanes, l'état des souks et la disponibilité des compagnons. Ce qu'un portefaix gagne dans sa journée, il ne l'emporte pas chez lui, mais le dépose entièrement dans une caisse commune. En fin de semaine, l'argent est partagé à égalité entre ceux qui ont travaillé, à l'exception d'une partie, réservée aux œuvres de la corporation, qui sont multiples et généreuses : quand l'un d'eux vient à mourir, ils prennent en charge sa famille, aident sa veuve à trouver un nouveau mari, s'occupent des enfants en bas âge, jusqu'à ce qu'ils aient un métier. Le fils de l'un d'eux est le fils de tous. L'argent de la caisse sert également à ceux qui se marient : tous se cotisent pour leur assurer une somme qui leur permette de s'installer.

Le consul des portefaix négocie en leur nom avec le sultan et ses collaborateurs. Il a ainsi obtenu qu'ils ne paient ni impôts ni gabelle, et que leur pain soit cuit gratuitement dans les fours de la ville. De plus, si l'un d'eux commet par malheur un meurtre passible de mort, il n'est pas exécuté en public comme d'autres criminels afin de ne pas jeter l'opprobre sur la corporation. En échange, le consul doit scruter sans complaisance la moralité de chaque nouveau candidat, afin d'écarter tout individu suspect. La réputation des portefaix en est devenue si bonne que les commerçants se sentent contraints de faire appel à eux pour écouler leurs marchandises. Ainsi les vendeurs d'huile, qui arrivent de la campagne aux souks avec des pots de toutes dimensions, ont recours à des portefaix spéciaux qui vérifient eux-mêmes la capacité des contenants ainsi que la qualité du produit et s'en portent garants auprès des acheteurs. De même, lorsqu'un négociant importe un nouveau genre de tissu, il fait appel à des portefaix crieurs pour vanter l'utilité de sa marchandise. Pour chaque activité, le portefaix perçoit une somme précise, conformément à un tarif fixé par le consul.

Jamais aucun homme, fût-il prince, n'ose s'en prendre à l'un d'entre eux, car il sait que c'est contre l'ensemble de la corporation qu'il devrait se battre. Leur devise est une parole du Prophète : « Aide ton frère, qu'il soit oppresseur ou opprimé » ; mais ils interprètent ces mots comme l'avait fait le Messager lui-même quand on lui avait dit : « L'opprimé, nous l'aiderons, cela va de soi. Mais l'oppresseur, de quelle manière devrions-nous l'aider ? » Or il avait répondu : « Vous l'aiderez en prenant le dessus sur lui et en l'empêchant de nuire. » Ainsi il était rare qu'un portefaix provoque une rixe dans les souks de Fès, il y avait toujours parmi ses frères un sage pour le raisonner.

Tels étaient ces hommes. Si humbles, et pourtant si fiers. Si démunis, et pourtant si généreux. Si éloignés des palais et des citadelles, et pourtant si habiles à se gouverner. Oui, telle était la race à laquelle appartenait mon meilleur ami.

Chaque jour, aux premières lueurs, Haroun le Furet passait me prendre pour faire à mes côtés les quelques centaines de pas qui menaient de la maison de Khâli à l'école. Parfois nous échangions quelques racontars, parfois nous répétions les versets étudiés la veille. Souvent nous ne disions rien, nous étions amis en silence.

Un matin, en ouvrant les yeux, je le vis dans ma chambre, assis au pied de l'armoire-lit sur le toit de laquelle j'étais couché. Je sursautai, craignant d'être en retard pour l'école, et songeant déjà au roseau du maître qui allait siffler en s'abattant sur mes mollets. Haroun me rassura d'un sourire.

« Nous sommes vendredi, l'école est fermée, mais les rues sont ouvertes et les jardins aussi. Prends un bout de pain et une banane, puis retrouve-moi au coin de l'allée. »

De ce jour, Dieu seul connaît le nombre de nos randonnées. Souvent nous commencions la promenade par la place des Prodiges. Je ne sais si c'était son vrai nom, mais c'est ainsi que Haroun l'appelait. Il n'y avait pour nous rien à acheter, rien à cueillir, rien à manger. Il y avait seulement de quoi regarder, humer et entendre.

Avant tout, les faux malades. Les uns se prétendaient atteints du haut mal, se tenaient la tête des deux mains, la secouaient vigoureusement en laissant pendre lèvres et mâchoires, puis se roulaient à terre de façon si experte que jamais ils ne s'égratignaient, que jamais ils ne renversaient l'écuelle posée auprès d'eux pour recevoir l'obole. D'autres se disaient atteints de la gravelle et gémissaient sans arrêt en feignant d'atroces douleurs, sauf si Haroun et moi étions les seuls spectateurs. D'autres encore exposaient aux regards plaies et pustules. Je m'en détournais bien vite, car on m'avait dit qu'il suffisait de les fixer pour hériter des mêmes.

Il y avait sur la place de nombreux bateleurs, qui chantaient de sottes romances et vendaient aux gens crédules de petits papiers contenant, disaient-ils, des formules magiques pour soigner toutes sortes de maladies. Il y avait aussi des guérisseurs ambulants qui vantaient leurs produits miracles et qui se gardaient bien de passer deux fois dans la même ville. Il y avait également des montreurs de singes qui se plaisaient à effrayer les femmes enceintes, ainsi que des charmeurs de serpents, qui enroulaient leurs bêtes autour de leur cou. Haroun ne craignait pas de s'approcher. Mais moi, j'étais aussi effrayé que dégoûté.

Les jours de fête, il y avait des conteurs. Je me souviens surtout d'un aveugle dont la canne dansait au rythme des aventures de Hellul, héros des guerres d'Andalousie, ou du célèbre Antar Ibn Chaddad, le plus brave des Arabes. Une fois, tandis qu'il évoquait les amours d'Antar le noir et de la belle Abla, il s'interrompit pour demander s'il y avait dans l'assistance des enfants ou des femmes. Tous et toutes s'éloignèrent à contrecœur, la mine basse. Moi-même, j'attendis quelques moments, de quoi ménager mon amour-propre.

Cent regards réprobateurs s'étaient tournés dans ma direction. Ne pouvant les soutenir, je m'apprêtai à partir quand, d'un clin d'œil, Haroun me fit comprendre qu'il n'en était nullement question. Il mit une main sur mon épaule, l'autre sur sa hanche, et ne bougea plus d'une semelle. Le conteur poursuivit son histoire. Nous l'écoutâmes jusqu'au dernier baiser. Et c'est seulement après que la foule se fut dispersée que nous reprîmes notre virée.

La place des Prodiges occupait le croisement de plusieurs rues passantes. L'une, encombrée par les libraires et les écrivains publics, débouchait sur le parvis de la Grande-Mosquée ; une autre abritait les vendeurs de brodequins et de souliers ; une troisième les marchands de brides, de selles et d'étriers ; la quatrième enfin était pour nous un passage obligé. Là se trouvaient les laitiers, dont les boutiques s'ornaient de vases de majolique bien plus précieux que le produit qui y était vendu. Ce n'est pas chez eux que nous nous rendions mais chez eux qui, juste à leurs portes, rachetaient chaque soir à vil prix le lait qui n'avait pas été écoulé, l'emportaient chez eux, le caillaient pendant la nuit, et le revendaient le lendemain frappé et coupé d'eau. Boisson désaltérante et rassasiante qui ne grevait ni la bourse ni la conscience des croyants.

*

Pour Haroun et moi, la découverte de Fès ne faisait que commencer. Nous allions la déshabiller voile après voile comme une mariée dans sa chambre de noces. De cette année-là, j'ai gardé mille souvenirs qui me ramènent, chaque fois que je les évoque, à la candeur insouciante de mes neuf ans. C'est pourtant le plus douloureux d'entre eux que je me sens contraint de raconter ici, car, si je le passais sous silence, je faillirais à ma tâche de témoin fidèle.

La promenade avait commencé ce jour-là comme toutes les autres. Haroun voulait fureter, je n'étais pas moins curieux. Nous savions qu'il y avait, à l'ouest de la ville, un petit faubourg nommé el-Mers dont notre maître d'école ne parlait qu'avec une sorte de moue inquiète. Était-il loin ? Était-il dangereux ? D'autres que nous se seraient arrêtés à ces détails ; nous nous contentions de marcher.

En arrivant à ce faubourg, vers midi, nous comprîmes sans peine de quoi il retournait. Dans les rues, des femmes adossées aux façades, ou à des portes ouvertes qui ne pouvaient être que celles des tavernes. Haroun mimait les allures aguichantes d'une matrone.

Et si nous allions voir ce qu'il y avait dans les tavernes ? Nous savions qu'il nous était impossible d'y entrer, mais nous pouvions toujours y jeter un coup d'œil à la sauvette.

Nous approchons donc de la première. La porte est entrouverte. Nous tendons nos deux petites têtes à l'intérieur. Il fait obscur. Nous ne voyons qu'un attroupement de clients. Au milieu, une abondante chevelure rousse. Rien d'autre, car on nous a déjà repérés et nous détalons en vitesse, tout droit vers la taverne de la rue à côté. Il ne fait pas plus clair, mais nos yeux s'orientent plus vite. Nous comptons quatre chevelures, une quinzaine de clients. Dans la troisième, nous avons le temps de distinguer quelques visages, quelques coupes luisantes, quelques carafes. Le jeu continue. Nos têtes inconscientes s'engouffrent dans la quatrième. Il fait plus clair, nous semble-t-il. nous distinguons tout près de la porte un visage. Cette barbe, ce profil, cette allure ? Je retire ma tête et me mets à courir dans la rue. Je ne fuis ni les tenanciers ni les videurs. L'image que je veux laisser loin derrière moi est celle de mon père assis dans la taverne, à une table, avec à ses côtés une chevelure étalée. Moi, je l'ai vu, Haroun l'a sûrement reconnu. Lui-même nous a-t-il aperçus ? Je ne le pense pas.

Depuis, il m'est arrivé plus d'une fois d'aller dans des tavernes et des quartiers plus sordides qu'el-Mers. Mais, ce jour-là, la terre se dérobait sous mes pieds. On aurait dit le jour du Jugement. J'avais honte, j'avais mal. Je n'arrêtais pas de courir, les larmes le long des joues, les yeux presque fermés, la gorge prise, le souffle étranglé.

Haroun me suivait, sans me parler, sans me toucher, sans même venir trop près. Il attendit que je sois épuisé, que je m'assoie sur le pas d'une échoppe close. Lui-même s'assit à côté, toujours sans un mot. Et puis, au bout d'une longue heure, alors que je me relevais, plus calme, il se mit debout et, imperceptiblement, me dirigea vers le chemin du retour. C'est seulement quand, au crépuscule, nous arrivâmes en vue de la maison de Khâli que Haroun parla pour la première fois :

« Tous les hommes sont toujours allés dans les tavernes ; tous les hommes ont toujours aimé le vin. Sinon, pourquoi Dieu aurait-il eu besoin de le défendre ? »

Le lendemain même, je revis Haroun le Furet sans déplaisir. C'est la rencontre avec mon père que je redoutais. Fort heureusement, il devait partir pour la campagne où il cherchait un terrain à louer. Il revint quelques semaines plus tard, mais alors le destin avait déjà noyé mes peines et les siennes dans de plus grands malheurs.

L'ANNÉE DES INQUISITEURS

904 de l'hégire
(19 août 1498 – 7 août 1499)

Cette année-là, Hamed le délivreur est mort sous la torture dans un cachot de l'Alhambra ; il n'avait pas moins de quatre-vingts ans. Nul n'était plus habile que lui à obtenir la libération d'un captif, mais, quand il s'est agi de se libérer lui-même, ses mots avaient perdu de leur force. C'était un homme pieux et dévoué, et s'il lui est arrivé de se tromper dans son jugement, ses intentions ont été, jusqu'au dernier jour, aussi pures que celles d'un enfant. Il est mort pauvre, puisse Dieu lui dévoiler à présent les richesses de l'Eden !

Des milliers d'autres personnes ont été suppliciées en même temps que lui. Depuis plusieurs mois, les nouvelles les plus alarmantes nous parvenaient de notre ancienne patrie, mais peu de gens prévoyaient la catastrophe qui allait s'abattre sur les derniers musulmans d'Andalousie.

Tout avait commencé avec l'arrivée à Grenade d'un groupe d'inquisiteurs, des religieux fanatiques qui proclamèrent d'emblée que tous les chrétiens convertis à l'islam devaient revenir à leur religion première. Quelques personnes s'y résignèrent, mais la plupart s'y opposèrent, rappelant l'accord conclu avant la chute de la ville et qui garantissait expressément aux convertis le droit de rester musulmans. Sans résultat. Pour les inquisiteurs, cette clause était nulle. Tout homme ayant été baptisé et qui refusait de redevenir chrétien était considéré comme renégat et, en tant que tel, passible de mort. Afin d'intimider les récalcitrants, on éleva quelques bûchers, comme on avait fait pour les juifs. Quelques citadins abjurèrent. D'autres, peu nombreux, se dirent qu'il valait mieux s'enfuir, même tard, avant que le piège ne se referme. Ils ne purent emporter que les habits qu'ils avaient sur eux.

Les inquisiteurs décrétèrent ensuite que toute personne ayant un chrétien dans son ascendance devait être obligatoirement baptisée. L'un des premiers à être inquiétés fut Hamed. Son grand-père était un captif chrétien qui avait choisi de prononcer le Témoignage de l'islam. Aussi des soldats castillans, accompagnés d'un inquisiteur, vinrent-ils un soir à sa maison, dans notre faubourg d'Albaicin. Alertés, les voisins du vieillard descendirent dans la rue pour tenter d'empêcher l'arrestation. En vain. Le lendemain, d'autres personnes, dont deux femmes, furent appréhendées dans d'autres quartiers de la ville. Chaque fois, des attroupements se formaient, et les soldats étaient obligés de dégainer pour se frayer un chemin. Mais c'est surtout à Albaicin que les incidents se multiplièrent. Non loin de notre ancienne maison, une église nouvellement construite fut incendiée. En représailles, deux mosquées furent saccagées. Chacun avait sa foi à fleur de peau.

Un jour, on apprit que Hamed avait succombé dans son cachot, suite aux sévices qui lui avaient été infligés par les inquisiteurs. Jusqu'au bout, il avait refusé la conversion, se contentant de rappeler l'engagement signé par les souverains chrétiens.

Quand la nouvelle de sa mort fut connue, des appels au combat retentirent dans les rues. De tous les notables du faubourg d'Albaicin, Hamed était le seul à être resté sur place, non pour se rapprocher de l'ennemi, mais pour continuer la mission à laquelle il avait consacré sa vie : délivrer les musulmans captifs. En raison de sa noble activité ainsi que de son âge, en raison de toutes les haines contenues alentour, la réaction des musulmans fut immédiate. On éleva des barricades, on massacra des soldats, des fonctionnaires, des religieux. Ce fut l'insurrection.

Bien entendu, les citadins n'étaient pas en mesure de tenir tête à l'armée d'occupation. Avec quelques arbalètes, quelques épées, quelques lances, quelques gourdins, ils interdirent aux troupes castillanes l'accès d'Albaicin, cherchèrent à s'organiser en petite armée pour la guerre sainte. Mais, après deux journées de combats, ils furent écrasés. Et le massacre commença. Les autorités proclamèrent que tous les musulmans allaient être exécutés pour rébellion contre les souverains, ajoutant insidieusement que seuls pourraient y échapper ceux qui se seraient convertis au christianisme. La population de Grenade se fit alors baptiser par rues entières. Dans certains villages des monts Alpujarras, les paysans se rebiffèrent ; ils purent tenir quelques semaines ; on dit même qu'ils réussirent à tuer le seigneur de Cordoue qui dirigeait l'expédition contre eux. Mais, là encore, la résistance ne pouvait se prolonger. Les villageois durent négocier : quelques centaines de familles furent autorisées à partir et vinrent s'installer à Fès ; quelques personnes se réfugièrent dans les montagnes, jurant qu'on ne les retrouverait plus ; tous les autres reçurent le baptême. Plus personne ne pouvait dire « *Allahou akbar* » sur le sol de l'Andalousie, où, huit siècles durant, la voix du muezzin avait appelé les fidèles à la prière. Plus personne ne pouvait réciter la *Fatiha* sur la dépouille de son père. Du moins en public, car ces musulmans convertis par la force refusaient de renier leur religion.

Ils firent parvenir à Fès des messages poignants. *Frères,* disait une de leurs lettres, *si, à la chute de Grenade, nous avons failli à notre devoir d'émigrer, c'était uniquement faute de moyens, car nous sommes les plus pauvres et les plus affaiblis des Andalous. Aujourd'hui, nous avons dû accepter le baptême pour sauver la vie de nos femmes et de nos enfants, mais nous avons peur d'encourir la colère du Très-Haut le jour du Jugement et de goûter aux tortures de la Géhenne. Aussi, nous vous supplions, vous nos frères émigrés, de nous aider par vos conseils. Interrogez pour nous les docteurs de la Loi sur ce que nous devrions faire, notre angoisse est sans limite.*

Apitoyés, les émigrés grenadins de Fès tinrent cette année-là de très nombreuses réunions, certaines dans la maison de Khâli. Y assistèrent des notables, des gens du commun, mais surtout des ulémas versés dans la Loi. Certains venaient de loin pour livrer le fruit de leur recherche et de leur réflexion.

Je me souviens ainsi d'avoir vu arriver un jour le mufti d'Oran, un homme d'une quarantaine d'années au turban à peine moins imposant que celui d'Astaghfirullah, mais qu'il arborait avec une certaine bonhomie. Plus déférent qu'à son habitude, mon oncle l'accueillit au bout de la rue, et, tout au long de la réunion, ceux qui étaient présents se contentèrent de lui soumettre des questions sans jamais oser argumenter avec lui ou mettre en doute ses réponses. Il est vrai que le problème, tel qu'il se posait, nécessitait une grande maîtrise de la Loi et de la Tradition, ainsi qu'un grand courage dans l'interprétation : accepter que des centaines de milliers de musulmans renient la foi du Prophète était inconcevable ; demander à une population entière de mourir sur les bûchers était monstrueux.

Je me souviens encore des premières paroles de l'Oranais, prononcées d'une voix chaude et sereine :

« Frères, nous sommes ici, Dieu soit loué, en pays d'islam, et nous portons fièrement notre foi comme un diadème. Gardons-nous d'accabler ceux qui portent leur religion comme on porte une braise dans la main. »

Il poursuivit :

« Quand vous leur ferez parvenir des messages, que vos mots soient prudents et mesurés. Songez qu'avec votre lettre on pourrait allumer leur bûcher. Ne les blâmez pas pour leur baptême ; invitez-les seulement à rester, en dépit de tout, fidèles à l'islam, et à l'enseigner à leurs fils. Mais pas avant la puberté, pas avant l'âge de garder un secret, car un enfant peut dévoiler, par un mot imprudent, la vraie foi de ses parents et causer ainsi leur perte. »

Et si on contraignait ces malheureux à boire du vin ? Et si on les invitait à manger de la viande de porc pour vérifier qu'ils n'étaient plus musulmans ?

« Qu'ils le fassent, s'ils y sont contraints, dit le mufti, mais qu'ils protestent dans leurs cœurs. »

Et si on leur proposait d'insulter le Prophète, Dieu l'enveloppe de Sa prière et de Son salut ?

« Qu'ils le fassent, s'il y sont contraints, répéta-t-il, mais qu'ils disent le contraire dans leurs cœurs. »

À ces hommes qui, faute d'avoir émigré, vivaient la plus cruelle des tortures, le mufti donna le nom de *Ghuraba*, d'Étrangers, se référant ainsi à la parole du Messager de Dieu : « L'islam a commencé étranger et il finira étranger. Le Paradis est aux Étrangers. »

*

Pour appeler les musulmans de toutes les contrées à sauver ces infortunés, la communauté grenadine de Fès décida d'envoyer des émissaires auprès des principaux souverains de l'islam, le Grand Turc, le nouveau Sophi de Perse, le sultan d'Égypte et plusieurs autres de moindre importance. Étant donné les fonctions qu'il occupait à l'Alhambra, Khâli fut désigné pour rédiger des lettres officielles, avec les formules d'usage ; il fut également chargé de convoyer le plus important de ces messages, celui que l'on adressait au seigneur de Constantinople-la-Grande. Dès qu'il fut pressenti, mon oncle rendit visite au sultan de Fès ainsi qu'à Boabdil, et obtint d'eux des lettres de recommandation et de créance.

Chaque fois que j'évoque ce voyage, j'ai un serrement de cœur, et encore aujourd'hui, bien que j'aie connu depuis les contrées les plus étranges et les lieux les plus inaccessibles. J'avais toujours rêvé de connaître Constantinople, et, en apprenant que Khâli s'y rendait, je ne tenais plus en place. Je tournais la chose dans ma tête, me demandant si je pouvais espérer, à l'âge de dix ans, être d'un tel voyage. Sans trop d'illusion, je m'en ouvris à mon oncle. Or quelle ne fut pas ma surprise quand il me lança, les deux bras ouverts en signe de bienvenue :

« Où trouverais-je donc meilleur compagnon ? »

En dépit de son ton ironique, il était visiblement enchanté de l'idée. Restait à convaincre mon père.

Cette année-là encore, Mohamed était souvent en dehors de la ville, cherchant un terrain à louer pour mener une existence paisible loin du bruit, loin des ragots, loin des yeux réprobateurs. Pendant deux longues semaines, je l'attendis donc chaque jour, demandant sans arrêt de ses nouvelles à Warda et Mariam. Elles n'en savaient rien. Comme moi, elles attendaient.

Quand il finit par arriver, je me précipitai sur lui et me mis à parler si vite qu'il dut à plusieurs reprises me faire recommencer. Hélas ! ce fut tout de suite un refus irrévocable. J'aurais peut-être dû attendre que Khâli lui présente le voyage à sa façon. Il aurait su vanter avec éloquence les avantages d'un tel périple. Peut-être Mohamed aurait-il alors accepté pour ne pas contrarier mon oncle avec lequel il venait tout juste de se réconcilier ? À moi, il pouvait dire « non » sans détour. Il prétexta les dangers du voyage, me cita des gens qui n'étaient jamais revenus, me parla de mes études, que j'aurais été obligé d'interrompre pour partir. Je pense toutefois que la vraie raison était qu'il me sentait trop proche de mon oncle, de la famille de ma mère en général, et qu'il craignait que je lui échappe totalement. Ne pouvant argumenter, je le suppliai d'en parler à Khâli, mais il refusa même de le rencontrer.

Une semaine durant, je me réveillai chaque matin les yeux rouge sang et l'oreiller humide. Pour me consoler, mon oncle me jura que je l'accompagnerais à son prochain voyage ; il tiendrait parole.

Vint le jour du départ. Khâli devait se joindre à une caravane de marchands en partance pour Oran, avant de prendre le bateau. Dès l'aube, les Grenadins vinrent en grand nombre lui souhaiter bonne mission et contribuer par quelques pièces d'or à ses dépenses. Pour ma part, je me morfondais dans mon coin lorsqu'un vieil homme aux yeux malicieux vint s'asseoir à mes côtés. Il n'était autre que Hamza, le barbier qui m'avait circoncis. Il me demanda des nouvelles de mon père, se lamenta de la mort du délivreur qu'il avait rencontré la dernière fois chez nous à Albaicin. Puis il s'enquit de mes études, de la sourate que j'étudiais en ce moment et commença même à la réciter. Sa compagnie était agréable et je bavardai une heure avec lui. Il me raconta qu'il avait perdu en s'exilant l'essentiel de ses économies, mais qu'il pouvait encore, grâce à Dieu, subvenir aux besoins de ses femmes. Il avait recommencé à travailler, comme barbier uniquement, car pour les circoncisions son coup de rasoir n'était plus assez net. Il venait de louer un espace au hammam du quartier pour y exercer son métier.

Soudain, une idée illumina ses yeux.

« N'aurais-tu pas envie de m'aider quand tu n'es pas à l'école ? »

J'acquiesçai sans hésiter.

« Je te paierai un dirham par semaine. »

Je m'empressai de dire que j'avais un ami et que j'aimerais bien qu'il puisse venir avec moi. Hamza n'y vit aucun inconvénient. Il aurait la même somme, il y avait quantité de choses à faire au hammam.

Quand Khâli vint me donner, quelques minutes plus tard, le baiser du voyageur, il eut la surprise de voir mes yeux secs et souriants. Je lui expliquai que j'allais travailler, que j'allais toucher un dirham chaque semaine. Il me souhaita du succès dans ma tâche ; je lui souhaitai du succès dans la sienne.

L'ANNÉE DU HAMMAM

905 de l'hégire
(8 août 1499 – 27 juillet 1500)

« Quand je pense que tous ces gens se lavent avec du fumier ! »

Je mis quelques instants à réaliser ce que Haroun venait de dire. Puis nous partîmes l'un et l'autre d'un rire bruyant. Mon ami n'avait pas tort, car c'est bel et bien avec du fumier qu'était chauffée l'eau des hammams de Fès.

Ce jour-là, nous étions payés pour le savoir, le patron du bain nous ayant envoyés, munis de deux mules et de quelques dirhams, faire le tour des écuries du quartier et y acheter le fumier accumulé. Nous l'avions transporté en dehors de la ville, à un endroit qu'il nous avait indiqué. Un homme nous y attendait pour recevoir le chargement ; c'est lui qui s'occupait d'étendre la précieuse récolte pour la sécher, ce qui prend un mois en été, trois en hiver. Au retour, nous remportions un tas de fumier dur comme du bois et prêt à brûler. C'est avec cela que la chaudière du hammam était alimentée. C'est dire si, une fois déchargée la dernière cargaison, nous avions sur nous, Haroun et moi, la couleur et l'odeur de ce que nous avions transporté.

Nous nous étions donc hâtés de quitter nos habits pour nous précipiter dans la salle d'eau chaude. Notre aventure nous amusait. Dès que nous rencontrions un ami dans l'étuve, nous prenions plaisir à lui demander si son eau ne lui semblait pas différente ce jour-là.

Pour tous les gens de la ville, le hammam est le plus agréable des lieux de rendez-vous. Ils quittent leurs vêtements dans les cabines, près de la porte d'entrée, puis se rassemblent tout nus, sans aucune honte. Jeunes écoliers, ils parlent de leurs maîtres, se racontent leurs facéties en passant sous silence les fessées consécutives. Adolescents, ils parlent de femmes, s'accusant mutuellement de languir pour l'une ou l'autre, vantant chacun ses exploits amoureux. Adultes, ils deviennent plus réservés sur cet article, mais échangent conseils et recettes destinés à améliorer les effets de leur corps, un sujet inépuisable et une mine d'or pour les charlatans. Le reste du temps, ils parlent dinars, discutent religion et politique, la voix haute ou basse selon les opinions qu'ils professent.

Souvent, les hommes du quartier se rencontrent au hammam pour déjeuner. Certains arrivent avec leur repas, d'autres demandent à un garçon d'étuve d'aller leur acheter quelque chose au marché voisin. Mais ils ne prennent pas immédiatement leur collation. Ils passent d'abord à la salle tiède, où les garçons les lavent et les frictionnent avec des huiles et des onguents. Ils se reposent un peu, couchés sur un tapis de feutre, la tête sur un traversin de bois également couvert de feutre, avant d'entrer dans la salle chaude où ils transpirent. Puis ils reviennent à nouveau vers la salle tiède, se lavent encore et se reposent. C'est alors seulement qu'ils se dirigent vers la salle fraîche, s'assoient autour de la fontaine, pour manger, bavarder et rire, ou même chanter.

La plupart d'entre eux restent nus jusqu'à la fin du repas, à l'exception des personnages importants qui évitent de se montrer ainsi, gardent une serviette autour des hanches et ne l'enlèvent que dans les salles particulières qui leur sont réservées, des salles toujours impeccablement tenues. C'est là qu'ils reçoivent leurs amis, c'est là qu'ils se font masser ; c'est également là que vient le barbier pour leur proposer ses services.

Et puis il y a les femmes. Un certain nombre de hammams leur sont entièrement réservés, mais la plupart servent aux deux sexes. Dans les mêmes locaux, mais pas aux mêmes heures. Là où je travaillais, les hommes venaient de trois heures du matin à deux heures de l'après-midi. Le reste de la journée, les garçons d'étuve étaient remplacés par des négresses, qui plaçaient une corde au travers de la porte pour indiquer aux hommes qu'ils ne pouvaient plus entrer, et si l'un d'eux avait besoin de dire un mot à son épouse, il appelait une des employées pour qu'elle fasse la commission.

Chaque fois que nous devions céder la place, chaque fois que nous regardions la corde se tendre et les femmes arriver, Haroun et moi nous demandions ce qui pouvait bien se passer au hammam au moment où il devenait le domaine des femmes. Les premiers temps, nous cherchions à nous convaincre qu'il n'y avait rien d'autre que ce que nous connaissions avec les hommes, les mêmes massages, les mêmes frictions, les mêmes bavardages, les mêmes festoiements, les mêmes serviettes pour cacher les notables. Pourtant, en observant la porte d'entrée dans l'après-midi, nous voyions arriver non seulement un grand nombre de marchandes avec leurs cabas, mais aussi toutes sortes de personnages inquiétants, des diseuses de bonne aventure, des guérisseuses, peut-être aussi des magiciennes. Était-il vrai qu'elles préparaient des élixirs, qu'elles jetaient des sorts aux hommes, qu'elles transperçaient des figurines de cire avec des épingles magiques ? C'est peu dire que nous étions intrigués ; cela devenait pour nous une intolérable obsession.

Et un défi.

« Demain, j'y vais, quoi qu'il arrive. Veux-tu m'accompagner ? » me dit un jour Haroun.

Je regardai ses yeux ; il ne plaisantait pas.

« Veux-tu m'accompagner ? »

Il me fallut beaucoup de courage pour dire non.

« Tant mieux, dit Haroun. J'irai tout seul. Mais sois ici en début d'après-midi, exactement à cet endroit. »

Le lendemain, il pleuvait, il faisait sombre. Je vins me poster à l'emplacement indiqué, d'où je pouvais observer l'entrée du hammam sans être remarqué. Je n'avais pas vu Haroun de la journée. Je me demandais s'il y était déjà, s'il allait pouvoir entrer ; je m'attendais à le voir éjecter ; je craignais aussi de le voir sortir poursuivi par vingt femmes à ses trousses, de devoir m'enfuir à mon tour à travers les rues. La seule chose dont j'étais sûr, c'est que le Furet n'avait pas renoncé à son projet fou. De temps en temps, je regardais vers le soleil, du moins vers son halo derrière les nuages. Je m'impatientais.

À la porte du hammam, il n'y avait aucun mouvement inhabituel. Des femmes entraient, d'autres sortaient, certaines drapées de noir ou de blanc, d'autres se couvrant seulement la chevelure et le bas du visage. Quelques petites filles les accompagnaient. Parfois même de tout petits garçons. À un moment, une grosse femme vint dans ma direction. Arrivée à ma hauteur, elle s'arrêta un instant, m'inspecta de la tête aux pieds, puis repartit en marmonnant des mots incompréhensibles. Mon allure embusquée avait dû lui paraître suspecte. Quelques longues minutes plus tard, une autre femme, toute drapée mais bien plus menue, se dirigea vers l'endroit où j'étais posté. Je n'étais pas rassuré. À son tour, elle s'arrêta et se tourna vers moi. J'allais prendre mes jambes à mon cou.

« Tu es ici, à l'abri, et tu trembles ? »

C'était la voix de Haroun ! Il ne me laissa que le temps d'une interjection.

« Ne fais aucun signe, aucun bruit ! Compte jusqu'à cent, puis retrouve-moi à la maison ! »

Il m'attendait à la porte.

« Raconte-moi », explosai-je.

Il prit son temps avant de répondre, du ton le plus nonchalant qui soit :

« Je suis arrivé, je suis entré, j'ai fait mine de chercher quelqu'un, j'ai fait le tour des salles, puis je suis sorti.

– Tu t'es déshabillé ?

– Non.

– Tu as vu des choses ?

– Oui, plein.

– Raconte, Dieu te fracasse ! »

Il ne dit rien. Sa bouche ne dessinait pas le moindre sourire, le moindre rictus. Mais ses yeux pétillaient de satisfaction et de malice. Je me morfondais. J'avais envie de le rouer de coups.

« Tu voudrais donc que je te supplie, que je colle mon front contre tes babouches ? »

Le Furet n'était nullement impressionné par mes sarcasmes.

« Même si tu me suppliais, même si tu te prosternais à mes pieds, je ne te dirais rien. J'ai pris des risques, et toi, tu as refusé d'en prendre. Si tu veux savoir ce qui se passe chez les femmes, il faudra que tu m'accompagnes la prochaine fois. »

J'étais atterré.

« Parce que tu comptes y aller de nouveau ? »

Cela lui semblait si évident qu'il ne daigna même pas répondre.

Le lendemain, j'étais à mon poste, et cette fois je le vis entrer. Il avait amélioré encore son accoutrement. Il ne s'était pas contenté de s'envelopper d'une épaisse robe noire, mais il s'était noué autour de la tête un foulard blanc, qui lui couvrait les cheveux, une partie du front et des joues, et qui venait se nouer sous son menton. Au-dessus, un voile léger, transparent. Le déguisement était si parfait que je m'y serais trompé une seconde fois.

Quand je le retrouvai, il paraissait troublé. Je lui demandai des nouvelles de son expédition, il refusa de répondre, malgré mon insistance et mes cris. Son silence demeura tenace ; bientôt j'oubliai cet épisode. Pourtant, c'est Haroun lui-même qui devait me le rappeler, des années plus tard et en des termes qui resteront à jamais dans ma mémoire.

*

C'est vers la fin de cette année-là que mon oncle revint de son périple. Dès qu'ils l'apprirent, les Andalous de Fès arrivèrent, par groupes successifs, afin d'écouter son récit et de connaître les résultats de sa mission. Il raconta dans le détail son voyage en mer, la crainte du naufrage et des pirates, sa vision de Constantinople, le palais du Grand Turc, les janissaires, sa tournée dans les diverses contrées d'Orient, la Syrie, l'Irak, la Perse, l'Arménie, la Tartarie.

Assez vite, toutefois, il en vint au plus important.

« Partout, mes hôtes se sont montrés convaincus qu'un jour prochain les Castillans seront battus, avec la permission du Très-Haut, que l'Andalousie redeviendra musulmane, et que chacun pourra revenir dans sa maison. »

Il ne savait pas quand ni dans quelles circonstances, avoua-t-il, mais il pouvait témoigner de la puissance invincible des Turcs, de la terreur qu'inspire à tout homme la vue de leurs troupes si nombreuses. Il se montrait persuadé de leur intérêt immense pour le sort de Grenade, de leur volonté de la délivrer des infidèles.

De tous ceux qui étaient présents, je n'étais pas le moins enthousiaste. Lorsque nous fûmes seuls, le soir, j'insistai auprès de mon oncle :

« Quand crois-tu que nous reviendrons ? »

Il n'eut pas l'air de saisir ce que je voulais dire :

« Revenir où ? »

Je m'expliquai sa réaction par la fatigue du voyage.

« À Grenade, n'est-ce pas de cela que tu parlais ? »

Il me regarda longtemps, comme pour me jauger, avant de dire, d'une voix lente et appuyée :

« Hassan mon fils, tu es à présent dans ta douzième année et je dois te parler comme à un homme (il hésita encore un moment). Écoute-moi bien. Ce que j'ai vu en Orient, c'est que le Sophi de Perse se prépare à guerroyer contre les Turcs, lesquels sont surtout préoccupés de leur conflit avec Venise. Quant à l'Égypte, elle vient de recevoir des Castillans un chargement de blé en signe d'amitié et d'alliance. Telle est la réalité. Peut-être, dans quelques années, les choses auront-elles changé, mais, aujourd'hui, aucun des souverains musulmans que j'ai rencontrés ne m'a paru soucieux du sort des Grenadins, qu'il s'agisse de nous, les exilés, ou de ces pauvres Étrangers. »

Dans mes yeux, il y avait moins de déception que de surprise.

« Tu vas me demander, poursuivit Khâli, pourquoi j'ai dit à ces gens qui étaient là le contraire de la vérité. Vois-tu, Hassan, tous ces hommes ont encore, accrochée à leurs murs, la clé de leur maison de Grenade. Chaque jour, ils la regardent, et la regardant ils soupirent et prient. Chaque jour reviennent à leur mémoire des joies, des habitudes, une fierté surtout, qu'ils ne retrouveront pas dans l'exil. Leur seule raison de vivre, c'est de penser que bientôt, grâce au grand sultan ou à la Providence, ils retrouveront leur maison, la couleur de ses pierres, les odeurs de son jardin, l'eau de sa fontaine, intacts, inaltérés, comme dans leurs rêves. Ils vivent ainsi, ils mourront ainsi, et leurs fils après eux. Peut-être faudra-t-il que quelqu'un ose leur apprendre à regarder la défaite dans les yeux, ose leur expliquer que pour se relever il faut d'abord admettre qu'on est à terre. Peut-être faudra-t-il que quelqu'un leur dise la vérité un jour. Moi-même, je n'en ai pas le courage. »

L'ANNÉE DES LIONS EN FURIE

906 de l'hégire
(28 juillet 1500 – 16 juillet 1501)

Ma sœur Mariam avait grandi à mon insu. Deux longues séparations avaient fait d'elle une étrangère. Nous n'avions plus le même toit, nous n'avions plus les mêmes jeux. Lorsque je la croisais, nos paroles n'étaient plus complices, nos regards n'étaient pas entendus. Il a fallu qu'elle m'appelle cette année-là du haut d'une mule pour que je la voie à nouveau, pour que je la contemple, pour que je me souvienne de la petite fille que j'aimais et battais jusqu'aux larmes.

C'était au commencement de l'été dans un champ d'oliviers sur la route de Meknès. Mon père avait décidé que je l'accompagnerais, ainsi que Warda et Mariam, pour une tournée dans l'arrière-pays. Il était toujours à la recherche de terrains à louer. Son idée était de développer, avec des agronomes andalous de sa connaissance, des cultures qui se pratiquaient peu et mal en terre africaine, surtout le mûrier blanc pour le ver à soie.

Avec mille détails, il me parla d'une vaste entreprise à laquelle participerait l'un des hommes les plus riches de Fès. À l'écouter, j'eus l'impression qu'il avait passé la phase d'abattement et de lassitude qui avait suivi l'abandon de Grenade, un déchirement qui avait été aggravé par la perte de l'une puis de l'autre de ses femmes. Désormais, il projetait, il défiait, ses poings étaient armés, ses yeux à nouveau désiraient.

Pour ce voyage, je montais comme lui un cheval, les femmes avaient des mules, et c'est à leur rythme qu'il fallait avancer. À un moment, Warda s'approcha de Mohamed. Je revins à la hauteur de Mariam. Elle ralentit, imperceptiblement. Les parents s'éloignaient :

« Hassan ! »

Je ne lui avais pas encore adressé la parole depuis que nous avions quitté Fès, quatre heures plus tôt. Je tournai vers elle un regard qui voulait dire, au mieux : « As-tu des ennuis avec ta monture ? » Mais elle avait écarté son léger voile couleur de sable, et son visage blanchâtre était illuminé d'un sourire triste.

« Ton oncle te chérit comme si tu étais son fils, n'est-ce pas ? »

La question me parut déplacée et sans objet. J'acquiesçai sur le ton le plus expéditif qui soit, n'ayant nullement envie d'évoquer avec la fille de Warda mes rapports avec la famille de ma mère. Mais telle n'était pas son intention.

« Quand j'aurai des enfants, les aimeras-tu comme il t'aime ?

– Bien sûr », dis-je.

Mais mon « bien sûr ! » fut trop rapide, trop bourru. Et embarrassé.

J'appréhendais la suite. Elle se fit attendre. Je louchai vers Mariam ; son silence me gênait à peine moins que ses questions. Elle ne me regardait plus, mais elle n'avait pas rabattu son voile, malgré la poussière de la route. Je me tournai vers elle et la contemplai, pour la première fois depuis longtemps. Elle n'était pas moins joufflue que le jour où, dans la fuste de l'exode, je l'avais vue s'avancer au bras de sa mère. Sa peau n'était pas moins rose. Ses lèvres n'étaient pas moins luisantes. Cependant le kohol sur les paupières lui donnait l'apparence d'une femme. Comme sa silhouette. D'ailleurs, pendant que je l'observais, elle se redressa, je devinai ses seins. Son cœur battait, ou était-ce le mien ? Je baissai les yeux. En un an, elle avait mûri, elle était devenue belle et troublante.

« Quand j'aurai des enfants, les aimeras-tu ? »

J'aurais dû être agacé, mais je souris, car je me rappelai toujours la façon qu'elle avait, dès l'âge d'un an, de réclamer le même jouet trois, quatre, dix fois sans répit et sur le même ton.

« Bien sûr que je les aimerai.

— Parleras-tu aussi à leur mère, comme ton oncle parle à Salma ?

— Oui, sans doute.

— Viendras-tu souvent chez elle ? Lui demanderas-tu si elle va bien ? Écouteras-tu ses chagrins ?

— Oui, Mariam, oui ! »

Elle tira brusquement sur sa bride ; sa mule se cabra. Je m'arrêtai. Elle me regarda fixement :

« Mais pourquoi ne me parles-tu jamais ? Pourquoi ne viens-tu pas me demander si je pleure la nuit ? De tous les autres hommes, mon devoir est d'avoir peur. De mon père aujourd'hui, de mon mari demain, de tous ceux qui ne sont pas mes proches et dont je dois me cacher. »

Elle lâcha bride, sa mule repartit au petit trot. Je me hâtai pour rester à ses côtés. Je ne lui parlais toujours pas, mais, étrange sensation, j'avais peur pour elle, je l'enveloppais de mes yeux avec une affection soudaine. Il me semblait qu'un danger la guettait.

*

À mi-chemin entre Fès et Meknès, nous nous arrêtâmes

pour la nuit dans un village appelé La Vergogne. L'imam de la mosquée locale nous offrit l'hospitalité en échange d'une aumône pour les orphelins dont il s'occupait. C'était un homme sans grande culture, mais fort aimable, et il n'hésita pas à nous expliquer pourquoi ce village portait un tel nom.

Les habitants, avoua-t-il, connus depuis toujours pour leur grande avarice, souffraient de cette réputation. Les caravanes de marchands évitaient de s'arrêter chez eux. Un jour, ayant appris que le roi de Fès chassait le lion dans les parages, ils décidèrent de l'inviter ainsi que toute sa cour et, en son honneur, tuèrent quelques moutons. Le souverain dîna donc et dormit. Voulant faire preuve de générosité, ils placèrent devant sa porte une outre immense et convinrent de la remplir tout entière de lait pour le petit déjeuner royal. Les habitants devaient traire leurs chèvres puis passer chacun avec son seau pour le verser dans l'outre. Vu la dimension de celle-ci, chaque villageois se dit qu'il pourrait couper son lait d'une bonne quantité d'eau, sans que personne s'en aperçoive. Tant et si bien que, le lendemain, au roi et à son entourage fut versé un liquide presque transparent qui n'avait d'autre goût que celui de l'avarice.

Pourtant, si je me rappelle encore mon passage dans ce village, ce n'est pas à cause du vice incurable de ses habitants, mais plutôt de l'indescriptible terreur que j'y ai ressentie.

L'imam nous avait correctement reçus, et, pour dormir, nous avait proposé une cabane en bois proche de la mosquée, avec, juste à côté, un enclos pour nos bêtes. Warda et Mariam se couchèrent à l'intérieur ; mon père et moi préférâmes dormir sur le toit, où par cette nuit d'été nous pourrions profiter de la fraîcheur. C'est donc là que nous nous trouvions quand, vers minuit, deux énormes lions, attirés par l'odeur des chevaux et des mules, arrivèrent devant notre porte et tentèrent d'arracher la barrière d'épines qui protégeait nos montures. Les chevaux s'étaient mis à hennir comme des enragés, ils se ruaient contre les murs de la cabane, qui, à chaque secousse, menaçait de s'effondrer, et ainsi deux heures durant ou plus, jusqu'à ce que l'un des lions, sans doute excité par les milliers d'aiguilles qui le picotaient à chaque assaut, se tourne vers la porte et se mette à la gratter et à la labourer de sa patte. Mon père et moi observions le spectacle, impuissants, sachant que les fauves pourraient atteindre les femmes et les dévorer, sans que nous puissions faire autre chose que les observer du haut du toit, sauf à vouloir nous jeter dans leurs gueules pour l'honneur. D'en bas, nous parvenaient maintenant les cris de Mariam et les prières de Warda qui invoquait la Madone en castillan.

La voix tremblante, Mohamed, de son côté, faisait un vœu : si nous nous en sortions vivants, il interromprait ce voyage pour se rendre en pèlerinage à la ville de Taghya, déposer une offrande sur la tombe du *wali* Bou Izza, un saint connu pour ses nombreux miracles contre les lions.

Je ne sais si ce fut l'intercession du *wali* la plus efficace, ou celle de la mère du Messie, toujours est-il que les lions finirent par se lasser, et qu'aux premières lueurs de l'aube ils s'éloignèrent, même si leurs rugissements, à peine moins effrayants, nous parvenaient encore de la montagne toute proche. Et c'est seulement lorsque le village s'anima aux premières heures du matin que nous eûmes le courage de quitter notre refuge. Pourtant, avant de reprendre la route, il nous fallait attendre le passage d'une longue caravane. Mohamed, décidé à accomplir son vœu sans retard, voulait trouver à Meknès un groupe de pèlerins qui partaient pour Taghya.

En arrivant là-bas, une semaine plus tard, et en voyant l'immense foule qui se rendait comme nous sur la tombe du *wali,* je compris la terreur permanente qu'inspirent les lions aux habitants de l'Afrique. Je devais m'en apercevoir plus encore au cours de mes voyages. Que de fois, en atteignant un village, ai-je vu les gens rassemblés, tout en émoi, parce qu'une famille venait d'être dévorée par ces animaux sauvages ! Que de fois, en voulant emprunter une route, ai-je été détourné par des guides, pour la simple raison que des lions venaient de décimer une caravane entière ! Il est même arrivé qu'un seul de ces fauves parvienne à s'attaquer à un détachement de deux cents cavaliers armés, et en tue cinq ou six avant de battre en retraite.

Assurément, le lion est l'animal le plus courageux de tous, je le dis sans déplaisir, puisque c'est le nom de ce fauve que j'allais porter huit années durant en Italie. Je dois cependant préciser que ceux des zones froides sont beaucoup moins féroces que ceux des pays chauds. À Fès, quand on veut imposer silence à un fanfaron, on lui dit : « Tu es aussi courageux que les lions d'Agla auxquels les veaux mangent la queue. » Il est vrai que, dans la localité qui porte ce nom, il suffit qu'un enfant coure derrière un lion en criant pour que ce dernier s'enfuie. Dans un autre village de montagne, appelé Pierre-Rouge, ils viennent entre les maisons manger les os qu'on leur laisse, et tout le monde les côtoie sans crainte. J'ai également entendu dire que lorsqu'une femme se trouve seule face à un lion dans un endroit écarté il suffit qu'elle découvre devant lui certaine partie de son corps pour que le fauve pousse alors un fort rugissement, baisse les yeux et s'en aille. Libre à chacun de croire ce qu'il veut !

*

En revenant de ce pèlerinage improvisé, je me suis rappelé le vague sentiment de peur que j'avais éprouvé pour Mariam. Une prémonition de l'assaut des lions contre notre cabane ? Sur le moment, je l'ai pensé. Il est vrai qu'à douze ans je croyais encore que, des fauves et des hommes, les premiers étaient les plus nuisibles.

L'ANNÉE DE LA GRANDE RÉCITATION

907 de l'hégire
(17 juillet 1501 - 6 juillet 1502)

Le fiancé de Mariam avait quatre fois son âge, deux fois sa taille, une fortune mal acquise et le sourire de ceux qui ont appris très tôt que la vie est une perpétuelle arnaque. À Fès, on l'appelait le Zerouali, et beaucoup le regardaient avec envie, car cet ancien berger s'était construit le palais le plus volumineux de la cité, après celui du souverain s'entend, élémentaire sagesse pour qui tient à garder sa tête collée à son tronc.

Personne ne savait comment avait poussé la fortune du Zerouali. Les quarante premières années de sa vie, disait-on, il avait sillonné avec ses chèvres la montagne de Beni Zeroual, dans le Rif, à trente milles de la mer. J'ai eu, bien plus tard, l'occasion de visiter cette région, où j'ai pu observer un phénomène extraordinaire : au fond d'une vallée, il y a une ouverture dans la terre, on dirait une grotte ; il en sort continuellement une grande flamme ; tout autour, une mare brune s'est formée, contenant un liquide visqueux à l'odeur insistante. Beaucoup d'étrangers viennent là pour contempler ce prodige, ils y jettent des branchages et des bouts de bois qui se consument à l'instant. Certains croient que c'est la bouche de l'Enfer.

Non loin de ce lieu inquiétant se trouvent, dit-on, des puits secrets où les Romains avaient enfoui leurs trésors avant de quitter l'Afrique. Le berger était-il tombé sur l'une de ces caches au hasard d'un pâturage ? C'est ce que j'avais entendu chuchoter à Fès bien avant que ce Zerouali ne fasse irruption dans ma vie. Quoi qu'il en soit, une fois découvert ce magot, au lieu de le gaspiller tout de suite comme font souvent ceux que surprend la fortune, il avait lentement mûri dans sa tête un stratagème. Après avoir vendu, à petites doses, une partie du trésor, voilà qu'il s'était rendu un jour, richement paré, à l'audience publique du sultan de Fès.

« Combien de dinars d'or tires-tu de Beni Zeroual chaque année ? demanda-t-il au monarque.

– Trois mille, répondit le souverain.

– Je t'en donnerai six mille, payables à l'avance, si tu me l'affermes. »

Et notre Zerouali d'obtenir ce qu'il voulait, ainsi qu'un détachement de soldats pour l'aider à collecter l'impôt, à soutirer aux habitants leurs moindres économies, par la menace ou la torture. À la fin de l'année, il revint chez le souverain :

« Je m'étais trompé. Ce n'est pas six mille mais douze mille dinars que j'ai pu obtenir. »

Impressionné, le maître de Fès avait affermé au Zerouali l'ensemble du Rif, et lui avait confié cent arbalétriers, trois cents cavaliers et quatre cents fantassins pour l'aider à rançonner la population.

Pendant cinq ans, le rendement des impôts fut bien plus considérable que par le passé, mais les gens du Rif commençaient à s'appauvrir ; beaucoup s'en furent s'installer dans l'autres provinces du royaume ; certaines villes côtières songèrent même à se livrer aux Castillans. Sentant les choses se gâter, le Zerouali céda sa charge, quitta le Rif et vint s'installer à Fès avec l'argent qu'il avait extorqué. Ayant gardé la confiance du monarque, il se fit construire un palais et commença à s'adonner à toutes sortes d'affaires. Avide, impitoyable, mais d'une grande habileté, et toujours à l'affût d'idées astucieuses.

Mon père l'avait connu par l'entremise d'un riche émigré andalou et lui avait exposé son projet de culture de vers à soie. Vivement intéressé, le Zerouali avait posé mille questions sur la chenille, le cocon, la bave, la filière, demandant à l'un de ses conseillers de retenir chaque détail. Il s'était dit heureux de collaborer avec un homme aussi compétent que Mohamed.

« C'est, avait-il dit en riant, l'alliance de l'intelligence et de la fortune. »

Comme mon père répondait que tout Fès connaissait l'intelligence et l'habileté du Zerouali, celui-ci avait rétorqué :

« Toi qui as lu tant de livres, ne sais-tu pas ce que la mère d'un sultan des temps anciens a dit à la naissance de son fils ? « Je ne te souhaite pas d'avoir l'intelligence, car tu « devras la mettre au service des puissants ; je te souhaite « d'avoir la chance, pour que les gens intelligents soient à « ton service. » C'est probablement la même chose que ma mère a désirée à ma naissance », conclut le Zerouali en riant de toutes ses dents.

L'entrevue parut encourageante à mon père, bien que son interlocuteur eût demandé à la fin un délai de réflexion ; il voulait mettre le monarque au courant du projet, obtenir son accord, consulter quelques tisserands, quelques explorateurs. Cependant, pour prouver son grand intérêt à l'affaire, il avança à Mohamed quatre cents pièces d'or et lui fit également miroiter une alliance entre leurs familles.

Au bout de quelques mois, je crois que c'était en *chaabane* de cette année-là, le Zerouali fit appeler mon père. Il l'informa que son projet était accepté et qu'il fallait commencer les préparatifs, repérer quelques champs de mûriers blancs, en planter d'autres, recruter des travailleurs qualifiés, construire les premières magnaneries. Le roi lui-même était enthousiasmé. Il voulait inonder l'Europe et les pays musulmans de soieries, de quoi décourager les négociants d'aller jusqu'en Chine pour importer cette précieuse marchandise.

Mon père trépignait de joie. Ainsi, son rêve allait se réaliser, et à une échelle qui dépasait de loin ses espérances. Il se voyait déjà riche, étendu sur d'immenses coussins de soie dans un palais tapissé de majolique ; il serait le premier des notables de Fès, la fierté des Grenadins, un familier du sultan, un bienfaiteur des écoles et des mosquées…

« Pour sceller l'accord, poursuivit le Zerouali, quoi de mieux qu'une alliance de sang ? N'as-tu pas une fille à marier ? »

Séance tenante, Mohamed promit à son bailleur de fonds la main de Mariam.

C'est tout à fait par hasard que je connus, quelques jours plus tard, la teneur de cette conversation qui allait changer bien des choses dans ma vie. Sarah-la-Bariolée s'était rendue au harem du Zerouali afin d'y vendre ses parfums et ses colifichets, comme elle le faisait déjà dans les maisons et les palais de Grenade. Tout au long de sa visite, les femmes n'avaient parlé que du nouveau mariage de leur maître, plaisantant sur sa vigueur indéfectible et discutant des conséquences de cette dernière acquisition sur les favorites actuelles. L'homme avait déjà quatre épouses, tout ce que la Loi l'autorisait à prendre en même temps ; il devait donc en répudier une, mais il en avait l'habitude, et ses femmes aussi. La divorcée obtenait une maison contiguë, parfois même restait dans les murs, et l'on chuchotait que certaines étaient tombées enceintes après la séparation sans que le Zerouali s'en montrât surpris ou offusqué.

Bien entendu, Sarah se précipita l'après-midi même chez ma mère pour lui rapporter les ragots. Je venais de rentrer de l'école, et je grignotais quelques dattes en n'écoutant que d'une oreille lointaine le papotage des deux femmes. Soudain, un prénom. Je m'approchai :

« Elles ont même eu le temps d'accoler à Mariam un sobriquet : le ver à soie. »

Je me fis répéter mot à mot le récit de la Bariolée, puis je l'interrogeai anxieusement :

« Crois-tu que ma sœur sera heureuse chez cet homme ?

– Heureuse ? Les femmes cherchent seulement à éviter le pire. »

La réponse me parut trop générale, et évasive.

« Parle-moi de ce Zerouali ! »

C'était un ordre d'homme. Elle eut un rictus passablement moqueur mais répondit :

« Il n'a pas excellente réputation. Malin, sans trop de scrupules. Immensément riche…

135

– On dit qu'il a pillé le Rif.

– Tous les princes ont toujours pillé des provinces, et jamais personne ne leur a refusé pour cela la main de sa fille ou de sa sœur.

– Et avec les femmes, comment est-il ? »

Elle me regarda de la tête aux pieds, s'arrêtant pesamment sur le frêle duvet de mon visage.

« Que sais-tu des femmes, toi ?

– Je sais ce que je dois savoir. »

Elle amorça un rire ; mon regard décidé l'interrompit. Elle se tourna vers ma mère, l'air de demander s'il fallait poursuivre une telle conversation avec moi. Comme elle lui faisait signe que oui, Sarah prit son souffle et posa lourdement sa main sur mon épaule :

« Les femmes de ce Zerouali vivent parquées dans leur harem ; jeunes ou vieilles, libres ou esclaves, blanches ou noires, elles ne sont pas moins d'une centaine à intriguer sans arrêt pour avoir une nuit avec le maître, un privilège pour leur fils, un tapis dans leur chambre, un bijou, un parfum, un élixir. Celles qui attendent l'affection d'un mari ne l'auront pas, celles qui cherchent l'aventure finissent étranglées, celles qui veulent seulement vivre en paix à l'abri du besoin, sans effort, sans cuisine, sans corvées, sans un mari qui leur demande une gargoulette ou une bouillotte, celles-là peuvent être heureuses. À quelle catégorie appartient ta sœur ? »

Je rageais :

« Ne trouves-tu pas scandaleux qu'une petite fille de treize ans soit donnée en prime à un vieux négociant lors de la conclusion d'une affaire ?

– À mon âge, seule la naïveté parvient encore parfois à me scandaliser. »

Je me tournai vers ma mère, hargneux :

« Toi aussi, tu penses que cet individu a le droit d'extorquer l'argent des musulmans, de prendre cent femmes au lieu de quatre, de tourner ainsi en dérision la Loi de Dieu ? »

Elle s'abrita derrière un verset révélé :

« L'homme est rebelle dès qu'il se voit dans l'aisance. »

Sans même saluer ni l'une ni l'autre, je me levai et partis. Tout droit chez Haroun. J'avais besoin que quelqu'un de mon entourage s'indigne. Que quelqu'un me dise que la Terre n'a pas été créée pour être livrée, femmes et joies, au

Zerouali et à ses semblables. La moue qu'arbora mon ami à la seule mention de ce nom me réconcilia avec la vie. Ce qu'il avait entendu sur le fiancé de Mariam différait peu de ce que j'en savais moi-même. Le Furet me jura solennellement de mener une enquête auprès des portefaix de la corporation pour en savoir plus.

*

Être amis, avoir treize ans, juste une promesse de barbe, et déclarer la guerre à l'injustice : vingt ans après, c'est l'image du bonheur. Sur le moment, que de frustrations, que de souffrances ! Il est vrai que j'avais, quant à moi, deux bonnes raisons de me battre. La première était le subtil appel à l'aide que m'avait lancé Mariam sur la route de Meknès, et dont je mesurais maintenant toute l'angoisse contenue. La seconde était la Grande Récitation, venue insuffler à mon adolescence la fierté de connaître les préceptes de la Foi et la volonté de ne pas les laisser bafouer.

Pour comprendre ce qu'est la Grande Récitation dans l'existence d'un croyant, il faut avoir vécu à Fès, ville de savoir qui semble bâtie autour des écoles, des *médersas,* comme certains villages sont bâtis autour d'une fontaine ou de la tombe d'un saint. Quand, à l'issue de quelques années de patiente mémorisation, on finit par connaître par cœur chaque sourate, chaque verset du Coran, quand on est déclaré par le maître d'école apte à la Grande Récitation, on passe d'emblée de l'enfance à la vie d'homme, de l'anonymat à la notoriété. C'est le moment pour les uns de commencer à travailler, pour les autres d'accéder au collège, lieu de science et d'autorité.

La cérémonie religieuse à cette occasion donne au jeune Fassi l'impression d'être entré dans le monde des puissants. C'est en tout cas ce que je ressentis ce jour-là. Vêtu de soie comme un fils d'émir, monté sur un cheval de race, suivi par un esclave portant une large ombrelle, je traversai les rues de la cité entouré des élèves de ma classe qui chantaient à l'unisson. Au bord de la route, quelques passants me saluaient de la main, et je les saluais en retour. De temps en temps, une tête connue, Khâli, ma mère, deux cousines, quelques voisins, Hamza le barbier avec les garçons du hammam, et un peu à l'écart, sous un porche, Warda et Mariam.

Quant à mon père, il m'attendait devant la salle où un banquet devait être offert en mon honneur. Il portait sous le bras le vêtement neuf dont je devais, selon la tradition, habiller le maître d'école en signe de gratitude. Il me contemplait avec une émotion désarmante.

Je l'observai à mon tour. En un instant, je revis dans ma tête tant d'images de lui : émouvant quand il me contait Grenade, affectueux quand il me caressait la nuque, terrifiant quand il avait répudié ma mère, exécrable quand il avait sacrifié ma sœur, pitoyable quand il était affalé à la table d'une taverne. Que de vérités j'avais envie de lui crier du haut de ma monture ! Mais je savais que ma langue se lierait à nouveau quand mes pieds toucheraient le sol, quand je devrais rendre au prêteur cheval et soieries, quand j'aurais cessé d'être l'éphémère héros de la Grande Récitation.

L'ANNÉE DU STRATAGÈME

908 de l'hégire
(7 juillet 1502 – 25 juin 1503)

« Le Zerouali n'a jamais été le pauvre berger qu'il prétend. Et jamais il n'a découvert de trésor. La vérité, c'est qu'il a été pendant des années un bandit, un coupeur de routes, un assassin, et sa fortune initiale n'a été que le fruit d'un quart de siècle de rapines. Mais il y a plus grave encore. »

Haroun avait admirablement fureté semaine après semaine, mais, en dépit de mes fréquentes adjurations, il avait refusé de me révéler le moindre indice avant que son enquête ne soit achevée.

Ce jour-là, il était venu m'attendre devant la mosquée des Karaouiyines. J'avais cours de trois heures à cinq heures du matin avec un érudit syrien en visite à Fès. Haroun avait abandonné ses études et il portait déjà l'habit court et terreux des portefaix ; il devait bientôt commencer son travail de la journée.

« Le plus grave, reprit le Furet, c'est que cet individu est jaloux jusqu'à la démence, constamment persuadé que ses femmes cherchent à le tromper, surtout les plus jeunes et les plus belles. Il suffit d'une dénonciation, d'une calomnie, d'un mot insidieux lancé par une rivale, pour que la malheureuse soit étranglée. Les eunuques du Zerouali s'occupent ensuite de maquiller le crime en noyade, en chute fatale ou en esquinancie. Trois femmes au moins sont déjà mortes dans des circonstances pour le moins suspectes. »

Nous faisions les cent pas sous les arcades de la mosquée, qu'illuminaient d'innombrables lampes à huile. Haroun se tut, attendant ma réaction. J'étais trop accablé pour émettre le moindre son. Certes, je savais que l'homme auquel ma sœur était promise était capable de bien des méfaits, et c'est bien pour cela que je cherchais à empêcher le mariage. Mais il ne s'agissait plus maintenant d'éviter à une adolescente une vie morne et apathique ; il s'agissait de la sauver des griffes d'un assassin, d'un monstre sanguinaire. Le Furet n'était pas moins soucieux que moi, mais son esprit ne s'attardait jamais aux lamentations :

« Quand doit avoir lieu la cérémonie ?

– Dans deux mois au plus tard. Le contrat est signé, les préparatifs sont déjà avancés, mon père rassemble la dot, il a commandé les draps de lit et les matelas d'ornement, la robe de Mariam est déjà prête.

– Il faut que tu parles à ton père, à lui seul, car, si n'importe quelle autre personne s'en mêlait, il s'entêterait et plus rien ne pourrait empêcher le malheur. »

Je suivis son conseil, à un détail près. Je demandai à ma mère de vérifier auprès de Sarah si les informations de Haroun étaient vraies. La Bariolée confirma le tout une semaine plus tard, non sans m'avoir fait jurer sur le Coran de ne jamais mentionner son nom dans cette affaire. J'avais besoin de ce nouveau témoignage pour pouvoir affronter mon père sans que le moindre filet de doute traverse mon esprit.

Malgré cette précaution, je passai une nuit entière à retourner dans ma tête ce que je pourrais dire pour introduire le sujet d'abord, pour résister aux assauts ensuite, enfin, si le Très-Haut se montrait compréhensif envers moi, pour emporter la décision. Mille répliques se sont faites et défaites dans mon esprit, des plus habiles aux plus sèches, mais aucune ne dura jusqu'au matin, si bien que je dus affronter mon père le lendemain sans la moindre idée, sans le moindre commencement d'argument.

« Je voudrais te dire une chose qui va peut-être te déplaire. »

Il était en train d'avaler, comme chaque matin, sa bouillie d'épeautre cuite, assis sur un coussin de cuir dans un coin du patio.

« Tu as fait une bêtise ?

— Il ne s'agit pas de moi. »

Je pris mon courage à deux mains :

« Depuis que les gens savent que ma sœur va épouser le Zerouali, on vient souvent me raconter des choses inquiétantes. »

Le bol aux lèvres, il aspira bruyamment.

« Quels gens ? Ce ne sont pas les jaloux qui manquent dans cette ville ! »

Je fis la sourde oreille.

« On dit que plusieurs de ses femmes sont mortes étranglées.

— Si quelqu'un te redit une chose pareille, tu lui répondras que si ces femmes ont été châtiées, c'est qu'elles le méritaient, et que dans notre famille les filles ont toujours été irréprochables.

— Es-tu sûr que Mariam sera heureuse avec...

— Mêle-toi de ce qui te regarde. »

Il s'essuya la bouche d'un revers de manche et se leva pour partir. Je m'accrochai, lamentable.

« Ne t'en va pas ainsi ! Laisse-moi te parler !

— J'ai promis ta sœur à cet homme, et je n'ai qu'une parole. En plus, nous avons signé, et le mariage est dans quelques semaines. Au lieu de rester ici à écouter les bobards, rends-toi utile ! Va voir chez les matelassiers si leur travail avance.

— Tout ce qui a trait à ce mariage, je refuse de m... »

La gifle. Si violente que ma tête tourna quelques longues secondes. Derrière moi, j'entendis le cri étouffé de Warda et de Mariam qui, abritées derrière une porte, n'avaient rien perdu de la conversation. Mon père me prit la mâchoire dans la main, en la serrant fort et en la secouant fébrilement :

« Plus jamais ne me dis : je refuse ! Plus jamais ne me parle sur ce ton ! »

Je ne sais ce qui me prit à cet instant. J'avais l'impression que quelqu'un d'autre s'exprimait par ma bouche :

« Je ne t'aurais jamais parlé sur ce ton si je ne t'avais vu assis dans une taverne ! »

L'instant d'après, je regrettais déjà. Jusqu'à la fin de mes jours je regretterai d'avoir prononcé ces mots. J'aurais voulu qu'il me gifle à nouveau, qu'il me roue de coups, plutôt que de s'écrouler ainsi sur son coussin, l'air hébété, le visage dans les mains. Lui faire des excuses, à quoi cela aurait-il servi ? Je sortis de sa maison, me chassant moi-même, et je marchai droit devant moi, des heures durant, sans saluer personne, sans voir personne, la tête vide et endolorie. Cette nuit-là, je ne dormis ni chez mon père ni chez mon oncle. J'arrivai le soir chez Haroun, je m'étendis sur une natte et ne me relevai plus.

Jusqu'au lendemain. C'était vendredi. En ouvrant les yeux, je vis mon ami qui me dévisageait. J'eus l'impression qu'il était dans la même position depuis des heures :

« Encore un peu, tu ratais la prière de midi. »

Il exagérait à peine, car le soleil était bien haut.

« En arrivant hier soir, tu avais la tête de quelqu'un qui vient de tuer son père, comme on dit chez nous. »

Mon sourire ne fut qu'une hideuse grimace. Je lui expliquai ce qui s'était passé.

« Tu as eu tort de lui dire cela. Mais lui aussi a tort, et bien plus que toi, puisqu'il est en train de livrer sa fille à un bourreau. Vas-tu laisser commettre un crime contre ta sœur pour réparer ta propre faute ? »

C'est bien ce que j'étais sur le point de faire. Mais, dite ainsi, la chose m'apparaissait infâme.

« Je peux m'adresser à Khâli, il trouvera les arguments pour convaincre mon père.

– Ouvre les yeux, ce n'est plus ton père qu'il faut convaincre.

– Ce n'est quand même pas Mariam qui pourrait refuser de se marier ! Si elle osait émettre le moindre non, il lui briserait les os !

– Reste le fiancé ! »

Je ne comprenais pas. Je devais être effectivement mal réveillé.

« Le Zerouali ?

– Lui-même, et ne me regarde pas avec ces yeux. Lève-toi et suis-moi ! »

En route, il m'expliqua le stratagème. Ce n'est pas à la

porte du riche bandit qu'il fallait frapper, mais à celle d'un vieil homme qui n'avait rien à voir, de près ni de loin, avec le mariage de ma sœur. Et qui pourtant était le seul à pouvoir encore l'empêcher.

Astaghfirullah.

Il nous ouvrit lui-même. Je ne l'avais jamais vu sans son turban. Il paraissait presque nu, et deux fois plus menu. Il n'était pas sorti de la journée, car il avait depuis deux vendredis le mal de flanc. Il avait soixante-dix-neuf ans, nous dit-il, et il estimait qu'il avait suffisamment vécu, « mais Dieu est seul juge ».

La visite de deux gamins à la mine déconfite l'intriguait.

« J'espère que vous ne venez pas m'apprendre une mauvaise nouvelle. »

Haroun prit la parole. Je le laissai faire. Cette initiative était la sienne. À lui de la mener jusqu'au bout.

« Une mauvaise nouvelle, si, mais pas un décès. Un mariage contraire à la Loi de Dieu, n'est-ce pas une mauvaise nouvelle ?

– Qui se marie ?

– La sœur de Hassan, Mariam…

– La fille de la *Roumiyya* ?

– Peu importe sa mère. Puisque le peseur est musulman, sa fille est musulmane. »

Le cheikh regardait le Furet avec affection.

« Qui es-tu ? Je ne te connais pas.

– Je suis Haroun, fils d'Abbas le portefaix.

– Continue. Tes paroles me plaisent. »

Encouragé, mon ami expliqua l'objet de notre démarche. Il ne s'attarda pas sur le sort des femmes du Zerouali, car il savait que cet argument toucherait peu Astaghfirullah. En revanche, il évoqua la débauche du fiancé, ses rapports avec ses anciennes épouses, puis il s'arrêta longuement sur son passé, sur le massacre des voyageurs, « surtout les premiers émigrés andalous », sur le pillage du Rif.

« Ce que tu dis suffit à envoyer un homme dans le feu de l'Enfer jusqu'à la fin des temps. Mais quelles preuves as-tu ? Quels témoins peux-tu citer ? »

Haroun se fit tout humble :

« Mon ami et moi sommes trop jeunes, nous venons tout juste de passer la Grande Récitation, et notre parole ne pèse pas lourd. Nous ne connaissons pas grand-chose à la vie, et il se peut que nous soyons indignés par des actes qui, aux yeux du reste des gens, paraissent habituels. Maintenant que nous avons dit tout ce que nous savons, maintenant que nous avons déchargé notre conscience, c'est à toi, notre vénérable cheikh, de voir ce qui doit être fait. »

Quand nous fûmes dehors, je regardai le Furet d'un air dubitatif. Il paraissait sûr de son fait.

« Ce que je lui ai dit, je le pense vraiment. Nous avons fait tout ce qui était en notre pouvoir. Nous n'avons plus qu'à attendre. »

Mais sa mine enjouée disait autre chose.

« J'ai l'impression que tu jubiles, observai-je, et je n'en vois pas du tout la raison.

— Astaghfirullah ne me connaissait peut-être pas, mais moi je le connais depuis des années. Et je fais confiance à son exécrable caractère. »

Le lendemain, le cheikh semblait guéri. On vit son turban circuler fébrilement dans les souks, s'agiter sous les portiques, avant de s'engouffrer dans un hammam. Le vendredi suivant, à l'heure de la plus grande affluence, il prit la parole dans sa mosquée habituelle, la plus fréquentée par les émigrés andalous. Le plus candidement du monde, il se mit à raconter « la vie exemplaire d'un homme fort respecté que je ne nommerai pas », évoquant le banditisme, le pillage, la débauche, avec des allusions si précises que toute l'assistance finit par chuchoter le nom du Zerouali, bien qu'il n'ait pas été prononcé une seule fois.

« Tels sont les hommes que les croyants respectent et admirent en ces temps de déchéance ! Tels sont les hommes auxquels vous êtes fiers d'ouvrir les portes de vos maisons ! Tels sont les hommes auxquels vous sacrifiez vos filles comme à des divinités d'avant l'islam ! »

Avant la fin de la journée, toute la ville ne parlait que de cet incident. Au Zerouali lui-même, on rapporta mot à mot les propos du cheikh. Sur-le-champ, il envoya chercher mon père, insulta devant lui Grenade et tous les Andalous, lui signifia, en bégayant de rage, qu'il n'était plus question d'accord, de mariage, ni de vers à soie, qu'il le sommait de restituer sans délai les dinars qu'il lui avait avancés, que le peseur et tous les siens regretteraient bientôt amèrement ce qui avait été fait. Atterré, Mohamed essaya de protester de son innocence, mais il fut expulsé sans ménagement par les gardes du corps.

Souvent, quand un mariage est annulé ainsi au dernier moment dans un climat de rancœur, et surtout quand le fiancé se sent bafoué, il fait courir le bruit que sa promise n'était pas vierge, ou que ses mœurs étaient légères, pour qu'elle ne puisse plus trouver mari. Je n'aurais pas été surpris si le bandit éconduit avait réagi ainsi, tant il se sentait humilié.

Mais jamais, dans mes pires cauchemars, je n'aurais pu imaginer la vengeance que le Zerouali méditait.

L'ANNÉE DU BRIN NOUÉ

909 de l'hégire
(26 juin 1503 – 13 juin 1504)

Cette année-là avait débuté glissante, paisible et studieuse. Le Jour de l'An, survenu en plein été, on pataugeait dans les rues tant elles avaient été aspergées d'eau les nuits précédentes à l'occasion du *Mihrajan*. À chaque pas manqué, à chaque mare de boue, je pensais à mon père, qui détestait tellement cette fête et les coutumes qui s'y rapportaient.

Je ne l'avais plus revu depuis notre dispute, puisse Dieu me pardonner un jour ! mais je demandais régulièrement de ses nouvelles à Warda et Mariam. Leurs réponses étaient rarement réconfortantes. S'étant ruiné pour doter richement ma sœur, se retrouvant à la fois endetté, frustré de ses rêves et privé de l'affection des siens, Mohamed cherchait l'oubli dans les tavernes.

Pourtant, aux premières semaines de l'année, il semblait en voie de se remettre, lentement, de la rupture avec le Zerouali. Il avait fini par louer, au sommet d'une montagne, à six milles de Fès, une demeure ancienne, quelque peu délabrée mais avec une vue superbe sur la cité, et de vastes terrains où il jurait de produire les meilleurs raisins et les meilleures figues du royaume ; je le soupçonnais de vouloir également tirer son propre vin, bien que la montagne appartînt au domaine de la Grande Mosquée. Projets certes plus modestes que la culture de la soie ; du moins ne mettaient-ils pas mon père à la solde d'un bandit comme le Zerouali.

Ce dernier ne s'était plus manifesté depuis des mois. Avait-il oublié sa mésaventure, avait-il passé l'éponge, lui dont on disait qu'il gravait dans le marbre la plus petite injure ? Il m'arrivait de m'interroger, inquiétudes passagères que balayaient mes occupations fort absorbantes d'étudiant.

Mon temps se passait dans les salles de cours, à la mosquée des Karaouiyines, de minuit à une heure et demie, conformément à l'horaire d'été, le reste de la journée au plus célèbre collège de Fès, la *médersa* Bou-Inania ; je dormais dans les intervalles, un peu aux aurores, un peu l'après-midi ; l'inaction m'était insupportable, le repos me semblait superflu, j'avais quinze ans à peine, un corps à secouer, un monde à connaître, et la passion de la lecture.

Nos professeurs nous faisaient étudier chaque jour des commentaires du Coran ou de la Tradition du Prophète, et une discussion s'engageait. Des Écritures nous passions souvent à la médecine, à la géographie, aux mathématiques ou à la poésie, parfois même à la philosophie ou à l'astrologie, malgré l'interdiction formelle de ces matières par le souverain. Nous avions la chance d'avoir pour maîtres des hommes versés dans tous les domaines de la connaissance. Pour se distinguer du commun, certains enroulaient leurs turbans autour de calottes hautes et pointues, semblables à celles que j'allais voir portées par les médecins lors de mon séjour à Rome. Nous les étudiants avions un simple bonnet.

En dépit de leur savoir et de leur accoutrement, nos professeurs étaient pour la plupart des hommes aimables, patients dans l'explication, attentifs aux talents de chacun. Parfois, ils nous invitaient chez eux, pour nous montrer leur bibliothèque ; l'un avait cinq cents ouvrages, un autre mille, un autre encore plus de trois mille, et ils nous encourageaient à soigner notre calligraphie pour pouvoir copier les livres les plus précieux, car c'est ainsi, insistaient-ils, que se diffuse le savoir.

Quand j'avais un moment entre deux cours, je marchais jusqu'à la station des portefaix. Si j'y trouvais Haroun, nous allions boire un lait caillé, ou bien flâner du côté de la place des Prodiges où notre curiosité était rarement déçue. Si le

Furet était absent pour une course, je traversais le marché aux fleurs pour aller voir Mariam.

Nous étions convenus qu'elle placerait un brin d'herbe noué dans une fente du mur extérieur chaque fois que mon père se trouverait à la campagne pour la semaine. Un jour, c'était vers la fin de *safar,* le deuxième mois de l'année, j'étais passé ; le brin noué était là. J'agitai la sonnette. Warda cria de l'intérieur :

« Mon mari est absent. Je suis seule avec ma fille. Je ne peux pas ouvrir.

– C'est moi, Hassan ! »

Confuse, elle m'expliqua que des hommes étaient venus quelques minutes plus tôt ; ils avaient frappé à la porte avec insistance, exigeant qu'elle les fasse entrer. Elle avait peur, Mariam également, qui me parut pâle et frêle.

« Que se passe-t-il dans cette maison ? Vous avez l'air d'avoir pleuré toutes deux. »

Leurs larmes coulèrent à nouveau ; mais Warda se reprit aussitôt :

« Depuis trois jours, c'est l'enfer. Nous n'osons plus sortir dans la rue. Les voisins viennent sans arrêt me demander si c'est vrai que… »

Sa voix s'étrangla, et ce fut Mariam qui poursuivit, l'air absent :

« Ils demandent si je suis atteinte par le mal. »

Quand on dit « le mal », à Fès, c'est la lèpre qu'on désigne, et quand on dit « le quartier », sans autre précision, c'est celui des lépreux.

Je n'avais pas encore réalisé ce qu'elles venaient de me dire quand j'entendis tambouriner sur la porte.

« Au nom du sultan, police ! Vous n'êtes plus seules maintenant ! Il y a un homme qui vient d'entrer. Il peut nous parler. »

J'ouvris. Ils n'étaient pas moins de dix personnes, un officier, quatre femmes voilées de blanc, les autres des soldats.

« C'est bien ici qu'habite Mariam, fille de Mohamed al-Wazzan le Grenadin ? »

L'officier déroula un papier.

« Ceci est un ordre du cheikh des lépreux. Nous devons emmener la dénommée Mariam au quartier. »

Dans mon esprit, une seule idée tournoyait : « Si ce pouvait être un vulgaire cauchemar ! » Je m'entendis dire :

« Mais ce ne sont que des calomnies ! Elle n'a jamais eu une seule tache sur le corps ! Elle est pure comme un verset révélé !

– C'est ce que nous verrons. Ces quatre femmes sont mandatées pour l'examiner sur-le-champ. »

Elles entrèrent avec elle dans une chambre. Warda essaya de les suivre, mais on l'en empêcha. Moi-même, je restai dehors, l'esprit embrumé, mais tentant quand même de faire entendre raison à l'officier. Il me répondait calmement, faisait mine d'adhérer à mes vues, mais finissait par dire, au bout de chacune de mes tirades, qu'il était fonctionnaire, qu'il avait un ordre à exécuter, qu'il fallait s'adresser au cheikh des lépreux.

Au bout de dix minutes, les femmes sortirent de la chambre ; deux d'entre elles tenaient Mariam par les aisselles et la traînaient. Ses yeux étaient ouverts mais son corps était flasque ; pas un son ne sortait de sa gorge ; elle semblait incapable de réaliser ce qui lui arrivait. L'une des femmes chuchota deux mots à l'oreille de l'officier ; celui-ci fit signe à l'un de ses hommes, qui jeta sur Mariam un tissu grossier couleur de terre.

« Ta sœur est malade. Nous devons l'emmener. »

J'essayai de m'interposer ; ils m'écartèrent rudement. Et le sinistre cortège s'ébranla. Au bout de l'impasse, des badauds s'étaient rassemblés. Je criai, menaçai, gesticulai. Mais Warda me suivit, suppliante.

« Rentre, par le Ciel ! Il ne faut pas ameuter tout le voisinage. Ta sœur pourrait ne plus jamais se marier. »

Je revins vers la maison, claquai la porte et me mis à marteler le mur avec mes poings, insensible à la douleur. Warda s'approcha de moi. Elle sanglotait, mais son esprit demeurait clair.

« Attends qu'ils s'éloignent, puis tu iras parler à ton oncle. Il a des relations au palais. Il pourra la faire revenir. »

Elle m'agrippa par la manche et me tira en arrière.

« Calme-toi, tes mains sont écorchées. »

Mes bras s'abattirent lourdement sur les épaules de Warda, que j'étreignis rageusement, sans pourtant desserrer les poings, comme si je continuais à marteler le mur. Elle s'affaissa contre moi. Ses larmes coulaient dans mon cou ; ses cheveux me voilaient les yeux, je ne respirais plus que son souffle brûlant, humide et parfumé. Je ne pensais pas à elle. Elle ne pensait pas à moi. Nos corps n'existaient pas pour nous. Mais ils existaient soudain pour eux-mêmes, réchauffés par la colère. Jamais auparavant je ne m'étais senti homme, jamais je ne l'avais sentie femme. Elle avait trente-deux ans, l'âge d'être grand-mère, mais son visage était sans ride et sa chevelure noir de jais. Je n'osais plus bouger, de peur de me trahir, ni parler, de peur de l'éloigner, ni même ouvrir les yeux, de peur d'avoir à reconnaître que j'étais enlacé à la seule femme qui me fût rigoureusement interdite, celle de mon père.

Où voguait son esprit en ces instants ? Se sentait-elle glisser comme moi vers l'engrenage du plaisir ? Je ne le crois pas. Était-elle seulement engourdie, tuméfiée corps et âme ? Avait-elle besoin de s'agripper au seul être qui partageât son angoisse ? Je ne le saurai jamais, car jamais nous n'en avons parlé, jamais rien dans nos mots ni dans nos gestes n'a voulu rappeler qu'un moment a existé où nous étions homme et femme noués par les doigts impitoyables du Destin.

Il lui revenait de se dégager. Elle le fit imperceptiblement, avec ces mots de tendre éloignement :

« Va, Hassan mon fils, Dieu nous aidera. Tu es le meilleur frère que Mariam puisse avoir ! »

Je courus, comptant mes pas à mi-voix pour que mon esprit ne s'occupe de rien d'autre. Jusqu'à la maison de Khâli.

*

Mon oncle m'écouta sans sourciller, mais je le sentis affecté, plus que je l'aurais pensé, vu l'absence totale de rapports entre ma sœur et lui. Quand j'eus terminé mon récit, il m'expliqua :

« Le cheikh des lépreux est un homme puissant dans cette contrée. Lui seul est habilité à retirer de Fès les personnes contaminées, lui seul a autorité sur les habitants du quartier. Peu de cadis osent s'opposer à ses décisions, et le sultan lui-même s'avise rarement de s'immiscer dans son macabre domaine. De plus, c'est un homme extrêmement riche, car beaucoup de croyants laissent en mourant des propriétés au bénéfice du quartier, soit parce que le mal a éprouvé leur famille, soit parce qu'ils ont été apitoyés par la vue de ces malheureux. Et c'est le cheikh qui gère tous ces revenus. Il en utilise une partie pour procurer aux malades logement, nourriture et soins, mais il lui reste des sommes importantes qu'il emploie à toutes sortes de trafics pour accroître sa fortune personnelle. Il est fort possible qu'il soit associé au Zerouali dans quelque affaire, et qu'il ait accepté de lui rendre service pour lui permettre de se venger de nous. »

J'avais clairement entendu mon oncle dire « nous » ! Ma surprise ne lui échappa pas.

« Tu sais depuis longtemps ce que je pense de la passion de ton père pour cette *Roumiyya*. Il a perdu la tête un jour, parce qu'elle avait failli l'abandonner, parce qu'il avait estimé que son honneur était en jeu, parce qu'il voulait, à sa façon, prendre une revanche sur les Castillans. Depuis, il n'a jamais retrouvé son bon jugement. Mais ce qui vient de se passer ne concerne ni Mohamed ni Warda, ni même cette infortunée Mariam ; c'est toute la communauté grenadine de Fès qui est bafouée par le Zerouali. Nous devons nous battre, même pour la fille de la *Roumiyya*. Une communauté se désintègre dès qu'elle consent à abandonner le plus faible de ses membres. »

Peu importaient ses arguments ; son attitude me redonnait espoir.

« Crois-tu que nous pourrons sauver ma sœur ?

— Demande au Très-Haut de te procurer l'espoir et la patience ! Nous aurons à nous battre contre des personnages puissants et diaboliques. Tu le sais, le Zerouali est un ami du sultan.

— Mais, si Mariam doit vivre longtemps au quartier, elle finira par devenir réellement lépreuse.

— Il faut aller la voir, lui dire de ne pas se mêler aux autres, lui apporter à manger de la chair de tortue, qui aide à combattre le mal. Et surtout, qu'elle garde constamment sur le visage un voile imbibé de vinaigre. »

Je rapportai ces propos à Warda. Elle se procura les produits indiqués, et quand mon père retourna en ville, quelques jours plus tard, elle alla avec lui aux confins du quartier. Un vigile appela Mariam, qui vint les voir. Elle semblait dépassée, accablée, hagarde, les yeux rouge sang dans une face livide. Un cours d'eau la séparait de ses parents, mais ils purent lui parler, lui promettre une délivrance prochaine, lui faire leurs recommandations. Ce qu'ils voulaient lui faire parvenir, ils le confièrent au garde, en lui glissant quelques dirhams dans la main.

À leur retour, je les attendais devant la porte. Mon père fit mine de ne pas me voir. Je mis un genou à terre et lui pris la main, que je collai à mes lèvres. Au bout de quelques longues secondes, il la retira, la passa sur mon visage, puis sur ma nuque qu'il tapota. Je me relevai et me jetai dans ses bras.

« Prépare-nous à manger, lança-t-il à Warda, la voix cassée. Nous avons besoin de discuter. »

Elle s'empressa.

En fait de discussion, ni lui ni moi ne dîmes grand-chose. À cet instant, l'important était de rester ainsi ensemble, d'homme à homme pour la première fois, assis sur la même natte, plongeant la main de la même façon dans le même plat de couscous. Les fiançailles de Mariam nous avaient brouillés ; son supplice avait hâté notre réconciliation. Il allait également rapprocher Mohamed de la famille de ma mère.

Ce soir-là, Khâli vint à la maison de mon père dont il n'avait pas franchi le seuil depuis notre arrivée à Fès, dix ans plus tôt. Warda le servit comme un hôte de marque, lui offrit du sirop d'orgeat et plaça devant lui une immense corbeille pleine de raisins, d'abricots, de poires et de prunes. En échange, elle obtint sourires bienveillants et paroles de réconfort. Puis elle se retira derrière une porte pour nous laisser discuter.

*

Le reste de l'année se passa tout entier en inlassables démarches et en interminables conciliabules. Parfois, quelques personnes extérieures à la famille se joignaient à nous, apportant leurs conseils et partageant nos déceptions. C'étaient des Grenadins pour la plupart, mais il y avait également deux de mes amis. L'un était Haroun, bien entendu, qui allait bientôt faire sien mon problème, au point de m'en déposséder. L'autre s'appelait Ahmed. Au collège, on le surnommait le Boiteux. En évoquant son souvenir, je ne peux empêcher ma plume de suspendre son sinueux grattage et de rester un moment songeur et perplexe. Jusqu'à Tunis, jusqu'au Caire, jusqu'à La Mecque, jusqu'à Naples même, j'ai entendu parler du Boiteux, et j'en suis toujours à me demander si cet ancien ami laissera quelque trace dans l'Histoire, ou bien s'il traversera la mémoire des hommes comme un nageur audacieux traverse le Nil, n'en modifiant ni le cours ni la crue. Mon devoir de chroniqueur est cependant d'oublier mes ressentiments pour raconter, le plus fidèlement possible, ce que j'ai connu d'Ahmed depuis le jour où il est entré pour la première fois en classe, cette année-là, accueilli par les rires et les sarcasmes des étudiants. Les jeunes Fassi sont impitoyables pour les étrangers, surtout s'ils semblent arriver tout droit de leur province natale, et surtout s'ils traînent quelque infirmité.

Le Boiteux avait promené ses yeux dans la salle, comme pour inscrire chaque sourire, chaque rictus, puis il était venu s'asseoir à côté de moi, soit parce que c'était pour lui la place la plus accessible, soit parce qu'il avait vu que je le regardais autrement. Il m'avait serré vigoureusement la main, mais ses mots n'étaient pas un simple salut :

« Comme moi, tu es étranger dans cette maudite ville. »

Le ton n'était pas interrogateur, la voix n'était pas basse. Je regardai autour de moi, gêné. Il me relança :

« N'aie pas peur des Fassi, ils sont trop bourrés de savoir pour garder le moindre courage. »

Il criait presque. Je me sentais embarqué à mon corps défendant dans une rancœur qui n'était pas la mienne. Je tentai de m'en sortir, la voix badine :

« Comment dis-tu cela, toi qui viens chercher le savoir dans une *médersa* de Fès ? »

Il eut un sourire condescendant.

« Je ne cherche pas le savoir, car il alourdit les mains plus sûrement qu'une chaîne. As-tu jamais vu un docteur de la Loi commander une armée ou fonder un royaume ? »

Pendant qu'il parlait, le professeur entra, la démarche lente, la silhouette majestueuse. Par respect, toute la classe se leva.

« Comment veux-tu qu'un homme se batte avec, sur la tête, cette chose branlante ? »

Je regrettais déjà qu'Ahmed soit venu près de moi. Je le regardai, horrifié.

« Baisse la voix, je t'en supplie, le maître va t'entendre. »

Il me donna sur le dos une tape paternelle.

« Ne sois pas si craintif ! Quand tu étais enfant, ne disais-tu pas à voix haute des vérités que les grands gardaient cachées ? Eh bien, c'est toi qui avais raison à ce moment-là. Il faut que tu retrouves en toi-même le temps de l'ignorance, car c'était aussi le temps du courage. »

Comme pour illustrer ce qu'il venait d'affirmer, il se leva, avança en boitillant jusqu'au siège élevé du professeur et s'adressa à lui sans révérence, ce qui fit taire à l'instant le moindre bruit dans la salle.

« Je m'appelle Ahmed, fis du chérif Saadi, descendant de la Maison du Prophète, prière et salut sur lui ! Si l'on me voit boiter, c'est que j'ai été blessé l'année dernière en combattant les Portugais qui ont envahi les territoires du Sous. »

Je ne sais s'il s'apparentait plus que moi au Messager de Dieu ; quant à son infirmité, il l'avait de naissance, comme je devais plus tard l'apprendre d'un de ses proches. Deux mensonges donc, mais qui intimidèrent tous ceux qui étaient là, à commencer par le professeur.

Ahmed revint à sa place, la tête haute. Dès son premier jour de collège, il était devenu le plus respecté et le plus admiré des étudiants. Il ne marchait plus qu'entouré d'une nuée de condisciples soumis qui riaient à ses rires, tremblaient à ses colères et partageaient toutes ses inimitiés.

Lesquelles étaient fort tenaces. Un jour, l'un de nos maîtres, Fassi de vieille souche, avait osé émettre des doutes sur l'ascendance que revendiquait le Boiteux. Une opinion qui ne pouvait être prise à la légère, car ce professeur était le plus célèbre du collège, ayant obtenu depuis peu le privilège de prononcer le sermon hebdomadaire dans la Grande Mosquée. Sur le moment, Ahmed ne répondit pas, se contentant de sourire énigmatiquement aux étudiants qui le questionnaient du regard. Le vendredi suivant, la classe se déplaça tout entière pour écouter le prédicateur. À peine celui-ci avait-il dit les premiers mots que le Boiteux fut pris d'un interminable accès de toux. Peu à peu, d'autres tousseurs prirent le relais, et au bout d'une minute des milliers de gorges bruissaient et se raclaient à l'unisson, curieuse contagion qui se prolongea jusqu'à la fin du sermon, si bien que les fidèles revinrent chez eux sans en avoir compris la moindre phrase. Depuis, ce professeur prit soin de ne plus jamais parler d'Ahmed ni de sa noble mais douteuse ascendance.

Moi-même, je n'ai jamais marché dans le sillage du Boiteux, et c'est sans doute pour cela qu'il me respectait. Nous ne nous voyions que seuls, parfois chez moi, parfois chez lui, c'est-à-dire dans la *médersa* même, où des chambres étaient réservées aux étudiants dont la famille ne demeurait pas à Fès ; les siens habitaient aux confins du royaume de Marrakech.

Je dois avouer que, même quand nous étions en tête-à-tête, certaines de ses attitudes me rebutaient, m'inquiétaient, m'effrayaient parfois aussi. Mais il lui arrivait également de se montrer généreux et dévoué. C'est en tout cas ainsi qu'il m'était apparu cette année-là, attentif à mes moindres mouvements d'abattement, trouvant chaque fois le ton qu'il fallait pour me remettre en selle.

De sa présence, ainsi que celle de Haroun, j'avais grandement besoin, même s'ils paraissaient l'un et l'autre incapables de sauver Mariam. Seul mon oncle semblait en mesure d'effectuer les démarches qui s'imposaient. Il rencontrait des hommes de loi, des émirs de l'armée, des dignitaires du royaume ; les uns se montraient rassurants, d'autres embarrassés, d'autres encore promettaient une solution avant la fête prochaine. Nous ne lâchions un espoir que pour nous agripper à un autre, tout aussi vain.

Jusqu'au moment où Khâli réussit, au bout de mille intercessions, à approcher le fils aîné du souverain, le prince Mohamed le Portugais, ainsi surnommé parce qu'il avait été pris à l'âge de sept ans dans la ville d'Arzilla et emmené au Portugal pour de longues années de captivité. Il avait maintenant quarante ans, l'âge de mon oncle, et ils restèrent un long moment ensemble à parler de poésie et à rappeler les malheurs de l'Andalousie. Quand, au bout de deux heures, Khâli évoqua le problème de Mariam, le prince se montra fort indigné et s'engagea à faire arriver l'affaire aux oreilles de son père.

Il n'eut pas le temps de le faire, car le sultan mourut, étrange coïncidence, le lendemain même de la visite de mon oncle au palais.

Dire que les miens pleurèrent longtemps le vieux monarque serait un pur mensonge, non seulement parce qu'il avait pour ami le Zerouali, mais aussi parce que les liens nouvellement établis entre son fils et Khâli nous laissaient augurer le meilleur.

L'ANNÉE DE LA CARAVANE

910 de l'hégire
(14 juin 1504 - 3 juin 1505)

Cette année-là fut celle de mon premier grand voyage, qui devait me conduire, à travers l'Atlas, Segelmesse et la Numidie, vers l'étendue saharienne, puis vers Tombouctou, mystérieuse cité du pays des Noirs.

Khâli avait été chargé par le nouveau sultan de Fès de porter un message au puissant souverain du Soudan, l'Askia Mohamed Touré, lui annonçant son accession au pouvoir et promettant d'établir entre leurs deux royaumes les rapports les plus amicaux. Comme il me l'avait promis cinq ans plus tôt, lors de son périple en Orient, mon oncle m'avait invité à l'accompagner ; j'en avais parlé à mon père, qui, par égard pour ma barbe soyeuse mais déjà épaisse, ne songeait plus à s'y opposer.

La caravane s'était ébranlée aux premières fraîcheurs de l'automne, forte de deux cents montures portant hommes, vivres et cadeaux. Nous avions droit à des gardes à chameau pour nous protéger tout au long du trajet, ainsi qu'à des cavaliers qui devaient rebrousser chemin aux portes du Sahara. Il fallait également des chameliers et des guides expérimentés, ainsi que des serviteurs en nombre suffisant pour que l'ambassade paraisse considérable aux yeux de nos hôtes. Au cortège officiel s'étaient joints, après avoir sollicité la permission de mon oncle, plusieurs négociants avec leurs marchandises, entendant profiter à la fois de la protection royale en cours de route et du traitement de faveur que nous ne manquerions pas de recevoir à Tombouctou.

Les préparatifs avaient été trop minutieux, trop longs à mon goût. Les derniers jours, je ne parvenais plus à dormir ni à lire, je ne respirais plus que par bouffées distantes et oppressées. J'avais besoin de partir à l'instant, de m'accrocher bien haut à la bosse d'un chameau, de m'engloutir dans l'immensité désertique où les hommes, les bêtes, l'eau, le sable et l'or ont tous la même couleur, la même valeur, la même irremplaçable futilité.

Je découvris très tôt que l'on pouvait également se laisser engloutir dans la caravane. Quand les compagnons de voyage savent qu'ils devront, pendant des semaines et des mois, marcher dans la même direction, affronter les mêmes périls, vivre, manger, prier, s'amuser, peiner, mourir, parfois ensemble, ils cessent d'être des étrangers les uns pour les autres ; aucun vice ne reste caché, aucun artifice ne persiste. Vue de loin, la caravane est un cortège ; vue de près, c'est un village, avec ses racontars, ses plaisanteries, ses sobriquets, ses intrigues, ses conflits et ses réconciliations, ses soirées de chanson et de poésie, un village pour lequel toutes les contrées sont lointaines, même celle dont on vient, même celles qu'on traverse. C'est d'un tel éloignement dont j'avais besoin pour oublier les angoisses épuisantes de Fès, l'acharnement du Zerouali, la cruauté sans visage du cheik des lépreux.

*

Le jour même de notre départ, nous avons traversé la ville de Sefrou, située au pied de l'Atlas, à quinze milles de Fès. Les habitants sont riches, mais ils s'habillent pauvrement, les vêtements tout tachés d'huile, à cause d'un prince de la famille royale qui s'y est fait construire une résidence et qui accable d'impôts toute personne qui semble avoir quelque prospérité. En passant par la grande rue, mon oncle approcha sa monture de la mienne pour chuchoter à mon oreille :

« Si quelqu'un te dit que l'avarice est fille du besoin, dis-lui qu'il se trompe. Ce sont les impôts qui ont engendré l'avarice ! »

Non loin de Sefrou, la caravane emprunta le col par lequel passe la route de Numidie. Deux jours plus tard, nous étions en pleine forêt, près des ruines d'une ville ancienne appelée Aïn el-Asnam, la Source des Idoles. Il y avait là un temple où hommes et femmes avaient coutume de se réunir le soir, à une certaine époque de l'année. Une fois accomplis les sacrifices rituels, ils éteignaient les lumières et chacun profitait de la femme que le hasard avait placée auprès de lui. Ils passaient ainsi toute la nuit et, au matin, on leur rappelait que pour un an aucune des femmes présentes n'avait le droit de s'approcher de son mari. Les enfants qui naissaient durant ce laps de temps étaient élevés par les prêtres du temple. Celui-ci a été détruit, ainsi que la ville entière, lors de la conquête musulmane ; mais le nom a survécu, seul témoin de cet âge d'ignorance.

Deux jours plus tard, nous passâmes près d'un village de montagne parsemé de vestiges antiques. On l'appelle « Les Cent Puits », parce qu'on trouve dans son voisinage des puits d'une telle profondeur qu'on dirait des grottes. On raconte que l'un d'eux a plusieurs étages avec, à l'intérieur, des salles murées, certaines grandes, d'autres petites, mais également aménagées. C'est pourquoi les chercheurs de trésor viennent exprès de Fès pour y effectuer des descentes, à l'aide de cordes et munis de lanternes. Beaucoup n'en ressortent jamais.

Une semaine après avoir quitté Fès, nous traversâmes une localité appelée Oum Jounaiba, où subsiste une coutume étrange : il y a un cours d'eau, que longent les caravanes, et l'on dit que tout homme qui passe par là ne doit avancer qu'en dansant et sautillant, faute de quoi il est atteint par la fièvre quarte. Toute notre troupe s'y mit allégrement, même moi, même les gardes, même les gros marchands, certains agissant par jeu, d'autres par superstition, d'autres encore pour éviter les piqûres d'insectes, à l'exception de mon oncle, qui estima que sa dignité d'ambassadeur lui interdisait ce genre de gaminerie. Il devait le regretter cruellement.

Nous étions déjà dans les hautes montagnes, sur lesquelles souffle, même en automne, un vent du nord glacial et imprévisible. Je ne m'attendais pas à trouver, en des lieux aussi élevés, au climat si rude, des gens aussi bien habillés ni surtout aussi instruits. Il y a en particulier, dans l'une des montagnes les plus froides, une tribu appelée Mestasa qui a pour principale activité de recopier, de la plus belle écriture, un grand nombre de livres et de les vendre au Maghreb et ailleurs. Un vieux commerçant génois résidant à Fès, messire Thomasso de Marino, qui s'était joint à notre caravane, et avec lequel j'ai eu de fréquentes discussions, acheta dans un seul village une centaine de ces livres, admirablement calligraphiés et reliés de cuir. Il m'expliqua que les ulémas et les hauts personnages du pays des Noirs en achetaient beaucoup, et qu'il s'agissait là d'un commerce fort lucratif.

Comme nous nous étions arrêtés pour la nuit dans cette localité, j'avais accompagné le Génois à un dîner offert par son fournisseur. La demeure était bien construite, avec du marbre et de la majolique, des tentures de laine fine sur les murs et couvrant le sol, des tapis également de laine, mais agréablement coloriés. Tous les invités semblaient fort prospères, et je ne pus m'empêcher de poser à notre hôte, avec mille précautions de langage, une question qui me brûlait les lèvres : comment se faisait-il que les gens de cette contrée si froide, si montagneuse, fussent si bien lotis en avoir et en savoir ?

Le maître de céans éclata de rire :

« Tu veux comprendre, en somme, pourquoi les habitants de cette montagne ne sont pas tous des rustres, des mendiants et des va-nu-pieds ? »

Je ne l'aurais pas dit ainsi, mais c'était bien ce qui m'intriguait.

« Sache, jeune visiteur, que le plus grand cadeau que le Très-Haut puisse offrir à un homme, c'est de le faire naître dans une haute montagne traversée par la route des caravanes. La route apporte la connaissance et la richesse, la montagne offre la protection et la liberté. Vous, gens des villes, vous avez à portée de main tout l'or et tous les livres, mais vous avez des princes, devant lesquels vous courbez la tête... »

Il s'avisa :

« Puis-je te parler comme un vieil oncle parle à son neveu, comme un vieux cheikh à son disciple, sans prendre aucun détour avec les enseignements de la vie ? Me promets-tu de ne pas t'offusquer ? »

Mon large sourire l'encouragea à poursuivre.

« Quand on vit dans une ville, on consent à mettre de côté toute dignité, tout amour-propre, en échange de la protection d'un sultan qui la fait payer cher même quand il n'est plus capable de l'exercer. Quand on vit loin des villes, mais dans les plaines et les collines, on échappe au sultan, à ses soldats et à ses percepteurs ; cependant on est à la merci des tribus de pillards nomades, arabes et parfois même berbères, qui infestent le pays, et jamais on ne peut élever un mur sans craindre de le voir bientôt démoli. Quand on vit dans un lieu inaccessible, mais loin des routes, on est, certes, à l'abri de l'asservissement comme du pillage ; toutefois, n'ayant aucun échange avec d'autres contrées, on finit par vivre comme des bêtes, ignorant, démuni et effarouché. »

Il m'offrit une coupe de vin, que je refusai poliment. Il en prit une lui-même, et avala une gorgée avant de continuer :

« Nous seuls sommes privilégiés : nous voyons passer par nos villages des gens de Fès, de Numidie, du pays des Noirs, commerçants, dignitaires, étudiants ou ulémas ; ils nous apportent chacun une pièce d'or ou un vêtement, un livre à lire et à recopier, ou seulement un récit, une anecdote, un mot ; nous accumulons ainsi, au fil des caravanes, richesse et savoir, à l'abri de ces montagnes inaccessibles que nous partageons avec les aigles, les corneilles et les lions, nos compagnons de dignité. »

Je rapportai ces propos à mon oncle, qui soupira sans rien dire puis leva les yeux vers le haut. Je ne sais si c'était pour s'en remettre au Créateur ou pour observer le vol d'un oiseau de proie.

Notre étape suivante fut dans les monts du Ziz, ainsi appelés parce qu'une rivière de ce nom y prend sa source. Les habitants de cette région appartiennent à une tribu berbère fort redoutable, les Zanaga. Ce sont des hommes robustes ; ils portent une tunique de laine à même la peau et enroulent autour de leurs jambes des chiffons qui leur servent de chausses ; été comme hiver, ils vont tête nue. Je ne peux toutefois décrire ces gens sans évoquer une chose incroyable que l'on voit chez eux, et qui me semble relever du miracle : une énorme quantité de serpents circulent entre les maisons, aussi doux et familiers que des chats ou des petits chiens. Lorsque quelqu'un se met à manger, les serpents se rassemblent autour de lui pour se saisir des miettes de pain et des autres aliments qu'il leur laisse.

Durant la troisième semaine de notre voyage, nous dévalâmes les monts du Zir, à travers d'innombrables palmeraies aux fruits tendres et exquis, en direction de la plaine où se trouve Segelmesse. Ou plutôt, devrais-je dire, où se trouvait cette ville si admirée des voyageurs des temps passés. On disait qu'elle avait été fondée par Alexandre le Grand lui-même, que sa grand-rue était longue d'une demi-journée de marche, que chacune de ses maisons était entourée d'un jardin et d'un verger, qu'elle possédait de prestigieuses mosquées et des *médersas* renommées.

De ses murailles, autrefois si hautes, il ne reste plus que quelques pans à moitié écroulés et envahis par l'herbe et la mousse. De ses habitants, il ne reste plus que des clans ennemis installés chacun avec son chef dans un village fortifié proche des ruines de l'ancienne Segelmesse. Leur principal souci est de rendre la vie dure au clan qui réside dans le village voisin. Ils se montrent impitoyables les uns envers les autres, allant jusqu'à détruire les canalisations d'eau, couper les palmiers au ras du sol, inciter les tribus nomades à dévaster les terres et les maisons de leurs adversaires, si bien qu'ils me paraissent mériter leur sort.

Nous avions prévu de rester trois jours sur le territoire de Segelmesse, pour reposer hommes et montures, acheter quelques vivres, réparer quelques ustensiles ; il était écrit que nous resterions plusieurs mois, car, le lendemain même de notre arrivée, mon oncle tomba malade. Il lui arrivait de frissonner dans la journée, alors que la chaleur était étouffante, de suer de tous ses pores dans la nuit, alors qu'il faisait aussi froid que dans les hautes montagnes. Un marchand juif de la caravane, fort versé en médecine, diagnostiqua une fièvre quarte, qui semblait punir le refus de Khâli de sacrifier à la coutume dansante d'Oum Jounaiba. Dieu seul est maître de la récompense et du châtiment !

*

J'étais constamment au chevet de mon oncle, attentif au moindre geste, à la moindre grimace, le contemplant parfois pendant des heures, alors qu'il dormait d'un sommeil agité. Je le sentis tout d'un coup vieilli, ramolli, désarmé, alors que deux jours plus tôt il était capable de tenir une assemblée en haleine en parlant des *Roum*, des lions ou des serpents. Grâce à ses dons de poète et d'orateur, grâce aussi à ses vastes connaissances, il avait impressionné Mohamed le Portugais, qui, depuis son accession au pouvoir, l'avait convoqué chaque semaine. Il était question de le nommer à un poste de conseiller, de secrétaire ou de gouverneur d'une province.

Je me souviens qu'un jour, à son retour du palais, j'avais demandé à Khâli s'il avait reparlé de Mariam. Il avait répondu sur un ton quelque peu embarrassé :

« Je suis en train de gagner peu à peu la confiance du souverain. Bientôt je serai en mesure d'obtenir de lui, sans la moindre difficulté, la délivrance de ta sœur. Dans l'immédiat, je dois agir le plus délicatement possible, j'aurais tort de lui demander quoi que ce soit. »

Puis il avait ajouté, avec un rire qui se voulait excuse :

« C'est ainsi que tu devras te comporter lorsque tu feras de la politique ! »

Peu après la désignation de Khâli comme ambassadeur, j'étais revenu à la charge. Il avait alors parlé au souverain, qui lui avait promis qu'à son retour de Tombouctou la jeune fille serait chez elle. Mon oncle l'avait chaleureusement remercié et m'avait rapporté la nouvelle. J'avais alors décidé de me rendre pour la première fois au quartier pour rapporter à Mariam la promesse du monarque ainsi que la nouvelle de mon voyage.

Je ne l'avais pas vue depuis un an, par excès d'affection, mais aussi par lâcheté. Elle ne prononça aucune parole de reproche. Elle me sourit comme si elle venait tout juste de me quitter, me demanda des nouvelles de mes cours, me parut si sereine que j'en étais intimidé, contrit, déboussolé. Peut-être aurais-je préféré la voir sangloter, avoir à la consoler, même de loin puisqu'un cours d'eau nous séparait. Je lui annonçai triomphalement la promesse du souverain. Elle réagit juste assez pour ne pas me froisser. Je lui parlai de mon départ, elle fit mine de s'enthousiasmer, sans que je sache si elle le faisait par un enjouement subit ou par moquerie. Ce cours d'eau qu'un homme vigoureux aurait pu traverser en deux enjambées me semblait plus profond qu'un ravin, plus vaste qu'un bras de mer. Mariam était si lointaine, si impénétrable, sa voix me parvenait comme dans un cauchemar. Soudain, une vieille lépreuse que je n'avais pas vue approcher posa une main sans doigts sur l'épaule de ma sœur. Je criai et ramassai des pierres pour les lancer vers elle en lui demandant de s'éloigner. Mariam s'interposa, protégeant la lépreuse de son corps :

« Lâche ces pierres, Hassan, ou tu vas blesser mon amie ! »

Je m'exécutai, mais je me sentais sur le point de m'évanouir. Je fis un geste d'adieu et me retournai pour partir, la mort dans l'âme. Ma sœur cria à nouveau mon nom. Je la regardai. Elle s'était approchée jusqu'au bord de l'eau. Pour la première fois depuis mon arrivée, ses larmes coulaient :

« Tu vas me tirer de là, n'est-ce pas ? »

Sa voix était suppliante et, pour moi, rassurante. D'un geste dont je fus le premier surpris, j'étendis la main devant moi, comme si je la posais sur le Livre, et prononçai, à voix lente et haute, ce serment :

« Je jure de ne pas me marier avant de t'avoir sortie de ce maudit quartier. »

Elle sourit de toute sa face. Je me détournai alors et m'éloignai à toutes jambes, car c'est cette image que je voulais garder d'elle tout au long de mon voyage. Le jour même, je passai voir mon père et Warda pour leur donner des nouvelles de leur fille. Avant de frapper à la porte, je demeurai un instant immobile. Dans une fente du mur extérieur, il y avait encore, séché et bruni, le brin d'herbe noué par Mariam le jour de sa capture. Je le pris dans mes doigts et le posai furtivement sur mes lèvres. Puis je le remis à sa place.

*

Je repensais une fois de plus à ce brin quand Khâli ouvrit les yeux. Je lui demandai s'il allait mieux ; il me dit oui avec la tête mais se rendormit tout aussitôt. Il allait demeurer ainsi entre la vie et la mort, incapable de se mouvoir, jusqu'au début de la saison chaude, alors que toute traversée du Sahara était devenue impossible. Il nous fallut donc attendre plusieurs mois dans la région de Segelmesse avant de poursuivre notre voyage.

L'ANNÉE DE TOMBOUCTOU

911 de l'hégire
(4 juin 1505 - 23 mai 1506)

Mon oncle semblait pleinement rétabli quand nous reprîmes la route cette année-là, au début de la saison fraîche, en direction de Tabelbala, située en plein désert de Numidie, à trois cents milles de l'Atlas, à deux cents milles au sud de Segelmesse, dans une contrée où l'eau est rare, ainsi que la viande, sauf celle des autruches et des antilopes, et où seule l'ombre d'un palmier atténue parfois la tyrannie du soleil.

Nous avions prévu neuf jours pour cette étape, et dès la

première soirée Khâli se mit à me parler de Grenade, un peu comme l'avait fait mon père quelques années plus tôt. Peut-être la maladie de l'un et l'abattement de l'autre avaient-ils eu le même effet, celui de les pousser à transmettre leur témoignage et leur sagesse à une mémoire plus jeune, moins menacée, puisse le Très-Haut préserver mes pages du feu et de l'oubli ! D'une nuit à l'autre, j'attendais la suite de son récit, que seuls interrompaient parfois les jappements d'un chacal trop proche.

Au troisième jour, cependant, deux soldats vinrent à notre rencontre. Ils portaient un message d'un seigneur dont les terres se trouvaient à l'ouest de notre route. Il avait su que l'ambassadeur du roi de Fès passait dans la région, et il tenait absolument à le rencontrer. Khâli s'informa auprès d'un guide, qui lui apprit que le détour nous retarderait de deux semaines au moins. Il s'excusa donc auprès des soldats, leur disant qu'un envoyé du souverain ne pouvait rendre visite aux seigneurs qui se trouvaient hors de sa route, d'autant que la maladie avait déjà considérablement ralenti sa mission. Toutefois, pour bien montrer en quelle estime il tenait ce seigneur – dont il m'avoua plus tard qu'il n'avait jamais entendu parler auparavant – il enverrait son neveu lui baiser la main.

Je me voyais donc subitement investi d'une ambassade, moi qui n'avais pas encore achevé ma dix-septième année. Mon oncle me fit accompagner de deux cavaliers et me munit de quelques cadeaux que je devrais offrir en son nom à cet aimable seigneur : une paire d'étriers ornés à la façon mauresque, une paire de superbes éperons, une paire de cordons de soie tressés de fil d'or, l'un violet, l'autre azur, un livre à reliure neuve contant la vie des saints personnages d'Afrique, ainsi qu'un poème d'éloge. Le voyage dura quatre jours, que je mis à profit pour écrire, à mon tour, quelques vers en l'honneur de mon hôte.

Arrivé dans la ville, qui s'appelait Ouarzazat, je crois, on m'avisa que le seigneur chassait le lion dans les montagnes environnantes et qu'il avait donné des instructions pour que j'aille le rejoindre. Je lui baisai la main et lui transmis les salutations de mon oncle. Il me désigna un logement où je pourrais me reposer jusqu'à son retour. Il revint avant la tombée de la nuit et me convoqua à son palais. Je me présentai donc, lui baisai à nouveau la main, lui offris un à un les cadeaux, qui lui firent grand plaisir, puis je lui tendis le poème de Khâli, qu'il fit lire par un secrétaire, se faisant traduire chaque mot, car il connaissait mal l'arabe.

Vint l'heure du repas, que j'attendais avec impatience, car mon ventre était vide depuis le matin, sauf de quelques dattes. On nous amena de la viande de mouton rôtie et bouillie, enrobée dans un feuilleté de pâte extrêmement fine, un peu comme les lasagnes italiennes, mais plus ferme. On apporta ensuite le couscous, le *ftat,* autre mélange de viande et de pâte, ainsi que divers plats dont je ne me souviens plus. Quand nous fûmes tous amplement rassasiés, je me levai et déclamai mon propre poème. Le seigneur se fit traduire quelques phrases, mais, le reste du temps, il se contenta de m'observer, d'un œil attendri et protecteur. Dès que j'eus terminé, il rentra dormir, car la chasse l'avait épuisé, mais le lendemain matin, de très bonne heure, il m'invita à déjeuner avec lui, me fit donner par son secrétaire cent pièces d'or afin que je les remette à mon oncle, ainsi que deux esclaves pour le servir au cours du voyage. Il me chargea de lui dire que ces présents étaient seulement un remerciement pour son poème, et non la contrepartie des cadeaux qu'il lui avait offerts. Il me confia également dix pièces d'or pour chacun des deux cavaliers qui m'accompagnaient.

À moi, il réservait une surprise. Il commença par me donner cinquante pièces d'or, mais, quand je sortis, le secrétaire me fit signe de le suivre. Nous traversâmes un couloir jusqu'à une porte basse qui nous mena vers une petite cour. Au milieu, un cheval, beau mais petit, monté par une superbe cavalière brune au visage découvert.

« Cette jeune esclave est le cadeau du seigneur pour ton poème. Elle a quatorze ans, elle parle bien l'arabe. Nous l'appelons Hiba. »

Il prit la bride et me la posa dans la main. Je la tirai, les yeux levés, incrédules. Mon cadeau sourit.

Comblé d'avoir rencontré un seigneur si courtois et si généreux, je revins directement sur Tabelbala, où la caravane m'attendait. J'annonçai à mon oncle que je m'étais parfaitement acquitté de ma mission et lui rappelai dans le détail chaque mot, chaque geste. Je lui transmis les présents qui lui revenaient, ainsi que les propos qui les accompagnaient, et, pour finir, je lui racontai ma délicieuse surprise. À ce point de mon histoire, son visage s'embruma.

« On t'a bien dit que cette esclave parlait l'arabe ?

– Bien sûr, et j'ai pu le vérifier sur le chemin du retour.

– Je n'en doute pas. Mais, si tu avais plus d'âge et de sagesse, tu aurais entendu autre chose dans les propos du secrétaire. T'offrir cette esclave peut être une manière de t'honorer, mais ce peut être également une manière de t'insulter, de te montrer l'abaissement de ceux qui parlent ta langue.

– Aurais-je dû refuser ? »

Mon oncle rit de bon cœur :

« Je vois bien que tu vas t'évanouir à l'idée que tu aurais pu laisser cette fille dans la cour où tu l'as trouvée.

– Je peux donc la garder ? »

Mon ton était celui d'un enfant agrippé à son jouet. Khâli haussa les épaules et fit signe aux chameliers de s'apprêter au départ. Comme je m'éloignais, il me rappela :

« As-tu déjà touché cette fille ?

– Non, lui répondis-je, les yeux baissées. En route, nous avons dormi en plein air, et les gardes étaient près de moi. »

Il y avait de la malice dans son rictus.

« Tu ne la toucheras pas non plus maintenant, car avant que nous ayons couché à nouveau sous un toit le mois de *ramadane* aura débuté. En tant que voyageur, tu n'es pas tenu de jeûner, mais tu dois montrer d'une autre façon ta soumission au Créateur. Tu couvriras ton esclave de la tête aux pieds, tu lui interdiras de se parfumer, de se farder, de se coiffer et même de se laver. »

Je ne protestai pas, car je compris tout de suite que le zèle religieux n'était pas la seule raison de cette recommandation. On a souvent vu dans les caravanes des disputes, des accès de folie, ou même des crimes dus à la présence d'une belle servante, et mon oncle voulait éviter à tout prix toute tentation, toute attitude provocante.

Notre étape suivante nous mena vers les oasis du Touat et du Ghourara, tête de ligne des caravanes sahariennes. C'est là en effet que les marchands et les autres voyageurs s'attendent pour partir ensemble.

Beaucoup de commerçants juifs étaient établis dans ces oasis, mais ils avaient été victimes d'une curieuse persécution. L'année même de la chute de Grenade, qui était également l'année de l'expulsion des juifs espagnols, un prédicateur de Tlemcen était venu à Fès, incitant les musulmans à exterminer les juifs de la ville. Dès qu'il en fut informé, le souverain ordonna d'expulser cet agitateur, qui alla se réfugier dans les oasis du Touat et du Ghourara et réussit à soulever la population contre les juifs ; ils furent presque tous massacrés et leurs biens pillés.

Dans cette contrée, il y a beaucoup de terres cultivées, mais elles sont sèches, car elles ne peuvent être irriguées qu'à l'eau de puits ; elles sont également très maigres, et pour les enrichir les habitants utilisent une méthode peu habituelle. Quand un visiteur arrive, ils l'invitent à loger chez eux sans contrepartie, mais ils prennent le fumier des montures et aux hommes ils font comprendre qu'ils les offenseraient s'ils faisaient leurs besoins ailleurs que chez eux. Aussi les voyageurs sont-ils obligés de se boucher le nez dès qu'ils passent à côté d'un champ cultivé.

Ces oasis sont la dernière station où l'on puisse s'approvisionner correctement avant la traversée du Sahara. Les points d'eau deviennent de plus en plus espacés, et il faut plus de deux semaines pour atteindre le premier lieu habité. Encore faut-il préciser qu'en ce lieu, appelé Teghaza, il n'y a rien d'autre que des mines dont on extrait le sel. On le conserve jusqu'à ce qu'une caravane vienne l'acheter pour le vendre à Tombouctou, qui en manque constamment. Chaque chameau peut porter jusqu'à quatre barres de sel. Les mineurs de Teghaza n'ont d'autres vivres que ceux qu'ils reçoivent de Tombouctou, situé à vingt jours de route, ou de quelque ville aussi éloignée. Il est parfois arrivé qu'une caravane, ayant pris du retard, trouve certains de ces hommes morts de faim dans leurs cabanes.

Mais c'est au-delà de cette localité que le désert devient véritablement infernal. On n'y trouve plus que des ossements blanchis d'hommes et de chameaux morts de soif, les seuls animaux vivants qu'on y rencontre en quantité sont les serpents.

Dans la portion la plus aride de ce désert se trouvent deux tombes surmontées d'une pierre sur laquelle sont gravées des inscriptions. On peut y lire que deux hommes sont ensevelis à cet endroit. L'un était un riche marchand qui, passant par là et torturé par la soif, avait acheté à l'autre, un caravanier, une tasse d'eau à dix mille pièces d'or. Mais, après avoir fait quelques pas, le vendeur et l'acheteur s'étaient écroulés ensemble, morts de soif. Dieu seul dispense la vie et les biens !

*

Même si j'étais plus éloquent, même si ma plume était plus docile, j'aurais été incapable de décrire ce que l'on ressent quand, après des semaines de traversée épuisante, les yeux lacérés par les vents de sable, la bouche tuméfiée par une eau salée et tiède, le corps brûlant, sale, tordu par mille courbatures, on voit apparaître enfin les murs de Tombouctou. Certes, au bout du désert, toutes les villes sont belles, toutes les oasis ressemblent au jardin d'Éden. Mais nulle part la vie ne m'a semblé aussi souriante qu'à Tombouctou.

Nous y étions arrivés au coucher du soleil, accueillis par un détachement de soldats dépêché par le seigneur de la ville. Comme il était trop tard pour être reçus au palais, on nous conduisit vers des logements qui avaient été prévus pour nous, chacun suivant son rang. Mon oncle fut installé dans une maison proche de la mosquée ; j'y eus droit à une vaste chambre donnant sur une place animée, mais qui commençait à se vider. Le soir, après un bain et un dîner léger, je fis appeler Hiba, avec la permission de Khâli. Il devait être dix heures du soir. Un tumulte nous parvint de la rue : un groupe de jeunes s'étaient rassemblés, jouant de la musique, chantant et dansant sur la place. Je devais bientôt m'habituer à ces promeneurs, qui allaient revenir tout au long de mon séjour. Cette nuit-là, le spectacle m'était si inhabituel que je me postai à la fenêtre et ne bougeai plus. Peut-être étais-je aussi intimidé de me sentir pour la première fois dans une chambre avec une femme qui m'appartenait.

Elle avait réparé les injures de la route et se retrouvait fraîche, souriante et dévoilée comme au jour où elle m'avait été offerte. Elle s'approcha de la fenêtre et se mit à regarder comme moi les danseurs, son épaule imperceptiblement collée à la mienne. La nuit était fraîche, froide même, mais mon visage était brûlant.

« Veux-tu que je fasse comme eux ? »

Et, sans attendre ma réponse, elle commença à danser de tout son corps, lentement d'abord, puis de plus en plus vite, mais sans rien perdre de sa grâce ; ses mains, ses cheveux, ses écharpes voltigeaient dans la chambre, portés par leur propre vent, ses hanches remuaient au rythme de la musique nègre, ses pieds nus sur le sol traçaient des arabesques. Je m'écartai de la fenêtre pour laisser s'engouffrer le clair de lune.

C'est seulement vers une heure du matin, peut-être même plus tard, que la rue retrouva le silence. Ma danseuse s'étendit par terre, épuisée, haletante. Je tirai la tenture de la fenêtre, cherchant quelque courage dans l'obscurité.

Hiba. Même si la terre d'Afrique ne m'avait offert que ce cadeau, elle aurait mérité pour toujours ma nostalgie.

Le matin, en dormant, mon amante avait ce même sourire que j'avais deviné toute la nuit, et cette même odeur d'ambre gris. Penché au-dessus de son front lisse et serein, je la couvrais de promesses émues et silencieuses. De la fenêtre me parvenaient à nouveau des bruits, palabres de vendeuses, crissements de paille, tintements de cuivre, cris de bêtes, ainsi que des odeurs portées par un vent léger mais frais qui soulevait timidement la tenture. Je chérissais tout, je bénissais tout, le Ciel, le désert, la route, Tombouctou, le seigneur d'Ouarzazat, et même cette douleur qui, discrètement, me tiraillait le corps, privilège de mon premier voyage, ardent et maladroit, au bout d'une inconnue.

Elle ouvrit les yeux, puis les referma aussitôt, comme si elle craignait d'interrompre ma rêverie. Je murmurai :

« Nous ne nous quitterons jamais ! »

Dans le doute, elle sourit. Je posai mes lèvres sur les siennes. Ma main glissa à nouveau le long de sa peau pour ranimer les souvenirs de la nuit. Mais à la porte on frappait déjà. Je répondis sans ouvrir. C'était un serviteur envoyé par mon oncle pour me rappeler que nous étions attendus au palais. Je devais assister, en habit d'apparat, à la présentation des lettres.

*

À la cour de Tombouctou, le rituel est précis et somptueux. Quand un ambassadeur obtient une entrevue avec le maître de la ville, il doit s'agenouiller devant lui, la face frôlant le sol, ramasser de la main un peu de terre et s'en asperger la tête et les épaules. Les sujets de ce prince doivent faire de même, mais seulement la première fois qu'ils lui adressent la parole ; pour les entrevues suivantes, le cérémonial se simplifie. Le palais n'est pas grand, mais son aspect est fort harmonieux ; il a été construit il y a près de deux siècles par un architecte andalou connu sous le nom d'Ishak le Grenadin.

Bien qu'il soit le vassal de l'Askia Mohamed Touré, roi de Gao, du Mali et de bien d'autres contrées, le maître de Tombouctou est un personnage considérable, respecté dans tout le pays des Noirs. Il dispose de trois mille cavaliers et d'une infinité de fantassins armés d'arcs et de flèches empoisonnées. Quand il se déplace d'une ville à l'autre, il monte à chameau, ainsi que les gens de sa cour, qui sont accompagnés de chevaux conduits en main par des estafiers. S'il rencontre des ennemis et qu'il doive se battre, le prince et ses soldats sautent de leurs chevaux, tandis que les estafiers entravent les chameaux. Lorsque le prince remporte une victoire, toute la population qui lui avait fait la guerre est capturée et vendue, adultes et enfants ; c'est pourquoi on trouve dans les maisons de la ville, même si elles sont modestes, un grand nombre d'esclaves domestiques, mâles et femelles. Certains maîtres utilisent ces dernières pour écouler divers produits dans les souks. On les reconnaît aisément, car ce sont les seules femmes de Tombouctou à ne pas se voiler. Une bonne partie du petit commerce est entre leurs mains, surtout l'alimentation et tout ce qui s'y rapporte, activité particulièrement lucrative car les habitants de la cité se nourrissent bien : les grains et les bestiaux s'y trouvent en abondance ; la consommation de lait et de beurre est considérable. Seul est rare le sel, et, plutôt que d'en répandre sur les aliments, les habitants en tiennent à la main des morceaux qu'ils lèchent de temps en temps entre deux bouchées.

Les citadins sont souvent riches, surtout les marchands, fort nombreux à Tombouctou. Le prince les traite avec égards, même quand ils ne sont pas du pays – il a même donné deux de ses filles en mariage à deux commerçants étrangers en raison de leur fortune. On importe à Tombouctou toutes sortes de produits, notamment des étoffes d'Europe qui se vendent bien plus cher qu'à Fès. Pour les transactions, on n'utilise pas de monnaie frappée, mais des morceaux d'or pur ; les petits paiements s'effectuent avec des cauris, qui sont des coquillages en provenance de Perse ou des Indes.

Je passais mes journées à déambuler dans les souks, à visiter les mosquées, m'efforçant de discuter avec toute personne connaissant quelques mots d'arabe et notant parfois le soir, dans ma chambre, ce que j'avais observé, sous le regard admiratif de Hiba. Notre caravane devait rester une semaine à Tombouctou, avant de se diriger vers Gao, résidence de l'Askia, ultime étape de notre voyage. Mais, une fois de plus, sans doute en raison des fatigues de la route, mon oncle tomba malade. La fièvre quarte le reprit la veille même du départ. J'étais à nouveau nuit et jour à son chevet et je dois avouer que plus d'une fois j'ai perdu tout espoir en sa guérison. Le seigneur de la ville lui envoya son médecin, un très vieux nègre, à barbe blanche en collier, qui avait lu les ouvrages des Orientaux ainsi que ceux des Andalous. Il prescrivit une diète sévère et prépara des décoctions dont je ne saurais dire si elles furent efficaces ou seulement inoffensives, car l'état de mon oncle ne connut pendant trois semaines, ni amélioration durable, ni détérioration fatale.

Quand arriva la fin du mois de *shawwal*, Khâli décida, en dépit de son extrême faiblesse, de revenir sans tarder vers Fès ; les grandes chaleurs s'annonçaient, qui nous auraient interdit la traversée du Sahara avant l'année suivante. Comme je tentais de l'en dissuader, il m'expliqua qu'il ne pouvait s'absenter deux ans pour une mission qui aurait dû s'achever en cinq ou six mois, qu'il avait déjà dépensé tout l'argent qui lui avait été alloué ainsi que le sien propre, et qu'en tout état de cause, si le Très-Haut avait décidé de le rappeler à Lui, il préférait mourir au milieu des siens plutôt qu'en terre étrangère.

Ses raisons étaient-elles bonnes ? Je ne me permettrais pas d'en juger après tant d'années. Je ne peux cacher toutefois que le voyage du retour fut un supplice pour toute la caravane, car mon oncle fut, dès le septième jour, incapable de se tenir sur le dos de son chameau. Nous aurions encore pu rebrousser chemin, mais il nous l'interdit. Nous n'avions pas d'autre solution que de l'installer sur un brancard de fortune, que gardes et serviteurs se relayèrent pour porter. Il rendit l'âme avant que nous ayons atteint Teghaza, et il fallut l'enterrer dans le sable brûlant au bord de la route, puisse Dieu lui réserver dans Ses vastes jardins un havre plus ombragé !

L'ANNÉE DU TESTAMENT

912 de l'hégire
(24 mai 1506 - 12 mai 1507)

J'avais quitté Fès dans les bagages de mon oncle, sans autre tâche que de le suivre, de l'écouter et d'apprendre dans son sillage ; j'y retournais cette année-là les mains chargées d'une ambassade inachevée, d'une caravane à la dérive et de la plus belle femme qui ait jamais poussé dans le désert de Numidie.

Mais le plus lourd à porter était une lettre. Au départ de Tombouctou, j'avais vu Khâli l'écrire. Il profitait du moindre arrêt pour retirer de sa ceinture encrier et calame et se mettre à griffonner lentement, d'une main que la fièvre rendait tremblante et incertaine. Tous nos compagnons l'observaient de loin, sans jamais le déranger, pensant qu'il notait ses impressions de voyage à l'intention du sultan. C'est après sa mort, en cherchant dans ses papiers, que je découvris la lettre, enroulée, attachée avec un fil doré, et qui commençait par ces mots :

Au nom d'Allah, le clément, le miséricordieux, maître du jour du Jugement, Celui qui envoie aux hommes dont la vie s'achève des signes dans leur corps et dans leur esprit afin qu'ils s'apprêtent à rencontrer Sa face resplendissante.

C'est à toi, Hassan, mon neveu, mon fils, que je m'adresse, toi à qui je ne laisse en héritage ni mon nom ni ma modeste fortune, mais uniquement mes soucis, mes erreurs et mes vaines ambitions.

Son premier legs fut la caravane. *Ses ressources s'épuisent, sa route est encore longue, son chef se meurt, et c'est vers toi que se tourneront les hommes, et c'est de toi qu'ils attendront à chaque instant l'ordre le plus juste, l'opinion la plus sage, et que tu les mènes à bon port. Tu devras tout sacrifier pour que ce voyage se termine dans la dignité.*

Il me fallut, dès les premières oasis, remplacer trois chameaux malades, renouveler les provisions, payer les services
de deux guides qui nous quittaient à Segelmesse, distribuer
quelques dirhams aux soldats pour leur rendre l'étape
agréable et les calmer jusqu'à la suivante, offrir quelques
cadeaux aux notables qui nous hébergeaient, le tout à partir
d'une caisse où il n'y avait plus que dix-huit dinars, le reli-
quat d'une somme empruntée par mon oncle à un marchand
andalou qui avait fait un bout de chemin avec nous à l'aller.
J'aurais pu contracter à mon tour une dette, mais, en raison
de notre départ précipité de Tombouctou, aucun commerçant
n'avait eu le temps de se joindre à nous, si bien que j'étais,
dans mon dénuement, le moins pauvre des voyageurs. Je dus
me résoudre à vendre divers cadeaux reçus par Khâli au
cours du voyage, notamment les deux esclaves offerts par le
seigneur d'Ouarzazat, et qui rapportèrent une quarantaine de
dinars. Pour pouvoir garder Hiba sans encourir blâme ni sarcasmes, je fis courir le bruit qu'elle était enceinte de moi, ce
dont je ne savais rien ; mais je dus vendre son cheval, écrin
inutile et encombrant pour la traversée du désert.

Le deuxième legs, mon oncle me le présentait par le biais
d'une parabole des temps anciens. *On demanda un jour à
une Bédouine lequel de ses enfants elle aimait le mieux. Elle
répondit : le malade jusqu'à ce qu'il guérisse ; le petit
jusqu'à ce qu'il grandisse ; le voyageur jusqu'à ce qu'il
revienne.* Je savais Khâli préoccupé depuis longtemps par le
sort de la plus jeune de ses filles, Fatima, née à Fès l'année
qui avait précédé notre arrivée, et dont la mère, la seule
épouse que Khâli ait jamais eue, était morte en la mettant au
monde. L'enfant avait été élevée par ma grand-mère, puis,
après le décès de celle-ci, par ma mère, car mon oncle n'avait
jamais voulu se remarier, craignant sans doute qu'une
marâtre ne se montrât injuste à l'égard de ses filles. Agée de
douze ans à la mort de son père, Fatima m'avait toujours
semblé chétive, grincheuse et sans la moindre fraîcheur.
Khâli ne m'avait jamais clairement invité à l'épouser, mais je
savais qu'elle m'était destinée, puisqu'il est dans l'ordre des
choses qu'un cousin prenne dans son giron l'une de ses cousines, la plus belle parfois, mais souvent aussi celle qu'on
peut le moins facilement caser ailleurs.

Je m'y résignai donc, sachant que j'accomplissais ainsi le
vœu le plus cher de mon oncle, celui de ne laisser à sa mort

aucune de ses filles sans mari. Pour les quatre premières, il avait procédé avec méthode : l'aînée avait obtenu la chambre la plus vaste de la maison, et ses sœurs n'avaient plus eu d'autre rôle que de s'occuper d'elle, comme des servantes. Seule, elle avait eu droit à des habits neufs, à des bijoux, jusqu'au moment où elle s'était mariée. La puînée l'avait remplacée alors dans la grande chambre, accaparant ainsi les honneurs ; les autres avaient suivi, à l'exception de Fatima, trop jeune encore et qui m'était réservée.

Mon troisième legs te revient de droit, puisqu'il s'agit de ta mère, qui vit sous mon toit depuis dix ans déjà, refusant comme moi de se remarier. Elle n'est plus jeune à présent, et son seul bonheur serait que ton père la reprenne. Je sais qu'il en a l'intention, mais Mohamed a ce défaut de prendre trop vite les mauvaises décisions et trop lentement les bonnes. Je ne te l'ai pas dit : la veille de notre départ, laissant de côté tout amour-propre, j'ai mis cette question sur le tapis devant ton père, sans détour. Il m'a répondu qu'il y songeait constamment depuis notre réconciliation. Il avait même demandé l'avis d'un imam, qui lui avait expliqué qu'il ne pouvait reprendre une femme dont il avait divorcé à moins qu'elle ne se soit remariée entre-temps. J'ai donc suggéré que Salma fasse un mariage avec un de nos familiers, qui s'engagerait à ne pas le consommer et à la répudier aussitôt. J'ai raconté également l'histoire de ce prince andalou qui avait voulu reprendre son ancienne épouse et qui ne supportait pas l'idée de la voir unie à un autre, même de manière fictive. Il avait interrogé un cadi de son entourage qui lui avait trouvé une solution plus digne d'un poète que d'un docteur de la Loi. La femme devait aller de nuit sur une plage, s'y étendre nue et laisser les vagues envelopper son corps, comme si elle s'abandonnait aux effluves d'un homme. Le prince pouvait désormais la reprendre sans enfreindre la Loi. Notre discussion s'est alors noyée dans le rire.

Plutôt que de rire, je demeurai pétrifié, la main crispée sur la lettre. Devant mes yeux figés repassaient des images lointaines où je me voyais enfant, avec ma mère et Sarah, dans la boutique du libraire-astrologue, dont la voix retentissait à mes oreilles :

La mort va passer, puis les vagues de la mer,
Alors reviendront la femme et son fruit.

À mon retour à Fès, mes parents étaient remariés, et ils furent tout étonnés et déçus que je n'en sois pas surpris. Je me suis bien gardé de leur demander par quel moyen ils avaient détourné l'interdit.

*

La lettre de Khâli poursuivait : *Je laisse également entre tes mains mon ambassade, bien que ce ne soit pas à moi qu'elle appartienne mais au souverain qui m'en a investi. Grâce à cette mission, j'espérais me rapprocher de lui, mais, par le sol qui recouvre mon père ! c'était moins pour acquérir faveurs et richesses que pour aider les miens. N'est-ce pas en intercédant en faveur de ta sœur que j'ai connu le prince ? C'est aussi à elle que tu dois penser en courtisant le monarque. Quand tu seras en sa présence, offre-lui les cadeaux qui lui reviennent, puis rapporte-lui, en langage soigné, les fruits de tes observations sur Tombouctou ; dis-lui surtout qu'au pays des Noirs les royaumes sont nombreux, qu'ils se battent constamment entre eux, mais que jamais ils ne cherchent à s'étendre au-delà. Quand tu auras retenu son attention et gagné son estime, parle-lui de Mariam, à moins qu'elle ne soit déjà libre au moment où j'écris ces lignes.*

Elle ne l'était pas, comme me l'apprit Haroun, venu m'accueillir à l'arrivée de la caravane, aux portes du palais. C'est là que je devais rendre les montures au commissaire des chameaux, déposer les cadeaux auprès du capitaine des estafiers, en attendant mon entrevue avec le souverain. Une fois achevées ces formalités, je revins chez moi à pied, bavardant avec Haroun, lui racontant la maladie de mon oncle puis sa mort, évoquant mes souvenirs de Segelmesse et de Tombouctou, sans oublier Hiba, qui me suivait à quelques pas respectueux et qui portait mes bagages. Le Furet me rapporta les derniers échos de Fès : Astaghfirullah était mort, ainsi que Hamza le barbier, Dieu leur prodigue miséricorde ! Ahmed-le-Boiteux était rentré dans sa province, au sud de Marrakech, où il menait avec son frère une petite troupe de moujahidines qui se battaient contre les Portugais.

Au domicile de Khâli, les femmes portaient déjà le noir, la triste nouvelle étant arrivée bien avant la caravane. Salma était là, que ma venue enchanta et qui s'empressa de me raconter en chuchotant son remariage. Elle demeurait toujours chez mon oncle, pour ne pas laisser seule ma jeune cousine, peut-être aussi pour ne pas se retrouver avec Warda sous le même toit. Mohamed partageait son temps entre trois habitations, celles de ses femmes et sa maison de campagne, autour de laquelle ses cultures prospéraient.

Je vis également Fatima, que le deuil n'avait évidemment pas rendue moins grincheuse ni plus fraîche et qui eut à mon adresse un regard éploré. D'instinct, je me retournai pour voir si Hiba était derrière moi. Sensation curieuse, je me retrouvais en train de répéter les gestes de mon père, pris comme lui entre deux femmes, une esclave enjouée, une cousine en pleurs.

Le lendemain, je repartis au palais, où l'on m'accorda une audience pour le jour même, par égard au deuil qui frappait ma famille. Je ne fus toutefois pas reçu en privé. Le souverain avait autour de lui le capitaine des estafiers, le chancelier, garde du sceau royal, le maître des cérémonies ainsi que d'autres courtisans, tous bien plus somptueusement vêtus que le monarque lui-même et qui conversaient tranquillement entre eux pendant que je débitais, ému, des phrases laborieusement préparées. De temps en temps, le sultan tendait l'oreille à quelque murmure, tout en m'indiquant de la main que je ne devais pas m'interrompre. Vu l'immense intérêt que mes propos suscitaient, je les abrégeai autant que possible, puis me tus. Le monarque s'en rendit compte quelques chuchotements plus tard, se dit étonné de mon éloquence, une façon de me rappeler mon jeune âge. Il me demanda de transmettre ses condoléances aux miens, me débita quelques mots au sujet de mon oncle, « notre fidèle serviteur », et termina en souhaitant me revoir lors d'une autre occasion. L'entrevue était terminée. Je m'accrochai cependant, et cela malgré les sourcils froncés du maître des cérémonies :

« Si vous m'accordiez une minute encore, je voudrais vous présenter une requête. »

Et je me mis à parler de ma sœur, le plus vite possible, prononçant deux ou trois fois le mot d'injustice, rappelant la promesse faite à Khâli. Le monarque regardait ailleurs ; j'étais persuadé qu'il ne m'écoutait pas ; un mot de lui me contredit :

« La lépreuse ? »

Le chancelier lui chuchota un mot à l'oreille, puis s'adressa à moi avec une petite tape sur l'épaule :

« Je m'en occupe. Tu ne seras pas déçu. N'importune pas Sa Majesté avec cette affaire ! »

Je baisai la main du monarque et sortis. Haroun m'attendait à l'extérieur des grilles.

« Sais-tu que tu viens de commettre un crime contre la Loi de Dieu ? »

Du premier coup d'œil, il avait compris que j'avais été bafoué et il cherchait à me consoler à sa manière. Je pressai le pas sans rien dire. Il insista :

« J'ai récemment entendu un cheikh éminent soutenir que la plupart des souverains de notre époque, sinon tous, accroissent leurs revenus par des impôts interdits par la Loi de Dieu, qu'ils sont donc tous des voleurs et des impies, et qu'en conséquence toute personne qui mange à leur table, qui accepte d'eux le moindre cadeau ou qui établit avec eux des liens familiaux est complice de leurs vols et de leur impiété. »

Ma réponse se doubla d'un mouvement d'humeur :

« C'est avec des propos comme ceux-là qu'ont commencé toutes les guerres qui ont déchiré les pays d'islam. D'ailleurs, rassure-toi, le sultan ne m'a pas invité à sa table, il ne m'a offert aucun cadeau, et il ne m'a pas proposé la main de sa fille. Je ne suis donc ni voleur ni impie, je ne risque pas de me retrouver dans le feu de la Géhenne. Mais ma sœur est toujours chez les lépreux ! »

Le visage de Haroun se rembrunit.

« Iras-tu bientôt la voir ?

– J'attends une réponse du chancelier. Je préfère la voir après, peut-être aurai-je une nouvelle à lui annoncer. »

Durant les semaines qui suivirent, je repris quelques cours à la *médersa* Bou-Inania. On me demanda de raconter mon voyage devant mes condisciples et de leur décrire en particulier certaines mosquées que j'avais vues au pays des Noirs ainsi que des tombes de saints que j'avais pu visiter. Comme j'avais pris des notes précises, je pus parler deux longues heures durant, et le professeur en fut enchanté. Il m'invita chez lui et m'encouragea à consigner par écrit mes observations, comme l'avaient fait avant moi Ibn Batouta ainsi que d'autres voyageurs tout aussi illustres. Je promis de le faire un jour, si Dieu le permettait.

Le maître me demanda également si je souhaitais travailler, car son frère, directeur du *maristan* de la ville, cherchait à engager un jeune étudiant comme secrétaire, pour un salaire de trois dinars par mois. J'acceptai avec enthousiasme, les hôpitaux et les hospices avaient toujours excité ma curiosité ; on convint que je commencerais à l'automne.

*

Je laissai s'écouler deux mois avant de retourner au palais, je ne voulais pas donner au chancelier l'impression de le bousculer. Il se montra éxagérément affable, me dit qu'il m'attendait depuis des semaines, m'offrit du sirop, me parla en larmoyant de mon oncle disparu, puis m'annonça, sur un ton quasiment triomphal, qu'il avait obtenu que ma sœur soit à nouveau examinée par quatre femmes assermentées.

« Tu comprends bien, jeune homme, que notre sultan, aussi puissant soit-il, ne peut se permettre de ramener à l'intérieur de la ville une personne soupçonnée de porter en elle une si hideuse maladie. Si ta sœur est prononcée saine et sans taches, une lettre du souverain la fera sortir du quartier dans la journée. »

La solution me sembla raisonnable et je décidai de la rapporter à Mariam sur le ton le plus confiant possible afin de lui redonner espoir. Haroun me demanda s'il pouvait m'accompagner ; je répondis « oui » sans hésiter, en dépit de ma surprise.

Mariam se dit heureuse de me revoir en bonne santé après un si long voyage, mais elle me parut plus lointaine encore que lors de notre dernière rencontre, et pâle comme un cadavre. Je la dévisageai.

« Et toi, comment te sens-tu ?

— Bien mieux que la plupart de mes voisins.

— J'espérais qu'à mon retour tu serais sortie.

— J'avais trop à faire ici. »

Le sarcasme amer qui m'avait tant exaspéré deux ans plus tôt s'était encore accentué.

« Te rappelles-tu mon serment ?

— Si tu le tiens, si tu ne te maries pas, je n'aurai ni enfants ni neveux. »

Haroun se tenait derrière moi, observant tantôt le cours

d'eau, tantôt le garde. À ma sœur, il n'avait adressé qu'un geste de salut timide et furtif, il donnait l'impression de ne pas prêter attention à notre échange. Soudain, il se racla bruyamment la gorge et regarda Mariam droit dans les yeux :

« Si tu réagis ainsi, si tu cèdes au découragement, tu sortiras d'ici folle à lier, et ta délivrance n'aura plus aucun sens. Ton frère était venu t'annoncer une bonne nouvelle, fruit de ses démarches au palais. »

Elle se calma instantanément à ces paroles et écouta mes explications sans plus me harceler de boutades ni de rictus moqueurs.

« Quand doit-on m'examiner ?

– Dans très peu de temps. Sois constamment prête.

– Je suis toujours saine. Elles ne trouveront pas la moindre tache.

– Je n'en doute pas. Tout se passera bien ! »

*

En quittant ce lieu maudit, je lançai à Haroun un regard suppliant :

« Crois-tu qu'elle en sortira ? »

Au lieu de répondre, il continua à marcher, fixant le sol d'un air pensif, pendant plusieurs minutes. Subitement, il s'immobilisa, plaqua ses paumes sur son visage puis les écarta, tout en gardant ses yeux fermés.

« Hassan, ma décision est prise. Je veux que Mariam soit ma femme, la mère de mes enfants. »

L'ANNÉE DU MARISTAN

913 de l'hégire
(13 mai 1507 - 1ᵉʳ mai 1508)

À l'hospice de Fès, il y a six infirmiers, un lampiste, douze gardiens, deux cuisiniers, cinq boueux, un portier, un jardinier, un directeur, un assistant et trois secrétaires, tous convenablement rétribués, ainsi qu'un grand nombre de malades. Mais, Dieu m'est témoin, pas un seul médecin. Lorsque arrive une personne souffrante, on l'installe dans une chambre, avec quelqu'un pour la servir, sans lui prodiguer toutefois le moindre soin, jusqu'à ce qu'elle guérisse ou qu'elle meure.

Tous les malades qui y viennent sont étrangers, car les Fassi préfèrent se soigner chez eux. Les seuls gens de la ville qui soient à l'hospice sont les fous, auxquels plusieurs chambres sont réservées. De peur qu'ils ne commettent quelque méfait, on leur maintient les pieds enchaînés en permanence. Leur pavillon se trouve le long d'un couloir dont les parois sont bardées d'épaisses solives, et seuls des gardiens expérimentés osent s'en approcher. Celui qui leur donne à manger est armé d'un gros bâton, et s'il voit que l'un d'eux est agité, il lui administre une bonne volée qui le calme ou l'assomme.

Quand j'avais commencé mon travail au maristan, on m'avait fortement mis en garde contre ces malheureux. Jamais je ne devais leur adresser la parole, ni même leur donner l'impression de les remarquer. Pourtant, certains d'entre eux m'inspiraient pitié, surtout un homme âgé, maigre et à moitié chauve, qui passait sa journée à prier et à psalmodier, et qui embrassait tendrement ses enfants quand ils venaient le voir.

Un soir, j'étais resté tard à mon bureau pour recopier les pages d'un registre sur lequel j'avais renversé par inadvertance une tasse de sirop. En partant, je louchai vers cet homme. Il pleurait, accoudé à l'étroite fenêtre de sa chambre. Quand il me vit, il se voila les yeux. Je fis un pas dans sa direction. Il se mit alors à me raconter, sur le ton le plus calme, qu'il était un commerçant craignant Dieu, qu'il avait été interné sur la dénonciation d'un concurrent jaloux, et que sa famille ne parvenait pas à le libérer tant son adversaire était puissant et bien introduit au palais.

Son histoire ne pouvait que me toucher. J'avançai encore vers lui, prononçant des paroles de réconfort, promettant de m'enquérir dès le lendemain auprès du directeur. Quand je fus tout proche, l'homme bondit subitement sur moi, m'empoigna les vêtements d'une main, tandis que, de l'autre, il me barbouillait le visage d'ordure, en poussant des rires de dément. Les gardiens qui accoururent pour me secourir me reprochèrent vivement mon imprudence.

Fort heureusement, le hammam proche du maristan était ouvert à cette heure-là pour les hommes. J'y passai une heure à me frotter le corps et le visage, puis je partis chez Haroun. J'étais encore tout troublé.

« À cause d'un fou, j'ai enfin compris ! »

Mes paroles étaient saccadées et confuses.

« J'ai compris pourquoi toutes nos démarches tournent court, pourquoi le chancelier a, en me recevant, un ton si doucereux, un sourire si affecté, pourquoi il me fait sans arrêt des promesses qu'il ne tient pas. »

Mon ami demeura impassible. Je repris mon souffle.

« Dans cette ville, il y a des milliers de gens qui intercèdent sans arrêt en faveur d'un parent qu'ils prétendent innocent, et qui est parfois le plus sauvage des meurtriers, qu'ils prétendent sain d'esprit, et qui ressemble souvent au fou qui m'a grugé, un parent qu'ils prétendent guéri de la lèpre, et qui est peut-être rongé jusqu'au cœur. Comment faire la différence ? »

Je m'attendais à ce que le Furet me contredise, comme à son habitude. Il n'en fit rien. Il était silencieux, pensif, le front plissé, et sa réponse se doubla d'une question :

« Ce que tu dis est vrai. Que devons-nous faire à présent ? »

Curieuse, sa réaction. Du temps où Mariam n'était pour lui que la sœur d'un ami, il n'hésitait pas à prendre les devants, passant outre mes hésitations, en appelant par exemple à Astaghfirullah et provoquant ainsi un judicieux scandale. Maintenant, il semblait moins sûr de lui, alors qu'il était de nous deux le plus directement concerné par le sort de la prisonnière. En effet, après m'avoir appris qu'il avait l'intention d'épouser ma sœur, Haroun n'avait pas perdu de temps. Il avait guetté mon père dès son retour de la campagne pour aller lui rendre visite, portant ses habits du vendredi, et lui demander solennellement la main de Mariam. En d'autres circonstances, Mohamed le peseur aurait estimé qu'un portefaix sans autre fortune que la bonne réputation de sa corporation était un piètre parti. Mais Mariam était déjà dans sa dix-neuvième année, un âge auquel, de toutes les habitantes de Fès, seules quelques esclaves et quelques prostituées n'ont pas encore célébré leurs noces. Haroun était un sauveteur inespéré, et n'était l'amour-propre mon père aurait baisé les mains de cet héroïque fiancé. Quelques jours plus tard, le contrat de mariage était écrit par deux notaires ; il prévoyait que le père de la mariée verserait cent dinars à son futur gendre. Dès le lendemain, Warda alla raconter la nouvelle à Mariam, qui, pour la première fois depuis son internement, se remit à espérer et à sourire.

Mais c'est Haroun qui perdit, du jour au lendemain, toute jovialité, tout enjouement, toute espièglerie. Son front était constamment soucieux. Ce soir-là, je compris enfin ce qui trottait dans la tête de mon ami. Il insistait pour avoir mon avis.

« Nous ne pouvons quand même pas laisser Mariam indéfiniment chez les lépreux ! Puisque nos démarches n'ont servi à rien, que suggères-tu de faire à présent ? »

Je n'en savais rien, et ma réponse n'en fut que plus rageuse :

« Chaque fois que je pense à elle, victime depuis quatre ans de la plus scélérate des injustices, j'ai envie de saisir le Zerouali à la gorge et de l'étrangler, de même que son complice le cheikh des lépreux. »

Je joignis le geste à la parole. Haroun ne se montra nullement impressionné :

« Ta pierre est trop grosse ! »

Je ne saisissais pas. Il répéta, avec une pointe d'impatience dans la voix :

« Je te dis que ta pierre est trop grosse, beaucoup trop grosse. Quand je suis dans la rue avec d'autres portefaix, je vois souvent des gens qui crient, qui s'insultent, et créent un attroupement. Parfois l'un d'eux ramasse une pierre. Si elle a la taille d'une prune ou d'une poire, il faut retenir la main de cet homme, car il risque de blesser son adversaire jusqu'au sang. Si, en revanche, il ramasse une pierre de la grosseur d'une pastèque, alors on peut s'éloigner tranquillement, car cet homme n'a aucune intention de la lancer ; il a seulement besoin de sentir un poids dans ses mains nues. Menacer d'étrangler le Zerouali et le cheikh des lépreux, c'est une pierre aussi grosse qu'un minaret, et si j'étais dans la rue, je serais parti en haussant les épaules. »

Sans avoir l'air de remarquer que j'avais rougi de confusion, Haroun poursuivit, espaçant ses mots comme s'il passait chacun au travers d'un filtre :

« Il faut trouver un moyen de faire évader Mariam, sans

qu'elle puisse être reprise et sans que sa famille soit inquiétée. Bien entendu, elle ne pourra plus habiter Fès, pour quelques années au moins, et, comme j'ai l'intention de l'épouser, il faudra que je m'enfuie avec elle. »

Je le connaissais depuis suffisamment d'années pour savoir que dans sa tête un plan mijotait et qu'il ne me le dévoilerait pas avant terme. En revanche, je ne parvenais pas à comprendre ce qui le poussait à agir ainsi. Au nom de mon amitié, je me devais de lui en parler.

« Comment peux-tu abandonner ainsi de plein gré ta ville, ta famille, ta corporation, pour aller vivre comme un banni, comme un malfaiteur, fuyant d'une montagne à l'autre de peur d'être ramené dans des fers, tout cela pour une fille à laquelle tu n'as adressé la parole qu'une seule fois dans ta vie ? »

Le Furet posa la paume de sa main droite sur le sommet de ma tête, comme il le faisait quand nous étions plus jeunes avant de me révéler un secret.

« C'est une chose que je ne pouvais te dire auparavant, et même aujourd'hui je voudrais que tu me jures de ne pas t'en offusquer. »

Je jurai, craignant le pire, quelque déshonneur pour ma famille. Nous étions assis à terre dans le patio de sa maison. Le Furet cala son dos contre la petite fontaine en pierre dont l'eau ne coulait pas ce jour-là.

« Te rappelles-tu quand je suis entré en fraude dans le hammam des femmes ? »

Sept ou huit ans étaient passés, je crois, mais je me rappelais encore le moindre clin d'œil, le moindre battement de cœur. J'acquiesçai d'un sourire.

« Tu te rappelles donc qu'en ce temps-là, malgré ton insistance, j'avais obstinément refusé de te dire ce que j'avais vu. J'étais entré, drapé dans un voile, et au-dessous j'avais noué autour de mes cheveux une écharpe, j'avais aux pieds des sandales de bois et je m'étais enveloppé d'une serviette. J'avais onze ans à l'époque, et aucun poil sur le corps ne trahissait mon sexe. Je me promenais donc à l'intérieur, lorsque je tombai sur Warda et Mariam. Les yeux de celle-ci croisèrent les miens, et je compris tout de suite qu'elle m'avait reconnu. Elle nous avait souvent vus ensemble, et elle ne pouvait s'y tromper. J'étais paralysé, m'attendant à entendre un hurlement, à être malmené, roué de coups. Mais ta sœur

181

ne cria pas. Elle reprit sa serviette, s'enveloppa prestement le corps, tandis que sur ses lèvres se dessinait un sourire complice, puis elle entraîna sa mère, sous quelque prétexte, dans une autre salle. Je me dépêchai de sortir, ne parvenant toujours pas à croire que j'étais sauf. Ce jour-là, j'ai regretté que Mariam ne soit pas ma sœur ; c'est seulement trois ans plus tard que je me suis réjoui de n'être que l'ami de son frère, et de pouvoir rêver d'elle comme un homme rêve d'une femme. Puis les malheurs ont commencé à s'abattre sur la fille aux yeux silencieux. »

Jusque-là rayonnant de bonheur, le visage du Furet s'assombrit à la dernière phrase. Avant de s'épanouir à nouveau.

« Même si le monde entier l'avait trahie, le souvenir du hammam m'aurait empêché de l'abandonner. Aujourd'hui, elle est ma femme, je la sauverai comme elle m'a sauvé, et nous ferons verdir la terre qui nous accueillera. »

*

Haroun repassa me voir une semaine plus tard pour me dire adieu. Il avait pour tout bagage deux bourses de laine, l'une grosse de l'or de la dot, l'autre contenant ses modestes économies.

« La plus petite est pour le garde du quartier, afin qu'il ferme les yeux quand Mariam s'évadera ; la plus grande est pour nous, de quoi vivre plus d'un an, avec la protection du Très-Haut. »

Ils devaient partir pour le Rif, espérant s'installer pour quelque temps dans la montagne des Beni Walid, les hommes les plus vaillants et les plus généreux de tout le royaume. Très riches également, car, bien que leur terre soit fertile, ils refusent de payer un dirham d'impôt. Celui qui est injustement banni de Fès sait qu'il peut toujours trouver chez eux asile et hospitalité, qu'il sera même défrayé d'une partie de ses dépenses et que, si ses adversaires cherchent à le poursuivre, les habitants de la montagne s'en prendront à eux.

Je serrai Haroun vigoureusement contre moi, mais il se dégagea bien vite, il était impatient de découvrir ce que le Destin lui réservait.

L'ANNÉE DE LA MARIÉE

914 de l'hégire
(2 mai 1508 - 20 avril 1509)

Cette année-là fut célébré le premier de mes mariages, souhaité par mon oncle mourant ainsi que par ma mère, soucieuse de me détacher de Hiba, qui avait toujours le meilleur de mes caresses bien qu'elle ne m'ait donné ni garçon ni fille en trois ans d'amours. Et, comme le veut la coutume, je dus poser solennellement le pied sur celui de Fatima, ma cousine, mon épouse, à l'instant où elle entrait dans la chambre nuptiale, tandis qu'à la porte une femme du voisinage attendait le linge imbibé de sang qu'elle irait brandir, hilare et triomphante, sous le nez des invités, signe que la mariée était vierge, que le mari est puissant, que les festivités pouvaient commencer.

Le rituel me sembla interminable. Dès le matin, habilleuses, coiffeuses et épileuses, parmi lesquelles l'irremplaçable Sarah, s'étaient affairées autour de Fatima, lui peignant les joues en rouge, les mains et les pieds en noir, avec, entre les sourcils, un joli dessin en forme de triangle et sous la lèvre inférieure un autre, allongé comme une feuille d'olivier. Ainsi fardée, on l'avait installée sur une estrade, pour que chacun puisse l'admirer, pendant qu'on offrait à manger aux matrones qui l'avaient parée. Dès la fin de l'après-midi, amis et parents s'étaient rassemblés devant la maison de Khâli. La mariée avait fini par sortir, plus troublée que troublante, manquant à chaque pas de trébucher dans ses robes, puis elle était montée dans une sorte de coffre en bois à huit pans recouvert d'étoffes de soie et de brocart que quatre jeunes portefaix, amis de Haroun, avaient élevé sur leur tête. Le cortège s'était alors ébranlé, précédé de flûtes, de trompes et de tambourins, ainsi que d'un grand nombre de torches, brandies par les employés du maristan et par mes anciens camarades de collège. Ceux-ci marchaient à mes côtés devant le coffre de la mariée ; derrière elle se tenaient les époux de ses quatre sœurs.

Nous avions d'abord défilé bruyamment dans les souks – les échoppes fermaient déjà, les rues se vidaient – avant de nous arrêter devant la Grande Mosquée, où quelques amis nous avaient aspergés d'eau de rose. À ce point du parcours, le plus âgé de mes beaux-frères, qui remplaçait mon oncle pour la cérémonie, m'avait chuchoté que le moment était venu pour moi de partir. Je lui avais donné l'accolade, avant de courir vers la maison de mon père où une chambre était ornementée pour la nuit de l'amenée. C'est là que je devais attendre.

Le cortège m'avait rejoint une heure plus tard. Fatima avait été confiée à ma mère et c'est elle qui la conduisit par la main jusqu'au seuil de la chambre où, avant de nous quitter, Salma me rappela d'un clin d'œil ce que j'étais censé faire avant toute chose, si je voulais affirmer d'emblée mon autorité de mâle. Je marchai donc pesamment sur le pied de ma femme, protégé il est vrai par un socque, puis la porte se referma. Au-dehors, des cris, des rires, certains tout proches, de même que le tintement des marmites, le premier repas de noces devant se préparer pendant que le mariage se consommait.

Drapée de rouge et d'or, Fatima était devant moi, livide malgré les fards, immobile, pétrifiée, suffocante, s'efforçant de sourire, les yeux si pitoyables que, d'un geste spontané, je l'attirai vers moi, moins pour l'étreindre que pour tenter de la rassurer. Elle enfouit la tête dans ma poitrine et tomba en pleurs. Je la serrai pour la faire taire, craignant qu'on pût l'entendre. Elle s'écrasa contre moi, étouffant peu à peu ses sanglots, mais son corps tremblait et, lentement, s'affaissait. Elle ne fut bientôt plus qu'un fagot maladroitement retenu par mes bras.

Mes amis m'avaient prévenu qu'au soir des noces bien des filles s'évertuent à paraître plus ignorantes qu'elles ne sont, plus surprises, plus effarouchées, mais aucun n'avait parlé d'évanouissement. Par ailleurs, j'avais souvent entendu dire au maristan que des veuves ou des femmes longtemps délaissées souffraient de syncopes fréquentes attribuées par certains à l'hystérie ; mais jamais pour des filles de quinze ans, et jamais dans les bras de leur homme. Je secouai Fatima et tentai de la relever ; sa tête retomba en arrière, yeux clos, lèvres entrouvertes. À mon tour, je commençais à trembler, moins, je l'avoue, par inquiétude pour ma cousine que par peur du ridicule qui s'attacherait à moi, indélébile jusqu'à la fin de mon existence, si j'ouvrais subitement la porte en criant : « À l'aide ! la mariée s'est évanouie ! »

Je n'avais rien de mieux à faire que de traîner ma cousine jusqu'au lit, de la coucher sur le dos, de lui enlever ses socques, de desserrer le foulard noué sous son menton. Elle donnait l'impression d'être simplement endormie, sa respiration, auparavant saccadée, redevenait régulière. Je m'assis auprès d'elle, échafaudant des plans de fuite. Je pouvais me blesser un doigt avec une épingle, maculer le linge de sang, et oublier la nuit de noces jusqu'au lendemain. Mais saurais-je imprégner le tissu blanc de la manière dont il devrait l'être, sans que la voisine, témoin d'innombrables déflorations, ne découvre la supercherie ? Je promenai sur Fatima des regards désespérés, suppliants, lamentables. Sa chevelure rougeoyante s'était répandue sur le traversin. J'y passai ma main, la refermai sur une touffe, puis la relâchai avec un soupir, avant de lui tapoter la joue, de plus en plus vite, de plus en plus sec. Un sourire se dessina sur ses lèvres, mais elle n'émergea pas du sommeil. Je lui secouai l'épaule, frénétiquement, jusqu'à faire tanguer le lit. Elle ne sembla pas s'en rendre compte ; même son sourire ne s'effaçait pas.

Epuisé, je m'étendis, m'étirai, mes doigts frôlèrent le chandelier. Un court moment, je songeai à le souffler et à m'endormir à mon tour, advienne que pourra. Mais, l'instant d'après, un grattement à la porte, impatient, fortuit ou tout simplement imaginé, me rappelait à mes devoirs. Les bruits du dehors me semblaient soudain plus pressants, plus insistants. Je ne savais plus combien de temps j'avais déjà passé dans cette chambre de cauchemar. À nouveau, je posai la main sur Fatima, cherchant à tâtons les battements de son cœur, et fermai les yeux. Une légère odeur d'ambre gris ramena à mes oreilles la musique nègre de Tombouctou. Hiba était devant moi, dans le clair de lune, sa danse s'achevait, ses bras s'ouvraient, sa peau était lisse et glissante. Et parfumée à l'ambre gris de la mer. Mes lèvres frémissaient au *b* de son nom, mes bras répétaient les mêmes étreintes, mon corps retrouvait les mêmes égarements, les mêmes repères, les mêmes refuges.

Fatima devint femme en son absence. J'ouvris la porte, la

voisine happa le précieux linge et partit de ses ululements, les invités s'agitèrent, la musique s'éleva, le sol se mit à vibrer sous les pas des danseurs. On ne tarda pas à venir m'appeler pour que je me joigne au plus vite à la fête. On insista : j'avais tout le temps de voir ma femme, puisque, selon la tradition, je ne devais pas quitter la maison avant sept jours.

*

À mon réveil, la mariée était debout dans le patio, adossée à la fontaine, observant nonchalamment ma mère, accroupie à deux pas d'elle, tout occupée à faire briller un vaste plateau de cuivre avant le deuxième repas de noces, qui avait lieu ce soir-là, et pour lequel, selon la coutume, seules les femmes étaient invitées, seules les servantes chantaient et dansaient. Salma parlait à mi-voix, le front soucieux. Quand je m'approchai, elle se tut brusquement et se mit à frotter un peu plus énergiquement. Fatima se retourna alors et me vit. Elle eut un sourire de béatitude, comme si nous avions passé la plus merveilleuse des nuits d'amour. Elle était pieds nus, avec la même robe que la veille, légèrement froissée, avec les mêmes fards, un peu moins prononcés. J'arborai ostensiblement une moue désabusée avant de partir m'asseoir au salon, à côté de mon père, qui me serra fièrement contre lui et demanda à voix haute une corbeille de fruits. Ma mère nous l'amena, et en la posant me dit tout bas à l'oreille, sur un ton de reproche :

« Sois patient avec cette pauvre fille ! »

Dans la soirée, je fis une courte apparition à la fête des femmes, le temps d'apercevoir la silhouette de Hiba, dont j'étais sevré pour une semaine encore. Quand je sortis, Fatima me suivit jusqu'à la chambre, sans doute à l'instigation de ma mère. Elle me prit la main et la couvrit de baisers.

« Je t'ai déplu, la nuit dernière. »

Sans répondre, je m'étendis sur le côté gauche du lit et fermai les yeux. Elle se pencha sur moi et articula d'une voix balbutiante, hésitante, à peine audible :

« Ne veux-tu pas visiter ma petite sœur ? »

Je sursautai, incrédule. Hiba m'avait bien rapporté sur un ton moqueur cette expression utilisée par certaines femmes de ce pays pour désigner leur intimité. Mais comment pouvais-je m'y attendre de la bouche de Fatima qui, hier même, s'était évanouie à la seule vue de sa chambre de noces ? Je me tournai vers elle. Ses deux mains étaient aplaties contre son visage.

« Qui t'a appris à me dire cela ? »

Elle avait honte, elle avait peur, elle pleurait. Je la rassurai d'un rire prolongé et la serrai contre moi. Elle était pardonnée.

La semaine se termina par un dernier banquet, pour lequel je reçus en cadeau de mes beaux-frères quatre moutons entiers ainsi que des terrines emplies de confiseries. Le lendemain, je sortis enfin de la maison et me dirigeai tout droit vers le souk afin d'accomplir le dernier geste de l'interminable cérémonie nuptiale : acheter quelques poissons et les confier à ma mère, pour qu'elle les jette sur les pieds de la mariée, en lui souhaitant santé et fertilité.

*

Avant la fin de cette année-là, Fatima était enceinte, et j'éprouvai tout de suite le besoin de trouver un travail mieux rétribué que celui du maristan. Fille de libraire, ma mère m'incita à me lancer dans le négoce, ce qui ne me déplaisait nullement étant donné mon goût pour les voyages. Elle agrémenta son conseil d'une prédiction qui, sur le moment, me fit sourire :

« Bien des hommes découvrent le vaste monde en cherchant seulement à faire fortune. Quant à toi, mon fils, c'est en cherchant à connaître le monde que tu trébucheras sur un trésor. »

L'ANNÉE DE FORTUNE

915 de l'hégire
(21 avril 1509 - 9 avril 1510)

Fatima me donna une fille aux derniers jours de l'été ; je l'appelai Sarwat, Fortune, car cette année-là vit le début de ma prospérité. Si celle-ci fut éphémère, je ne saurais me plaindre, puisqu'elle m'a été reprise comme elle m'avait été donnée, par la volonté souveraine du Très-Haut ; je n'avais apporté que mon ignorance, mon arrogance et ma passion de l'aventure.

Avant de m'engager dans la voie du négoce, je m'en fus rendre visite à messire Thomasso de Marino, le vieux Génois que j'avais connu sur la route de Tombouctou et qui était, de tous les commerçants étrangers installés à Fès, le plus respecté pour sa sagesse et sa droiture. Je voulais lui demander conseil, et peut-être travailler quelque temps à ses côtés, l'accompagner dans quelque voyage. Bien qu'il fût alité, il me reçut avec de grandes marques d'amitié, évoquant avec moi la mémoire de mon oncle, ainsi que des souvenirs plus souriants de notre caravane.

La raison de ma visite le plongea dans une longue réflexion ; ses yeux semblaient me jauger, passant de mon bonnet en feutre vert à ma barbe soigneusement coupée, puis à ma veste brodée aux manches larges et majestueuses ; ses sourcils blancs avaient l'air d'une balance qui pesait le pour et le contre ; puis, ayant apparemment dépassé ses hésitations, il me fit une offre inespérée :

« C'est le Ciel qui t'envoie, mon noble ami, car je viens de recevoir d'Italie et d'Espagne deux importantes commandes de burnous noirs, l'une de mille pièces, l'autre de huit cents, qui doivent être livrées au début de l'automne. Comme tu le sais, les plus appréciés en Europe sont les burnous de Tefza, que je serais allé moi-même chercher si ma santé était meilleure. »

Il m'expliqua le marché : je recevrais deux mille dinars, mille huit cents pour acheter la marchandise, à raison d'un dinar par burnous, au prix de gros, le solde pour mes frais et ma peine. Si je parvenais à obtenir des fabricants un meilleur prix, ma part serait plus grande ; si je devais acheter plus cher, je serais obligé de payer avec mon propre argent.

Sans trop savoir si je faisais une bonne ou une mauvaise affaire, j'acceptai avec enthousiasme. Il me donna donc la somme en pièces d'or, me prêta pour le voyage un cheval, deux serviteurs et neuf mules et me recommanda rapidité et circonspection.

Pour ne pas partir les montures vides, j'avais rassemblé tout l'argent dont je pouvais disposer, mes économies, celles de ma mère, une partie du legs laissé par Khâli à Fatima, au total quatre cents dinars avec lesquels j'achetai quatre cents sabres des plus ordinaires, de ceux, précisément, que les Fassi avaient l'habitude de vendre aux gens de Tefza. Quand, revenant du souk, je racontai fièrement à mon père ma volumineuse acquisition, il faillit déchirer sa robe de consternation et de désolation :

« Il te faudra au moins un an pour écouler tant de sabres dans une petite ville ! Et, comme les gens vont savoir que tu es pressé de rentrer, ils te les achèteront au plus vil prix ! »

Ses paroles étaient sensées, mais il était trop tard pour reculer, puisque j'avais fait le tour de tous les artisans pour rassembler ma cargaison que j'avais entièrement payée comptant. Il fallut me résigner à revenir perdant de ce premier voyage de commerce, me disant que nul ne peut apprendre un métier sans meurtrir ses mains ou sa bourse.

La veille du départ, ma mère vint me rapporter, affolée, des rumeurs qu'elle avait entendues au hammam : des événements graves se déroulaient à Tefza, on parlait d'une expédition menée par l'armée de Fès pour y rétablir l'ordre. Mais, plutôt que de me décourager, ses propos avivèrent ma curiosité, tellement que le lendemain, avant le lever du soleil, j'étais parti sans même avoir cherché à m'informer. Dix jours plus tard, j'étais arrivé à destination sans encombre. Pour trouver un pays en proie à la plus grande agitation.

Je n'avais pas encore franchi la porte de la ville que la populace s'était agglutinée autour de moi, les uns m'interpellant avec hargne, d'autres me questionnant sans relâche. Je tentais de rester calme : non, je n'ai pas vu les troupes de Fès progresser en cette direction ; oui, j'ai entendu des rumeurs, mais je n'y ai pas prêté attention. Pendant que je m'efforçais en vain de me frayer un chemin, un homme de grande taille, habillé comme un prince, s'approcha ; la foule s'écarta en silence pour le laisser passer. Il me salua d'un geste élégant de la tête et se présenta comme le chef élu de la ville. Il m'expliqua que Tefza avait vécu jusque-là en république, gouvernée par un conseil de notables, sans la protection d'aucun sultan ni d'aucune tribu nomade, ne payant ni impôts ni rançons et assurant sa prospérité grâce à la vente de ses burnous de laine, prisés dans le monde entier. Mais, depuis qu'un conflit sanglant avait éclaté entre deux clans rivaux, combats et règlements de compte meurtriers s'étaient multipliés, tant et si bien qu'afin d'arrêter le carnage le conseil avait décidé de mettre au ban de la cité les membres du clan qui avait ouvert les hostilités. Pour se venger, les expulsés avaient fait appel au souverain de Fès, lui promettant de lui livrer la place. Les citadins redoutaient donc une attaque imminente. Je remerciai cet homme de ses explications, lui déclinai mon nom et la raison de ma visite, lui répétai le peu que j'avais entendu sur les événements de Tefza, ajoutai que je n'allais pas m'y attarder ; juste le temps de vendre mes sabres, d'acheter mes burnous et de repartir.

Le personnage me demanda d'excuser la nervosité de ses compatriotes et ordonna à la foule de me laisser passer, expliquant en berbère que je n'étais ni un espion ni un messager de Fès, mais un simple commerçant andalou agissant pour le compte des Génois. Je pus donc entrer dans la ville et me diriger vers l'hôtellerie. Pourtant, avant de l'atteindre, je vis au travers de ma route deux hommes richement habillés qui discutaient à voix haute en me regardant. Quand je parvins à leur hauteur, ils parlèrent en même temps : chacun me priait de lui faire l'honneur d'habiter sa maison, promettant de prendre également à sa charge les serviteurs et les bêtes. Ne voulant offenser ni l'un ni l'autre, je refusai les deux invitations, en remerciant ces gens de leur hospitalité, et m'installai à l'hôtellerie, fort peu confortable en comparaison de celles de Fès ; mais je ne m'en plaignais pas, car, depuis plusieurs nuits, je n'avais pas connu d'autre toit que la voûte étoilée.

À peine étais-je installé que les plus grosses fortunes de la ville commencèrent à défiler dans ma chambre. Un riche commerçant vint me proposer de troquer mes quatre cents sabres contre huit cents burnous. J'allais accepter, lorsqu'un autre marchand, bondissant vers mon oreille, me proposa, à mi-voix, mille burnous. N'ayant aucune expérience, il me fallut du temps pour comprendre la raison de tant de sollicitude : à l'approche de l'armée ennemie, les habitants ne songeaient plus qu'à se débarrasser de la totalité de leur production, afin de la faire échapper à l'inévitable pillage qui suivrait la prise de la ville. De plus, les armes que je transportais ne pouvaient arriver à un meilleur moment, toute la population se mobilisant pour tenir tête à l'attaquant. À moi donc de dicter mes conditions : j'exigeai d'obtenir, en échange de mes sabres, mille huit cents burnous, pas un de moins ; après quelques palabres, l'un des commerçants, un juif, finit par accepter. Ainsi, le jour même de mon arrivée, avais-je déjà en ma possession toute la marchandise demandée par messire de Marino, sans avoir touché à l'argent qu'il m'avait confié.

N'ayant plus rien à vendre, je m'apprêtai à partir dès le lendemain. Mais, comme une amante au milieu de la nuit, la fortune avait décidé de ne pas me lâcher. Voilà que de nouveau les gros commerçants de Tefza venaient me trouver, les uns me proposant de l'indigo ou du musc, les autres des esclaves, du cuir ou du cordouan, chaque produit bradé au dixième de son prix. Ce qui m'obligea à me procurer quarante mules pour transporter le tout. Les chiffres sautillaient dans ma tête ; dès ma première affaire, j'étais riche.

J'en étais à ma troisième journée de négoce lorsque des crieurs annoncèrent l'arrivée de l'armée de Fès. Elle comptait deux mille cavaliers légers, cinq cents arbalétriers, deux cents espingardiers à cheval. En les voyant arriver, les habitants apeurés décidèrent de négocier. Et, comme j'étais le seul Fassi présent dans la ville, on me supplia de jouer les intermédiaires, ce qui, je l'avoue, me parut fort amusant. Dès la première entrevue, l'officier qui commandait l'armée royale se prit d'amitié pour moi. C'était un homme instruit, raffiné, chargé pourtant d'exécuter la plus horrible des missions : livrer la ville et ses notables à la vengeance du clan adverse. Je tentai de l'en dissuader.

« Ces bannis sont des traîtres. Aujourd'hui, ils ont livré la ville au sultan, demain ils la livreront à ses ennemis. Mieux vaut traiter avec des hommes vaillants, qui connaissent le prix du dévouement, du sacrifice et de la fidélité. »

Je pouvais lire dans ses yeux qu'il se rendait à mes raisons, mais ses ordres étaient clairs : s'emparer de la ville, châtier ceux qui portaient les armes contre le souverain et donner le gouvernement au chef du clan banni, avec une garnison pour l'assister. Il y avait cependant un argument qu'il ne pouvait écarter :

« Combien le sultan espère-t-il obtenir en échange de sa protection ?

– Le clan banni a promis vingt mille dinars par an. »

Un petit calcul se fit dans ma tête.

« Le conseil de la ville groupe trente notables, auxquels il faut ajouter douze riches commerçants juifs. Si chacun d'eux payait deux mille dinars, cela ferait quatre-vingt-quatre mille… »

L'officier m'interrompit :

« Le revenu annuel de tout le royaume n'atteint pas trois cent mille dinars. Comment veux-tu qu'une petite ville comme celle-ci puisse rassembler une telle somme ?

– Il y a dans ce pays des richesses insoupçonnées, mais les gens les cachent et ne cherchent pas à les faire fructifier, ils ont peur d'être dépouillés par les gouvernants. Pourquoi crois-tu que les juifs de ce pays sont accusés d'avarice ? Parce que la moindre dépense, la moindre ostentation mettrait leur fortune et leur vie en danger. C'est pour la même raison que nombre de nos villes se meurent et que notre royaume s'appauvrit. »

En tant que représentant du souverain, mon interlocuteur ne pouvait me laisser parler ainsi en sa présence. Il me demanda d'en venir au fait :

« Si tu promets aux notables de Tefza la vie sauve et le respect des coutumes de leur cité, je les persuaderai de payer la somme. »

Ayant obtenu la parole de l'officier, je partis voir les notables et leur fis part de l'accord. Les voyant réticents, je leur dis qu'une lettre venait d'arriver de Fès, portant le sceau du sultan et exigeant l'exécution immédiate de toutes les personnalités de la ville. Ils se mirent à pleurer et à se lamenter, mais, comme je le raconte dans ma *Description de l'Afrique*, dans les deux jours, les quatre-vingt-quatre mille dinars furent déposés aux pieds de l'officier. Je n'avais jamais vu pareille quantité d'or, et je devais apprendre plus tard de la bouche du sultan que ni lui ni son père n'avaient encore possédé dans leurs caisses une telle somme.

*

Au moment de quitter Tefza, je reçus de précieux cadeaux des notables, heureux d'avoir sauvé leur vie et leur ville, ainsi qu'une somme d'argent de l'officier, qui me promit de raconter au souverain quel rôle j'avais joué dans cette curieuse affaire ; il me donna également un détachement de douze soldats qui accompagnèrent ma caravane jusqu'à Fès.

Avant même d'aller chez moi, je passai voir messire de Marino. Je lui livrai sa commande et lui rendis ses serviteurs, son cheval et ses mules ; je lui fis également des cadeaux pour une valeur de deux cents dinars et lui racontai mon aventure sans omettre aucun détail, lui montrant toute la marchandise que j'avais pu acquérir pour mon compte ; il l'évalua à quinze mille dinars au moins.

« Il m'a fallu trente ans pour ramasser une telle somme », me dit-il sans aucune pointe de jalousie ni d'envie.

J'avais l'impression que le monde entier m'appartenait, que je n'avais plus besoin de rien ni de personne, que la fortune m'obéirait désormais au doigt et à l'œil. Je ne marchais plus, je volais. Au moment de prendre congé du Génois, il me serra longuement la main en se penchant légèrement en avant ; je restai droit, la tête haute, le nez relevé. Le vieil homme garda ma main fermement dans la sienne, bien plus longtemps que de coutume, puis, sans se redresser, il me regarda dans les yeux :

« La fortune t'a souri, mon jeune ami, et je suis aussi heureux pour toi que si tu étais mon fils. Mais prends garde, car la richesse et la puissance sont ennemies du bon jugement. Lorsque tu observes un champ de blé, ne vois-tu pas que certains épis sont droits et d'autres courbés ? C'est parce que les premiers sont vides ! Préserve donc cette humilité qui t'a mené vers moi et qui t'a ainsi ouvert, par la volonté du Très-Haut, les voies de la fortune. »

*

Cette année-là connut la plus puissante offensive jamais lancée par les Castillans contre le Maghreb. Deux des principales villes de la côte furent prises, Oran au mois de *moharram*, Bougie en *ramadane*. Tripoli de Berbérie allait tomber dès l'année suivante.

Aucune de ces trois cités n'a été reprise depuis par les musulmans.

L'ANNÉE DES DEUX PALAIS

916 de l'hégire
(10 avril 1510 - 30 mars 1511)

Sur tes joues, j'ai fait fleurir une rose,
Sur tes lèvres, j'ai fait éclore un sourire,
Ne me repousse pas, car notre Loi est claire :
Tout homme a le droit de cueillir
Ce qu'il a lui-même planté.

J'avais désormais un poète de cour, amoureux de mon vin et de mes servantes, avide de mon or, prompt à chanter les louanges de mes visiteurs, et surtout les miennes, à chaque fête, à chaque retour de caravane, parfois même simplement aux heures des repas, quand se rassemblaient autour de moi amis, parents, employés attentifs, marchands affairés, ulémas de passage, maçons préposés à la construction de mon palais.

Depuis mon voyage à Tefza, mes richesses s'étaient multipliées, mes agents parcouraient l'Afrique, de Bedis à Segelmesse, de Tlemcen à Marrakech, chargés de dattes, d'indigo, de henné, d'huiles ou d'étoffes ; je ne me déplaçais que pour les grandes caravanes. Le reste du temps, je régentais mes affaires à partir de mon *diwan*, et supervisais, une canne à la main, le chantier de ma nouvelle demeure, sur une colline, non loin de la maison de mon oncle où je m'étais installé en maître à la naissance de ma fille mais qui me semblait chaque jour plus étroite, plus modeste, plus indigne de ma fortune. J'attendais avec impatience le jour où je pourrais habiter dans mon palais, mon superbe, mon incomparable palais dont je rêvais et parlais sans arrêt, et pour lequel j'avais engagé les meilleurs artisans, chargés d'exécuter à la perfection chacun de mes coûteux désirs : plafonds en bois sculpté, arcs revêtus de mosaïque, fontaines en marbre noir, sans égard pour la dépense. Lorsqu'un chiffre, parfois, me faisait hésiter, mon poète était là pour déclamer : « La sagesse, à vingt ans, c'est de n'être pas sage. » Il est vrai que c'est dans mon or qu'il ciselait ses mots.

Le jour où commencèrent les travaux fut l'un des plus somptueux de ma vie. Au crépuscule, entouré d'une nuée de courtisans, je partis déposer dans les fondations, aux quatre coins de la future construction, de précieux talismans et des cheveux d'enfant, coupés soigneusement sur la tête de ma fille ; j'étais subitement devenu sensible à la magie et aux superstitions, et j'en étais le premier étonné. Sans doute est-ce le lot des hommes riches et puissants : conscients que leur fortune tient moins à leurs mérites qu'à la chance, ils se mettent à courtiser celle-ci comme une maîtresse et à la vénérer comme une idole.

Toute la nuit, la maison de Khâli résonna au son d'un orchestre andalou et frémit au pas feutré des danseuses, toutes des esclaves, dont deux achetées pour l'occasion. À Hiba j'interdisais de danser, car depuis Tombouctou je ne pouvais me résoudre à la laisser déployer devant d'autres un charme si enivrant. Je la fis asseoir près de moi, sur le plus moelleux des coussins, et l'entourai de mon bras ; Fatima était rentrée tôt dans sa chambre, comme il est convenable.

J'étais heureux de contempler Hiba joviale et insouciante pour la première fois depuis des mois ; elle s'était sentie humiliée à la naissance de ma fille, et une nuit, en entrant dans sa chambre, je l'avais surprise essuyant une larme du bout de son écharpe ; quand j'avais passé mes doigts dans sa chevelure, en lui caressant furtivement l'oreille, elle m'avait écarté d'une main douce mais ferme, en murmurant d'une voix brisée que je ne lui connaissais pas :

« Dans mon pays, quand une femme est stérile, elle n'attend pas que son homme la répudie ou la délaisse. Elle s'éloigne, se cache et se fait oublier. »

Je m'efforçai de prendre un ton enjoué, celui qu'elle-même employait d'habitude :

« Comment sais-tu que tu ne me donneras pas un beau garçon au prochain *ramadane* ? »

Elle ne sourit pas.

« Dès avant ma puberté, le devin de ma tribu avait dit que je ne serais jamais enceinte. Je ne l'avais pas cru, mais je suis avec toi depuis cinq ans et tu as eu une enfant d'une autre. »

À court d'argument, je l'avais attirée vers moi ; elle s'était dégagée avec une grimace de douleur.

« Accepterais-tu de m'affranchir ?

– Pour moi, tu es une amante, pas une esclave. Mais je ne voudrais pas que tu cesses de m'appartenir. »

Je refermai mes mains sur ses poignets, puissamment, comme des serres, pour attirer ses paumes, l'une après l'autre, jusqu'à mes lèvres.

« As-tu oublié notre nuit à Tombouctou, as-tu oublié toutes nos nuits, et nos promesses de ne jamais nous quitter ? »

Un vent frais s'engouffra par la fenêtre ouverte, éteignant d'un souffle le chandelier de bronze. Il faisait sombre, il faisait triste, je ne voyais plus les yeux de Hiba. Sa voix m'arriva lointaine, cahotante, comme si elle reproduisait quelque vieille complainte du désert :

« Souvent, les amants se tiennent par la main et rêvent ensemble de leur bonheur à venir. Mais, aussi longtemps qu'ils vivent, jamais leur bonheur ne sera plus grand qu'en cet instant où leurs mains se nouent et leurs rêves se mélangent. »

Cette nuit-là, elle avait fini par m'ouvrir les bras. Par lassitude, par devoir, par souvenir, je ne sais. Mais elle n'avait plus écarté de ses yeux un léger voile de tristesse.

Aussi étais-je heureux de la voir rire à nouveau et taper des mains aux sons de l'orchestre andalou. Au milieu du repas, mon poète se leva pour déclamer, de mémoire, des vers composés en mon honneur. Dès le premier hémistiche, mon palais était déjà l'Alhambra, et ses jardins l'Éden.

« Puisses-tu y pénétrer, au jour béni de l'achèvement, avec ton héritier assis sur tes épaules ! »

Un frisson de Hiba parcourut soudain mon bras qui l'envoûtait. Elle soupira à mon oreille :

« Dieu, que j'aimerais te le donner, cet héritier ! »

Comme s'il avait entendu, le poète la regarda avec autant de compassion que de désir, et, interrompant le cours de sa diction, il improvisa deux vers, prononcés d'une voix chantonnante :

L'amour est soif au bord d'un puits,
L'amour est fleur et non pas fruit.

D'un geste spontané, je pris ma bourse et la lui lançai. Elle devait contenir plus de cinquante dinars. Mais le sourire qui éclaira le visage de Hiba n'avait pas de prix. Je passai la nuit entière à le cueillir.

*

Six mois après ce banquet, je reçus la visite d'un officier de la garde royale : le sultan me convoquait pour ce jour-là, juste après la sieste. Je mis des habits de circonstance et partis pour le palais, fort intrigué, et non sans un pincement d'inquiétude.

Le souverain m'accueillit avec un débordement d'amabilités, et ses familiers l'imitèrent, zélés et grimaçants. Il évoqua ma première visite, à mon retour de Tombouctou, ainsi que ma médiation à Tefza, qui avait rapporté à son trésor cette année-là plus d'or que toute la ville de Fès. Après avoir fait l'éloge de mon oncle, de mes aïeux, de Grenade, il se mit à vanter à mes proches ma prospérité, mon éloquence, mon habileté et mes vastes connaissances, acquises dans les plus prestigieuses écoles de Fès.

« N'as-tu pas connu Ahmed-le-Boiteux à la *médersa* ?

– C'est exact, seigneur.

– On m'a dit que tu étais l'un de ses meilleurs amis, le seul qu'il écoutait avec respect et attention. »

Je compris sur-le-champ la raison de la convocation et des louanges inattendues. Ahmed commençait à prendre de l'importance, beaucoup de jeunes étudiants de Fès et de Marrakech avaient quitté leurs foyers pour aller prendre les armes à ses côtés dans la lutte contre la lente invasion portugaise qui menaçait toute la côte atlantique. Le Boiteux parcourait le pays avec ses partisans, critiquant en termes sévères le souverain de Fès, qui s'en inquiétait et cherchait à parlementer avec le dangereux rebelle. Par mon intermédiaire.

Je décidai de profiter de l'occasion pour régler certains vieux comptes qui me tenaient à cœur.

« Le chérif Ahmed venait souvent chez moi, du temps du collège. Il s'est montré un véritable frère lorsque ma sœur a été internée au quartier des lépreux, Dieu efface ce souvenir de ma mémoire et de la sienne ! »

Le souverain se racla la gorge, pour cacher son embarras.

« Qu'est devenue cette malheureuse ?

– Un brave garçon, un portefaix, a obtenu sa main, puis il

s'est enfui quelque part avec elle, sans oser donner la moindre nouvelle, comme s'ils étaient des malfaiteurs.

— Voudrais-tu pour eux un sauf-conduit ? Une grâce ? Mon secrétaire la préparera.

— Votre bonté est sans limite ! Dieu vous accorde longue vie ! »

Je me devais de prononcer les formules consacrées, mais j'étais déterminé à ne pas lâcher prise. Je me penchai vers l'oreille du monarque.

« Mon ami le chérif Ahmed a été très affecté par le sort injuste subi par ma sœur, victime de l'odieuse vengeance du Zerouali.

— On m'a rapporté le rôle joué par cet homme. »

Je n'étais pas peu surpris de savoir que le souverain avait été averti de ces événements dans le détail ; je ne lui demandai pas pourquoi il n'avait rien fait à l'époque, car je tenais à le mettre de mon côté. Je poursuivis donc, toujours à voix basse :

« Pour Ahmed, le Zerouali était devenu l'exemple de cette dépravation qui, selon ses dires, corrompt les mœurs des gens de Fès. J'ai même appris qu'il avait parlé de cet homme, à plusieurs reprises, dans ses harangues.

« Dieu le guide sur le chemin de la vérité ! » ajoutai-je prudemment, pour ne pas avoir l'air de partager les opinions du Boiteux.

Le sultan sembla réfléchir, hésiter. Puis, sans rien dire, il ajusta son turban et se redressa sur son siège.

« Je voudrais que tu ailles voir Ahmed. »

Je baissai la tête en signe d'écoute. Il poursuivit :

« Tu vas chercher à le calmer, à le ramener à de meilleurs sentiments envers moi, envers notre dynastie et la ville de Fès, Dieu la protège des infidèles et des ambitieux ! Je suis prêt à aider ce jeune chérif, par l'argent et par les armes, dans sa lutte contre les envahisseurs portugais, mais j'ai besoin d'être tranquille sur mon flanc si je dois me lancer à mon tour dans le combat pour la défense de mon royaume, qui est aujourd'hui bien affaibli. Tanger est aux mains des Portugais, ainsi qu'Arzilla et Sebta ; Larache, Rabat, Chella et Salé sont menacées, Anfa est détruite et ses habitants la fuient. Au nord, ce sont les Espagnols qui occupent, l'une après l'autre, les villes de la côte. »

Il m'attira vers lui et baissa la voix. Ses familiers s'éloignèrent, mais non sans tendre imperceptiblement leurs oreilles.

« Dans quelques mois, je vais lancer mon armée à nouveau contre Tanger et Arzilla, avec l'espoir que le Très-Haut m'accordera cette fois la victoire. Je voudrais que, dans cette affaire, le chérif se comporte en allié et, plutôt que de soulever les provinces contre les rois musulmans, qu'il attaque les Portugais en même temps que moi, car nous sommes tous les deux des combattants de la guerre sainte. Puis-je te confier cette mission ?

– Je ferai de mon mieux, car rien ne m'est plus cher que l'union des musulmans. Dès que tu me l'ordonneras, je partirai pour le Sous, afin de rencontrer Ahmed, et je ferai tout pour le rendre conciliant. »

Le souverain me tapota l'épaule en signe de satisfaction et demanda au capitaine des estafiers et au chancelier, garde du sceau royal, de s'approcher :

« Vous enverrez ce soir même un messager à la maison du Zerouali. Vous lui ordonnerez de s'absenter de notre cité pour deux ans au moins. Qu'il aille en pèlerinage, puis qu'il rentre quelque temps dans son village natal. »

Tous les courtisans écoutaient goulûment. En quelques heures, la rumeur allait faire, de bouche en bouche, le tour de la ville. Plus personne n'oserait saluer le banni, plus personne n'oserait lui rendre visite, et l'herbe ne tarderait pas à pousser sur le chemin de sa maison. Je savourais ma juste vengeance, sans savoir qu'elle allait attirer sur les miens un surcroît de malheur.

Lorsque je pris congé du souverain, il m'ordonna de revenir le lendemain, car il avait le désir de me consulter sur les finances du royaume. Désormais, j'étais auprès de lui chaque jour, assistant à ses audiences, recevant parfois moi-même certaines requêtes, ce qui ne manquait pas de susciter la jalousie des autres dignitaires. Mais je ne m'en souciais guère, car mon intention était de partir dès le printemps pour le Sous et, à mon retour, de m'occuper de mes caravanes, surtout de mon palais qui, dans ma tête, grandissait et embellissait, mais qui sur le terrain n'avançait guère, car les derniers mois de cette année-là avaient été pluvieux et froids, et le chantier de mes rêves n'était plus qu'une mare de boue.

L'ANNÉE DU CHÉRIF BOITEUX

917 de l'hégire
(31 mars 1511 – 18 mars 1512)

Cette année-là, comme prévu, le sultan de Fès et le chérif boiteux lancèrent, chacun de son côté, des attaques contre les Portugais, le premier voulant reprendre Tanger, le second cherchant à délivrer Agadir ; ils furent tous les deux repoussés, avec de lourdes pertes, ce dont on ne trouve pas trace dans les poèmes composés en leur honneur.

Je m'étais arrangé pour être présent lors de ces journées de combat, m'imposant de consigner, chaque soir, mes impressions par écrit. En les relisant, à Rome, quelques années plus tard, je fus étonné de voir que je n'avais pas consacré la moindre ligne au déroulement des batailles. Seul avait retenu mon attention le comportement des princes et de leurs proches devant la défaite, comportement qui ne manqua pas de me surprendre, bien que la fréquentation de la cour m'eût délesté de certaines naïvetés. Je ne citerai qu'un court extrait de mes notes, à titre d'illustration.

Faits consignés ce jour, l'avant-dernier du mois de rabih-awwal *917 correspondant au mercredi 26 juin de l'an du Christ 1511.*

Les cadavres des trois cents martyrs tombés devant Tanger sont ramenés vers le camp. Pour fuir ce spectacle qui effrite mon cœur, je me rends à la tente du souverain, que je trouve en conférence avec le garde du sceau royal. En me voyant, le monarque me fait signe d'approcher. « Écoute ; me dit-il, ce que notre chancelier pense de cette journée ! » Ce dernier explique, à mon intention : « Je disais à notre maître que ce qui vient de se produire n'est pas une si mauvaise chose, car nous avons montré aux musulmans notre ardeur à la guerre sainte, sans que les Portugais se sentent suffisamment meur-

tris pour chercher à se venger. » Je dodeline de la tête comme si je me rendais à ses vues, avant de demander : « Et les morts, est-il vrai qu'ils se comptent par centaines ? » Percevant un accent frondeur ou ironique, le chancelier ne dit plus rien, mais c'est le souverain lui-même qui prend le relais : « Il n'y a, parmi les morts, qu'un petit nombre de cavaliers. Les autres ne sont que des fantassins, des va-nu-pieds, des rustres, des bons-à-rien, comme il en existe par centaines de mille dans mon royaume, bien plus que je n'en pourrais jamais armer ! » Son ton oscille entre l'insouciance et la jovialité. Sous quelque prétexte, je prends congé et quitte la tente. Dehors, à la lueur d'une torche, des soldats sont rassemblés autour d'un cadavre qu'on vient d'amener. En me voyant sortir, un vieux combattant à la barbe rougeoyante s'approche de moi : « Dis au sultan de ne pas pleurer ceux qui sont morts, car leur rétribution est assurée au jour du Jugement. » Ses larmes coulent, sa voix s'étrangle brusquement : « Mon fils aîné vient de mourir, et moi-même je suis prêt à le suivre au Paradis dès que mon maître l'ordonnera ! » Il s'agrippe à mes manches, et ses mains crispées par le désespoir disent tout autre chose que ses lèvres. Un garde vient avertir le soldat de ne pas importuner le conseiller du sultan ; le vieil homme s'éclipse en gémissant. Je rentre dans ma tente.

Je devais partir quelques jours plus tard pour le Sous, afin de retrouver Ahmed. Je l'avais déjà rencontré au début de l'année pour lui transmettre le message de paix du sultan ; cette fois, le maître de Fès voulait faire savoir au Boiteux que les Portugais avaient eu plus de morts que nous, et que le souverain était sain et sauf, par la grâce du Très-Haut. Quand je le rejoignis, le Boiteux venait de mettre le siège devant Agadir, et ses hommes débordaient d'enthousiasme. Beaucoup étaient des étudiants, venus de tous les coins du Maghreb, qui appelaient de leurs vœux le martyre comme ils auraient langui pour une mystérieuse fiancée.

Au bout de trois jours, la bataille faisait toujours rage, et les esprits étaient échauffés par l'ivresse du sang, de la vengeance, du sacrifice. Soudain, à la stupéfaction de tous, Ahmed ordonna de lever le siège. Un jeune Oranais qui critiquait à voix haute l'ordre de retraite fut décapité sur l'heure. Comme je m'étonnais de voir le Boiteux si facilement découragé, si prompt à abandonner son entreprise, il haussa les épaules :

« Si tu veux te mêler de politique, négocier avec des princes, tu dois apprendre à mépriser l'apparence des choses. »

Son rire ricanant me rappela nos longues conversations à la *médersa*. Comme nous étions seuls, sous une tente de campagne, je l'interrogeai sans détour. Il prit le temps de m'expliquer :

« Les habitants de cette région voulaient se débarrasser des Portugais qui occupent Agadir et infestent toute la plaine alentour, rendant impossible le travail des champs. Puisque le maître de Fès est loin et que celui de Marrakech ne sort jamais de son palais, sauf pour sa chasse hebdomadaire, ils ont choisi de faire appel à moi ; ils ont réuni la somme nécessaire pour me permettre d'équiper cinq cents cavaliers, ainsi que plusieurs milliers de fantassins. Je me devais donc de faire une tentative contre Agadir, mais je ne souhaitais nullement m'en emparer, car j'aurais perdu la moitié de mes troupes dans la bataille, et, plus grave encore, j'aurais été contraint d'y fixer le reste de mon armée pendant des années pour la défendre contre les assauts successifs des Portugais. J'ai mieux à faire aujourd'hui. C'est tout le Maghreb qu'il me faut mobiliser, réunifier, par la ruse ou par la force de mon sabre, pour la lutte contre l'envahisseur. »

Je serrai les poings le plus fort possible, en me répétant que je ne devrais pas répondre ; mais je n'avais pas la vingtaine soumise.

« Ainsi, dis-je en espaçant mes mots comme si je cherchais seulement à comprendre, tu veux combattre les Portugais, mais ce n'est pas contre eux que tu vas lancer tes troupes : ces hommes qui ont entendu ton appel à la guerre sainte, tu en as besoin pour conquérir Fès, Meknès et Marrakech ! »

Sans s'arrêter à mes sarcasmes, Ahmed me prit par les épaules :

« Par Dieu, Hassan, tu ne sembles pas réaliser ce qui se passe ! Tout le Maghreb est secoué. Des dynasties vont disparaître, des provinces vont être saccagées, des villes vont être rasées. Observe-moi, contemple-moi, touche-moi les bras, la barbe, le turban, car demain tu ne pourras plus me fixer du regard ni me frôler le visage de tes doigts. Dans cette province, c'est moi qui tranche les têtes, et c'est mon nom qui fait trembler les paysans et les gens des villes. Bientôt, tout ce pays se courbera à mon passage, et un jour tu raconteras à tes fils que le chérif boiteux était ton ami, qu'il était venu dans ta maison et qu'il s'était inquiété du sort de ta sœur. Moi-même, je ne m'en souviendrai plus. »

Nous tremblions tous les deux, lui de rage impatiente, moi de peur. Je me sentais menacé, car, pour l'avoir connu avant sa gloire, j'étais un peu sa propriété, aussi chéri, méprisé, abhorré que l'avait été pour moi mon vieux manteau blanc rapiécé le jour où j'avais accédé à la fortune.

Aussi décidai-je que le temps était venu de m'éloigner de cet homme puisque je ne pourrais plus jamais lui parler d'égal à égal, puisque je devrais désormais me dévêtir de mon amour-propre dans son antichambre.

*

Vers la fin de cette année-là, un événement s'est produit dont je n'ai connu les détails que bien plus tard, mais qui allait gravement affecter l'existence des miens. Je le raconte comme j'ai pu le reconstituer, sans omettre aucun détail et en laissant au Très-Haut le soin de tracer la ligne de partage entre le crime et le juste châtiment.

Le Zerouali était donc parti en pèlerinage à La Mecque comme il en avait reçu l'ordre, puis il s'était dirigé vers sa terre natale, la montagne des Beni Zeroual, dans le Rif, pour y achever ses deux années de bannissement. Ce n'était pas sans appréhension qu'il revenait dans cette province où il avait commis tant d'exactions par le passé, mais il avait pris quelques contacts avec les principaux chefs de clans, distribué quelques bourses et s'était fait accompagner, pour le voyage, d'une quarantaine de gardes armés ainsi que d'un cousin du souverain de Fès, un prince alcoolique et passablement démuni qu'il invita à habiter quelque temps chez lui, espérant ainsi donner aux montagnards l'illusion qu'il était toujours bien en cour.

La caravane, pour arriver chez les Beni Zeroual, devait traverser le territoire des Beni Walid. Là, sur une route rocailleuse entre deux villages de pasteurs, une silhouette de vieille femme attendait, masse noire et terreuse dont seule émergeait une paume nonchalamment ouverte à la générosité des passants. Quand le Zerouali s'approcha, sur un cheval harnaché, suivi d'un esclave qui le couvrait d'une immense ombrelle, la mendiante fit un pas dans sa direction et commença à balbutier des mots pieux, implorants, à peine audibles. Un garde lui cria de s'éloigner, mais son maître le fit taire. Il avait besoin de se refaire une réputation dans ce pays qu'il avait pillé. Il tira de sa bourse quelques pièces d'or et les tendit ostensiblement, s'attendant à ce que la vieille ouvre les mains en écuelle pour les recevoir. En un clin d'œil, la mendiante agrippa le Zerouali par le poignet et le tira violemment. Il tomba de son cheval, seul son pied droit restant accroché à l'étrier, si bien qu'il avait le corps renversé, le turban balayant le sol et sur le cou la pointe d'un poignard.

« Dis à tes hommes de ne pas bouger ! » hurla la prétendue mendiante d'une voix mâle.

Le Zerouali s'exécuta.

« Ordonne-leur de s'éloigner jusqu'au prochain village ! »

Quelques minutes plus tard, il n'y avait plus sur ce chemin de montagne qu'un cheval impatient, deux hommes immobiles et un poignard recourbé. Lentement, très lentement, ils se mirent à bouger. Le coupeur de routes aida le Zerouali à se relever, puis il l'emmena, à pied, loin de la route, entre les rochers, comme un fauve traîne sa proie dans sa gueule, et disparut avec lui. C'est alors seulement que l'agresseur se présenta à sa victime tremblante.

Haroun-le-Furet habitait depuis plus de trois ans dans la montagne des Beni Walid, qui le protégeaient comme s'il était des leurs. Est-ce uniquement le désir de vengeance qui l'avait poussé à agir à la manière des bandits, ou bien la crainte de voir son ennemi, installé dans les parages, s'acharner à nouveau sur lui, sur Mariam et sur les deux garçons qu'elle lui avait déjà donnés ? La méthode, en tout cas, était celle d'un vengeur.

Haroun traîna sa victime jusqu'à la maison. Les voyant arriver, ma sœur était plus terrorisée que le Zerouali. Son mari ne lui avait rien dit de son projet, ni de la venue de son ancien fiancé dans le Rif. Elle n'avait d'ailleurs jamais vu le vieil homme et ne pouvait comprendre ce qui se passait.

« Laisse les enfants ici et suis-moi », ordonna Haroun.

Avec son prisonnier, il entra dans la chambre à coucher. Les ayant rejoints, Mariam rabattit la tenture de laine qui servait à fermer la pièce.

« Regarde cette femme, Zerouali ! »

En entendant ce nom, ma sœur laissa échapper une imprécation. Le vieil homme sentit la lame du poignard s'appuyer contre sa mâchoire. Il s'écarta imperceptiblement, sans ouvrir la bouche.

« Déshabille-toi, Mariam ! »

Elle regarda le Furet avec des yeux incrédules, horrifiés. Il hurla de nouveau :

« C'est moi, Haroun, ton mari, qui t'ordonne de te déshabiller ! Obéis ! »

La pauvre fille découvrit ses joues et ses lèvres, puis sa chevelure, avec des gestes maladroits, saccadés. Le Zerouali ferma les yeux et baissa ostensiblement la tête. S'il voyait le corps nu de cette femme, il savait quel sort l'attendait.

« Redresse-toi et ouvre les yeux ! »

L'ordre de Haroun s'accompagna d'un mouvement brusque du poignard. Le Zerouali se redressa, mais il garda les yeux hermétiquement clos.

« Regarde », insista Haroun, pendant que Mariam dénouait ses vêtements d'une main, essuyant de l'autre ses larmes.

Sa robe tomba.

« Regarde ce corps ! Vois-tu quelque trace de lèpre ? Va l'examiner de plus près ! »

Haroun se mit à secouer le Zerouali, le poussant en direction de Mariam, puis le ramenant en arrière, avant de le pousser à nouveau, violemment, en le lâchant. Le vieil homme alla s'écrouler aux pieds de ma sœur, qui poussa un cri.

« Ça suffit, Haroun, je t'en supplie ! »

Elle observait avec autant de compassion que de terreur cette loque malfaisante qui gisait à ses pieds. Le Zerouali avait les yeux entrouverts, mais il ne bougeait plus. Haroun s'approcha de lui, méfiant, lui tâta le pouls, lui toucha les paupières, puis il se releva, nullement troublé.

« Cet homme méritait de mourir comme un chien aux pieds de la plus innocente de ses victimes. »

Avant le soir, Haroun avait enterré le Zerouali sous un figuier, sans lui avoir ôté ni robe, ni socques, ni bijoux.

L'ANNÉE DE LA TEMPÊTE

918 de l'hégire
(19 mars 1512 – 8 mars 1513)

Cette année-là, Fatima ma femme est morte en couches. Trois jours durant, je l'ai pleurée comme je ne l'avais jamais aimée. L'enfant, un mâle, n'a pas survécu.

Peu avant les condoléances du quarantième, je fus convoqué d'urgence au palais. Le sultan revenait tout juste de sa nouvelle campagne d'été contre les Portugais, et, bien qu'il n'y eût enregistré que des revers, je ne m'expliquais pas les visages fermés qui m'accueillirent à peine franchi le grand portail.

Le monarque lui-même ne me manifesta aucune hostilité, mais son accueil était sans chaleur et sa voix était sentencieuse :

« Tu as sollicité il y a deux ans la grâce de ton beau-frère, Haroun le portefaix. Nous l'avons accordée. Mais au lieu de s'amender, au lieu de se montrer reconnaissant, cet homme n'est jamais rentré à Fès, préférant vivre en hors-la-loi dans le Rif, guettant l'occasion de se venger du vieux Zerouali.

– Rien ne prouve, Majesté, que Haroun soit l'agresseur. Ces montagnes sont infestées de coupeurs de… »

Ce fut le chancelier qui m'interrompit, son ton plus haut que celui du souverain :

« Le cadavre du Zerouali vient d'être retrouvé. Il était enterré près d'une maison où habitaient ta sœur et son mari. Les soldats ont reconnu la victime, ses bijoux n'avaient pas été enlevés. Est-ce là le crime d'un simple coupeur de routes ? »

Je dois avouer que dès les premières nouvelles de la disparition du Zerouali, parvenues à Fès quatre mois plus tôt, et alors même que je ne connaissais pas le moindre détail révélateur, l'éventualité d'une vengeance de Haroun m'avait traversé l'esprit. Je savais le Furet capable d'aller jusqu'au bout de ses haines, et je n'ignorais pas qu'il avait élu domicile dans cette partie du Rif. Aussi ne m'était-il pas aisé de proclamer son innocence. Je me devais toutefois de le défendre, car, venant de moi, la moindre hésitation l'aurait accablé.

« Sa Majesté a trop le sens de la justice pour accepter de condamner un homme sans qu'il ait pu plaider sa cause. Surtout s'il s'agit d'un membre respecté de la corporation des portefaix. »

Le sultan se montra agacé :

« Il ne s'agit plus de ton beau-frère, mais de toi, Hassan. C'est toi qui as réclamé le bannissement du Zerouali, c'est sur ton insistance qu'il lui a été ordonné de s'exiler dans son village, c'est en s'y rendant qu'il a été attaqué et assassiné. Ta responsabilité est lourde. »

Pendant qu'il parlait, mes yeux se voilèrent, comme s'ils se résignaient déjà à l'obscurité d'un cachot. Je voyais ma fortune confisquée, mes biens dispersés, ma famille humiliée, ma Hiba vendue sur quelque marché d'esclaves. Mes jambes en étaient ramollies et la sueur m'enveloppait, la froide sueur de l'impuissance. Je m'efforçai toutefois d'articuler, péniblement, lamentablement.

« De quoi suis-je accusé ? »

À nouveau, le chancelier intervint, rendu hargneux par ma frayeur trop manifeste :

« De complicité, Grenadin ! D'avoir laissé un criminel en liberté, d'avoir envoyé sa victime à la mort, d'avoir bafoué la grâce royale et abusé de la bienveillance de Notre Maître. »

Je tentai de me ressaisir :

« Comment aurais-je pu deviner à quel moment le Zerouali reviendrait de son pèlerinage et par quelle route ? Quant à Haroun, je l'ai perdu de vue depuis plus de quatre ans, sans même avoir pu lui communiquer la mesure de grâce dont il a bénéficié. »

En réalité, j'avais fait parvenir au Furet message sur message, mais, dans son entêtement, il avait négligé d'y répondre. Cependant, ma défense ne laissa pas le souverain insensible, il retrouva quelques accents amicaux :

« Sans doute n'es-tu coupable de rien, Hassan, mais les apparences t'accusent. Et la justice est dans les apparences, du moins en ce monde, du moins aux yeux de la multitude. En même temps, je ne puis oublier que par le passé, lorsque je t'ai confié des missions, tu m'as servi fidèlement. »

Il se tut. Dans son esprit, une délibération était en cours que je me gardai bien d'interrompre, puisque je le sentais glisser vers la clémence. Le chancelier se pencha vers lui, avec l'évidente intention de l'influencer, mais le monarque lui imposa silence, sèchement, avant de décréter :

« Tu ne subiras pas le sort du meurtrier, Hassan, mais celui de la victime. Comme le Zerouali, tu es condamné au bannissement. Pendant deux années entières, tu ne te présenteras plus à ce palais, tu ne vivras plus à Fès, ni dans n'importe laquelle des provinces qui m'appartiennent. À partir du vingtième jour du mois de *rajab,* toute personne qui te verra dans les limites du royaume te ramènera ici enchaîné. »

En dépit de la dureté des dernières paroles, je dus faire un effort pour ne pas laisser transparaître mon soulagement. J'avais échappé au cachot et à la ruine, et un long voyage de deux ans ne m'effrayait nullement. De plus, un mois m'était accordé pour mettre de l'ordre dans mes affaires.

*

Ma sortie de Fès fut remarquée. Je tenais à partir en exil la tête haute, vêtu de brocart, non de nuit mais en plein milieu de la journée, à traverser les ruelles grouillantes suivi d'une imposante caravane : deux cents chameaux, chargés de toutes sortes de marchandises, ainsi que de vingt mille dinars, un trésor protégé par une cinquantaine de gardes armés, habillés et défrayés par mes soins, de quoi décourager les bandits qui infestaient les routes. Par trois fois, je me suis arrêté, devant la *médersa* Bou-Inania, dans la cour de la mosquée des Andalous, puis dans la rue des Potiers, au voisinage de la muraille, pour asperger les badauds de quelques poignées de pièces d'or, récoltant en retour louanges et ovations.

En organisant une telle parade, je prenais des risques. Quelque propos malveillant chuchoté à l'oreille du chancelier, puis à celle du monarque, et je pouvais être appréhendé, accusé d'avoir tourné en dérision la sanction royale qui me frappait. Ce risque, il me fallait toutefois le courir, non seulement pour flatter mon amour-propre, mais aussi pour mon père, ma mère, ma fille, pour tous les miens, afin qu'ils ne vivent pas dans la honte tout au long de ma période de bannissement.

Bien entendu, je leur laissai également de quoi demeurer à l'abri du besoin pour de longues années, nourris, servis et constamment vêtus de neuf.

Quand je fus à deux milles de Fès, sur la route de Sefrou, certain que tout danger était désormais passé, je m'approchai de Hiba, juchée sur sa monture dans un palanquin couvert de soieries.

« De mémoire de Fassi, on n'a jamais assisté à une aussi fière retraite », lançai-je avec contentement.

Elle se montra inquiète.

« Il ne faut pas défier les arrêts du Destin. Il ne faut pas se jouer de l'adversité. »

Je haussai les épaules, nullement impressionné.

« N'ai-je pas juré de te ramener auprès de ta tribu ? Tu y seras dans un mois. À moins que tu ne veuilles m'accompagner à Tombouctou, puis en Égypte. »

Pour toute réponse, elle se contenta d'un « *Inchallah !* » énigmatique et angoissé.

Quatre jours plus tard, nous traversions le col des Corbeaux, par un temps sensiblement plus froid que je ne l'aurais supposé en ce mois d'octobre. Quand il fallut s'arrêter pour la nuit, les gardes installèrent le campement dans une petite dépression entre deux collines, espérant ainsi s'abriter des vents glacés de l'Atlas. Ils formèrent un cercle grossier de tentes, au milieu duquel s'élevait la mienne, véritable palais de toile aux pans ornés de versets coraniques artistement calligraphiés.

C'est là que je devais dormir avec Hiba. J'attendais ce moment sans déplaisir, mais, lorsqu'il commença à faire sombre, ma compagne refusa obstinément de coucher sous la tente, sans raison apparente, mais avec une telle frayeur dans le regard que je renonçai à argumenter. Elle avait repéré, à un demi-mille du campement, l'entrée d'une grotte. C'est là qu'elle dormirait, et nulle part ailleurs.

Passer la nuit dans une grotte de l'Atlas, côtoyer des hyènes, des lions, des léopards, peut-être même ces énormes dragons dont on dit qu'ils sont fort nombreux dans les parages, et si venimeux qu'à leur contact le corps d'un humain s'effrite comme s'il était d'argile ? Impossible d'inculquer à Hiba cette peur-là. Seule ma superbe tente la terrorisait en cette froide nuit d'automne.

Je dus céder. Surmontant mes propres appréhensions, je

me laissai entraîner vers la caverne, en dépit des objurgations des gardes et de leurs œillades irrévérencieuses. À voir Hiba ridiculement chargée d'une haute pile de couvertures de laine, d'une lanterne, d'une outre de lait de chamelle et d'un long régime de dattes, je me sentais quelque peu bousculé dans ma respectabilité.

Notre gîte s'avéra exigu, plutôt une cavité dans le roc qu'une véritable galerie, ce qui me tranquillisa, puisque je pouvais aisément en toucher le fond et m'assurer ainsi qu'aucun fauve n'y était à demeure. À l'exception de mon indomptable Hiba, qui se comportait de plus en plus étrangement, empilant des pierres pour rétrécir l'entrée, déblayant consciencieusement le sol, enveloppant de laine l'outre et les dattes pour les préserver du gel, tandis que moi-même, oisif et moqueur, je n'arrêtais pas de lui décocher sarcasmes et remontrances, sans réussir à la dérider, ni à l'énerver, encore moins à la détourner de son fébrile affairement de fourmi.

Je finis par me taire. Non par lassitude, mais à cause du vent. D'un instant à l'autre, il s'était mis à souffler si fort qu'il en devenait assourdissant. Avec lui tourbillonnait une neige épaisse qui menaçait de s'engouffrer par giclées entières dans notre réduit. Nullement perturbée, Hiba surveillait maintenant d'un œil expert son dispositif de défense et de survie.

Merveilleuse Hiba ! Je n'avais certes pas attendu cette circonstance-là pour commencer à l'aimer. Mais elle n'avait jamais été pour moi autre chose que le joyau de mon harem, joyau scintillant, capricieux, et qui, d'étreinte en étreinte, savait rester insaisissable. Dans la tempête de l'Atlas, pourtant, une femme différente allait se révéler. Mon seul foyer était dans ses yeux, dans ses lèvres, dans ses mains.

J'ai toujours eu de la pudeur à dire « je t'aime », mais mon cœur n'a jamais eu honte d'aimer. Et Hiba, je l'ai aimée, par le Dieu tout-puissant, dispensateur des tempêtes et des apaisements, et je l'ai appelée « mon trésor », sans savoir qu'elle était désormais tout ce que je possédais, et je l'ai appelée « ma vie », ce qui n'était que justice, puisque c'est par son entremise que Dieu m'a permis d'échapper à la mort.

Deux jours et deux nuits, le vent a rugi, et la neige s'est entassée, bouchant très tôt l'entrée de la grotte et nous y retenant prisonniers.

Le troisième jour, des bergers vinrent dégager l'ouverture, non dans l'intention de nous sauver, mais pour s'abriter dans la grotte le temps d'un repas. Ils ne semblèrent nullement réjouis de nous voir, et je ne tardai pas à en connaître la terrible raison. Surpris par la tempête, gardes et chameaux avaient péri engloutis dans la glace. En m'approchant, je me rendis compte que les biens avaient été la proie des pillards et les corps celle des charognards. Le campement de ma caravane n'était que désolation et délabrement. J'eus la présence d'esprit de ne me montrer affecté ni par la mort des hommes que j'avais engagés ni par la perte de ma fortune. J'avais en effet réalisé au premier coup d'œil que les bergers n'étaient pas étrangers au pillage. Peut-être même avaient-ils achevé les blessés. Un mot de moi ou de Hiba pouvait nous valoir le même sort. Taisant toute ma rancœur, je pris mon air le plus détaché et dis :

« Telle est la sentence du Très-Haut ! »

Et, dès que mes interlocuteurs eurent approuvé d'un dicton, j'enchaînai :

« Pourrions-nous jouir de votre hospitalité, en attendant de reprendre la route ? »

Je n'ignorais pas les mœurs étranges de ces nomades. Ils tueraient un croyant sans un moment d'hésitation pour s'emparer d'une bourse ou d'une monture, mais il suffit de faire appel à leur générosité pour qu'ils se transforment en hôtes prévenants et empressés. Un proverbe dit qu'ils ont toujours un poignard à la main, « soit pour t'égorger, soit pour égorger un mouton en ton honneur ».

*

« Deux dinars d'or et cinq dirhams d'argent ! Je les ai comptés et recomptés, pesés et secoués. Voilà tout ce qui reste de mon immense fortune, tout ce qui me reste pour traverser le Sahara jusqu'au pays du Nil, et pour recommencer ma vie ! »

À mes lamentations répétées, Hiba opposa un sourire indéchiffrable, coquin, moqueur et bienveillant à la fois, qui ne fit qu'attiser ma colère.

« Deux dinars d'or et cinq dirhams d'argent, hurlai-je à nouveau ! Et pas même une monture, ni un seul habit à l'exception de celui que le voyage a encrassé !

– Et moi, alors, ne suis-je pas à toi ? Je dois bien valoir cinquante pièces d'or, peut-être davantage. »

Ce qui ôtait à son propos tout soupçon de servilité, c'était le clin d'œil qui l'accompagnait, et puis surtout ce paysage que Hiba embrassait d'un geste souverain : un champ d'indigotiers, sur les bords du fleuve Dara, à l'entrée du village où elle était née.

Des gamins accouraient déjà, puis ce fut le tour du chef de la tribu, peau noire, traits fins et barbe blanche en collier, qui reconnut tout de suite ma compagne en dépit de dix années d'absence, et qui la serra contre lui. Il s'adressa à moi en arabe, se disant honoré de m'offrir l'hospitalité de son humble demeure.

Hiba me le présenta comme son oncle paternel ; de moi, elle dit que j'étais son maître, ce qui était sans doute l'exacte vérité mais ne signifiait plus rien en la circonstance. N'étais-je pas seul, démuni, et entouré des siens ? Je m'apprêtais à dire que pour moi elle n'était plus une esclave, quand, d'un froncement de sourcil, elle m'imposa silence. Résigné à ne plus dire un seul mot, j'assistai alors, avec autant de surprise que de délectation, à une fort étrange scène.

J'étais entré avec Hiba et son oncle dans la maison de ce dernier, et nous nous étions assis dans une pièce basse mais allongée, sur un tapis de laine, autour duquel étaient venus se répartir une vingtaine de personnages, les anciens de la tribu, leurs mines nullement réjouies par les retrouvailles qu'ils étaient censés célébrer.

Hiba prit la parole. Elle me décrivit comme un important personnage de Fès, versé dans la Loi comme dans les lettres, raconta en quelles circonstances elle m'avait été donnée par le seigneur d'Ouarzazat et fit un récit imagé et émouvant de la tempête de neige qui avait causé ma ruine. Avant de terminer par ces mots :

« Plutôt que de me vendre à quelque marchand de passage, cet homme a tenu à me ramener dans mon village. Je lui ai juré qu'il ne le regretterait pas. »

Avec une indicible effronterie, elle interpella l'un des notables :

« Toi, Abdallah, combien serais-tu prêt à payer pour me racheter ?

– Ta valeur est au-delà de mes moyens, répondit-il, confus. Je peux toutefois y contribuer de dix dinars. »

Elle promena son regard sur l'assistance, cherchant sa future proie :

« Et toi, Ahmed ? »

Le dénommé Ahmed tança Abdallah avec dédain avant de proclamer :

« Trente dinars, pour laver l'honneur de la tribu. »

Et ainsi elle fit le tour de la salle, utilisant judicieusement les jalousies et les querelles de familles ou de clans, de manière à obtenir, chaque fois, une contribution plus importante. Dans mon esprit, les chiffres s'additionnaient. Mes deux misérables dinars devinrent douze, quarante-deux, quatre-vingt-douze... Le dernier à être sollicité fut l'oncle de Hiba, qui, en tant que chef de la tribu, se devait de justifier son rang en s'élevant plus haut que le plus généreux de ses administrés.

« Deux cents dinars ! » lança-t-il fièrement à la cantonade.

Je n'en croyais pas mes oreilles, mais le soir, tandis que j'étais étendu dans la chambre où le chef m'avait invité à passer la nuit, Hiba vint me voir avec la somme entière, plus de mille huit cents dinars.

« Par le Dieu qui t'a faite si belle, Hiba, éclaire ma lanterne ! Quel est donc ce jeu ? Comment se fait-il que les hommes de ce village aient tant d'argent ? Et surtout, pourquoi me le donnent-ils ?

– Pour me racheter !

– Tu sais bien qu'ils pourraient obtenir ta liberté sans verser la plus petite pièce de billon.

– Pour se racheter aussi. »

Comme je continuais à manifester la plus totale incompréhension, elle consentit enfin à m'expliquer :

« Pendant des générations, ma tribu nomadisait à l'ouest du Sahara, jusqu'au moment où mon grand-père, appâté par le gain, se mit à cultiver l'indigo et à en faire le commerce. Ce village gagne ainsi bien plus d'argent qu'il n'a besoin de dépenser, et dans le sol de chaque petite cabane il y a plus d'or enfoui que dans la plus belle demeure de Fès. Mais, en choisissant la vie sédentaire, les miens ont perdu toute vertu guerrière. Un jour, j'étais à peine nubile... »

Elle s'assit à côté de moi, la tête en arrière, avant de poursuivre :

« Nous étions partis nombreux, jeunes et vieux, hommes et femmes, en pèlerinage sur la tombe d'un *wali,* à une journée de marche d'ici. Soudain, des cavaliers appartenant à la garde du seigneur d'Ouarzazat fondirent sur nous. Ils étaient quatre, alors que nous étions une bonne cinquantaine, dont plus de vingt hommes munis de leurs armes. Mais aucun de mes compagnons ne songea à s'en servir. Ils s'enfuirent tous sans exception, laissant à chacun des quatre cavaliers la possibilité de capturer la fille de son choix. Au cours de la curieuse cérémonie à laquelle tu viens d'assister, les anciens de la tribu n'ont rien fait d'autre que de payer leur dette, que réparer leur indignité et celle de leurs fils. »

Elle posa la tête sur mon épaule :

« Cet argent, tu peux le prendre sans honte et sans remords. Aucun autre homme ne le mérite autant que mon maître adoré. »

En prononçant ces derniers mots, elle avait approché ses lèvres des miennes. Si mon cœur battait fort, mes yeux louchaient avec inquiétude vers la fine tenture qui nous séparait de la pièce voisine où se trouvait son oncle.

Nullement embarrassée, Hiba dégrafa sa robe ; offrant son corps d'ébène sculptée à mon regard et à mes caresses, elle me chuchota :

« Jusqu'ici, tu m'avais prise esclave. Aujourd'hui, prends-moi libre ! Une dernière fois. »

*

En quittant Hiba, je n'avais qu'une hâte, celle de retrouver à Tombouctou son souvenir, peut-être même quelque trace d'elle dans cette chambre qui avait vu notre premier baiser. Le bâtiment était toujours là. Quoiqu'il fût la propriété du seigneur de la ville qui le réservait aux visiteurs de marque, un dinar m'en ouvrit la porte. Si bien que le soir de mon arrivée, j'étais accoudé à la même fenêtre, humant l'air du dehors pour y retrouver l'ambre gris qui l'avait jadis parfumé, guettant les rythmes de l'orchestre noir qui, je n'en doutais pas, allaient bientôt retentir dans la rue. Alors je me retournerais vers le milieu de la pièce, et je reverrais danser l'ombre de ma Hiba. Un vent puissant souleva la tenture, qui se mit à voltiger et à tournoyer avec grâce.

À l'extérieur, des bruits de pas, quelques cris qui se rapprochaient. L'orchestre de mes souvenirs, peut-être ? Mais pourquoi était-il porté par un tel vacarme ? Ma perplexité fut, hélas ! de courte durée : la place du marché s'était animée soudain comme en plein jour, envahie par une foule démente et bigarrée qui emplissait le ciel de ses hurlements. Comment ne pas être gagné par la peur ? De ma fenêtre, j'appelai un vieillard qui courait plus lentement que les autres. Il s'arrêta et me débita dans la langue du pays quelques mots haletants. Voyant que je n'avais rien compris, il reprit sa course, me faisant signe de le suivre. J'hésitais encore à le faire quand je vis, dans le ciel, les premières lueurs de l'incendie. M'assurant que mon or était bien sur moi, je sautai par la fenêtre et détalai.

Je ne passai pas moins de trois heures à errer ainsi, me pliant aux humeurs de la foule affolée et recueillant, par les gestes plus souvent que par les mots, des nouvelles du sinistre. Plus de la moitié de Tombouctou avait brûlé, et rien ne semblait en mesure d'empêcher le feu, attisé par le vent, de se propager à travers les innombrables cabanes à toit de paille, dangereusement proches les unes des autres. Il fallait que je m'éloigne au plus vite de ce gigantesque brasier.

J'avais entendu, la veille, qu'une caravane de marchands de toutes origines était rassemblée à l'extérieur de la ville, prête à partir dès l'aube. Je la rejoignis. Nous fûmes une quarantaine de voyageurs à passer la nuit entière debout sur un monticule, fascinés par le spectacle du feu et par l'effroyable clameur qui montait avec les flammes, clameur dans laquelle nous avions fini par distinguer les horribles hurlements des brûlés.

Plus jamais je ne pourrai me rappeler Tombouctou sans que me revienne cette image d'enfer. À l'heure du départ, un nuage de deuil voilait son visage, et son corps était torturé par d'innombrables crépitements. Mon plus beau souvenir achevait de se consumer.

*

Quand nos anciens géographes parlaient du pays des Noirs, ils ne mentionnaient que le Ghana et les oasis du désert de Libye. Puis sont arrivés les conquérants à la face voilée, les prédicateurs, les marchands. Et moi-même, qui ne suis que le dernier des voyageurs, je connais le nom de soixante royaumes noirs dont quinze que j'ai traversés l'un après l'autre cette année-là, du Niger au Nil. Certains n'ont jamais figuré dans aucun livre, mais je mentirais si je m'attribuais leur découverte puisque je n'ai fait que suivre la route habituelle des caravanes qui partent de Djenné, du Mali, d'Oualata ou de Tombouctou vers Le Caire.

Il ne nous fallut pas plus de douze jours pour atteindre, en longeant le Niger, la ville de Gao. Elle n'avait pas de mur d'enceinte, mais aucun ennemi n'osait s'en approcher, tant était grande la renommée de son souverain, l'Askia Mohamed, l'homme le plus puissant de tout le pays des Noirs. Les négociants de la caravane n'étaient pas peu contents de s'y arrêter. Ils m'expliquèrent que les habitants de Gao possédaient tant d'or que le plus médiocre tissu d'Europe ou de Berbérie pouvait s'y vendre quinze vingt fois sa valeur. En revanche, la viande, le pain, le riz et les courges se trouvaient en si grande abondance qu'on pouvait les obtenir au plus vil prix.

Les étapes suivantes nous firent traverser plusieurs royaumes, parmi lesquels je mentionnerai ceux d'Ouangara, de Zegzeg, de Cano, ainsi que celui de Bornou, bien plus important que les précédents, mais où nous évitâmes de nous attarder. En effet, dès notre entrée dans la capitale, nous rencontrâmes un autre groupe de marchands étrangers qui se dépêchèrent de nous conter leurs malheurs, ainsi que je le rapporte dans ma *Description de l'Afrique*. Le souverain de ce pays avait de fort curieuses habitudes. Il éprouvait un tel plaisir à faire étalage de sa richesse que tout le harnachement de ses chevaux était en or, ainsi que toute la vaisselle de son palais. Les chaînes qui attachaient ses chiens étaient elles-mêmes toutes d'or fin, je l'ai vérifié de mes propres yeux ! Attirés par tant de luxe, et confondant, pour leur malheur, générosité et ostentation, ces marchands étaient donc venus, de Fès, du Sous, de Gênes et de Naples, avec des épées ciselées et incrustées de joyaux, des tapisseries, des pur-sang et toutes sortes de marchandises précieuses.

« Le roi s'en est montré ravi, me raconta l'un de ces malheureux. Il a tout acquis séance tenante sans même discuter le prix. Nous étions comblés. Depuis, nous attendons d'être payés. Cela fait plus d'un an que nous sommes au Bornou, que chaque jour nous allons nous lamenter au palais. On nous y répond par des promesses, et quand nous nous montrons insistants, on nous y répond par des menaces. »

Tel n'était pas le comportement du souverain que nous visitâmes ensuite, le maître de Gaoga. Je me trouvais dans son palais pour lui présenter mes hommages lorsqu'un négociant égyptien, de la ville de Damiette, vint offrir à ce roi un très beau cheval, un sabre turc, une chemise de mailles, une

216

escopette, plusieurs miroirs, des chapelets de corail et quelques couteaux ciselés, le tout valant une cinquantaine de dinars. Le souverain accepta aimablement ce cadeau, mais, en retour, il donna à cet homme cinq esclaves, cinq chameaux, une centaine d'énormes défenses d'éléphants, et, comme si cela ne suffisait pas, il y ajouta l'équivalent de cinq cents dinars d'or dans la monnaie de son pays.

En quittant ce prince si généreux, nous atteignîmes le royaume de Nubie, où se trouve la grande ville de Dongola, située au bord du Nil. Je comptais y louer une barque pour me rendre au Caire, mais on m'apprit que le fleuve n'était pas navigable en cet endroit, et qu'il fallait longer la rive jusqu'à Assouan.

Le jour même de mon arrivée dans cette ville, un marinier me proposa de me prendre sur sa « djerme ». Dans cette embarcation plate, il transportait déjà une grande quantité de grains et de bétail, mais il pouvait encore, promettait-il, me dégager une place tout à fait confortable.

Avant d'y monter, je m'étendis à plat ventre sur la rive et plongeai longuement mon visage dans l'eau du Nil. Au moment de me relever, j'eus la certitude qu'après la tempête qui avait dévasté ma fortune une vie nouvelle m'était offerte en ce pays d'Égypte, une vie faite de passions, de dangers et d'honneurs.

J'avais hâte de m'en emparer.

III

LE LIVRE DU CAIRE

Quand je suis arrivé au Caire, mon fils, elle était depuis des siècles déjà la prestigieuse capitale d'un empire, et le siège d'un califat. Quand je l'ai quittée, elle n'était plus qu'un chef-lieu de province. Jamais, sans doute, elle ne retrouvera sa gloire passée.

Dieu a voulu que je sois témoin de cette déchéance, ainsi que des fléaux qui l'ont précédée. Je voguais encore sur le Nil, rêvant d'aventures et de joyeuses conquêtes, lorsque le malheur est venu s'annoncer. Mais je n'avais pas encore appris à le respecter, ni à déchiffrer ses messages.

Étendu paresseusement dans la vaste djerme, la tête légèrement relevée sur une traverse de bois, bercé par le bavardage des mariniers qui se fondait avec harmonie dans le clapotement de l'eau, j'observais le soleil, déjà rougeâtre, qui allait disparaître dans trois heures sur la rive africaine.

« Demain à l'aube, nous serons à Misr-la-Vieille », me cria un nègre de l'équipage.

Je lui répondis par un sourire aussi étalé que le sien. Désormais, plus aucun obstacle ne me séparait du Caire. Je n'avais plus qu'à me laisser porter par l'écoulement inexorable du temps et du Nil.

J'étais sur le point de m'assoupir lorsque les voix des mariniers s'élevèrent, leur conversation s'anima. Me redressant, je vis une djerme qui remontait le fleuve et arrivait tout juste à notre hauteur. Il me fallut un long moment pour discerner ce qu'il y avait d'étrange dans cette embarcation que je n'avais pas vue approcher. De belles femmes, richement habillées, y étaient entassées avec leurs enfants, l'air ahuri, au milieu de centaines de moutons dont l'odeur parvenait jusqu'à moi. Certaines portaient sur le front des bijoux en guirlandes, et sur la tête des coiffes hautes et étroites en forme de tuyau.

Il suffit parfois d'un spectacle insolite pour qu'un drame se révèle. Les mariniers vinrent à moi en procession, mines allongées et paumes levées vers le ciel. Un long silence. Puis, des lèvres du plus âgé, un mot sorti en rampant.

« La peste ! »

L'ANNÉE DE L'ŒIL AUGUSTE

919 de l'hégire
(9 mars 1513 – 25 février 1514)

L'épidémie s'était déclarée dès le début de cette année-là, au lendemain d'une violente tempête et de pluies torrentielles, signes évidents pour tous les Cairotes de la colère du Ciel et de l'imminence d'un châtiment. Les enfants avaient été touchés en premier, et les notables évacuaient leur famille à la hâte, les uns vers Tor, au sud du Sinaï, où l'air est salubre, d'autres vers les oasis, d'autres encore vers la haute Égypte quand ils y avaient une résidence. D'innombrables embarcations nous croisèrent bientôt, pitoyables grappes de fugitifs.

Il aurait été imprudent d'aller plus loin avant de connaître l'extension du mal. Nous accostâmes donc sur la rive orientale, en un lieu désert, décidés à rester le temps qu'il faudrait, nous nourrissant des marchandises transportées, changeant chaque nuit d'emplacement pour dérouter d'éventuels pillards. Cinq à six fois par jour nous allions aux nouvelles, ramant jusqu'au voisinage de ceux qui remontaient le Nil pour les interroger. L'épidémie ravageait la capitale. Chaque jour, on dénombrait cinquante, soixante, cent décès sur les registres d'état civil ; or l'on savait d'expérience qu'il fallait compter dix fois plus de morts non déclarées. Chaque embarcation rapportait un nouveau chiffre, toujours précis, souvent accompagné d'explications qui ne souffraient nulle discussion. Ainsi, le lundi des Pâques chrétiennes, la terre avait tremblé trois fois ; dès le lendemain, on enregistrait deux cent soixante-quatorze décès. Le vendredi suivant, survint une averse de grêle, inouïe pour la saison ; on dénombra le jour même trois cent soixante-cinq morts. Sur conseil de son médecin, le sultan d'Égypte, un vieux mamelouk circassien du nom de Kansoh, décida, pour se préserver de la peste, de porter aux doigts deux bagues de rubis ; il décréta aussi l'interdiction du vin et du haschisch ainsi que du commerce des prostituées. Dans tous les quartiers de la ville, de nouveaux bassins furent aménagés pour la toilette mortuaire.

Bien entendu, les victimes n'étaient plus toutes des enfants et des domestiques. Soldats et officiers commençaient à succomber par centaines. Et le sultan se dépêcha d'annoncer qu'il hériterait lui-même de leur équipement. Il ordonna de mettre aux arrêts les veuves de tous les militaires décédés jusqu'à ce qu'elles aient livré à l'arsenal une épée incrustée d'argent, une cotte de mailles, un casque, un carquois, ainsi que deux chevaux ou leur contre-valeur. En outre, estimant que la population du Caire avait sensiblement diminué du fait de l'épidémie, et qu'elle allait se réduire davantage, Kansoh décida de prélever sur la nouvelle moisson une importante quantité de blé qu'il envoya aussitôt à Damas et Alep, où il pourrait la vendre trois fois plus cher. Du jour au lendemain, le prix du pain et de la farine augmenta démesurément.

Lorsque, peu après l'annonce de ces décisions, le sultan quitta sa citadelle et traversa la ville pour aller inspecter la coûteuse reconstruction du collège qui devait porter son nom, qu'il avait dessiné lui-même et dont la coupole venait de se fissurer pour la troisième fois, la population de la capitale le conspua. Des cris parvenaient à ses oreilles : « Que Dieu fasse périr ceux qui affament les musulmans ! » Au retour, le souverain évita de traverser le quartier populaire de Bab Zuwaila, il préféra rejoindre la citadelle par des rues moins grouillantes.

Ces nouvelles nous furent rapportées par un jeune commerçant riche et lettré qui, fuyant la capitale avec sa famille sur sa barque privée, accosta quelques heures près de nous avant de poursuivre sa route. D'emblée, il se prit d'amitié pour moi, s'enquit de mon pays et de mes derniers voyages, et ses questions étaient plus lourdes de savoir que mes réponses. Quand je ramenai la conversation à l'Égypte, il me confia d'une voix sereine :

« Heureusement que les monarques vont parfois trop loin, sinon ils ne tomberaient jamais. »

Avant d'ajouter, les yeux pétillants :

« La folie des princes est la sagesse du Destin. »

Je croyais avoir compris :

« C'est bientôt l'insurrection, n'est-ce pas ?

– Ce mot n'est pas de chez nous. Il est vrai qu'en temps d'épidémie les gens des rues se montrent courageux, la puissance du sultan paraissant bien frêle face à celle du Très-Haut qui fauche les militaires par régiments entiers. Mais dans les maisons il n'y a pas la moindre arme, à peine quelque couteau pour couper le fromage. Quand vient l'heure des bouleversements, c'est toujours un mamelouk circassien qui en remplace un autre. »

Avant de repartir, le commerçant me fit une proposition inattendue que j'acceptai avec gratitude, bien que je n'en eusse pas, sur le moment, mesuré toute la générosité.

« Je vais m'installer quelques mois à Assyout, ma ville natale, et je ne voudrais pas que ma maison du Caire reste aussi longtemps abandonnée. Je serais honoré si tu pouvais y habiter en mon absence. »

Comme j'esquissais un double mouvement de remerciement et de refus, il me prit par le poignet :

« Ce n'est pas une faveur que je te fais, noble voyageur, car, si ma maison demeurait sans maître, elle serait la proie des pillards, surtout en ces temps difficiles. En acceptant, tu m'obligerais et tu résoudrais un problème qui me préoccupe. »

Dans ces conditions, je ne pouvais qu'aquiescer. Il poursuivit, du ton confiant d'un homme qui a longtemps mûri sa décision :

« Je vais te rédiger un acte certifiant que tu peux jouir de ma propriété jusqu'à mon retour. »

Il alla prendre dans sa barque papier, calame et encrier, puis il revint s'accroupir à mes côtés. Tout en écrivant, il s'enquérait de mon nom, de mes surnoms, de ma qualité, en parut satisfait et me remit, en même temps que le document, un trousseau de clefs dont il m'indiqua la répartition. Enfin il m'expliqua, en termes précis, où retrouver la maison et comment la reconnaître.

« C'est une bâtisse blanche, entourée de palmiers et de sycomores. Elle se trouve sur une petite élévation, à l'extrême nord de la vieille ville, directement sur le Nil. J'y ai laissé un jardinier qui sera à ton service. »

Je n'en étais que plus impatient d'arriver à destination. Je demandai à mon interlocuteur quand on pourrait espérer la fin de la peste.

« Les épidémies précédentes se sont toutes terminées avant le début de *mésori*. »

Je le priai de répéter ce dernier mot, que je croyais avoir mal entendu. Il eut un sourire bienveillant.

« *Mésori* est, dans l'année copte, le mois où culmine la crue des eaux. »

Je murmurai :

« L'Égypte a bien du mérite d'être musulmane quand le Nil et la peste suivent encore le calendrier des pharaons. »

À sa manière de baisser les yeux, à son sourire confus, je compris que lui-même n'était pas musulman. Il s'affaira aussitôt :

« Il se fait tard. Je crois que nous devrions hisser les voiles. »

S'adressant à l'un de ses enfants, qui tournait inlassablement autour d'un palmier, il cria :

« Sesostris, remonte dans la barque, nous partons ! »

Il me serra une dernière fois la main, non sans ajouter sur un ton embarrassé :

« Il y a dans la maison une croix et une icône. Si elles t'offensent, tu peux les décrocher et les ranger dans un coffre jusqu'à mon retour. »

Je lui promis qu'au contraire rien ne serait déplacé et le remerciai pour son extrême attention.

Pendant que je conversais avec ce copte, les mariniers s'étaient mis à l'écart, gesticulant avec animation. Dès que mon bienfaiteur se fut éloigné, ils vinrent m'annoncer, sur un ton solennel, leur décision de partir dès le lendemain pour la capitale. Ils n'ignoraient pas, bien qu'ils fussent tous musulmans, que la peste ne disparaîtrait pas avant *mésori*. Mais d'autres raisons les poussaient.

« L'homme a dit que le prix des denrées a subitement augmenté. C'est le moment d'aller au vieux port, de vendre notre cargaison et de rentrer enfin chez nous. »

Je ne songeai pas à protester. J'étais moi-même comme un amant las de dormir nuit après nuit à quelques brasses de l'objet de ses désirs.

Enfin Le Caire !

Dans nulle autre cité on n'oublie aussi vite qu'on est étranger. À peine arrivé, le voyageur est happé par le tourbillon des rumeurs, des anecdotes, des moues bavardes. Cent inconnus l'abordent, lui chuchotent à l'oreille, le prennent à témoin, le poussent par l'épaule pour mieux le provoquer aux jurons ou aux rires qu'ils attendent. Désormais, il est dans la confidence, il tient le bout d'une fabuleuse histoire, il lui faut connaître la suite, dût-il rester jusqu'à la caravane suivante, jusqu'à la prochaine fête, jusqu'à la saison des crues. Mais, déjà, une autre histoire est commencée.

Cette année-là, lorsque je débarquai épuisé et hagard à un mille de ma nouvelle demeure, toute la ville, pourtant meurtrie par la peste, se gaussait sans retenue de « l'œil auguste », celui du monarque s'entend. Le premier vendeur de sirop, devinant mon ignorance et s'en délectant, se fit un devoir de m'éclairer toutes affaires cessantes, éloignant d'un geste dédaigneux ses clients assoiffés. Le récit que me firent plus tard notables et marchands ne différait en rien de celui de cet homme.

« Tout a débuté, me dit-il, par une entrevue orageuse entre le sultan Kansoh et le calife. »

Ce calife était un vieil homme irréprochable qui vivait paisiblement dans son harem. Le sultan l'avait rudoyé et avait exigé de lui qu'il se démît, prétextant que sa vue baissait, qu'il était déjà quasiment aveugle de son œil gauche et que sa signature sur les décrets était toute barbouillée. Kansoh voulait apparemment faire peur au prince des croyants pour lui extorquer quelques dizaines de milliers de dinars en échange de son maintien dans ses fonctions. Mais le vieil homme ne s'était pas prêté au jeu. Il avait pris un papier glacé et rédigé sans trembler son acte d'abdication en faveur de son fils.

L'affaire se serait arrêtée là, une injustice de plus qu'on aurait bientôt oubliée, si quelque temps après, le sultan lui-même n'avait senti, un matin, une douleur à son œil gauche. Cela se passait deux mois avant mon arrivée, au moment où la peste était le plus meurtrière. Mais le souverain se désintéressait maintenant de l'épidémie. Sa paupière tombait. Bientôt, elle se referma si complètement qu'il devait la relever avec son doigt pour lancer le moindre regard. Son médecin diagnostiqua un ptôsis et prescrivit une incision.

Mon interlocuteur venait de m'offrir un gobelet de sirop de rose et me proposa de m'asseoir sur une caisse en bois, ce que je fis. Autour de nous, aucun attroupement. L'histoire reprit :

« Comme le monarque refusait catégoriquement, son médecin amena devant lui un officier supérieur, commandant de mille, atteint du même mal, et l'opéra séance tenante. L'homme revint une semaine plus tard montrer un œil complètement rétabli. »

Inutilement. Le sultan, disait mon conteur, préféra faire appel à une guérisseuse turque qui promit de le soigner sans chirurgie, rien qu'en lui appliquant une pommade à base de poudre d'acier. Après trois jours de traitement, le mal s'était étendu à l'œil droit. Le vieux sultan ne sortait plus, ne traitait plus aucune affaire, ne parvenait même plus à porter sur la tête sa *noria,* la lourde coiffure à longues cornes qu'avaient adoptée les derniers souverains mamelouks d'Égypte. Si bien que ses propres officiers, convaincus qu'il allait bientôt perdre la vue, s'étaient mis à lui chercher un successeur.

La veille même de mon arrivée au Caire, des rumeurs de complot emplissaient la ville. Elles étaient naturellement parvenues aux oreilles du sultan, qui avait décrété un couvre-feu du crépuscule à l'aube.

« C'est pourquoi, termina le vendeur de sirop en me désignant le soleil à l'horizon, si ta maison est éloignée tu ferais bien de courir, parce que dans sept degrés toute personne trouvée dans les rues sera flagellée en public jusqu'au sang. »

Sept degrés, c'était moins d'une demi-heure. Je regardai autour de moi. Il n'y avait plus que des soldats, à tous les coins de rues, qui lorgnaient nerveusement du côté du couchant. N'osant ni courir ni demander mon chemin de peur de paraître suspect, je me contentai de longer le fleuve, pressant le pas et espérant que la maison serait aisément reconnaissable.

Deux soldats venaient à ma rencontre, pas et regards inquisiteurs, lorsque je vis un sentier à ma droite. Je m'y engageai sans un instant de réflexion, avec la curieuse impression de l'avoir pratiqué chaque jour de ma vie.

J'étais chez moi. Le jardinier était assis à terre devant la porte, le visage figé. Je le saluai d'un geste et sortis ostensiblement mes clefs. Sans un mot, il s'écarta pour me laisser entrer, ne paraissant nullement surpris de voir un inconnu pénétrer ainsi dans la demeure de son maître. Mon assurance l'avait rassuré. Me sentant tout de même obligé de lui expliquer la raison de ma présence, j'exhibai de ma poche l'acte signé par le copte. L'homme ne le regarda pas. Ne sachant pas lire, il me fit confiance, reprit sa place et ne bougea plus.

*

Le lendemain, quand je sortis, il était encore au même endroit, sans que je puisse savoir s'il y avait passé la nuit ou s'il avait repris sa faction à l'aube. Je fis quelques pas dans ma rue, qui me sembla fort animée. Mais tous les passants me regardaient. Bien que je fusse habitué à ce désagrément que connaissent tous les voyageurs, je sentais néanmoins une insistance inhabituelle, que je mis sur le compte de mon accoutrement maghrébin. Mais ce n'était pas cela. Un fruitier quitta son échoppe pour venir me prodiguer conseil :

« Les gens sont étonnés de voir un homme de ta qualité se déplacer humblement à pied dans la poussière. »

Sans attendre de réponse, il héla un ânier qui m'offrit une bête majestueuse, garnie d'une belle couverture, et me laissa un jeune garçon en guise d'estafier.

Monté de la sorte, je fis le tour de la vieille ville, m'arrêtant surtout à la célèbre mosquée d'Amr et au souk des étoffes, avant de pousser une pointe en direction du nouveau Caire d'où je revins la tête chargée de chuchotements. Désormais, cette promenade serait quotidienne, plus ou moins longue selon mon humeur et mes occupations, mais toujours fructueuse. Car je rencontrais des notables, des officiers, des fonctionnaires du palais, je faisais des affaires. Dès le premier mois, je m'arrangeai pour placer dans une caravane de chameaux, affrétée par des commerçants maghrébins, un chargement de crêpe indien et d'épices à l'adresse d'un marchand juif de Tlemcen. À ma demande, il me renvoya un coffret d'ambre de Messa.

Entre deux affaires, je recueillais des confidences. C'est ainsi que j'appris, une semaine après mon arrivée, que le sultan était désormais dans de meilleures dispositions. Persuadé que sa maladie était un châtiment du Très-Haut, il avait convoqué les quatre grands cadis d'Égypte, représentant les quatre rites de la Foi, pour leur reprocher de l'avoir laissé commettre tant de crimes sans l'avoir réprimandé. Il avait, dit-on, éclaté en sanglots devant les magistrats qui en étaient restés médusés : le sultan était en effet un homme imposant, très grand et très corpulent, avec une majestueuse barbe arrondie. Jurant qu'il regrettait amèrement son comportement à l'égard du vieux calife, il avait promis de réparer sans délai le mal qu'il avait causé. Et, séance tenante, il avait dicté, à l'intention du pontife déchu, un message qu'il avait fait porter sur-le-champ par le commandant de la citadelle. Le billet était ainsi libellé : *Je t'apporte le salut du sultan, qui se recommande à tes prières. Il dégage sa responsabilité de la conduite qu'il a tenue à ton égard et serait désireux de ne pas encourir tes reproches. Il n'a pas su résister à une mauvaise impulsion.*

Le jour même, le prévôt des marchands était descendu de la citadelle, précédé de porte-flambeau qui se dispersèrent dans la ville pour annoncer : « Selon un décret de Sa Royale Majesté le sultan, sont abolis les taxes mensuelles et hebdomadaires et tous les impôts indirects sans exception, y compris les droits sur les moulins du Caire. »

Le sultan était décidé coûte que coûte à attirer sur son œil la miséricorde du Très-Haut. Il ordonna de rassembler dans l'hippodrome tous les chômeurs de la capitale, hommes et femmes, et leur fit l'aumône de deux pièces d'un demi-fadda chacun, soit une dépense totale de quatre cents dinars. Il fit également distribuer trois mille dinars aux pauvres, surtout à ceux qui habitaient la mosquée al-Azhar ainsi que les monuments mortuaires de la Karafa.

À la suite de ces mesures, Kansoh convoqua à nouveau les cadis et leur demanda de faire dire dans toutes les mosquées du pays des prières ardentes pour la guérison de l'œil auguste. Seuls trois magistrats purent répondre à l'appel ; le quatrième, le cadi malékite, devait enterrer ce jour-là deux de ses jeunes enfants victimes de la peste.

Si le sultan tenait tant à ces prières, c'est qu'il avait fini par accepter qu'on l'opère, ce qui eut lieu, à sa demande, un vendredi, juste après la prière de midi. Il garda sa chambre jusqu'au vendredi suivant. Alors il se rendit aux tribunes d'Achrafiah, fit venir les prisonniers retenus dans les quatre maisons d'arrêt, dans le donjon de la citadelle ainsi que dans l'Arkana, la prison du palais royal, et signa un grand nombre d'élargissements, surtout de ses familiers tombés en disgrâce. Le plus célèbre bénéficiaire de l'auguste clémence fut le maître barbier Kamaleddîn, dont le nom fit très vite le tour du Caire, suscitant maints commentaires ironiques.

Beau garçon, Kamaleddîn avait longtemps été le favori du sultan. L'après-midi, il lui massait la plante des pieds pour le faire dormir. Jusqu'au jour où, le souverain ayant été atteint d'une inflammation des bourses qui avait nécessité des saignées, ce barbier en avait répandu la nouvelle à travers la ville avec force détails, s'attirant le courroux de son maître.

Désormais, il était pardonné. Non seulement il était pardonné, mais le sultan s'excusait même de l'avoir maltraité et lui demandait, puisque tel était son vice, d'aller raconter par toute la ville que l'œil auguste était guéri. En fait, les paupières étaient encore recouvertes d'un bandage, mais le souverain se sentait assez vigoureux pour reprendre ses audiences. D'autant que survenaient des événements d'une gravité exceptionnelle. Il venait en effet de recevoir, l'un après l'autre, un envoyé du chérif de La Mecque et un ambassadeur hindou arrivés quelques jours plus tôt dans la capitale pour l'entretenir du même problème : les Portugais venaient d'occuper l'île de Kamaran, ils contrôlaient fermement l'entrée de la mer Rouge et avaient débarqué des troupes sur la côte du Yémen. Le chérif craignait qu'ils ne s'attaquent aux convois des pèlerins d'Égypte qui avaient l'habitude de passer par les ports de Yanbouh et Djeddah, désormais directement menacés. L'émissaire hindou était venu quant à lui en grande pompe, accompagné de deux énormes éléphants caparaçonnés de velours rouge ; il était surtout préoccupé du commerce entre les Indes et l'empire mamelouk subitement interrompu par l'invasion portugaise.

Le sultan se dit très affecté, observant que les astres devaient être particulièrement défavorables aux musulmans cette année-là, puisque dans le même temps survenaient la peste, la menace sur les Lieux saints et sa propre maladie. Il ordonna à l'inspecteur des greniers, l'émir Khuchkadam, de raccompagner l'émissaire hindou en cortège jusqu'à Djeddah, puis de s'y installer afin d'organiser un service de renseignements sur les intentions des Portugais ; il promit également d'armer une flotte et de la conduire lui-même si Dieu lui prêtait santé.

Ce n'est pas avant le mois de *chaabane* que l'on vit Kan-soh arborer à nouveau sa pesante *noria*. On comprit alors qu'il était définitivement guéri et la cité reçut l'ordre de pavoiser. Une procession fut organisée, en tête de laquelle marchaient les quatre médecins royaux, vêtus de pelisses de velours rouge garnies de zibeline, cadeau du souverain reconnaissant. Les hauts fonctionnaires portaient tous des écharpes de soie jaune et aux fenêtres des rues traversées pas le cortège pendaient des tissus de même couleur en signe de réjouissance. Les grands cadis avaient orné leurs portes de mousselines brochées et parsemées de grains d'ambre, les timbales résonnaient dans la citadelle. Le couvre-feu ayant été levé, la musique et les chants retentirent au coucher du soleil dans tous les coins de la ville. Puis, quand la nuit fut bien noire, des feux d'artifice jaillirent au bord de l'eau, accueillis par des acclamations frénétiques.

À cette occasion, dans la liesse générale, j'eus soudain l'irrépressible envie de m'habiller à l'égyptienne. Je quittai donc mes vêtements de Fassi, que je rangeai consciencieuse-ment pour le jour où je repartirais, puis j'enfilai une robe étroite à rayures vertes, cousue sur la poitrine puis évasée jusqu'au sol. Aux pieds, je mis des sandales à l'ancienne. Sur ma tête, j'enroulai un large turban en crêpe indien. Et c'est ainsi accoutré que je fis venir un âne, sur lequel je me mis à trôner au milieu de la rue, entouré de mille voisins, pour suivre les festivités.

Je sentais que cette ville était mienne et j'en éprouvais un immense bien-être. En quelques mois j'étais devenu un véri-table notable cairote. J'avais mon ânier, mon fruitier, mon parfumeur, mon orfèvre, mon papetier, des affaires pros-pères, des relations au palais et une maison sur le Nil.

Je croyais avoir atteint l'oasis des sources fraîches.

L'ANNÉE DE LA CIRCASSIENNE

920 de l'hégire
(26 février 1514 – 14 février 1515)

Je me serais engourdi à jamais dans les délices et les affres du Caire si une femme n'avait choisi, cette année-là, de me faire partager son secret, le plus périlleux qui fût, puisqu'il pouvait me priver à la fois de la vie et de l'au-delà.

La journée où je l'ai connue avait commencé d'atroce façon. Mon garçon ânier avait dévié de notre route habituelle, peu avant d'entrer dans la nouvelle ville. Croyant qu'il voulait contourner quelque embarras, je le laissai faire. Mais c'est au milieu d'un attroupement qu'il me mena, puis me mettant la bride à la main, il grommela une excuse et s'éclipsa, sans que j'aie même pu l'interroger. Il ne s'était jamais conduit de la sorte et je me promis d'en parler à son maître.

Je ne tardai pas à comprendre la raison de tant d'excitation. Un détachement de soldats arrivait en effet par la rue Saliba, précédé de tambours et de porte-flambeau. Au milieu de la troupe, un individu se traînait, torse nu, les mains tendues en avant, attachées par une corde que tirait un cavalier. Et on lisait une proclamation selon laquelle l'homme, un domestique accusé de voler des turbans dans les souks pendant la nuit, était condamné à être fendu par le milieu. Ce supplice, je le savais, était généralement réservé aux meurtriers, mais l'on avait assisté, les jours précédents, à une série de vols et les commerçants réclamaient un châtiment exemplaire.

Le malheureux ne criait pas, se contentant de geindre sourdement en dodelinant de la tête, quand, soudain, deux soldats se jetèrent sur lui, lui faisant perdre l'équilibre. Avant qu'il ne fût même étendu, l'un d'eux le prit solidement par les aisselles tandis que l'autre, au même moment, lui enserrait les pieds. Le bourreau s'approcha, tenant des deux mains une lourde épée, et d'un seul coup trancha l'homme en deux, par la taille. Je détournai les yeux, ressentant au ventre une contraction si violente que mon corps paralysé faillit tomber comme une masse. Une main secourable s'éleva vers moi pour me soutenir, ainsi qu'une voix de vieillard :

« Il ne faut pas contempler la mort du haut de sa monture. »

Plutôt que de sauter à terre, ce dont je me sentais incapable, je me cramponnai à mon âne, tournai bride et m'éloignai, soulevant autour de moi les protestations de ceux que ma manœuvre empêchait de voir la suite du spectacle : on venait de placer sur un tas de chaux vive la partie supérieure du supplicié qui, debout face à la foule, allait délirer de longues minutes avant de s'éteindre.

Pour tenter d'oublier, je décidai de vaquer à mes occupations, d'aller m'informer des départs et arrivées de caravanes, d'écouter quelques ragots. Mais, à mesure que j'avançais, ma tête devenait plus lourde. J'étais comme frappé d'éblouissement ; je voguais à la dérive, d'une rue à l'autre, d'un souk à l'autre, à moitié inconscient, respirant le safran et le fromage frit, entendant comme dans un vacarme lointain les cris des vendeurs qui me sollicitaient. Privé de l'estafier, toujours à son spectacle macabre, mon âne s'était mis à rôder selon son humeur et ses habitudes. Et cela dura jusqu'au moment où un marchand, remarquant mon malaise, ramassa la bride et me tendit une coupe d'eau sucrée, parfumée au jasmin, qui à l'instant me desserra les entrailles. Je me trouvais à Khan el-Khalili, et mon bienfaiteur était l'un des plus riches négociants persans de la place, un certain Akbar, Dieu lui prodigue Ses bienfaits ! Il me fit asseoir, jurant qu'il ne me laisserait pas sortir avant que j'aie pleinement récupéré.

J'étais là depuis une heure sans doute, mon esprit émergeant lentement de ses brumes, lorsque la Circassienne fit son entrée. Je ne sais ce qui me frappa en premier. Était-ce son visage si beau, et pourtant si découvert, seule une écharpe de soie noire retenant la chevelure blonde ? Était-ce sa taille, si fine dans cette ville où ne sont appréciées que les femmes abondamment nourries ? Ou peut-être la manière ambiguë, déférente mais sans empressement, avec laquelle Akbar avait dit : « Altesse ! »

Son équipage ne se distinguait en rien de celui de la moindre bourgeoise : une seule servante, une paysanne aux gestes gourds et à la mine constamment amusée, qui portait un objet plat maladroitement enveloppé d'un vieux drap usé.

Mon regard fut sans doute insistant, car la Circassienne détourna ostensiblement le visage, ce que voyant, Akbar vint me confier, sur un ton volontairement cérémonieux :

« C'est Son Altesse royale la princesse Nour, veuve de l'émir Aladin, neveu du Grand Turc. »

Je me forçai à regarder ailleurs, mais ma curiosité n'en était que plus forte. Au Caire, nul n'ignorait le drame de cet Aladin. Il avait pris part à la guerre fratricide qui avait opposé les héritiers du sultan Bayazid. Il avait même paru triompher, un moment, lorsqu'il s'était emparé de la ville de Brousse et avait menacé de prendre Constantinople. Mais son oncle Sélim avait fini par l'emporter. Impitoyable, le nouveau sultan ottoman avait fait étrangler ses propres frères et décimer leurs familles. Aladin avait réussi cependant à s'enfuir et à se réfugier au Caire, où il avait été reçu avec les honneurs. Un palais et des serviteurs lui avaient été alloués, et l'on disait qu'il s'apprêtait alors à provoquer un soulèvement contre son oncle, avec l'appui de l'empire mamelouk, du sophi de Perse et de puissantes tribus turques au cœur même de l'Anatolie.

Cette coalition aurait-elle eu raison du redoutable Sélim ? On ne le saura jamais : quatre mois après son arrivée, Aladin était emporté par la peste. Il n'avait pas encore vingt-cinq ans et venait tout juste d'épouser une belle Circassienne dont il s'était épris, la fille d'un officier affecté à sa garde. Le sultan d'Égypte, attristé, dit-on, par la mort du prince, présida lui-même la prière de l'absent. Les obsèques furent grandioses, d'autant plus remarquées qu'elles se déroulaient selon les coutumes ottomanes alors mal connues au Caire : les chevaux d'Aladin marchaient en avant, la queue coupée et la selle retournée ; sur la civière, au-dessus du corps, étaient placés son turban et ses arcs qu'on avait brisés.

Deux mois plus tard, le maître du Caire reprenait néanmoins possession du palais d'Aladin, une décision blâmée par la population. À la veuve de l'Ottoman étaient allouées une modeste demeure et une rente si dérisoire qu'elle l'obligeait à mettre à l'encan les quelques objets de valeur que son mari lui avait laissés.

Tous ces faits m'avaient été rapportés en leur temps, mais ils n'avaient pas pris pour moi de signification particulière. Pendant que je les repassais en mémoire, la voix de Nour me parvint, poignante mais digne :

« Le prince échafaude des plans dans son palais, sans savoir qu'au même moment, dans une masure, les doigts d'un artisan tissent déjà son linceul. »

Elle avait prononcé ces mots en arabe, mais avec cet accent circassien que tous les Cairotes reconnaissent sans peine, puisqu'il est celui des sultans et des officiers mamelouks. Avant que j'aie pu répondre, le marchand était revenu, avec l'offre d'un prix :

« Soixante-quinze dinars. »

Elle blêmit :

« Cette pièce est unique au monde ! »

C'était une tapisserie murale travaillée à l'aiguille avec une rare précision et entourée d'un cadre en bois sculpté. Elle représentait des loups qui couraient en meute vers le sommet d'une montagne enneigée.

Akbar me prit à témoin :

« Ce que dit Son Altesse est l'exacte vérité, mais mon magasin est plein d'objets de valeur que je suis forcé de brader. Les acheteurs se font rares. »

Par politesse, je hochais imperceptiblement la tête. Se sentant en confiance, il renchérit :

« Cette année est la plus mauvaise depuis que j'ai commencé de travailler, il y a trente ans. Les gens n'osent plus montrer le bout de leurs dinars, de peur qu'on ne les accuse de cacher quelque richesse et qu'on ne vienne la leur extorquer. La semaine dernière, une chanteuse a été arrêtée sur simple dénonciation. Le sultan en personne l'a soumise à la question pendant que les gardes lui comprimaient les pieds. On lui a soutiré en tout cent cinquante pièces d'or. »

Il se reprit :

« Notez bien que je comprends parfaitement pourquoi notre souverain, Dieu le protège ! est contraint d'agir de la sorte. Ce sont les revenus des ports qui lui font défaut. Djeddah n'a pas reçu un bateau depuis un an à cause des corsaires portugais. La situation n'est guère meilleure à Damiette. Quant à Alexandrie, elle est désertée par les négociants italiens qui ne trouvent plus aucune affaire à y traiter. Dire que cette ville avait, par le passé, six cent mille habitants, douze mille épiciers ouverts jusqu'à la nuit et quarante mille juifs payant la *jizia* légale ! Aujourd'hui, c'est un fait, Alexandrie rapporte au Trésor moins qu'elle ne lui coûte. Le résultat, nous l'observons chaque jour : l'armée n'a pas eu de viande depuis sept mois, les régiments sont en ébullition, et le sultan cherche l'or là où il croit le trouver. »

L'entrée d'un client interrompit son discours. Voyant que le nouveau venu ne portait aucun objet dans les mains, Akbar se dit sans doute qu'il s'agissait d'un acheteur et nous demanda de l'excuser un moment. La princesse s'apprêtait à partir, mais je la retins :

« Combien espérais-tu obtenir ?

– Trois cents dinars, pas moins. »

Je lui demandai de me montrer la tapisserie. Ma décision était prise mais je ne pouvais l'acquérir sans la regarder, de peur que l'achat n'apparaisse comme une aumône. Je ne voulais pas non plus l'examiner de trop près, de peur de laisser croire que je cherchais à réaliser une affaire. Je lançai donc un regard furtif, avant de déclarer, sur un ton neutre :

« Trois cents, cela me semble un bon prix. J'achète. »

Elle ne s'y trompa pas :

« Une femme n'accepte pas de cadeau d'un homme auquel elle ne peut montrer sa reconnaissance. »

Les mots étaient fermes, mais le ton l'était moins. Je répondis, faussement outré :

« Ce n'est pas un cadeau. J'achète cet objet parce que j'y tiens !

– Et pourquoi y tiendrais-tu ?

– C'est un souvenir.

– Mais c'est la première fois que tu le vois !

– Parfois il suffit d'un aperçu pour qu'un objet devienne irremplaçable. »

Elle rougit. Nos regards se croisèrent. Nos lèvres s'entrouvrirent. Nous étions déjà amis. La servante, plus joviale que jamais, circulait entre nous, attentive à recueillir nos chuchotements. Rendez-vous était pris : vendredi, à midi, place de l'Ezbékieh, devant le montreur d'ânes.

*

Depuis mon arrivée en Égypte, je n'avais jamais manqué la prière solennelle du vendredi. Mais, ce jour-là, je le fis sans trop de remords ; après tout, c'est le Créateur qui avait fait cette femme si belle, et c'est Lui qui l'avait mise sur mon chemin.

La place de l'Ezbékieh s'emplissait lentement à mesure que les mosquées se vidaient, car c'était l'habitude de tous les Cairotes de s'y rassembler après la cérémonie pour jouer aux dés, écouter les boniments des conteurs, se perdre parfois en fin d'après-midi dans les ruelles avoisinantes où certaines tavernes proposaient un raccourci pour l'Éden.

Je ne voyais pas encore ma Circassienne mais le montreur d'ânes était là, déjà entouré d'une grappe grossissante de badauds. Je me joignis à eux, tout en jetant des coups d'œil fréquents sur les visages qui m'entouraient, sur le soleil dans l'espoir qu'il ait bougé de quelques degrés.

Le bateleur dansait avec sa bête, sans que l'on sût lequel imitait les pas de l'autre. Puis il se mit à parler à son âne. Il lui annonça que le sultan avait décidé d'entreprendre une grande construction et qu'il fallait réquisitionner tous les ânes du Caire pour transporter la chaux et les pierres. À l'instant, l'animal se laissa tomber à terre, se retourna sur le dos, les pattes en l'air, gonfla le ventre et ferma les yeux. L'homme se lamenta alors devant l'assistance, disant que son âne était mort, et il fit la quête pour en acheter un autre. Ayant ramassé quelques dizaines de pièces, il dit :

« Ne croyez pas que mon âne ait rendu l'âme. C'est un glouton qui, connaissant ma pauvreté, joue la comédie pour que je gagne un peu d'argent et que je lui achète à manger. »

Prenant un gros bâton, il administra à la bête une bonne volée.

« Allons, lève-toi maintenant ! »

Mais l'âne ne bougea pas. Le bateleur poursuivit :

« Habitants du Caire, le sultan vient de promulguer un édit : toute la population devra sortir demain pour assister à son entrée triomphale dans la ville. Les ânes sont réquisitionnés pour porter les dames de la haute société. »

Là-dessus, l'animal bondit sur ses pieds, se mit à faire le fier, paraissant tout joyeux. Son maître riait aux éclats tout comme la foule.

« Ainsi, dit-il, tu aimes les jolies femmes ! Mais il y en a plusieurs ici ! Laquelle aimerais-tu porter ? »

La bête fit le tour de l'assistance, eut l'air d'hésiter, puis se dirigea droit vers une spectatrice de grande taille qui se tenait à quelques pas de moi. Elle portait des voiles si épais que son visage était invisible. Mais je reconnus tout de suite son allure. Elle-même, effarouchée par les rires et les regards, s'approcha de moi et s'agrippa à mon bras. Je me dépêchai de lancer à l'adresse de l'âne, sur un ton badin : « Non, tu ne porteras pas ma femme ! » avant de m'éloigner dignement avec elle.

« Je ne m'attendais pas à te voir voilée. Sans l'âne, je ne t'aurais pas reconnue.

– C'est bien pour ne pas être reconnue que je suis voilée. Nous sommes ensemble, dans la rue, au milieu d'une foule curieuse et bavarde, et nul ne se rend compte que je ne suis pas ta femme. »

Et d'ajouter, taquine :

« J'enlève le voile si je veux plaire à tous les hommes ; je le porte si je ne veux plaire qu'à un seul.

– Désormais, je détesterai que ton visage soit découvert.

– Ne voudras-tu jamais le contempler ? »

Il est vrai que nous ne pouvions être seuls dans une maison, ni la sienne ni la mienne, et que nous devions nous contenter de parcourir la ville côte à côte. Le jour du premier rendez-vous, Nour insista pour que nous allions visiter le jardin interdit.

« On lui donne ce nom, m'expliqua-t-elle, parce qu'il est entouré de hautes murailles et que le sultan en a prohibé l'accès afin de protéger une merveille de la nature : l'unique arbre au monde qui produit le vrai baume. »

Une pièce d'argent dans la main du gardien nous permit d'y pénétrer. Penchée au-dessus du balsamier, Nour écarta son voile et demeura un long moment immobile, fascinée, rêveuse. Elle répéta, comme à elle-même :

« Dans le monde entier, il n'existe que ce pied-là. Il est si menu, si fragile, et pourtant si précieux ! »

À mes yeux, l'arbre paraissait bien ordinaire. Ses feuilles ressemblaient à celles de la vigne, en plus petites. Il était planté en plein milieu d'une source.

« On dit que si on l'arrosait avec une eau différente il se dessécherait immédiatement. »

Elle me sembla émue de cette visite, sans que j'en comprisse la raison. Mais dès le lendemain nous étions à nouveau ensemble, et elle me parut joviale et attentionnée. Désormais, nos promenades furent quotidiennes, ou presque, car au milieu de la semaine, le lundi et le mardi, elle n'était jamais libre. Quand, au bout d'un mois, je le lui fis observer, sa réaction fut vive :

« Tu aurais pu ne jamais me voir, ou seulement une fois par mois. Maintenant que je suis avec toi deux, trois, cinq jours par semaine, tu me reproches mes absences.

– Je ne compte pas les jours où je te vois. Ce sont les autres qui me paraissent interminables. »

C'était un dimanche, et nous nous trouvions près de la mosquée d'Ibn Touloun, devant le hammam des femmes où Nour s'apprêtait à entrer. Elle avait l'air d'hésiter.

« Serais-tu prêt à m'accompagner, sans poser la moindre question ?

– Jusqu'en Chine, s'il le faut !

– Alors retrouve-moi demain matin, avec deux chameaux et des outres pleines, devant la Grande Mosquée de Guizeh. »

*

Décidé à tenir ma promesse, je ne l'interrogeai pas sur notre destination, si bien qu'au bout de deux heures de route nous n'avions échangé que quelques mots. Je ne jugeai toutefois pas contraire à notre accord de remarquer :

« Les pyramides ne doivent pas être loin d'ici.

– Précisément ! »

Encouragé par cette indication, je poursuivis :

« Est-ce là que nous allons ?

– Précisément.

– Est-ce pour voir ces bâtisses rondes que tu viens chaque semaine jusqu'ici ? »

Elle fut prise d'un rire franc et dévastateur dont je ne pus que me sentir offusqué. Pour bien marquer ma désapprobation, je mis pied à terre et entravai mon chameau. Elle ne tarda pas à revenir vers moi.

« Excuse-moi d'avoir ri. C'est parce que tu as dit qu'elles sont rondes.

– Je ne l'ai pas inventé. Ibn-Batouta, le grand voyageur, dit textuellement que les pyramides « sont d'une forme circulaire ».

– C'est qu'il ne les a jamais vues. Ou alors de très loin, et de nuit, Dieu lui pardonne ! Mais ne le blâme pas. Quand un voyageur raconte ses exploits, il devient prisonnier des gloussements admiratifs de ceux qui l'écoutent. Il n'ose plus dire « je ne sais pas » ou « je n'ai pas vu », de peur de perdre la face. Il est des mensonges pour lesquels les oreilles sont plus fautives que la bouche. »

Nous avions repris notre progression. Elle enchaîna :

« Et que dit-il d'autre, cet Ibn-Batouta, sur les pyramides ?

– Qu'elles ont été construites par un savant très au fait des mouvements des astres, et qui avait prévu le Déluge ; c'est pourquoi il aurait construit ces pyramides, sur lesquelles il a représenté tous les arts et toutes les sciences, afin de les préserver de la destruction et de l'oubli. »

Craignant d'autres sarcasmes, je m'empressai d'ajouter :

« De toute manière, Ibn-Batouta précise que ce ne sont que des suppositions et que personne ne sait vraiment à quoi étaient destinées ces curieuses constructions.

– Pour moi, les pyramides n'ont été bâties que pour être belles et majestueuses, pour être la première des merveilles du monde. Sans doute leur avait-on également assigné quelque fonction, mais ce n'était qu'un prétexte fourni par le prince de ce temps-là. »

Nous venions d'atteindre le sommet d'une colline et les pyramides se détachaient clairement à l'horizon. Elle retint sa monture et tendit la main vers l'orient, d'un geste si ému qu'il en devenait solennel.

« Longtemps après que nos maisons, nos palais et nous-mêmes aurons disparu, ces pyramides seront encore là. Cela ne signifie-t-il pas qu'aux yeux de l'Éternel ce sont elles les plus utiles ? »

Je posai ma main sur la sienne.

« Pour l'instant, nous sommes vivants. Et ensemble. Et seuls tous les deux. »

Promenant son regard alentour, elle prit soudain un ton espiègle :

« Mais c'est vrai que nous sommes seuls ! »

Elle colla sa monture à la mienne et, écartant son voile, posa un baiser sur mes lèvres. Dieu, je serais resté ainsi jusqu'au jour du Jugement !

Ce n'est pas moi qui ai quitté ses lèvres ; ce n'est pas elle non plus qui s'est séparée de moi. La faute en fut à nos chameaux qui s'éloignèrent trop tôt l'un de l'autre, menaçant de nous déséquilibrer.

« Il se fait tard. Si nous allions nous reposer ?

– Sur les pyramides ?

– Non, un peu plus loin. Il y a, à quelques milles d'ici, un petit village où habite la gouvernante qui m'a élevée. Elle m'attend tous les lundis soir. »

Un peu en marge du village se trouvait une masure de fellah, baignant dans la boue, à l'extrémité d'un petit sentier élevé que Nour emprunta en me conjurant de ne pas la suivre. Elle disparut dans l'habitation. Je l'attendis, adossé à un palmier. Il faisait presque sombre quand elle revint, accompagnée d'une vieille paysanne grasse et débonnaire.

« Khadra, je te présente mon nouveau mari. »

Je sursautai. Mes yeux écarquillés rencontrèrent chez Nour un froncement de sourcil, tandis que la gouvernante implorait le Ciel :

« Veuve à dix-huit ans ! J'espère que ma princesse aura plus de chance cette fois.

– Je l'espère aussi ! » criai-je spontanément.

Nour sourit et Khadra balbutia une invocation, avant de nous conduire vers une bâtisse en terre, proche de la sienne, et encore plus exiguë.

« Ce n'est pas un palais, ici, mais vous serez au sec et personne ne vous réveillera. Si vous avez besoin de moi, appelez-moi par la fenêtre. »

Il n'y avait qu'une pièce rectangulaire, éclairée par une bougie vacillante. Une légère odeur d'encens flottait autour de nous. De la fenêtre sans battants nous parvenait un long mugissement de buffle. Ma Circassienne loqueta la porte et s'y adossa.

Sa chevelure défaite tomba en premier, puis sa robe. Autour de son cou dénudé s'étalait un collier de rubis, la pierre centrale pendulant fièrement entre les seins ; autour de la taille nue, une ceinture fine en fils d'or tressés. Jamais mes yeux n'avaient contemplé femme aussi richement dévêtue. Elle vint me chuchoter à l'oreille :

« D'autres femmes auraient bradé en premier les bijoux intimes. Moi, je les garde. Les maisons et les meubles se vendent ; mais pas le corps, ni ses ornements. »

Je la serrai contre moi.

« Je suis résigné depuis ce matin à aller de surprise en surprise. Les pyramides, ton baiser, ce village, l'annonce de notre mariage, et puis cette chambre, cette nuit, tes bijoux, ton corps, tes lèvres... »

Je l'embrassai éperdument. Ce qui la dispensa de m'avouer qu'en fait de surprises je n'avais encore entendu que « Bismillah… », et que le reste de la prière allait suivre.

Mais cela n'arriva pas avant la fin de la nuit, qui fut délicieusement interminable. Nous étions étendus côte à côte, si proches que mes lèvres frémissaient à ses chuchotements. Ses jambes pliées formaient pyramide ; ses genoux en étaient le sommet, collés l'un à l'autre. Je les touchai, ils se séparèrent, comme s'ils venaient de se disputer.

Ma Circassienne ! Mes mains sculptent encore parfois les formes de son corps. Et mes lèvres n'ont rien oublié.

*

À mon réveil, Nour était debout, adossée à la porte, comme au début de la nuit. Mais ses bras étaient lourds et ses yeux riaient faux.

« Voici mon fils Bayazid que je dissimule comme s'il était un enfant de la honte ! »

Elle s'avança et vint le déposer, comme une offrande, sur mes paumes résignées.

L'ANNÉE DES INSOUMIS

921 de l'hégire
(15 février 1515 – 4 février 1516)

Ce fils n'était pas de mon sang, mais il était apparu pour bénir ou punir l'œuvre de ma chair. Il était donc mien, et c'est le courage d'Abraham qu'il m'aurait fallu pour l'immoler au nom de la Foi. N'est-ce pas dans la lame du couteau brandi par l'Ami de Dieu au-dessus d'un bûcher que se retrouvent les religions révélées ? Ce crime sacré, que je glorifie chaque année à la fête de l'*Adha*, je n'ai pas osé le commettre. Pourtant, cette année-là, le devoir me le commandait sans détour, puisque, devant mes yeux, un empire musulman était en train de naître, et que cet enfant le menaçait.

« Un jour, Bayazid, fils d'Aladin, fera trembler le trône des Ottomans. Lui seul, dernier survivant des princes de sa lignée, pourra soulever les tribus d'Anatolie. Lui seul pourra réunir autour de lui les mamelouks circassiens et les Séfévides de Perse pour abattre le Grand Turc. Lui seul. À moins que les agents du sultan Sélim ne l'étranglent. »

Nour était penchée au-dessus du berceau de son fils, sans savoir quelle torture m'infligeaient ses propos. Cet empire dont elle prédisait ainsi la destruction, mes prières l'invoquaient avant même que je ne sache prier, puisque c'est de lui que j'attendais depuis toujours la délivrance de Grenade.

Or il était là, en train de se forger sous mes yeux. Il avait déjà conquis Constantinople, la Serbie et l'Anatolie ; il se préparait à envahir la Syrie, l'Irak, l'Arabie Déserte, l'Arabie Heureuse, l'Arabie Pétrée ainsi que l'Égypte. Demain, il serait maître de la Berbérie, de l'Andalousie, de la Sicile peut-être. Tous les musulmans seraient à nouveau réunis, comme au temps des Omayyades, au sein d'un même califat florissant et redoutable qui imposerait sa loi aux nations infidèles. Cet empire, rêve de mes rêves, espoir de mes espoirs, allais-je me mettre à son service ? Allais-je contribuer à son émergence ? Nullement. J'étais condamné à le combattre ou à le fuir. Face à Sélim le Conquérant, qui venait d'immoler, sans que la main de Dieu le retienne, son père, ses frères, avec leur descendance, et qui bientôt sacrifierait trois de ses propres fils, face à ce glaive de la colère divine, il y avait un enfant que j'étais déterminé à protéger, à nourrir de mon sein, jusqu'à ce qu'il devienne homme, émir, fossoyeur d'empire, et qu'il tue à son tour selon la loi de sa race. De tout cela, je n'avais rien choisi ; la vie avait choisi pour moi, ainsi que mon tempérament.

Désormais, il me fallait quitter l'Égypte, où Bayazid et sa mère étaient en danger. Nour avait maintenu sa grossesse secrète, sauf pour Khadra qui l'avait aidée à accoucher et avait gardé l'enfant depuis le premier jour. Que la gouvernante, déjà vieille, vînt à mourir, et l'enfant devrait être ramené au Caire, où son identité serait vite devinée. Il serait alors à la merci des agents de Sélim, nombreux en Égypte ; il pourrait même être livré par le sultan Kansoh lui-même qui, tout en se méfiant au plus haut point des Ottomans, avait trop peur d'eux pour leur refuser la tête d'un enfant.

Ma solution était toute trouvée : épouser Nour et partir

avec l'enfant à Fès, où je pourrais le présenter comme mien, pour revenir en Égypte lorsqu'il serait plus grand et que son âge ne trahirait plus son origine.

Le mariage fut simple, puisque Nour était veuve. Quelques amis et voisins se rencontrèrent chez moi pour un repas, avec parmi eux un notaire d'origine andalouse. Au moment d'établir le contrat, celui-ci remarqua l'icône et la croix au mur. Il me pria de les décrocher.

« Je ne le peux pas, dis-je. J'ai promis au propriétaire de cette demeure de ne pas y toucher jusqu'à son retour. »

L'homme de loi semblait embarrassé, les invités également. Jusqu'au moment où Nour intervint :

« Si on ne peut enlever ces objets, rien n'interdit de les couvrir. »

Et, sans attendre de réponse, elle rapprocha du mur un paravent damasquiné. Satisfait, le notaire officia.

Nous ne restâmes pas plus de deux nuits dans la maison, que je quittai avec regret. Le hasard me l'avait offerte, et laissée près de deux ans, le copte n'ayant plus jamais reparu ni donné de ses nouvelles. J'avais seulement appris qu'une épidémie de peste avait frappé Assyout et sa région, décimant une grande partie de la population, et donc imaginé que mon bienfaiteur en avait sans doute été victime. Plût à Dieu que je me trompe, mais je ne vois pas d'autre explication à son absence, ni surtout à son silence. Avant de partir, je déposai néanmoins les clefs entre les mains de mon orfèvre, Daoud l'Alépin. Étant le propre frère de Yaacoub, le gérant de l'Hôtel de la Monnaie, un familier du sultan, il pouvait mieux qu'un autre empêcher quelque mamelouk de s'approprier la maison vide.

*

Notre voyage débuta au mois de *safar*, à la veille des Pâques chrétiennes. La première station fut la masure de Khadra, près de Guizeh, où nous passâmes une nuit, avant de revenir, avec Bayazid, alors âgé de seize mois, en direction de Boulak, le grand port fluvial du Caire. Grâce à un judicieux bakchich, nous pûmes embarquer sans délai sur une djerme qui transportait vers Alexandrie une cargaison de sucre raffiné provenant de la fabrique personnelle du sultan. Les embarcations étaient nombreuses à Boulak, et certaines fort confortables, mais je tenais à arriver au port d'Alexandrie sous l'emblème du souverain, ayant été averti par des amis des difficultés rencontrées aux douanes. Certains voyageurs y étaient fouillés jusqu'à la culotte, à l'arrivée comme au départ, par des fonctionnaires tatillons qui taxaient non seulement la marchandise mais également les dinars.

En évitant ce désagrément, je n'en pouvais que mieux apprécier la grandeur de cette cité antique, fondée par Alexandre le Grand, un souverain dont le Coran parle en termes élogieux et dont la tombe est un lieu de pèlerinage pour les dévots. Il est vrai que la ville n'est plus que l'ombre de ce qu'elle fut. Les habitants se rappellent encore le temps où des centaines de navires mouillaient en permanence dans son port, venant de Flandre, d'Angleterre, de Biscaye, du Portugal, des Pouilles, de Sicile, et surtout de Venise, de Gênes, de Raguse et de la Grèce turque. Cette année-là seuls les souvenirs encombraient encore la rade.

Au milieu de la ville, face au port, se trouve une colline qui n'existait pas, dit-on, au temps des Anciens, et n'a été formée que par l'amoncellement des ruines. En y fouillant, on y trouve souvent des vases et d'autres objets de valeur. Sur cette hauteur une petite tour a été bâtie, où réside à longueur de jour et de nuit un guetteur dont le rôle est de surveiller les navires qui passent. Chaque fois qu'il en signale un aux fonctionnaires de la douane, il touche une prime. En revanche, s'il s'endort ou quitte son poste et qu'un bateau arrive sans qu'il l'ait signalé, il doit payer une amende égale au double de sa prime.

À l'extérieur de la cité, on peut voir également des ruines importantes, au milieu desquelles s'élève une colonne très grosse et très haute dont les livres anciens racontent qu'elle fut bâtie par un savant nommé Ptolémée. Il avait placé à son sommet un grand miroir d'acier qui brûlait, dit-on, tout bateau ennemi qui tentait de s'approcher de la côte.

Il y avait certes bien d'autres choses à visiter, mais nous étions tous pressés de partir, nous promettant de revenir un jour à Alexandrie l'esprit quiet. Nous embarquâmes donc sur un navire égyptien en partance pour Tlemcen, où nous nous reposâmes une semaine entière avant de nous engager sur la route.

*

J'avais revêtu mes habits maghrébins et, en franchissant l'enceinte de Fès, je m'étais couvert le visage d'un *taylassan*. Je ne voulais pas que mon arrivée fût connue avant que je n'aie rencontré les miens. Les miens, c'est-à-dire mon père, ma mère, Warda, Sarwat ma fille de six ans, ainsi que Haroun et Mariam, que je n'avais pas espoir de voir, mais dont j'escomptais des nouvelles.

Pourtant, je ne pus m'empêcher de commencer par m'arrêter devant le chantier de mon palais. Il était exactement comme je l'avais abandonné, sauf que l'herbe avait poussé, couvrant les murs inachevés. Je détournai vite les yeux ainsi que le regard, plus sec, de ma mule, que je dirigeai vers la maison de Khâli, à quelques pas de là. Je frappai. De l'intérieur répondit la voix d'une femme que je ne reconnus pas. J'appelai ma mère par son prénom.

« Elle n'habite plus ici ! » dit la voix.

La mienne était trop étranglée par l'émotion pour poser d'autres questions. Je partis vers la maison de mon père.

Salma était devant la porte, qui me serra dûment contre sa poitrine, ainsi que Nour et Bayazid, qu'elle couvrit de baisers non sans s'étonner que j'aie donné à mon fils un nom si peu entendu et une peau si claire. Elle ne dit rien. Seuls ses yeux parlaient, et c'est en eux que je vis que mon père était mort. Elle me le confirma d'une larme. Mais ce n'est pas par là qu'elle voulait commencer :

« Nous avons peu de temps. Il faut que tu écoutes ce que j'ai à te dire avant que tu repartes.

– Mais je n'ai pas l'intention de repartir !

– Écoute-moi et tu comprendras. »

Et ainsi elle parla pendant plus d'une heure, peut-être deux, sans hésiter ni s'interrompre, comme si elle avait déjà ressassé mille fois ce qu'elle me dirait le jour où je reviendrais.

« Je ne veux pas maudire Haroun, mais ses actes nous ont tous maudits. Pour la mort du Zerouali, personne à Fès ne l'a blâmé. Hélas ! il ne s'est pas arrêté là. »

Peu après mon bannissement, m'expliqua-t-elle, le souverain avait dépêché deux cents soldats pour se saisir du Furet, mais les montagnards avaient pris fait et cause pour lui. Seize militaires avaient été tués dans une embuscade. Quand la nouvelle avait été connue, une proclamation avait été placardée et lue dans les rues de Fès, annonçant que la tête de

Haroun était mise à prix. On avait placé nos maisons sous la garde de la police. Des agents étaient là jour et nuit, questionnant de près chaque visiteur, si bien que les amis les plus proches hésitaient à s'afficher avec la parenté du proscrit. Depuis, chaque semaine, une nouvelle proclamation était lue, accusant Haroun et sa bande d'avoir attaqué un convoi, dévalisé une caravane, massacré les voyageurs.

« Ce n'est pas vrai ! m'exclamai-je. Je connais Haroun. Il a pu tuer pour se venger ou pour se défendre, mais pas pour voler !

– Ce qui est vrai n'est important que pour Dieu ; pour nous, l'essentiel est ce que les gens croient. Ton père songeait à émigrer à nouveau, vers Tunis ou quelque autre ville, quand son cœur s'est tu, subitement, en *ramadane* de l'année dernière. »

Salma respira longuement avant de poursuivre :

« Il avait invité quelques personnes à venir rompre le jeûne en sa compagnie, mais pas un n'avait osé franchir cette porte. La vie lui était devenue lourde à porter. Le lendemain, à l'heure de la sieste, j'ai été réveillée par le bruit d'une chute. Il était étendu à terre, dans le patio qu'il arpentait nerveusement depuis le matin. Sa tête avait heurté le bord de la piscine. Il ne respirait plus. »

Une chaleur atroce m'envahit la poitrine. Je me cachai le visage. Ma mère poursuivait sans me regarder :

« Devant l'adversité, les femmes plient et les hommes cassent. Ton père était prisonnier de son amour-propre. Moi, on m'a appris à me soumettre.

– Et Warda ?

– Elle nous a quittés après la mort de Mohamed. Sans son mari, sans sa fille, elle n'avait plus personne dans ce pays. Je crois qu'elle est rentrée dans son village, en Castille, pour finir sa vie parmi les siens. »

Puis elle ajouta à mi-voix :

« Nous n'aurions jamais dû quitter Grenade.

– Peut-être allons-nous y revenir. »

Elle ne daigna pas répondre. Sa main balaya le vent devant ses yeux, comme pour chasser une mouche insistante.

« Demande-moi plutôt des nouvelles de ta fille. »

Son visage s'éclaira. Le mien tout autant.

« J'attendais que tu m'en parles. Je n'osais pas t'interroger. Je l'ai quittée si jeune !

– Elle est joufflue et effrontée. Elle est en ce moment chez Sarah qui l'emmène parfois jouer avec ses petits-enfants. »

Elles arrivèrent toutes deux deux heures plus tard. Contrairement à mon attente, ce fut la Bariolée qui me sauta au cou, alors que ma fille se tenait à une distance respectable. Il fallut donc recourir aux présentations. Ma mère étant trop émue, Sarah s'en chargea :

« Sarwat, c'est ton père. »

La petite fille fit un pas vers moi puis s'arrêta.

« Tu étais à Tomb…

– Non, pas à Tombouctou, mais en Égypte, et je t'ai ramené un petit frère. »

Je la pris sur mes genoux, la couvrant de baisers, respirant profondément l'odeur de ses cheveux noirs et lisses, lui caressant rêveusement la nuque. J'avais l'impression de répéter au détail près une scène que j'avais vue cent fois : mon père assis sur son coussin, avec ma sœur.

« Y a-t-il des nouvelles de Mariam ? »

Ce fut Sarah qui répondit :

« On dit qu'elle a été vue une épée à la main, aux côtés de son homme. Mais il y a tant de légendes à leur sujet…

– Et toi, crois-tu que Haroun soit un bandit ?

– Dans chaque communauté, il y a des insoumis. On les maudit en public, et on prie pour eux quand on est seul. Même parmi les juifs. Il y en a dans ce pays qui ne paient pas le tribut, qui montent à cheval et portent des armes. Nous les appelons Carayim. Tu le sais sans doute. »

Je confirmai :

« Ils sont des centaines, organisés comme une armée, qui vivent dans les monts de Demensera et d'Hintata, près de Marrakech. »

Mais j'avais surtout envie de revenir à ma préoccupation première.

« Crois-tu vraiment qu'il y a à Fès des gens qui prient en secret pour Haroun et Mariam ? »

Ce fut Salma qui explosa :

« Si Haroun n'était qu'un bandit, on ne se serait pas tant acharné contre lui, proclamation après proclamation. Quand il s'est attaqué au Zerouali, il a failli devenir un héros. On a voulu le faire apparaître comme un voleur. Aux yeux du commun, l'or est plus salissant que le sang. »

Puis, d'une voix plus lente, comme si une autre personne parlait en elle :

« Cela ne sert à rien de justifier ton beau-frère. Si tu cherches à le défendre, tu seras traité comme son complice, une fois de plus. »

Ma mère craignait que mon désir d'aider Haroun et Mariam ne me fasse commettre de nouvelles imprudences. Sans doute avait-elle raison, mais je me devais d'essayer. La manière même dont mon bannissement avait été décidé me donnait à penser que le sultan de Fès m'écouterait maintenant.

Le souverain était alors en campagne contre les Portugais, du côté de Boulaouane. Pendant des mois, je parcourus le pays, suivant l'armée royale, portant parfois des armes et prenant part à quelques échauffourées. J'étais prêt à tout pour arracher un pardon. Entre deux combats, je m'entretenais avec le monarque, ses frères et nombre de leurs conseillers. Mais pourquoi entrer dans les détails quand le résultat est si décevant ? Un familier du sultan avait fini par m'avouer que bien des crimes avaient été imputés injustement à Haroun. Pour ajouter, sur un ton de sincérité désarmante :

« Même si nous pouvions pardonner à ton beau-frère ce qu'il a fait, comment pourrions-nous lui pardonner ce dont nous l'accusons ? »

Un jour, je décidai brusquement de cesser mes démarches. Je n'avais certes pas obtenu ce que j'espérais, mais, au hasard des conversations, j'avais glané une information que je voulais vérifier. Je revins à Fès, pris Salma, Nour, Sarwat et Bayazid, et, sans rien leur dévoiler de mes intentions, me mis en route, décidé à ne plus regarder en arrière. Je ne possédais plus à Fès qu'un chantier, une ruine peuplée de regrets et vide de souvenirs.

*

Notre voyage se prolongea pendant des semaines, sans que j'en révèle la destination, qui n'était pas un lieu, mais un homme : Arouj le corsaire, dit Barberousse. J'avais appris en effet que Haroun était auprès de lui. Je partis donc directement sur Tlemcen, puis suivis la route côtière vers l'est, évitant les villes occupées par les Castillans, telles Oran ou Mers-el-Kébir, m'arrêtant dans les lieux où je pouvais rencontrer des Grenadins, à Alger par exemple, et surtout à

Cherchell, dont la population était, en totalité ou presque, constituée de réfugiés andalous.

Barberousse avait pris pour base la petite ville populaire de Jijil, qu'il avait arrachée aux Génois l'année précédente. Pourtant, avant d'y parvenir, j'appris qu'il assiégeait la garnison castillane de Bougie. Comme cette ville se trouvait sur ma route, je décidai de m'y rendre, laissant toutefois les miens à quelques milles de là, auprès de l'imam d'une petite mosquée de village, tout en me promettant de revenir les prendre après avoir inspecté le champ de bataille.

C'est à Bougie que j'ai rencontré Barberousse, comme je l'écris dans ma *Description de l'Afrique*. Il avait effectivement la barbe fort rousse, de couleur naturelle, mais aussi de henné, car l'homme avait cinquante ans passés, paraissait plus vieux encore et ne semblait tenir debout que par la rage de vaincre. Il boitait jusqu'au sol et sa main gauche était en argent. Il avait perdu son bras à Bougie même, lors d'un siège précédent, qui s'était terminé par un désastre. Cette fois, le combat semblait mieux engagé. Il avait déjà occupé la vieille citadelle de la ville et entreprenait d'investir une autre forteresse, proche de la plage, où les Castillans résistaient.

Le jour de mon arrivée, le combat connaissait un répit. Devant la tente de commandement se tenaient des gardes, dont l'un était originaire de Malaga. C'est lui qui courut appeler Haroun, avec une déférence qui me fit comprendre que le Furet était un lieutenant de Barberousse. De fait, il arriva entouré de deux Turcs qu'il congédia d'un geste assuré avant de se jeter sur moi. Nous restâmes un long moment accolés, échangeant des tapes vigoureuses qui disaient toute l'amitié, toute la surprise, et la douleur de l'éloignement. Haroun me fit d'abord entrer dans la tente, me présenta à Arouj comme un poète et un diplomate de renom, ce dont je ne compris que plus tard la raison. Le corsaire parlait comme un roi, en phrases courtes et définitives dont le sens apparent était banal et le sens caché difficile à cerner. Ainsi évoqua-t-il les victoires de Sélim l'Ottoman et l'arrogance croissante des Castillans, observant tristement que c'est en Orient que le soleil de l'islam se lève et en Occident qu'il se couche.

Quand nous eûmes pris congé, Haroun me conduisit à sa propre tente, moins vaste et moins ornementée, mais qui pouvait tout de même accueillir une dizaine de personnes et qui était fort bien approvisionnée en boissons et en fruits. Je n'eus pas besoin de poser mes questions pour que le Furet commençât à y répondre.

« Je n'ai tué que des meurtriers, je n'ai dépouillé que des voleurs. Pas un instant je n'ai cessé de craindre Dieu. J'ai seulement cessé de craindre les riches et les puissants. Ici, je me bats contre les infidèles, que nos princes courtisent, je défends les villes qu'ils abandonnent. Mes compagnons sont des bannis, des proscrits, des malfaiteurs de toutes les contrées. Mais n'est-ce pas des entrailles du cachalot que sort l'ambre gris ? »

Il avait débité ces mots à la file, comme s'il récitait la *Fatiha*. Puis, sur un tout autre ton :

« Ta sœur a été admirable. Une lionne de l'Atlas. Elle se trouve dans ma maison, à Jijil, à soixante milles d'ici, avec nos trois garçons dont le plus jeune s'appelle Hassan. »

Je ne cherchai pas à cacher mon émotion.

« Pas un instant je n'ai douté de toi. »

Depuis que nous étions enfants, j'avais toujours, dans les discussions avec Haroun, capitulé très vite. Mais, cette fois, je me devais de lui expliquer de quelle manière ses actes avaient affecté notre parenté. Il se rembrunit.

« À Fès, j'étais pour eux un supplice. Ici, je serai leur protecteur. »

Une semaine plus tard, nous étions tous à Jijil. Les débris de ma famille étaient réunis, dix fugitifs sous le toit d'un corsaire. Je m'en souviens pourtant comme d'un moment de bonheur rare, que j'aurais volontiers prolongé.

L'ANNÉE DU GRAND TURC

922 de l'hégire
(5 février 1516 - 23 janvier 1517)

Moi qui courais le monde pour faire échapper Bayazid à la vindicte des Ottomans, je me suis retrouvé, cette année-là, avec femme et enfant, au cœur même de Constantinople et dans la posture la plus incroyable qui fût : penché sur la main tendue du terrible Sélim, qui me gratifiait d'un hochement de tête protecteur et d'un soupçon de sourire. La proie, dit-on, est souvent attirée par les crocs qui s'apprêtent à la déchirer. Peut-être est-ce là l'explication de ma folle témérité. Mais, sur le moment, je ne l'avais pas vue ainsi. Je m'étais contenté de suivre, au mieux de mon jugement, le cours des événements, m'efforçant de refaire ma vie sur le peu de terre dont je ne me sentais pas encore banni. Mais je me dois de dire comment.

Barberousse prospérait à vue d'œil, ainsi que Haroun dans son ombre. L'attaque contre Bougie avait fini par échouer, mais le corsaire avait réussi, aux premiers jours de l'année, à prendre le pouvoir à Alger, après avoir tué de sa propre main l'ancien maître de la ville, alors que ce malheureux se faisait masser dans son hammam.

Alger, ce n'était certes pas aussi grand qu'Oran ou Bougie, la cité n'aurait pas couvert un seul quartier de Tlemcen, mais elle avait tout de même l'apparence d'une ville, avec ses quatre mille feux, ses souks agencés, groupés par métiers, ses avenues bordées de belles maisons, ses étuves, ses hôtelleries et surtout ses splendides murailles, construites en grosses pierres, qui s'étendaient du côté de la plage en une vaste esplanade. Barberousse en avait fait sa capitale, il avait pris un titre royal, et il entendait se faire reconnaître par tous les princes de l'islam.

Pour ma part, après les retrouvailles de Jijil, j'avais repris la route. Fatigué d'errer et frustré par mon expérience cairote, trop abruptement interrompue, j'avais l'espoir de jeter l'ancre à Tunis, pour quelques années au moins. D'emblée, je m'étais habillé à la mode du pays, portant un turban couvert d'un voile, me nourrissant de *bazin* et parfois même de *bessis*, allant jusqu'à avaler une pernicieuse préparation appelée *el-haschisch*, mélange de drogue et de sucre, qui prodigue ivresse, gaieté et appétit. C'est également un redoutable aphrodisiaque, fort apprécié d'Abou-Abdallah, le souverain de Tunis.

Grâce à Haroun, qui avait de solides relations dans la cité, parmi lesquelles le *mizwar*, commandant en chef de l'armée, j'avais pu facilement trouver une maison dans le faubourg de Bag-el-Bahr, et je commençai à prendre contact avec quelques fabricants de toiles dans le but d'établir un petit comptoir de négoce.

Je n'en eus guère le temps. Moins d'un mois après mon arrivée, Haroun vint, un soir, frapper à la porte, accompagné de trois autres lieutenants de Barberousse, dont un Turc que j'avais salué à Bougie dans la tente du corsaire. Le Furet était sérieux comme un cadi.

« Nous avons un message pour toi de la part de Sa Grandeur Victorieuse al-Qaim bi-amrillah. »

C'était le titre qu'avait mérité Barberousse en égorgeant l'émir d'Alger. Il me demandait de me rendre à Constantinople, pour porter un message au sultan, lui annonçant la création du royaume algérois, lui témoignant soumission et fidélité, et implorant son appui dans la lutte contre les Castillans qui occupaient toujours une citadelle marine à l'entrée du port d'Alger.

« Je suis très honoré par tant de confiance. Mais vous êtes déjà quatre. Qu'avez-vous besoin de moi ?

– Le sultan Sélim n'accepte pas de recevoir un ambassadeur qui ne soit pas poète, qui ne lui adresse pas des vers de louange et de remerciements.

– Je peux écrire un poème que tu liras toi-même.

– Non. Nous sommes tous ici des guerriers, alors que toi, tu as déjà rempli des missions d'ambassadeur. Tu présenteras mieux, et c'est important : il faut que notre maître apparaisse comme un roi, non comme un corsaire. »

Je me tus, cherchant quelque prétexte pour échapper à si périlleuse corvée, mais Haroun me harcelait sans répit. Sa voix semblait venir tout droit de ma propre conscience.

« Tu n'as pas le droit d'hésiter. Un grand empire musulman est en train de naître en Orient, et nous, en Occident, nous devons lui tendre la main. Jusqu'à présent, nous avons subi la loi des infidèles. Ils ont pris Grenade et Malaga, puis Tanger, Melilla, Oran, Tripoli et Bougie ; demain, ils s'empareront de Tlemcen, d'Alger, de Tunis. Pour leur faire face, nous avons besoin du Grand Turc. Nous te demandons de nous aider dans cette tâche, tu ne peux pas refuser. Aucune occupation que tu aurais ici n'est plus importante. Et ta famille est en sécurité. De plus, tu seras entièrement défrayé et généreusement rétribué. »

Il ne manqua pas d'ajouter, un sourire de pirate au coin des lèvres :

« Bien entendu, ni moi ni mes compagnons n'oserions dire à Barberousse que tu as refusé. »

J'avais autant de latitude qu'un oisillon poursuivi par un faucon. Ne pouvant révéler la véritable cause de mon hésitation sans trahir le secret de Nour, je ne parvenais pas à argumenter.

« Quand faudrait-il embarquer ?

– Cette nuit même. La flotte nous attend à La Goulette. Nous avons fait le détour pour te prendre. »

Comme si je formulais la dernière volonté d'un condamné, je demandai à parler à Nour.

Sa réaction fut admirable, non pas celle de la femme de bourgeois qu'elle était devenue par notre mariage, mais celle de la fille de soldat qu'elle avait toujours été. Et de la mère de sultan qu'elle espérait devenir. Elle était debout dans notre chambre, visage et cheveux découverts, tête haute, regard direct.

« Il faut que tu y ailles ? »

C'était à mi-chemin entre l'interrogation et la constatation.

« Oui, dis-je seulement.

– Crois-tu qu'il y ait un traquenard ?

– Aucun. J'en donnerais ma tête à couper !

– C'est précisément ce qu'il faut éviter. Mais, si tu as si grande confiance en Haroun, allons-y tous. »

Je n'étais pas sûr d'avoir compris. Elle m'expliqua d'une voix décidée :

« Il faut que les yeux de Bayazid puissent contempler sa ville et son palais. Peut-être n'aura-t-il pas d'autre occasion dans sa jeunesse. Le voyage par mer comporte des dangers, certes, mais mon fils doit s'y habituer. Il revient à Dieu de le préserver ou de le faire périr. »

Elle était si sûre d'elle que je n'osai pas discuter ses raisons, préférant biaiser :

« Haroun n'acceptera jamais que j'emmène femme et enfant.

– Si tu accèdes à sa demande, il ne peut refuser la tienne. Parle-lui, tu sauras trouver les mots. »

À l'aube, nous avions déjà dépassé Gammart. Le mal de mer aidant, j'avais l'impression de voguer en plein cauchemar.

*

Étrange cité, Constantinople. Si chargée d'histoire, et pourtant si neuve, par ses pierres et par ses hommes. En moins de soixante-dix ans d'occupation turque, elle a totalement changé de visage. Il y a certes toujours Sainte-Sophie, la cathédrale devenue mosquée, où le sultan a l'habitude de se rendre en cortège chaque vendredi. Mais la plupart des bâtiments ont été élevés par les nouveaux conquérants, et d'autres poussent chaque jour, palais, mosquées et *médersas*, ou même simples baraquements de bois dans lesquels viennent s'entasser des milliers de Turcs fraîchement arrivés des steppes où ils nomadisaient.

Malgré cet exode, le peuple vainqueur demeure, dans sa capitale, une minorité parmi d'autres, nullement la plus nantie, à l'exception de la famille régnante. Dans les plus belles villas, dans les boutiques les mieux achalandées du bazar, on voit surtout des Arméniens, des Grecs, des Italiens et des juifs, ces derniers venus parfois d'Andalousie après la chute de Grenade. Ils ne sont pas moins de quarante mille et s'accordent à louer l'équité du Grand Turc. Dans les souks, les turbans des Turcs et les calottes des chrétiens et des juifs se côtoient sans haine ni ressentiment. À quelques exceptions près, les rues de la ville sont étroites et boueuses, si bien que les gens de qualité ne peuvent circuler que portés à dos d'homme. Des milliers de gens font ce pénible métier, pour la plupart de nouveaux arrivants qui n'ont pas encore trouvé meilleure occupation.

Le jour où nous avons débarqué, nous étions tous trop épuisés pour dépasser la zone du port. La traversée avait eu lieu à la mauvaise saison, car il fallait atteindre Constantinople avant que le sultan ne la quitte pour sa campagne de printemps. Nous passâmes donc la première nuit dans une hôtellerie tenue par un Grec de Candie, un vague cousin de Barberousse. Et dès le lendemain nous nous présentions au sérail, demeure du sultan. Nour resta à l'extérieur de la grille, discourant à mi-voix dans l'oreille de Bayazid, indifférente à son âge, à ses grognements occasionnels et à ses rires hors de propos. Je la soupçonne de lui avoir studieusement raconté ce jour-là toute l'histoire sanglante et glorieuse de sa dynastie jusqu'à sa naissance deux ans plus tôt.

Moi-même, j'étais à quelques pas, de l'autre côté de la sublime porte, vêtu d'une longue robe de soie émaillée d'or, lisant et relisant des yeux le poème que je devais déclamer devant le souverain et que j'avais dû composer en mer, entre deux vertiges. Autour de moi, des milliers de soldats, de fonctionnaires, mais aussi des citadins de toutes conditions, tous silencieux, par respect pour la personne du sultan. J'attendis plus de deux heures, convaincu qu'on me demanderait de revenir plus tard.

C'était sous-estimer l'importance de Barberousse et l'intérêt que l'Ottoman lui portait. Un page vint bientôt me prendre, avec Haroun et ses compagnons, pour nous faire aller, à travers la porte du Milieu, vers la cour du *diwan,* vaste parc fleuri où je vis courir des autruches. Devant moi, à quelques pas, j'aperçus une haie de spahis immobiles sur leurs montures harnachées. Quand, soudain, mes yeux se voilèrent, mes oreilles se mirent à bourdonner, ma gorge se serra si fort que je me sentais incapable de prononcer le moindre mot. Était-ce la peur ? Était-ce la fatigue du voyage ? Ou seulement la proximité du sultan ? En traversant la haie, je ne perçus que des scintillements. Je m'efforçais de garder une démarche normale, copiée sur celle du page qui me précédait, mais je me sentais sur le point de trébucher, de m'écrouler ; je craignais plus que tout de me retrouver muet aux pieds du terrible Sélim.

Il était là, assis devant moi, pyramide de soie sur coussins de brocart, apparition attendue et pourtant subite qui d'un regard froid dissipa le brouillard de mes yeux sans calmer ma frayeur. Je n'étais plus qu'un automate, mais un automate qui fonctionnait, par des gestes précis que le sultan impassible semblait me dicter. Alors mon poème jaillit de ma mémoire, sans éloquence mais sans balbutiements, accompagné aux derniers vers de quelques gestes timides qui me coûtèrent efforts et sueur. Le sultan hochait la tête, échangeant parfois quelque mot sec avec ses familiers. Il n'avait pas de barbe mais une moustache étalée qu'il triturait sans arrêt ; son teint me parut cendré, ses yeux trops grands pour sa face et légèrement bridés. Sur son turban, qu'il portait petit et serré, un rubis incrusté dans une fleur d'or. À son oreille droite pendait une perle en forme de poire.

Mon poème terminé, je me penchai sur la main auguste, que je baisai. Sélim portait au doigt une bague d'argent, de facture grossière, cadeau, m'a-t-on dit, de son astrologue. En me relevant, un page me vêtit d'une longue robe en poil de chameau puis m'invita à le suivre. L'entrevue était terminée. La discussion pouvait commencer, dans une autre salle, avec les conseillers. J'y participai à peine. Mon rôle était de représenter, nullement de négocier, d'autant que les conversations, amorcées en arabe, se poursuivirent en turc, langue que je connaissais mal avant mon séjour à Rome.

Je pus toutefois recueillir une information d'une extrême gravité, grâce à l'erreur d'un conseiller. « Rien n'est pire à l'homme qu'une langue qui glisse », disait le calife Ali, Dieu honore sa face ! Or la langue de ce dignitaire glissait sans arrêt. Alors qu'on discutait de la citadelle d'Alger, occupée par les infidèles, cet homme ne cessait de dire « la citadelle du Caire », allant même jusqu'à parler des Circassiens au lieu des Castillans, jusqu'au moment où un autre conseiller, pourtant bien plus jeune, lui lança un regard si rageur que l'autre blêmit, sentant sa tête vaciller sur ses épaules. C'est même ce regard et ce blêmissement, plus que les lapsus, qui me firent comprendre qu'une chose fort grave venait d'être révélée. En effet, cette année-là, le sultan Sélim voulait faire croire que ses préparatifs de guerre étaient dirigés contre le sophi de Perse ; il avait même invité le maître du Caire à se joindre à lui pour la lutte contre les hérétiques. Alors qu'en réalité c'est contre l'empire mamelouk que l'Ottoman avait décidé de marcher.

Dès la fin des entretiens, je m'empressai d'en parler à Nour, ce qui était, de ma part, pire qu'un glissement de langue. Comme j'aurais dû le prévoir, ma Circassienne s'enflamma, non dans les apparences, mais dans son cœur. Elle voulait absolument avertir ses frères de race du danger qui les menaçait.

« Le sultan Kansoh est un vieil homme malade et irrésolu, qui continuera à écouter béatement les promesses d'amitié de Sélim jusqu'au moment où le sabre ottoman lui aura tranché la gorge ainsi que celles de tous les Circassiens. Il fut sans doute un vaillant soldat dans sa jeunesse, mais, pour le moment, rien d'autre ne le préoccupe que de se protéger les paupières et d'extorquer l'or de ses sujets. Il faut l'avertir des intentions de Constantinople ; nous seuls pouvons le faire, puisque nous seuls les connaissons.

– Sais-tu ce que tu me proposes ? De faire œuvre d'espion, de sortir de l'antichambre de Sélim pour aller raconter à Kansoh ce qui s'y est dit. Sais-tu que ces propos que nous échangeons ici, toi et moi, dans cette pièce suffiraient à nous faire trancher la tête ?

– N'essaie pas de me faire peur ! Je suis seule avec toi et je parle à voix basse.

– C'est pour toi que j'ai quitté l'Égypte, et c'est toi qui me demandes d'y revenir !

– Il fallait partir pour préserver la vie de Bayazid ; aujourd'hui, il faut revenir pour sauver mes frères, ainsi que l'avenir de mon fils. Tous les Circassiens vont être massacrés, le sultan Sélim va les surprendre, s'emparer de leurs terres, bâtir un empire si puissant et si étendu que plus jamais mon fils ne pourra le convoiter. Si quelque chose peut être tenté, je dois le faire, au péril de ma vie. Nous pouvons aller à Galata, prendre le premier bateau pour Alexandrie. Après tout, les deux empires ne sont pas encore en guerre, ils sont même censés être alliés.

– Et si je te disais non ?

– Dis-moi : « Non, tu ne chercheras pas à sauver du mas- « sacre les gens de ta race », « Non, tu ne te battras pas pour « que ton fils soit un jour le maître de Constantinople », dis- « moi ces mots, et j'obéirai. Mais j'aurai perdu le goût de « vivre et d'aimer. »

Je ne dis rien. Elle renchérit :

« De quelle pâte es-tu fait pour accepter de perdre une ville après l'autre, une patrie après l'autre, une femme après l'autre, sans jamais te battre, sans jamais regretter, sans jamais te retourner ?

– Entre l'Andalousie que j'ai quittée et le Paradis qui m'est promis, la vie n'est qu'une traversée. Je ne vais nulle part, je ne convoite rien, je ne m'accroche à rien, je fais confiance à ma passion de vivre, à mon instinct du bonheur, ainsi qu'à la Providence. N'est-ce pas cela qui nous a unis ? Sans hésiter, j'ai quitté une ville, une maison, une vie, pour suivre ta voie, pour caresser ton acharnement.

– Et maintenant, pourquoi as-tu cessé de me suivre ?

– Je me lasse des obsessions. Certes, je ne t'abandonnerai pas ici, entourée d'ennemis. Je te reconduirai chez les tiens pour que tu puisses les prévenir, mais là nos chemins se sépareront. »

Je n'étais pas sûr d'avoir conclu un bon accord, ni d'avoir le courage de m'y tenir. Du moins croyais-je avoir fixé, pour moi-même, les limites de l'aventure où je m'étais laissé entraîner. Quant à Nour, elle me parut toute rayonnante. Peu importaient mes réticences, tant qu'elles ne se plaçaient pas au travers de sa route. De mes propos fort circonstanciés, elle n'entendit que le « oui » que je n'avais même pas prononcé. Et déjà, sans attendre, pendant que je tissais dans mon esprit le mensonge que j'allais servir à Haroun pour pouvoir lui fausser compagnie, elle se mit à parler de bateaux, de quais et de bagages.

*

Quand, à mon retour au pays du Nil, le douanier du port d'Alexandrie me demanda, entre deux fouilles, s'il était vrai que les Ottomans s'apprêtaient à envahir la Syrie et l'Égypte, je répondis par une imprécation contre toutes les femmes de la terre, en particulier les blondes Circassiennes, ce que mon interlocuteur, à mon grand étonnement, approuva avec entrain, comme si c'était l'explication évidente des malheurs à venir.

Tout au long du trajet jusqu'au Caire, Nour dut supporter reproches et sarcasmes. Mais, dès notre troisième journée dans la capitale, il me fallut concéder qu'elle n'avait pas eu tout à fait tort d'entreprendre sa périlleuse démarche. Les rumeurs qui circulaient étaient tellement contradictoires que la confusion la plus totale régnait dans les esprits, non seulement parmi les gens du commun, mais également à la Citadelle. Le sultan avait décidé de partir pour la Syrie, à la rencontre des troupes ottomanes, puis, sur la foi d'informations rassurantes, il avait annulé son expédition. Aux régiments qui avaient reçu l'ordre de se mettre en route, on avait demandé de regagner leurs casernes. Le calife et les quatre grands cadis s'étaient vu demander, par deux fois, de se préparer à accompagner le souverain à Alep ; par deux fois, leurs cortèges avaient pris la route de la citadelle en prévision du grand départ ; par deux fois, on leur avait signifié qu'ils devaient rentrer chez eux.

Pour ajouter au trouble, un plénipotentiaire ottoman était venu en grande pompe renouveler les promesses de paix et d'amitié, suggérant, une fois de plus, une alliance contre les hérétiques et les infidèles. Pareilles attente et incertitude émoussaient la combativité de l'armée, et c'est sans doute ce que le Grand Turc visait par ses boniments. Il était donc important qu'un témoignage venu de Constantinople dessille les yeux des responsables. Encore fallait-il le transmettre d'une manière qui puisse inspirer confiance sans que la source en soit divulguée.

Nour eut l'idée d'écrire une lettre et d'aller la déposer, cachetée, au domicile du secrétaire d'État, Tumanbay, le second personnage du sultanat, le plus populaire des dirigeants de l'Égypte. Elle se dit que le message d'une femme circassienne serait transmis sans délai au grand mamelouk.

La nuit même, on frappa à ma porte. Tumanbay était venu seul, chose incroyable dans cette ville où le plus petit commandant de dix ne songeait jamais à se déplacer sans une abondante et bruyante escorte. C'était un homme d'une quarantaine d'années, grand, élégant, le teint clair, la moustache allongée à la mode circassienne, la barbe courte et soigneusement coupée. Dès mes premiers mots d'accueil, son visage se rembrunit. Mon accent l'avait inquiété, la communauté maghrébine du Caire étant connue pour ses sympathies à l'égard des Ottomans. Je me dépêchai d'appeler Nour à mes côtés. Elle se présenta à visage découvert. Tumanbay la reconnut. Sœur de race et veuve d'un opposant à Sélim, elle ne pouvait que lui inspirer pleine confiance.

Le secrétaire d'État s'assit donc sans cérémonie pour écouter mon histoire. Je lui répétai ce que j'avais entendu, sans ajouter une fioriture, sans omettre un détail. Quand je me tus, il commença par me rassurer :

« Il ne s'agit pas là d'un témoignage dont je ferai état. L'important, c'est la conviction intime des dirigeants. La mienne est faite, et, après ce que je viens d'entendre, je me battrai avec plus de vigueur encore pour que le sultan la partage. »

Il eut l'air de réfléchir intensément. Une grimace se dessina sur ses lèvres. Puis il dit, comme s'il continuait une conversation intérieure :

« Mais avec un sultan rien n'est jamais simple. Si j'insiste trop auprès de lui, il se dira que je cherche à l'éloigner du Caire, et il ne voudra plus partir. »

Sa confidence m'enhardit :

« Pourquoi ne partirais-tu pas toi-même avec l'armée ? N'as-tu pas trente ans de moins que lui ?

— Si je remportais une victoire, il craindrait mon retour à la tête des troupes. »

Promenant son regard autour de lui, le secrétaire d'État

remarqua l'icône et la croix copte sur le mur. Il sourit, en se grattant ostensiblement la tête. Il avait de bonnes raisons d'en être intrigué : un Maghrébin, habillé à l'égyptienne, marié à une Circassienne, veuve d'un émir ottoman, et qui ornait sa maison à la manière d'un chrétien ! Je m'apprêtais à lui raconter comment cette maison m'était échue, mais il m'interrompit :

« La vue de ces objets ne m'offusque pas. Il est vrai que je suis musulman par la grâce de Dieu, mais je suis né chrétien et baptisé, comme le sultan, comme tous les mamelouks. »

Ces mots dits, il sauta sur ses pieds et prit congé, tout en renouvelant ses remerciements.

Assise dans un coin sombre de la pièce, Nour n'avait pas participé à la conversation. Mais elle s'en montra satisfaite :

« Ne serait-ce que pour cette rencontre, je ne regrette pas d'être venue d'aussi loin. »

Assez vite, les événements semblèrent lui donner raison. On apprit en effet que le sultan avait fini par se décider à partir. On vit son bataillon sortir de l'hippodrome, traverser la place Rumaila, avant de passer par la montée des Bœufs et la rue Saliba, où je m'étais rendu ce jour-là en prévision du spectacle. Lorsque le sultan s'avança sous les ovations, à quelques pas de moi, je remarquai qu'au sommet de son parasol l'oiseau d'or ajouré, insigne des mamelouks, avait été remplacé par un croissant d'or ; on murmurait autour de moi que le changement avait été ordonné à la suite d'une lettre reçue de l'Ottoman et qui mettait en doute l'ardeur religieuse de Kansoh.

En tête de l'interminable cortège sultanien s'avançaient quinze files de chameaux harnachés de pompons brochés d'or, quinze autres harnachés de pompons de velours multicolore ; la cavalerie venait ensuite, sa marche ouverte par cent destriers recouverts de caparaçons en acier incrusté d'or. Plus loin, on pouvait voir des palanquins sur des mulets munis de couvertures de soie jaune, destinés au transport de la famille royale.

La veille, Tumanbay avait été nommé lieutenant général d'Égypte, avec pleins pouvoirs ; mais le bruit courait que le sultan avait emporté avec lui tout l'or du Trésor, plusieurs millions de dinars, ainsi que les objets précieux des magasins royaux.

J'avais demandé à Nour de m'accompagner pour assister

à l'événement pour lequel elle avait œuvré. Elle m'avait prié de partir seul, affirmant qu'elle ne se sentait pas en forme. Je crus qu'elle voulait éviter de trop se montrer en public ; je ne tardai pas à découvrir qu'elle était enceinte. Je n'osais trop m'en réjouir, car si, à l'approche de la trentaine, je désirais ardemment un fils de mon sang, je n'ignorais pas que l'état de Nour m'interdisait désormais de la quitter, et même de fuir Le Caire avec elle, ce que la sagesse me commandait de faire.

Trois mois passèrent, au cours desquels des nouvelles régulières nous parvenaient sur la progression du souverain : Gaza, Tibériade, puis Damas, où un incident fut signalé. Le gérant de l'Hôtel de la Monnaie, un juif du nom de Sadaka, avait, selon la coutume, jeté des pièces d'argent neuves aux pieds du sultan lors de son entrée triomphale dans la ville. Les gardes de Kansoh s'étaient alors précipités pour ramasser les pièces, si bien que le souverain, fortement bousculé, avait failli tomber de son cheval.

On sut qu'après Damas le sultan s'était rendu à Hama, à Alep. Puis ce fut le silence. Pendant plus de trois semaines. Un silence qui, au début, ne fut pas troublé par la moindre rumeur. C'est seulement le samedi, seizième jour de *chaabane,* le 14 septembre 1517, qu'un messager arriva à la citadelle, haletant et couvert de poussière : une bataille avait eu lieu à Marj Dabek, non loin d'Alep. Le sultan y participait, coiffé de sa petite toque, vêtu de son manteau blanc, portant sa hache sur l'épaule, avec autour de lui le calife, les cadis et quarante porteurs de Coran. Au début, l'armée d'Égypte avait eu le dessus, prenant à l'ennemi sept drapeaux et de grosses pièces d'artillerie montées sur chariot. Mais le sultan avait été trahi, notamment par Khairbak, gouverneur d'Alep, qui était de mèche avec les Ottomans. Alors qu'il commandait l'aile gauche, il avait tourné bride, ce qui avait aussitôt propagé le découragement dans l'armée entière. Et, constatant ce qui était en train de se passer, Kansoh avait eu une attaque d'hémiplégie. Tombé de son cheval, il était mort sur le coup. Dans la confusion, son cadavre n'avait même pas été retrouvé.

Les habitants du Caire étaient atterrés, d'autant que d'autres rumeurs se succédèrent bientôt sur l'avance des Ottomans, qui suivaient en sens inverse la route de l'armée égyptienne : ainsi Alep était-elle tombée entre leurs mains, puis Hama. À Khan el-Khalili, on pilla quelques magasins appartenant à des Turcs d'Asie Mineure et à des Maghrébins, mais l'ordre fut énergiquement rétabli par Tumanbay qui, pour atténuer les effets de ces nouvelles désastreuses, annonça l'abolition de toutes les taxes et réduisit le prix des produits de première nécessité.

Bien que le secrétaire d'État tînt la situation en main, il attendit un mois avant de se proclamer sultan. Ce jour-là, Damas venait de tomber à son tour aux mains de Sélim ; Gaza devait bientôt la suivre. À court d'effectifs, Tumanbay ordonna la création de milices populaires pour la défense de la capitale ; il fit vider les prisons et annonça que tous les crimes, même les homicides, seraient pardonnés à ceux qui s'engageraient. Quand, aux derniers jours de l'année, l'armée ottomane s'approcha du Caire, le sultan mamelouk rassembla ses troupes dans le camp de Raidanieh, à l'est de la ville ; il y adjoignit plusieurs éléphants ainsi que des canons nouvellement fondus ; il fit creuser une tranchée longue et profonde dans l'espoir de soutenir un long siège.

Tel n'était pourtant pas le dessein de l'Ottoman. Après avoir laissé à son armée deux jours pour se reposer de la longue traversée du Sinaï, Sélim ordonna un assaut général, avec une telle profusion de canons et un avantage numérique si écrasant que l'armée égyptienne se débanda en quelques heures.

Et c'est ainsi que, le tout dernier jour de l'année, le Grand Turc fit son entrée solennelle au Caire, précédé de crieurs qui promettaient la vie sauve aux habitants, les appelant à retourner dès le lendemain à leurs occupations. C'était un vendredi, et le calife, capturé en Syrie et ramené dans la suite du conquérant, fit, ce jour-là, dire le sermon, dans toutes les mosquées de la capitale, au nom du « sultan fils de sultan, souverain des deux continents et des deux mers, destructeur des deux armées, maître des deux Iraks, serviteur des sanctuaires sacrés, le roi victorieux Sélim shah ».

Nour avait les yeux en sang. Elle était si affectée par le triomphe du Grand Turc que je craignis pour la vie de l'enfant qu'elle portait. Comme elle était à quelques jours de son terme, je dus lui faire jurer de rester immobile sur son lit. Moi-même, je me consolais en me promettant de quitter ce pays dès qu'elle serait rétablie. Dans ma rue, tous les notables avaient caché dans leurs caveaux de famille leurs objets précieux et leurs draps par crainte du pillage.

Ce jour-là, pourtant, mon estafier et son âne se présentèrent devant ma porte, ainsi qu'à l'accoutumée, pour m'emmener en ville. Le garçon me rapporta, hilare, qu'en venant il avait trébuché sur la tête coupée d'un officier mamelouk. Comme je ne riais nullement, il se permit d'émettre l'idée que je prenais les choses trop au sérieux. Ce qui lui valut une gifle du revers de la main.

« Ainsi, grondai-je paternellement, ta ville vient d'être occupée, ton pays est envahi, ses dirigeants sont tous massacrés ou en fuite, d'autres les remplacent, qui viennent du bout de la terre, et tu me reproches de prendre la chose au sérieux ? »

Pour toute réponse, il n'eut qu'un haussement d'épaules et cette phrase de résignation séculaire :

« Quiconque prend ma mère devient mon beau-père. »

Puis il se remit à rire.

Un homme, toutefois, n'était nullement résigné. C'était Tumanbay. Il s'apprêtait à écrire les pages les plus héroïques de l'histoire du Caire.

L'ANNÉE DE TUMANBAY

923 de l'hégire
(24 janvier 1517-12 janvier 1518)

Maître du Caire, le Grand Turc paradait, comme s'il tenait à balayer de son ombre indélébile chaque lieu sacré, chaque quartier, chaque porte, chaque regard terrifié. Devant lui, les hérauts ne se lassaient pas de clamer que la population n'avait plus rien à craindre pour sa vie ni pour ses biens, alors qu'au même moment massacres et pillages se poursuivaient, parfois à quelques pas du cortège sultanien.

Les Circassiens étaient les premières victimes. Mamelouks ou descendants de mamelouks, ils étaient pourchassés sans répit. Quand un haut dignitaire de l'ancien régime était pris, on le juchait sur un âne, la face tournée vers l'arrière, coiffé d'un turban bleu et affublé de clochettes qu'on lui attachait autour du cou. Ainsi accoutré, on le promenait dans les rues, avant de le décapiter. Sa tête était ensuite exhibée sur une perche, tandis que son corps était livré aux chiens. Dans chaque camp de l'armée ottomane, des centaines de perches étaient ainsi plantées dans le sol, les unes à côté des autres, macabres forêts que Sélim aimait à parcourir.

Bien entendu, les Circassiens, un moment trompés par les promesses ottomanes, ne tardèrent pas à se débarrasser de leurs coiffes habituelles, calottes ou turbans légers, pour arborer de gros turbans, afin de se fondre dans la population. À la suite de quoi les soldats ottomans se mirent à appréhender tous les passants sans distinction, les accusant d'être des Circassiens déguisés et exigeant le paiement d'une rançon pour les laisser partir. Quand les rues étaient vides, les militaires forçaient les portes des maisons et, sous prétexte de débusquer les mamelouks en fuite, s'adonnaient au pillage et au viol.

Le quatrième jour de cette année-là, le sultan Sélim se trouvait au faubourg de Boulak, où son armée avait installé le plus vaste de ses camps. Il avait assisté à quelques exécutions d'officiers puis ordonné que les centaines de cadavres décapités qui encombraient le camp fussent immédiatement jetés dans le Nil. Il était ensuite passé au hammam pour se purifier avant de se rendre à la prière du soir dans une mosquée proche du débarcadère. La nuit tombée, il avait regagné le camp et appelé quelques-uns de ses aides auprès de lui.

La réunion venait tout juste de commencer lorsqu'un tumulte inhabituel se produisit : des centaines de chameaux, chargés d'étoupe enflammée, se ruaient vers les positions ottomanes, mettant le feu aux tentes. Il faisait déjà sombre, et, à la faveur du désarroi ainsi créé, des milliers d'hommes armés investirent le camp. À leur tête, Tumanbay. Ses troupes comprenaient des soldats, certes, mais surtout des gens du commun, des matelots, des porteurs d'eau, d'anciens condamnés qui avaient rejoint les milices populaires. Certains étaient armés de poignards, d'autres n'avaient que des frondes, voire des gourdins. Pourtant, la nuit et la surprise aidant, ils semèrent la mort dans les rangs des Ottomans. Au plus fort de la bataille, Sélim lui-même fut cerné de toutes parts, et seul l'acharnement de ses gardes lui permit de se frayer un chemin vers l'extérieur. Le camp était aux mains de Tumanbay qui, sans perdre un instant, ordonna à ses partisans de se lancer à la poursuite des troupes d'occupation dans tous les quartiers du Caire et de ne faire aucun prisonnier.

Rue après rue, la capitale fut reconquise. Les Circassiens s'étaient mis à pourchasser les soldats ottomans, avec l'aide active de la population. Les victimes, devenues bourreaux, se montraient impitoyables. Je vis moi-même, non loin de ma maison, le supplice de sept Turcs qui s'étaient réfugiés dans une mosquée. Poursuivis par une vingtaine de Cairotes, ils avaient pris refuge au sommet du minaret et s'étaient mis à tirer à coups de fusil sur la foule. Mais ils furent rattrapés, égorgés et projetés tout sanglants du haut de l'édifice.

La bataille avait commencé le mardi soir. Le jeudi, Tumanbay vint s'installer dans la mosquée Cheikhu de la rue Saliba, dont il fit son quartier général. Il semblait si maître de la ville que le lendemain on prononça à nouveau le sermon en son nom du haut des chaires.

Sa situation n'en était pas moins précaire. Une fois passée la surprise de l'attaque initiale, les Ottomans s'étaient ressaisis. Ils avaient repris Boulak, s'étaient infiltrés dans le vieux Caire jusqu'aux abords de ma rue et, à leur tour, récupéraient pas à pas le terrain perdu. Tumanbay contrôlait principalement les quartiers populaires du centre, dont il avait interdit l'accès par des tranchées hâtivement creusées ou par des barricades.

De tous les jours qu'Allah a créés, c'est ce vendredi-là et aucun autre que Nour choisit pour ressentir les douleurs de l'accouchement. Je dus sortir en rampant, me faufiler à travers mon jardin pour appeler une sage-femme du voisinage, qui n'accepta de se déplacer qu'au bout d'une heure de supplication, et à prix d'or : deux dinars si c'est une fille, quatre si c'est un garçon.

Quand elle vit le frêle sillon rosâtre entre les cuisses boursouflées du bébé, elle me cria, fort dépitée :

« Deux dinars ! »

Ce à quoi je répondis :

« Si tout se termine bien, tu en auras quand même quatre ! »

Comblée par tant de générosité, elle promit de revenir quelques jours plus tard pour l'excision, qu'elle opérerait gratis. Je la priai de n'en rien faire, lui expliquant que cette

266

pratique n'existait pas dans mon pays, ce dont elle se montra surprise et contrariée.

Ma fille me semblait aussi belle que sa mère, et tout aussi blanche. Je la nommai Hayat, Vie, n'ayant pour elle, comme pour toute ma famille, de vœu plus cher que de sortir indemne de l'orgie meurtrière du Caire où deux empires s'affrontaient, l'un enivré par son triomphe, l'autre obstiné à ne pas mourir.

Dans les rues, la bataille faisait toujours rage. Les Ottomans, redevenus maîtres de la plupart des faubourgs, tentaient de marcher vers le centre, mais ils n'avançaient que lentement et en subissant de très lourdes pertes. Cependant, l'issue du combat ne faisant plus de doute, soldats et miliciens désertèrent peu à peu le camp de Tumanbay tandis qu'à la tête d'une poignée de fidèles, quelques fusiliers noirs et les Circassiens de sa garde personnelle, le sultan mamelouk se battait encore une journée durant. Dans la nuit du samedi, il se décida à quitter la ville, sans rien perdre toutefois de sa détermination. Il fit dire qu'il reviendrait bientôt, avec des forces accrues, pour déloger les envahisseurs.

Comment décrire ce que firent les Ottomans quand ils purent pénétrer à nouveau dans les quartiers du Caire ? Pour eux, il ne s'agissait plus, comme lors de leur première victoire, de mettre hors combat les troupes circassiennes qui leur avaient tenu tête ; c'était désormais toute la population du Caire qu'il leur fallait punir : les soldats du Grand Turc se répandirent dans les rues avec ordre de tuer tout ce qui respirait. Nul ne pouvait quitter la cité maudite, puisque toutes les routes étaient coupées ; nul ne pouvait se ménager un refuge, puisque les cimetières eux-mêmes et les mosquées étaient transformés en champs de bataille. On était contraint de se terrer chez soi en espérant que l'ouragan passerait. Il y aurait eu ce jour-là, de l'aube au dernier quartier de la nuit, plus de huit mille morts. Les rues étaient toutes couvertes de cadavres d'hommes, de femmes, d'enfants, de chevaux et d'ânes, entremêlés en un interminable cortège sanglant.

Le lendemain, Sélim fit hisser au-dessus de son camp deux étendards, l'un blanc, l'autre rouge, signifiant à ses hommes que vengeance était désormais prise et que le carnage devait s'arrêter. Il était temps, car, si les représailles s'étaient prolongées quelques jours encore avec la même fureur, le Grand Turc n'aurait conquis en ce pays qu'un gigantesque charnier.

Tout au long de ces journées sanglantes, Nour n'avait pas arrêté de prier pour la victoire de Tumanbay. Mes propres sentiments n'étaient guère différents. D'avoir, un soir, accueilli le sultan mamelouk sous mon toit, je n'en étais que plus sensible à sa bravoure. Surtout, il y avait Bayazid. Tôt ou tard, un soupçon, une dénonciation, un bavardage le livreraient aux Ottomans, ainsi que toute sa famille. Pour la sécurité de l'enfant proscrit, pour la nôtre, il fallait que Tumanbay fût victorieux. Lorsque je réalisai, dans la journée du dimanche, qu'il avait définitivement perdu la partie, j'explosai contre lui, de déception, de peur et de rage contenue, déclarant qu'il n'aurait jamais dû se lancer dans une entreprise si hasardeuse, entraîner la population dans son sillage et attirer sur elle le courroux de Sélim.

Bien qu'elle fût encore très affaiblie, Nour se redressa d'un bond, comme si elle était réveillée par un mauvais songe. Dans sa face livide, on ne voyait que ses yeux, qui ne fixaient rien.

« Rappelle-toi les pyramides ! Que d'hommes sont morts pour les construire, qui auraient pu passer de longues années encore à labourer, à manger, à s'accoupler ! Puis ils seraient morts de la peste, sans laisser de trace. Par la volonté de Pharaon, ils ont bâti un monument dont la silhouette perpétuera à jamais le souvenir de leur travail, de leurs souffrances, de leurs plus nobles aspirations. Tumanbay n'a pas fait autre chose. Quatre jours de courage, quatre jours de dignité, de défi, ne valent-ils pas mieux que quatre siècles de soumission, de résignation, de mesquinerie ? Tumanbay a offert au Caire et à son peuple le plus beau présent qui soit : un feu sacré qui éclairera et réchauffera la longue nuit qui commence. »

Les mots de Nour ne me convainquaient qu'à moitié, mais je ne cherchai pas à la contredire. Je me contentai de l'entourer doucement de mes bras pour la recoucher. Elle parlait le langage de sa race ; je n'avais d'autre ambition que de survivre, avec les miens, d'autre ambition que de m'éloigner, afin de raconter un jour sur du papier glacé la chute du Caire, de son empire, de son ultime héros.

*

Je ne pouvais quitter la ville avant plusieurs semaines, le temps que Nour fût en mesure de prendre la route. En attendant, la vie au Caire devenait de plus en plus difficile. Les denrées se faisaient rares. Les fromages, le beurre et les fruits étaient introuvables, le prix des céréales augmentait. On disait que Tumanbay avait décidé d'affamer la garnison ottomane en empêchant l'approvisionnement de la ville à partir des provinces qu'il contrôlait encore ; de plus, il s'était entendu avec les tribus de nomades arabes, qui ne s'étaient jamais soumises à aucun pouvoir égyptien, pour qu'elles viennent dévaster les environs de la capitale. On affirmait dans le même temps que Tumanbay avait amené d'Alexandrie du matériel de guerre, flèches, arcs et poudre, qu'il avait rassemblé des troupes fraîches et s'apprêtait à se lancer dans une nouvelle offensive. De fait, les affrontements se multipliaient, notamment du côté de Guizeh, rendant impraticable la route des pyramides que nous devions emprunter pour récupérer Bayazid.

Fallait-il tenter malgré tout de fuir, au risque de se faire intercepter par une patrouille ottomane, par des déserteurs mamelouks ou par quelque bande de pillards ? J'hésitais à le faire jusqu'au moment où j'appris que le sultan Sélim avait décidé de déporter à Constantinople plusieurs milliers d'habitants. On parla d'abord du calife, des dignitaires mamelouks et de leurs familles. Mais la liste ne cessait de s'allonger : des maçons, des charpentiers, des marbriers, des paveurs, des forgerons, des ouvriers de toutes spécialités. Je ne tardai pas à savoir que les fonctionnaires ottomans étaient en train d'établir des listes nominatives de tous les Maghrébins et de tous les juifs de la ville en vue de leur déportation.

Ma décision était prise. Me promettant de partir dans les trois jours, j'effectuais un dernier tour en ville pour régler quelques affaires lorsqu'une rumeur me fut rapportée : Tumanbay aurait été capturé, trahi par le chef d'une tribu bédouine.

Vers midi, des cris retentirent, se confondant avec les appels à la prière. Un nom fut prononcé près de moi, Bab Zuwaila. C'est effectivement en direction de cette porte que des milliers de citadins se hâtaient, hommes et femmes, jeunes et vieux. Je les imitai. Une foule était là, sans cesse grossissante et d'autant plus impressionnante qu'elle était quasiment silencieuse. Soudain, elle se fendit pour laisser passer une colonne ottomane comprenant une centaine de cavaliers et deux fois plus de fantassins. Le dos à la foule, ils formèrent trois cercles concentriques avec, au milieu, un homme à cheval. Il n'était pas facile dans cette silhouette de reconnaître Tumanbay. Tête nue et barbe hirsute, il n'avait pour habits que des lambeaux de drap rouge mal cachés par un manteau blanc. Aux pieds, il n'avait qu'un grossier bandage de tissu bleu.

À la demande d'un officier ottoman, le sultan déchu mit pied à terre. On lui délia les mains, mais douze soldats l'entourèrent aussitôt, sabre au clair. Pourtant, il ne songeait visiblement pas à fuir. De ses mains libres, il salua la foule, qui, courageusement, l'acclama. Tous les regards, y compris le sien, se tournèrent alors vers la célèbre porte, par-dessus laquelle un bourreau était en train de lancer une corde.

Tumanbay eut l'air surpris, mais le sourire ne quitta pas ses lèvres. Seul son regard perdit de son acuité. Il cria seulement à la foule :

« Récitez trois fois la *Fatiha* pour moi ! »

Des milliers de murmures s'élevèrent, tel un grondement chaque instant plus vibrant :

« Louange à Dieu, seigneur de l'univers, le Clément, le Miséricordieux, maître du jour du Jugement… »

Le dernier *Amîn* fut un cri prolongé, rageur, révolté. Puis plus rien, le silence. Les Ottomans eux-mêmes semblaient interloqués, et ce fut Tumanbay qui les secoua :

« Bourreau, fais ton travail ! »

La corde fut nouée autour du cou du condamné. On tira à l'autre bout. Le sultan s'éleva d'un pied, puis retomba au sol. La corde était cassée. À nouveau elle fut nouée, à nouveau tirée par le bourreau et ses aides, à nouveau elle se cassa. La tension devenait insoutenable. Seul Tumanbay avait l'air amusé, comme s'il se sentait déjà ailleurs, dans un monde où le courage reçoit une tout autre récompense. Le bourreau renoua la corde pour la troisième fois. Elle ne cassa pas. Une clameur s'éleva, faite de sanglots, de gémissements, de prières. Le dernier empereur d'Égypte, l'homme le plus vaillant qui ait jamais gouverné la vallée du Nil venait d'expirer, pendu à la porte Zuwaila comme un vulgaire voleur de chevaux.

*

Toute la nuit, l'image du supplicié resta plantée devant mes yeux. Mais le matin, enhardi par l'amertume et l'insomnie, insensible aux dangers, je m'étais engagé sur la route des pyramides.

Sans m'en rendre compte, j'avais choisi le meilleur moment pour fuir : les Ottomans, rassurés par l'exécution de leur ennemi, avaient relâché leur vigilance, tandis que les amis de Tumanbay, assommés par leur défaite, avaient pris le large. Certes, nous dûmes nous arrêter cinq ou six fois pour répondre à quelques questions soupçonneuses. Mais nous ne fûmes ni molestés ni dépouillés, et, la nuit, nous nous retrouvâmes couchés paisiblement chez Khadra, dans la masure de nos premières amours.

Là, des mois de bonheur simple et inespéré s'écoulèrent. Trop petit et trop pauvre pour attirer les convoitises, le village de la gouvernante vivait en marge des guerres et des bouleversements. Mais cette existence tranquille et monotone ne pouvait être pour moi que celle d'une oasis ombragée entre deux longues étapes. Les bruits du lointain m'appelaient, il était écrit que je ne resterais pas sourd à leurs tentations.

L'ANNÉE DU RAPT

924 de l'hégire
(13 janvier 1518 – 2 janvier 1519)

De ma longue retraite paysanne, pourtant émaillée de contemplations et de promenades silencieuses, j'ai émergé sans certitudes. Périssables, toutes les cités ; carnassiers, tous les empires ; insondable, la Providence. Seules me réconfortaient la crue du Nil, la ronde des astres et les naissances saisonnières des bufflons.

Quant vint l'heure de partir, c'est vers La Mecque que je tournai mon regard. Un pèlerinage s'imposait à ma vie. Comme Nour redoutait le voyage avec deux enfants âgés l'un d'un an et l'autre de quatre, je demandai à Khadra de nous accompagner, ce dont elle se réjouit, jurant qu'elle n'attendait d'autre rétribution que le privilège de s'éteindre dans les Lieux saints.

Un voilier nous recueillit sur la rive africaine du fleuve, à une demi-journée de Guizeh, vers le sud. Il appartenait à un riche fabricant d'huile de sésame qui portait sa marchandise vers la haute Égypte, s'arrêtant une journée ou deux dans toute ville de quelque importance. Ainsi nous visitâmes successivement Bani Soueif, el-Minia, puis Manfalout, où un vieil homme nous rejoignit. La nuit même, profitant du silence et du sommeil des enfants, je m'étais mis à écrire, à la lueur d'une chandelle, lorsque ce nouveau passager m'interpella :

« Hé ! toi ! Va réveiller un marinier ! Je vois dans l'eau un grand morceau de bois qui sera bien utile demain pour faire la cuisine ! »

Je n'appréciai ni son ton de janissaire, ni sa voix enrouée, ni sa suggestion au milieu de la nuit. Pourtant, par égard pour son âge, je lui répondis sans irrespect :

« Il est minuit, il vaudrait mieux ne réveiller personne. Mais sans doute pourrai-je t'aider moi-même. »

Je déposai à regret mon calame et fis quelques pas vers cet homme. Mais il me lança nerveusement :

« Je n'ai besoin de personne. J'y arriverai bien tout seul ! »

Il était penché par-dessus bord, tenant à la main une corde avec laquelle il tentait d'accrocher la planche qui flottait, quand soudain une longue queue jaillit de l'eau, s'enroula autour de lui et le précipita dans le Nil. Je me mis à crier, tirant brutalement du sommeil passagers et hommes d'équipage. On amena la voile pour arrêter la barque, qu'on garda une heure entière amarrée à la berge, pendant que des mariniers intrépides se jetaient à l'eau. Mais ce fut sans résultat. Tous s'accordèrent à dire que le malheureux avait été dévoré par un crocodile.

Durant tout le reste du voyage, les histoires les plus extraordinaires me furent rapportées au sujet de ces gigantesques lézards qui terrorisent la haute Égypte. Il paraît qu'au temps des pharaons, puis des Romains, et même au début de la conquête musulmane, les crocodiles faisaient peu de ravages. Mais, au troisième siècle de l'hégire, un événement des plus étranges se produisit : dans une grotte proche de Manfalout, on trouva une statue en plomb représentant l'un de ces animaux, grandeur nature, couverte d'inscriptions pharaoniques. Estimant qu'il s'agissait d'une idole impie, le gouverneur d'Égypte de l'époque, un certain Ibn-Touloun, ordonna de la détruire. Du jour au lendemain, les crocodiles se déchaînèrent, s'en prenant haineusement aux hommes, semant la frayeur et la mort. C'est alors que l'on comprit que la statue avait été élevée sous certaines conjonctions astrales pour dompter ces animaux. Fort heureusement, la malédiction n'avait frappé que la haute Égypte. En aval du Caire, les crocodiles ne se nourrissaient jamais de chair humaine, sans doute parce que la statue qui les inhibe n'a jamais été retrouvée.

Après Manfalout, nous passâmes devant Assyout, mais sans nous arrêter, en raison d'une nouvelle épidémie de peste qui y était signalée. Notre escale suivante fut el-Mounchiya, où je rendis visite au seigneur berbère qui la gouvernait. Puis ce fut au tour d'el-Khiam, une petite ville dont la population est entièrement chrétienne, à l'exception du commissaire de police. Deux jours plus tard, nous étions à Kina, un gros bourg entouré d'une enceinte de briques crues à laquelle pendaient triomphalement trois cents têtes de crocodiles. C'est là que nous prîmes la route terrestre pour aller au port d'el-Koussaïr, sur la mer Rouge, munis d'outres bien pleines, car du Nil à la côte on ne trouve pas un seul point d'eau. Il ne fallut pas plus d'une semaine pour atteindre Yanbouh, port de l'Arabie Déserte, où nous accostâmes avec l'apparition du croissant de *rabih-thani* quand la saison annuelle de pèlerinage touchait à sa fin ; six jours plus tard, nous étions à Djeddah.

Dans ce port boudé par la prospérité, peu de choses méritent d'être visitées. La plupart des maisons sont des cabanes de bois, à l'exception de deux mosquées anciennes et de quelques hôtelleries. Il faut également signaler un dôme modeste où l'on prétend que Notre-Dame Ève, mère des hommes, aurait passé quelques nuits. Cette année-là, la ville était provisoirement administrée par un amiral ottoman qui s'était débarrassé de l'ancien gouverneur, fidèle aux mamelouks, en le jetant d'un vaisseau dans une zone infestée de requins. La population, pauvre dans l'ensemble, attendait du nouveau pouvoir qu'il sévît contre les infidèles qui perturbaient le trafic dans la mer Rouge.

Nous ne restâmes que deux jours à Djeddah, le temps de prendre contact avec une caravane en partance pour La Mecque. À mi-chemin entre les deux villes, je quittai mes habits pour revêtir l'*ihram* des pénitents, deux longues bandes d'étoffe blanche sans couture, l'une portée autour de la taille, l'autre sur les épaules. Mes lèvres répétaient sans se lasser le cri des pèlerins : « *Labbaika Allahoumma ! Labbaika Allahoumma !* Me voici, Seigneur ! » Mes yeux cherchaient La Mecque à l'horizon, mais je ne vis la ville sainte qu'au bout d'une nouvelle journée de route, et seulement lorsque j'arrivai devant ses murs. La ville natale du Prophète, paix et salut sur lui ! est en effet située au fond d'une vallée, entourée de monts qui la préservent des regards.

J'y entrai par Bab-el-Omrah, la plus fréquentée de ses trois portes. Les rues me semblèrent bien étroites, et les maisons collées les unes aux autres, mais mieux construites et plus riches que celles de Djeddah. Les souks étaient tout emplis de fruits frais, en dépit de l'aridité de l'environnement.

À mesure que j'avançais, je me sentais transporté dans un univers de rêve : cette ville, bâtie sur ces terres stériles, semblait n'avoir jamais eu d'autre destin que le recueillement ; au centre, la Noble Mosquée, demeure d'Abraham ; et, au cœur de la mosquée, la Kaaba, imposant édifice autour duquel j'avais envie de tourner jusqu'à l'épuisement et dont chaque coin porte un nom : Angle d'Irak, Angle de Syrie, Angle du Yémen, Angle Noir, le plus vénéré, dirigé vers l'est. C'est là qu'est encastrée la Pierre Noire. On m'avait enseigné qu'en la touchant je touchais la main droite du Créateur. D'habitude, tant de gens s'y pressent qu'il est impossible de la contempler longtemps. Mais, les grandes vagues de pèlerins étant passées, je pus m'approcher à loisir de la Pierre, la couvrir de baisers et de larmes.

Quand je dus céder la place à Nour, qui me suivait à distance, je partis boire, sous une voûte proche de la Kaaba, l'eau bénite de Zam-Zam. Puis, remarquant que la porte de la Kaaba venait d'être ouverte pour quelque visiteur de marque, je m'empressai d'y pénétrer, l'espace d'une prière. Elle était dallée de marbre blanc strié de rouge et de bleu, avec, recouvrant les murs sur toute leur longueur, des tentures de soie noire.

Le lendemain, je revins aux mêmes endroits et répétai

avec ferveur les mêmes rites, puis je m'assis, pendant des heures, adossé à l'enceinte de la mosquée, insensible à ce qui m'entourait. Je ne cherchais pas à réfléchir. Mon esprit était simplement ouvert à la pensée de Dieu comme une fleur à la rosée du matin, et j'avais tant de bien-être que toute parole, tout geste, tout regard devenaient futiles. C'est à regret que je me levais à la tombée de chaque jour, c'est avec joie que j'y retournais chaque lendemain.

Souvent, au cours de ma méditation, des versets revenaient à ma mémoire, surtout ceux de la sourate de la génisse, qui évoquent longuement la Kaaba. « Nous avons établi la Sainte Demeure pour qu'elle soit la retraite et l'asile des hommes, et nous avons dit : prenez la station d'Abraham pour oratoire. » Mes lèvres murmuraient les paroles du Très-Haut, comme au temps de la Grande Récitation, sans balbutiement ni altération. « Dites : Nous croyons en Dieu et à ce qui a été envoyé du Ciel à nous, à Abraham et Ismaël, à Isaac, à Jacob, aux douze tribus, aux Livres qui ont été donnés à Moïse et à Jésus, aux Livres accordés aux prophètes par le Seigneur ; nous ne mettons point de différence entre eux, et nous sommes musulmans, résignés à la volonté de Dieu. »

*

Nous quittâmes La Mecque au bout d'un mois, plus vite écoulé qu'une nuit d'amour. Mes yeux étaient encore pleins de silence, et Nour éloignait de moi le vacarme des enfants. Nous avions pris la direction du nord, pour visiter à Médine le tombeau du Messager de Dieu, avant d'atteindre Tabouk, Akaba puis Gaza, où un marchand du Sous offrit de nous emmener sur son bateau, une caravelle amarrée dans une crique à l'ouest de la ville. J'avais rencontré cet homme durant la dernière étape du voyage et nous chevauchions souvent côte à côte. Il s'appelait Abbad. Il avait mon âge, ma taille, mon goût du négoce et des voyages, mais, là où j'avais des angoisses, il n'avait que des rondeurs. Il est vrai qu'il avait lu peu de livres, gardant intactes certaines ignorances que j'avais trop tôt perdues.

Nous étions déjà au large quand Nour me demanda pour la première fois :

« Où allons-nous ? »

La réponse aurait dû être évidente, pour elle comme pour moi. N'avais-je pas une maison à Tunis, où m'attendaient ma mère et ma fille aînée ? Pourtant, je demeurai silencieux, arborant un sourire énigmatique. Ma Circassienne insista :

« Qu'as-tu dit à ton ami ?

– Son bateau va traverser toute la Méditerranée avant de redescendre, après Tanger, le long de la côte atlantique. Nous débarquerons là où il nous plaira. »

Plutôt que de dévoiler son inquiétude, Nour emprunta une voix chantonnante :

« Ni en Égypte, ni en Syrie, ni en Candie… »

Je poursuivis, amusé par ce jeu :

« Ni au royaume de Fès, ni au Sous…

– Ni à Brousse, ni à Constantinople…

– Ni à Alger…

– Ni en Circassie…

– Ni en Andalousie… »

Nous partîmes l'un et l'autre d'un long rire affecté, nous épiant du coin de l'œil pour vérifier lequel céderait en premier à ses inavouables nostalgies d'exilé. Je dus attendre dix autres jours avant de voir des larmes, noires de poussière et de galène, trahir les frayeurs de Nour.

Nous avions fait escale à Alexandrie dans le but de renouveler nos provisions, et, au moment où nous nous apprêtions à repartir, un officier de la garnison ottomane était monté à bord pour une dernière inspection, ce qui n'avait, en soi, rien d'inhabituel. L'homme ne nourrissait sans doute que les soupçons que sa fonction exigeait, mais il avait une manière de scruter les visages qui donnait à chacun l'impression d'avoir fauté, d'être en fuite, et d'avoir été reconnu.

Soudain, le fils de Nour échappa à Khadra, qui le retenait, et courut tout droit vers le militaire.

« Bayazid ! » cria la gouvernante.

En entendant ce nom, l'Ottoman se pencha vers l'enfant, le porta à bout de bras à sa hauteur, et se mit à le faire tournoyer, examinant avec insistance ses cheveux, ses mains, son cou.

« Comment t'appelles-tu ? demanda-t-il.

– Bazid.

– Fils de qui ? »

Malheureuse, je te l'avais bien dit, criai-je en moi-même ! Par deux fois, j'avais surpris Nour en train d'enseigner à son fils qu'il était Bayazid, fils d'Aladin l'Ottoman, et je l'avais fortement blâmée en lui expliquant qu'à son âge il pouvait se trahir. Sans me donner tort, elle avait répliqué qu'il fallait que l'enfant sache son identité et se prépare à assumer son destin, qu'elle craignait de disparaître un jour sans lui avoir transmis son secret. En cet instant, elle tremblait et transpirait, et moi avec.

« Fils d'Aladin », répondit Bayazid.

En même temps, il pointait un doigt incertain vers l'endroit où j'étais assis. Je me levai à son geste et avançai vers l'officier avec un large sourire et une main tendue :

« Je m'appelle Aladin Hassan Ibn-al-Wazzan, négociant de Fès et natif de Grenade, puisse Dieu nous la rendre par le glaive des Ottomans ! »

Tout intimidé, Bayazid se jeta sur moi et enfouit son visage dans mon épaule. L'officier le lâcha en me disant :

« Bel enfant ! Il a le même nom que mon aîné ! Je ne l'ai pas vu depuis sept mois. »

Sa moustache frissonna. Son regard n'avait plus rien de terrifiant. Il se retourna et s'engagea dans la passerelle, tout en faisant signe à Abbad qu'il pouvait partir.

Dès que nous fûmes à un demi-mille du quai, Nour rentra dans notre cabine pour pleurer toutes les larmes qu'elle avait jusque-là retenues.

*

C'est à Djerba, un mois plus tard, que Nour connut sa seconde frayeur. Mais, cette fois, je ne l'ai pas vue pleurer.

Nous nous étions arrêtés pour la nuit, et c'est sans déplaisir que j'avais quitté pour un temps les planches tanguantes pour marcher avec Abbad sur la terre ferme. Et puis j'étais curieux de connaître un peu cette île dont on m'avait souvent vanté la douceur de vivre. Elle a longtemps appartenu aux rois de Tunis, mais les habitants ont décidé, à la fin du siècle dernier, de proclamer leur indépendance et de détruire le pont qui les reliait au continent. Ils avaient de quoi subvenir à leurs besoins, en exportant de l'huile, de la laine et des raisins secs, mais bientôt une guerre civile a éclaté entre les divers clans et des meurtres en série sont venus ensanglanter l'île. Peu à peu, toute autorité s'est perdue.

Ce qui n'empêchait nullement Abbad d'y faire escale le plus souvent possible.

« Le chaos se marie si bien avec la joie de vivre ! » observait-il.

Il connaissait une fort agréable taverne de marins.

« On y sert les plus gros poissons de la côte et les meilleurs vins. »

Je n'avais nullement l'intention de me gaver, encore moins de me soûler au retour d'un pèlerinage. Mais, après de longues semaines en mer, une petite fête s'imposait.

Nous étions à peine entrés, nous cherchions encore des yeux un coin de table à occuper, lorsqu'un bout de phrase me fit sursauter. Je prêtai l'oreille. Un marin racontait qu'il avait vu exposée, sur une place publique d'Oran, la tête tranchée d'Arouj Barberousse, tué par les Castillans qui promenaient leur macabre trophée de port en port.

Quand nous fûmes installés, je me mis à raconter à Abbad mes souvenirs concernant le corsaire, la visite que j'avais rendue à son camp, l'ambassade que j'avais effectuée en son nom à Constantinople. Soudain, mon compagnon me fit signe de baisser la voix.

« Derrière toi, me chuchota-t-il, il y a deux marins siciliens, un jeune et un vieux, qui t'écoutent avec un peu trop d'intérêt. »

Je me retournai furtivement. L'allure de nos voisins n'était guère rassurante. Nous changeâmes alors de conversation, et fûmes soulagés de les voir partir.

Une heure plus tard, nous sortîmes à notre tour, gais et repus, contents de marcher le long de la plage, sur le sable mouillé, sous une lune resplendissante.

Nous venions de dépasser quelques cabanes de pêcheurs quand, tout à coup, des ombres suspectes s'allongèrent devant nous. En un instant, nous nous retrouvâmes entourés d'une dizaine d'hommes armés d'épées et de poignards, parmi lesquels je reconnus sans peine nos deux voisins de table. L'un d'eux cracha quelques interjections en mauvais arabe ; je compris toutefois qu'il ne fallait ni parler ni bouger si nous ne voulions pas être transpercés. L'instant d'après, nous étions projetés à terre.

La dernière image que je garde est celle du poing qui s'abattit, devant mes yeux, sur la nuque d'Abbad. Puis je sombrai dans une longue nuit tourmentée, étouffante, naufrageuse.

Aurais-je pu deviner que c'était le plus extraordinaire de mes voyages qui commençait de la sorte ?

IV

LE LIVRE DE ROME

Je ne voyais plus terre, ni mer, ni soleil, ni le bout du voyage. Ma langue était saumâtre, ma tête était nausées, et brumes, et douleurs. La cale où l'on m'avait jeté sentait le rat mort, les vaigres moisies, les corps de captifs qui avant moi l'avaient hantée.

Ainsi, j'étais esclave, mon fils, et mon sang avait honte. Moi dont les ancêtres avaient foulé en conquérant le sol de l'Europe, je serais vendu à quelque prince, à quelque riche marchand de Palerme, de Naples, de Raguse, ou, pire, à quelque Castillan qui me ferait boire à chaque instant toute l'humiliation de Grenade.

Près de moi, alourdi des mêmes chaînes, des mêmes boulets, Abbad le Soussi était couché, à ras de poussière, tel le plus vil des serviteurs. Je le contemplai, miroir de ma propre déchéance. Hier encore, il tonnait fièrement sur le pont de sa caravelle, distribuant rires et coups de pied, et la mer entière n'était pas assez vaste pour lui, ni la houle assez déchaînée.

Je soupirai bruyamment. Mon compagnon d'infortune, que je croyais endormi, rétorqua, sans même ouvrir les yeux :

« *Alhamdoulillah !* *Alhamdoulillah !* Remercions Dieu pour tous Ses bienfaits ! »

Ce n'était guère pour moi le moment de blasphémer. Aussi me contentai-je de dire :

« Remercions-Le à toute heure. Mais de quoi voudrais-tu Le remercier en cette circonstance précise ?

– De m'avoir dispensé de ramer comme ces malheureux galériens dont j'entends le souffle gémissant. Je Le remercie également de m'avoir laissé en vie, et en bonne compagnie. N'est-ce pas là trois évidentes raisons de dire *Alhamdoulillah !* »

Il se redressa.

« Je ne demande jamais à Dieu qu'il me préserve des calamités ; seulement qu'il me préserve du désespoir. Aie confiance : quand le Très-Haut te lâche d'une main, il te rattrape de l'autre. »

Abbad disait vrai, mon fils, plus vrai qu'il ne pensait. N'avais-je pas quitté, à La Mecque, la main droite de Dieu ? À Rome j'allais vivre au creux de Sa main gauche !

L'ANNÉE DE SAINT-ANGE

925 de l'hégire
(3 janvier 1519 – 22 décembre 1519)

Mon ravisseur avait du renom et de pieuses frayeurs. Pietro Bovadiglia, vénérable pirate sicilien, déjà sexagénaire, maintes fois meurtrier et redoutant de rendre l'âme en état de rapine, avait éprouvé le besoin de réparer ses crimes par une offrande à Dieu. Ou plutôt par un cadeau à Son représentant sur cette rive de la Méditerranée, Léon le dixième, souverain et pontife de Rome, commandeur de la chrétienté.

Le cadeau au pape, c'était moi, présenté avec cérémonie le dimanche 14 février pour la fête de saint Valentin. On m'en avait averti la veille et, jusqu'à l'aube, j'étais resté adossé au mur de ma cellule, incapable de dormir, prêtant l'oreille aux bruits ordinaires de la ville, le rire d'un garde, la chute de quelque objet dans le Tibre, les pleurs d'un nouveau-né, démesurés dans le silence obscur. Je souffrais souvent d'insomnie depuis mon arrivée à Rome, et j'avais fini par deviner ce qui rendait les heures si oppressantes : plus que l'absence de liberté, plus que l'absence d'une femme, c'était l'absence du muezzin. Jamais auparavant je n'avais vécu ainsi, semaine après semaine, dans une cité où ne s'élève pas l'appel à la prière, ponctuant le temps, emplissant l'espace, rassurant hommes et murs.

Cela faisait bien un mois que j'étais enfermé au château. Après la pénible traversée et d'innombrables arrêts, j'avais été débarqué, sans Abbad, sur un quai de Naples, la plus peuplée des villes italiennes. Puis conduit seul à Rome par la route. Je ne devais revoir mon compagnon que trois ans plus tard, dans de curieuses circonstances.

J'étais toujours enchaîné, mais, à ma grande surprise, Bovadiglia jugea bon de s'en excuser :

« Nous sommes en territoire espagnol. Si les soldats voyaient un Maure sans chaînes, ils s'en prendraient à lui. »

Le ton respectueux me laissa espérer que je serais désormais moins rudement traité. Impression confirmée dès mon arrivée au château Saint-Ange, imposante forteresse cylindrique à laquelle on m'avait fait accéder par une rampe en colimaçon. Je fus installé dans une petite pièce, meublée d'un lit, d'une chaise et d'un coffre en bois, comme s'il s'agissait d'une modeste hôtellerie plutôt que d'une prison, exception faite de la lourde porte, dûment cadenassée de l'extérieur.

Dix jours plus tard, je reçus un visiteur. À voir l'empressement que les gardes mettaient à l'accueillir, je compris qu'il s'agissait d'un familier du pape. Il me salua avec respect et se présenta. C'était un Florentin du nom de messire Francesco Guicciardini, gouverneur de Modène et diplomate au service de Sa Sainteté. Je déclinai à mon tour noms, titres et activités éminentes, n'omettant aucune ambassade, aussi compromettante fût-elle, de Tombouctou à Constantinople. Il en parut ravi. Nous conversions en castillan, langue que je comprenais assez bien mais dans laquelle je ne m'exprimais qu'avec difficulté. Il s'imposa donc de parler lentement, et, comme je me désolais poliment de l'inconvenance que mon ignorance représentait, il répondit, fort courtois :

« Moi-même j'ignore l'arabe, pourtant parlé tout autour de la Méditerranée. Je devrais également vous présenter des excuses. »

Encouragé par son attitude, je prononçai du mieux que je pus quelques mots d'italien vulgaire, c'est-à-dire de toscan, dont nous rîmes ensemble. Après quoi, je lui promis sur un ton de défi amical :

« Avant la fin de l'année, je parlerai ta langue. Pas aussi bien que toi, mais suffisamment pour me faire comprendre. »

Il en prit acte par un hochement de tête, tandis que je poursuivais :

« Il y a toutefois des habitudes qu'il me faudra du temps

pour acquérir. Notamment celle qu'ont les Européens de s'adresser à leur interlocuteur en disant « vous », comme s'il était plusieurs ou « elle », comme s'il était une femme absente. En arabe, on dit « toi » à tout le monde, prince ou serviteur. »

Le diplomate fit une pause, moins pour réfléchir, me sembla-t-il, que pour entourer de solennité les mots qui allaient suivre. Il était assis sur l'unique chaise de la pièce, vêtu d'un bonnet rouge qui épousait la forme de sa tête, lui donnant l'air d'un conspirateur. J'étais assis sur le coffre, à un pas de lui. Il se pencha, pointant vers moi un nez prédateur.

« Messire Hassan, votre venue ici est importante, suprêmement importante. Je ne puis vous en dire plus, car le secret appartient au Saint-Père, et lui seul pourra le dévoiler quand il le jugera opportun. Mais ne croyez pas que votre aventure soit due au seul hasard, ou au simple caprice d'un corsaire. »

Il s'avisa :

« Je ne veux pas dire par là que ce brave Bovadiglia ait sillonné les mers à votre recherche. Nullement. Mais il savait quel type de Maure devrait être présenté au Saint-Père : un voyageur, un lettré. Il est tombé, de surcroît, sur un diplomate. Nous n'espérions pas tant. »

Devais-je me sentir flatté d'être une si bonne prise ? Je ne manifestai, en tout cas, ni joie ni désagrément. J'étais surtout extrêmement intrigué, et décidé à en savoir plus. Mais déjà Guicciardini se levait.

À peine était-il sorti qu'un officier de la garde vint dans ma cellule me demander si j'avais besoin de quelque chose. Hardiment, je réclamai des habits propres, une petite table, une lampe et de quoi écrire, ce que j'obtins dans la journée. Le soir même, l'ordinaire des repas avait changé : au lieu des fèves et des lentilles, j'eus de la viande et des lasagnes, avec du vin rouge de Trebbiato, dont je bus sans excès.

*

Le Florentin ne tarda pas à me faire parvenir la nouvelle que j'espérais : le pape allait me recevoir, des mains de Pietro Bovadiglia.

Le pirate et le diplomate se présentèrent ensemble devant ma cellule le jour de la Saint-Valentin. Le pape nous attendait au château même, dans la bibliothèque. Débordant de ferveur, Bovadiglia se jeta à ses pieds ; Guicciardini l'aida à se relever, se contentant, quant à lui, d'un baisemain déférent mais bref. Je m'approchai à mon tour. Léon X était immobile sur son fauteuil, le visage glabre, tout rond et plaisant, le menton percé d'une fossette, les lèvres charnues, surtout celle du bas, les yeux à la fois rassurants et interrogateurs, les doigts lisses de qui n'a jamais travaillé de ses mains. Derrière lui, debout, un prêtre qui s'avéra être un truchement.

Le pape posa ses deux paumes sur mon dos courbé, signe d'affection ou prise de possession, je ne sais, avant de dire, à l'adresse du pirate, quelques mots de remerciement. J'étais toujours agenouillé, retenu à dessein par mon nouveau maître, qui ne m'autorisa à me relever que lorsque le Florentin eut entraîné mon ravisseur à l'extérieur. Pour eux, l'audience était terminée. Pour moi, elle venait tout juste de commencer. Dans un arabe fort teinté de tournures castillanes, l'interprète me transmit :

« Un homme d'art et de connaissance est toujours le bienvenu auprès de Nous, non comme serviteur, mais comme protégé. Il est vrai que votre arrivée dans cette demeure a eu lieu contre votre gré et par des moyens que Nous ne saurions approuver. Mais le monde est ainsi fait que souvent le vice est le bras de la vertu, que souvent les meilleurs actes sont accomplis pour les pires raisons, et les pires actes pour les meilleures raisons. Ainsi, Notre prédécesseur, le pape Jules, a eu recours à la conquête pour doter notre sainte Église d'un territoire où elle se sente à l'abri... »

Il s'interrompit, se rendant compte qu'il allait faire référence à un débat dont j'ignorais le premier mot. J'en profitai pour risquer une timide opinion :

« Pour moi, il n'y a rien de scandaleux à cela. Les califes, successeurs du Prophète, ont toujours commandé des armées et dirigé des États. »

Il écouta la traduction avec un intérêt inattendu. Et s'empressa de m'interroger :

« En a-t-il toujours été ainsi ?

– Jusqu'au moment où les sultans les ont supplantés. Les califes ont alors été confinés à leurs palais.

– Était-ce une bonne chose ? »

Le pape semblait accorder une grande importance à mon avis. Je réfléchis laborieusement avant de m'exprimer.

« Je ne pense pas que cela fut un bien. Tant que les califes étaient souverains, l'islam était rayonnant de culture. La religion régnait paisiblement sur les affaires de ce monde. Depuis, c'est la force qui règne, et la foi n'est souvent qu'une épée dans la main du sultan. »

Mon interlocuteur était si satisfait qu'il prit son traducteur à témoin :

« J'ai toujours pensé que mon glorieux prédécesseur avait raison. Sans une armée à lui, le pape ne serait que le chapelain du roi le plus puissant. On est parfois contraint d'utiliser les mêmes armes que ses adversaires, de passer par les mêmes compromissions. »

Il pointa son index vers moi.

« Ce que vous dites Nous réconforte. Bovadiglia a eu la main heureuse. Êtes-vous prêt à Nous servir ? »

Je balbutiai une formule d'acquiescement. Il en prit acte, non sans une moue quelque peu ironique :

« Acceptons avec résignation les arrêts de la Providence ! »

Avant d'enchaîner, d'un débit accéléré, suivi avec peine par l'interprète :

« Notre conseiller, messire Guicciardini, vous a dit quelques mots sur l'importance de ce que Nous attendons de vous. Nous vous en reparlerons le moment venu. Sachez seulement que vous arrivez dans cette cité bénite au moment le plus difficile de toute son histoire. Rome est menacée de destruction. Demain, quand vous parcourrez cette ville, vous la sentirez croître et embellir, comme si, sur la branche d'un vieil arbre majestueux mais asséché, renaissaient quelques bourgeons, quelques feuilles vertes, quelques fleurs resplendissantes de lumière. Partout, les meilleurs peintres, les meilleurs sculpteurs, des écrivains, des musiciens, des artisans, produisent les plus beaux chefs-d'œuvre, sous Notre protection. Le printemps vient tout juste de commencer, mais déjà l'hiver approche. Déjà la mort guette. Elle nous guette de toutes parts. De quel côté nous atteindra-t-elle ? De quelle épée nous frappera-t-elle ? Dieu seul le sait, à moins qu'Il ne veuille bien éloigner de Nos lèvres une coupe si amère.

— Dieu est grand ! dis-je spontanément.

— Dieu nous protège de tous les sultans ! » renchérit le pape, la mine subitement réjouie.

Ce jour-là, l'entrevue n'alla pas plus loin. Léon X promit de me convoquer à nouveau. En rejoignant ma cellule, je découvris que de nouvelles directives avaient été données à mon sujet : ma porte ne serait plus cadenassée avant la tombée de la nuit et je pourrais circuler à ma guise dans l'enceinte du château.

Quand je revis le pape, une semaine plus tard, il avait préparé à mon intention un sérieux programme : désormais, je partagerais mon temps entre l'étude et l'enseignement. Un évêque allait m'apprendre le latin, un autre le catéchisme, un troisième l'évangile ainsi que la langue hébraïque ; un prêtre arménien me donnerait chaque matin un cours de turc. De mon côté, je devrais enseigner l'arabe à sept élèves. Pour ce travail, je percevrais un salaire d'un ducat par mois. Sans que j'aie formulé la moindre protestation, mon bienfaiteur reconnut en riant qu'il s'agissait là d'une forme raffinée de travaux forcés, ajoutant toutefois que ce programme traduisait son enthousiasme à mon égard. Je l'en remerciai et promis de faire de mon mieux pour ne point démériter.

Désormais, il allait me convoquer chaque mois, seul ou avec mes professeurs, pour vérifier l'état de mes connaissances, surtout en catéchisme. Dans son esprit, en effet, la date de mon baptême était déjà fixée, ainsi que le nom que je porterais.

*

Mon année de captivité fut donc sans peine pour le corps et fort profitable pour l'esprit. D'un jour à l'autre, je sentais mes connaissances s'élargir, non seulement dans les matières étudiées, mais également par le contact avec mes professeurs, ainsi qu'avec mes élèves, deux prêtres aragonais, deux Français, deux Vénitiens, un Allemand de Saxe. C'est celui-ci qui, le premier, évoqua devant moi la querelle, de plus en plus virulente, qui opposait Léon X au moine Luther, un événement qui menaçait déjà de mettre l'Europe entière à feu et à sang et qui allait attirer sur Rome la plus odieuse des calamités.

L'ANNÉE DES HÉRÉTIQUES

926 de l'hégire
(23 décembre 1519 – 12 décembre 1520)

« À quoi sert le pape ? À quoi servent les cardinaux ? Quel dieu adore-t-on dans cette ville de Rome, toute à son luxe et à ses plaisirs ? »

Telles étaient les paroles de mon élève allemand, Hans, en religion frère Augustin, qui me poursuivait jusque dans l'antichambre de Léon X pour me gagner aux doctrines du moine Luther, tandis que je le conjurais de se taire s'il ne voulait pas finir ses jours sur un bûcher.

Blond, anguleux, brillant et obstiné, Hans, après chaque leçon, sortait de son cabas un pamphlet ou une brochure, qu'il entreprenait de traduire et de commenter, me harcelant sans répit pour savoir ce que j'en pensais. J'avais invariablement la même réponse :

« Quel que soit mon sentiment, je ne puis trahir mon protecteur. »

Hans s'en montrait désolé, mais nullement découragé, et dès le cours suivant il revenait à la charge.

C'est qu'il s'était rendu compte que j'écoutais ses propos sans déplaisir. Du moins certains d'entre eux, qui ramenaient parfois à ma mémoire quelque *hadith* du prophète Mohamed, prière et salut sur lui ! Luther ne recommande-t-il pas d'enlever des lieux de culte toutes les statues, estimant qu'elles sont objets d'idolâtrie ? « Les anges n'entrent pas dans une maison où se trouve un chien ou une représentation figurée », a dit le Messager de Dieu dans un *hadith* certifié. Luther n'affirme-t-il pas que la chrétienté n'est rien d'autre que la communauté des croyants, et ne doit pas être réduite à une hiérarchie d'Église ? N'assure-t-il pas que l'Écriture sainte est le seul fondement de la Foi ? Ne tourne-t-il pas en dérision le célibat des prêtes ? N'enseigne-t-il pas qu'aucun homme ne peut échapper à ce que son Créateur lui a prédestiné ? Le Prophète n'a pas dit autre chose aux musulmans.

En dépit de ces concordances, il m'était impossible de suivre, en la matière, les penchants de ma raison. Entre Luther et Léon X, un féroce duel était engagé, et je ne pouvais approuver un inconnu aux dépens de l'homme qui m'avait pris sous son aile et qui me traitait désormais comme s'il était mon géniteur.

Je n'étais certes pas le seul à qui le pape disait « mon fils », mais à moi, il le disait autrement. Il m'avait donné ses deux prénoms, Jean et Léon, ainsi que le nom de sa prestigieuse famille, les Médicis, le tout avec pompe et solennité, le 6 janvier 1520, un vendredi, dans la nouvelle basilique Saint-Pierre, encore inachevée. Celle-ci regorgeait ce jour-là de cardinaux, d'évêques, d'ambassadeurs, ainsi que de nombreux protégés de Léon X, poètes, peintres, sculpteurs, rutilants de brocards, de perles et de pierreries. Même Raphaël d'Urbino, le divin Raphaël, comme l'appelaient les admirateurs de son art, était là, ne paraissant nullement affaibli par le mal qui allait l'emporter trois mois plus tard.

Le pape triomphait sous sa tiare :

« En cette journée de l'Epiphanie, où nous fêtons le baptême du Christ des mains de Jean-Baptiste et où nous célébrons également, selon la Tradition, les trois mages venus d'Arabie pour adorer Notre-Seigneur, quel plus grand bonheur pour nous que d'accueillir, au sein de Notre sainte Église, un nouveau Roi mage, venu des extrémités de la Berbérie pour faire son offrande dans la Maison de Pierre ! »

Agenouillé face à l'autel, vêtu d'un long manteau de laine blanche, j'étais étourdi par l'odeur de l'encens et écrasé par tant d'honneurs immérités. Aucune des personnes réunies en ce lieu n'ignorait que ce « Roi mage » avait été capturé une nuit d'été par un pirate sur une plage de Djerba et emmené jusqu'à Rome comme esclave. Tout ce qui se disait à mon propos ainsi que tout ce qui m'arrivait était si insensé, si démesuré, si grotesque ! N'étais-je pas victime de quelque mauvais rêve, de quelque mirage ? N'étais-je pas, comme chaque vendredi, dans une mosquée de Fès, du Caire ou de Tombouctou, mes esprits affectés par une longue nuit de veille ? Soudain, au cœur de mon doute, s'éleva à nouveau la voix du pontife qui m'apostrophait :

« Et toi, Notre fils bien-aimé, toi, Jean-Léon, que la Providence a désigné entre tous les hommes... »

Jean-Léon ! Yohannes Leo ! Jamais personne de ma famille ne s'était appelé ainsi ! Bien après la fin de la cérémonie, je tournais et retournais encore lettres et syllabes dans ma tête, dans ma bouche, tantôt en latin, tantôt en italien. Leo. Leone. Curieuse habitude qu'ont les hommes de se donner ainsi les noms des fauves qui les terrorisent, rarement ceux des animaux qui leur sont dévoués. On veut bien s'appeler loup, mais pas chien. Arriverais-je un jour à oublier Hassan et à me regarder dans un miroir, en me disant : « Léon, tu as des cernes sous les yeux ? » Pour apprivoiser mon nouveau nom, je ne tardai pas à l'arabiser : Yohannes Leo devint Youhanna al-Assad. C'est la signature qu'on peut voir au bas des ouvrages que j'ai écrits à Rome et à Bologne. Mais les habitués de la cour pontificale, quelque peu surpris par la naissance tardive d'un Médicis brun et crépu, m'ont tout de suite accolé le surnom d'Africain, pour me différencier de mon saint père adoptif. Peut-être aussi pour éviter qu'il ne me nomme cardinal comme la plupart de ses cousins, certains dès l'âge de quatorze ans.

Le soir du baptême, le pape me convoqua. Il commença par m'annoncer que j'étais désormais libre, mais que je pouvais continuer à vivre au château, le temps de trouver logement à l'extérieur, ajoutant qu'il tenait à ce que je poursuive, avec la même assiduité, études et enseignements. Puis il prit sur une table un livre minuscule qu'il déposa comme une hostie sur ma paume ouverte. En l'ouvrant, je découvris qu'il était écrit en arabe.

« Lisez à voix haute, mon fils ! »

Je m'exécutai, en feuilletant les pages avec d'infinies précautions :

« Livre de la prière des heures… achevé le 12 septembre 1514… dans la ville de Fano sous l'égide de Sa Sainteté le pape Léon… »

Mon protecteur m'interrompit d'une voix tremblante et mal assurée :

« Ce livre est le premier en langue arabe qui soit jamais sorti d'une imprimerie. Quand vous reviendrez chez les vôtres, portez-le précieusement sur vous. »

Dans ses yeux, je vis qu'il savait qu'un jour je repartirais. Il paraissait si ému que je ne pus empêcher mes larmes de couler. Il se leva. Je me courbai pour lui baiser la main. Il me prit contre lui et me serra, comme un vrai père. Par Dieu, je l'ai aimé depuis cet instant-là, malgré la cérémonie qu'il venait de m'infliger. Qu'un homme si puissant, si vénéré par la chrétienté en Europe et ailleurs, pût s'émouvoir ainsi à la vue d'un minuscule ouvrage en arabe sorti des ateliers de quelque imprimeur juif, voilà qui me semblait digne des califes d'avant la décadence, tel al-Maamoun, fils de Haroun al-Rachid, que le Très-Haut accorde Sa miséricorde à l'un comme à l'autre !

Lorsque, au lendemain de cette entrevue, je sortis pour la première fois, libre, bras ballants, de l'enceinte de ma prison, que je marchai sur le pont Saint-Ange en direction du quartier du Ponte, je ne gardais plus de ma captivité ni amertume ni ressentiment. Quelques semaines de lourdes chaînes, quelques mois de servitude douce, et voilà que j'étais redevenu voyageur, créature migrante, comme dans tous les pays où j'avais séjourné et obtenu, pour un temps, plaisirs et honneurs. Que de rues, que de monuments, que d'hommes et de femmes j'avais soif de découvrir, moi qui, en un an, n'avais connu de Rome que la silhouette cylindrique du château Saint-Ange et l'interminable corridor qui le relie au Vatican !

*

Sans doute ai-je eu tort de me faire accompagner pour ma première visite par l'ineffable Hans. Je me dirigeai d'abord tout droit, vers la rue des Vieilles-Banques, avant de m'engager, à gauche, dans la célèbre rue del Pellegrino, afin d'y admirer les devantures des orfèvres et les étalages des marchands de soie. J'y serais resté des heures, mais mon Allemand s'impatientait. Il finit par me tirer par la manche, comme un enfant affamé. Je me fis violence, m'excusant même de ma frivolité. N'y avait-il pas tant d'églises, de palais, de monuments à admirer dans notre voisinage ? Ou peut-être voulait-il me conduire vers la place Navona, toute proche, où, disait-on, le spectacle était ininterrompu, en toute saison, du moins celui des bateleurs ?

Hans ne pensait à rien de tout cela. Il m'entraîna par des ruelles étroites, où il était impossible de passer sans enjamber des amas d'immondices. Puis, dans le lieu le plus sombre, le plus puant, il s'arrêta net. Nous étions entourés de badauds crasseux, squelettiques. D'une fenêtre, une femme nous appela à venir la rejoindre en échange de quelques *quattrini*. Je me sentais au plus mal, mais Hans ne bougeait pas. Comme je le foudroyais du regard, il crut bon de s'expliquer :

« Je voulais que tu aies constamment devant les yeux ce spectacle de misère, quand tu verras vivre les princes de l'Église, tous ces cardinaux qui possèdent trois palais chacun, où ils rivalisent de somptuosité et de débauche, où ils organisent festin sur festin, avec douze plats de poissons, huit salades, cinq sortes de douceurs. Et le pape lui-même ? L'as-tu vu faire parader fièrement l'éléphant que lui a offert le roi du Portugal ? L'as-tu vu jeter des pièces d'or à ses bouffons ? L'as-tu vu à la chasse, dans son domaine de la Magliana, en longues bottes de cuir, chevauchant derrière un ours ou un sanglier, entouré de ses soixante-huit chiens ? As-tu vu ses faucons et ses autours importés à prix d'or de Candie et d'Arménie ? »

Je comprenais son émotion, mais son procédé m'exaspérait :

« Montre-moi plutôt les monuments de la Rome antique, celle dont parlent Cicéron et Tite-Live ! »

Mon jeune ami eut l'air de triompher. Sans rien dire, il recommença à marcher, d'un pas si ferme que je parvenais à peine à le suivre. Quand il se décida à faire halte, une demi-heure plus tard, nous avions laissé loin derrière nous les dernières rues habitées. Nous étions au milieu d'un vaste terrain vague.

« Ici était le Forum romain, le cœur de la cité antique entouré de quartiers animés ; on l'appelle aujourd'hui le Champ des Vaches ! Et, devant nous, vois-tu le mont Palatin, et là-bas, à l'est, le mont Esquilin, derrière le Colisée ? Ils sont vidés depuis des siècles ! Rome n'est plus qu'un gros bourg campé sur le site d'une ville majestueuse. Sais-tu quelle est aujourd'hui sa population ? Huit mille feux, neuf mille tout au plus. »

C'était bien moins que Fès, Tunis ou Tlemcen.

En revenant vers le château, je remarquai que le soleil était encore haut dans le ciel, aussi crus-je bon de suggérer à mon accompagnateur d'aller faire un tour en direction de Saint-Pierre en passant par le beau quartier du Borgo. À peine étions-nous arrivés devant la basilique que Hans se lança à nouveau dans une folle diatribe :

292

« Sais-tu par quel moyen le pape veut achever la construction de cette église ? En prenant l'argent des Allemands. »

Déjà, quelques passants s'agglutinaient autour de nous.

« J'ai assez visité de monuments pour aujourd'hui, le suppliai-je ! Nous reviendrons une autre fois. »

Et, sans attendre un instant, je courus me réfugier dans le calme de mon ancienne prison, me jurant de ne plus jamais me promener dans Rome avec un guide luthérien.

Pour ma visite suivante, j'eus la chance d'avoir pour compagnon Guicciardini, qui venait de rentrer d'un long séjour à Modène. Je lui fis part de ma profonde déception, surtout après ma visite au Champ des Vaches. Il ne s'en montra pas autrement affecté.

« Ville éternelle, Rome, mais avec des absences », constata-t-il avec une sage résignation.

Avant d'enchaîner :

« Ville sainte, mais avec des impiétés ; ville oisive, mais qui, chaque jour, donne au monde un chef-d'œuvre. »

C'était un plaisir pour l'esprit que de marcher aux côtés de Guicciardini, de recueillir ses impressions, ses commentaires, ses confidences. Il y avait cependant quelques désagréments : ainsi, pour aller du château Saint-Ange au nouveau palais du cardinal Farnèse, situé à moins d'un mille, il nous fallut près de deux heures, tant la notoriété de mon compagnon était grande. Si certains personnages le saluaient en passant, d'autres mettaient pied à terre pour entrer avec lui dans un long aparté. Une fois libéré, le Florentin revenait vers moi avec un mot d'excuse : « C'est un compatriote, récemment installé à Rome », ou bien : « C'est un dataire fort influent », « C'est le maître de postes du roi de France », et même, par deux fois : « C'est le bâtard du cardinal Untel. »

Je n'avais montré aucune surprise. Hans m'avait déjà expliqué que dans la capitale des papes, pourtant grouillante de religieux, de nonnes, de pèlerins de tous les pays, les maîtresses des princes de l'Église avaient palais et serviteurs, que leur progéniture était promise aux plus hautes charges, que les prêtres de moindre rang avaient leurs concubines ou leurs courtisanes, avec lesquelles ils s'affichaient sans vergogne dans la rue.

« Le scandale est moins dans la luxure que dans le luxe », dit Guicciardini, comme s'il avait suivi pas à pas le cheminement de ma pensée.

Il poursuivit :

« Le train de vie des prélats de Rome coûte des sommes considérables, alors que rien n'est produit dans cette ville de clercs ! Tout est acheté à Florence, à Venise, à Milan et ailleurs. Pour financer les folies de cette ville, les papes se sont mis à vendre les dignités ecclésiastiques : dix mille, vingt mille, trente mille ducats le cardinal. Ici, tout est à vendre, même la charge de camerlingue ! Comme cela ne suffisait toujours pas, on s'est mis à vendre des indulgences aux malheureux Allemands ! Si vous payez, vos péchés sont pardonnés ! En somme, c'est le paradis que le Saint-Père cherche à vendre. C'est ainsi qu'a commencé la querelle avec Luther.

– Ce moine avait donc raison.

– En un sens, oui. Seulement, je ne puis m'empêcher de songer que l'argent rassemblé de façon si douteuse doit servir à achever la basilique Saint-Pierre, et qu'une partie est consacrée non aux ripailles, mais aux plus nobles créations humaines. Des centaines d'écrivains, d'artistes, sont en train de produire à Rome des chefs-d'œuvre devant lesquels les Anciens pâliraient d'envie. Un monde est en train de renaître, avec un regard nouveau, une ambition nouvelle, une beauté nouvelle. Il est en train de renaître ici, maintenant, dans cette Rome corrompue, vénale et impie, avec l'argent extorqué aux Allemands. N'est-ce pas là un gaspillage fort utile ? »

Je ne savais plus que penser. Bien et Mal, vérité et mensonge, beauté et pourriture étaient si emmêlés dans mon esprit ! Mais peut-être était-ce cela, la Rome de Léon X, la Rome de Léon l'Africain. Je répétai à voix haute les formules de Guicciardini, afin de les graver dans ma mémoire :

« Ville oisive…, ville sainte…, ville éternelle… »

Il m'interrompit, d'une voix soudain accablée :

« Ville maudite aussi. »

Pendant que je le regardais, attendant quelque explication, il tira de sa poche un papier froissé.

« Je viens de recopier ces quelques lignes, écrites par Luther à notre pape. »

Il lut à mi-voix :

– « O toi, Léon, le plus infortuné de tous, tu es assis sur le plus dangereux des trônes. Rome fut jadis une porte du Ciel, c'est maintenant le gouffre béant de l'Enfer. »

L'ANNÉE DE LA *CONVERSA*

927 de l'hégire
(13 décembre 1520 – 30 novembre 1521)

Dans ma vie, ce fut un samedi de bonheur que le 6 avril de cette année-là ! Pourtant, le pape était en colère. Il tonnait si fort que je suis resté un long moment immobile, dans l'antichambre, protégé de ses éclats de voix par les lourds battants ciselés. Mais le Suisse qui m'accompagnait avait des ordres. Il ouvrit sans frapper la porte du bureau, me poussa presque vers l'intérieur et la referma sec derrière moi.

En me voyant, le pape cessa de crier. Mais ses sourcils demeuraient froncés et sa lèvre inférieure tremblait encore. De ses doigts lisses, qui tambourinaient fébrilement sur la table, il me fit signe d'approcher. Je me penchai sur sa main, puis sur celle du personnage qui se tenait debout à sa droite.

« Léon, connaissez-vous Notre cousin le cardinal Jules ?

– Comment aurais-je pu vivre à Rome sans le connaître ? »

Ce n'était pas la meilleure réponse en la circonstance. Jules de Médicis était, sans nul doute, le plus flamboyant des princes de l'Église et l'homme de confiance du pape. Mais celui-ci lui reprochait depuis quelque temps ses frasques, son goût de l'ostentation, des amours tapageuses, qui en avaient fait la cible favorite des luthériens. Guicciardini, en revanche, m'en avait dit du bien : « Jules a toutes les qualités du parfait gentilhomme, mécène, tolérant et de bonne compagnie. Pourquoi diable tient-on à en faire un homme de religion ? »

Cape et calotte rouges, une frange de cheveux noirs sur toute la largeur du front, le cousin du pape semblait plongé dans une pénible méditation.

« Le cardinal doit vous parler, mon fils. Installez-vous ensemble sur ces sièges, là-bas. Moi-même, j'ai un courrier à lire. »

Je ne crois pas me tromper en affirmant que le pape, ce jour-là, ne perdit aucun mot de notre conversation, car du texte qu'il avait entre les mains il ne tourna pas une seule page.

Jules semblait embarrassé, cherchant dans mes yeux quelque lueur de complicité. Il s'éclaircit discrètement la gorge.

« Une jeune personne vient d'entrer à mon service. Vertueuse et belle. Et intelligente. Le Saint-Père désire que je vous la présente et que vous la preniez pour épouse. Son nom est Maddalena. »

Ayant prononcé ces mots, qui, visiblement, lui coûtaient, il passa à d'autres sujets, m'interrogea sur mon passé, mes voyages, ma vie à Rome. Je découvris chez lui le même appétit de connaître que son cousin, le même ravissement à l'écoute des noms de Tombouctou, de Fès et du Caire, le même respect pour les choses de l'esprit. Il me fit jurer qu'un jour je consignerais par écrit le récit de mes voyages, promettant d'être mon plus fervent lecteur.

Le plaisir extrême de cette conversation ne réduisit toutefois en rien ma profonde suspicion à l'égard de la proposition qui m'était faite. Pour dire les choses telles que je les ai pensées, je n'avais nulle envie de me retrouver l'époux tardif de quelque adolescente dont la grossesse avancée ferait jaser toute la ville de Rome. Cependant, il m'était difficile de dire « non », en un seul mot, au pape et à son cousin. Je formulai donc ma réponse en termes suffisamment tortueux pour que mon sentiment y transparût :

« Je m'en remets à Sa Sainteté et à Son Eminence, qui savent mieux que moi ce qui est bon pour mon corps et pour mon âme. »

Le rire du pape me fit sursauter. Lâchant son courrier, il s'était retourné tout entier vers nous.

« Léon ira voir cette fille aujourd'hui même, après la messe de requiem. »

*

Ce jour-là, en effet, devait être commémoré, dans la chapelle Sixtine, le premier anniversaire de la mort de Raphaël d'Urbino, que Léon X chérissait plus que tous ses autres protégés. Il l'évoquait souvent avec une émotion non feinte, me faisant regretter de l'avoir si mal connu.

Du fait de ma longue réclusion, je n'avais rencontré

Raphaël que deux fois : la première, rapide, dans un couloir du Vatican, la seconde à mon baptême. Après la cérémonie, il était venu, comme tant d'autres, présenter ses congratulations au pape, qui l'avait installé à mes côtés. Une question lui brûlait les lèvres :

« Est-il vrai que dans votre pays il n'y a ni peintres ni sculpteurs ?

– Il arrive que des gens peignent ou sculptent, mais toute représentation figurée est condamnée. On la considère comme un défi au Créateur.

– C'est trop d'honneur qui est fait à notre art que de penser qu'il peut rivaliser avec la Création. »

Il avait eu une moue étonnée et quelque peu condescendante. Je m'étais senti contraint de répliquer :

« N'est-il pas vrai que Michel-Ange, après avoir sculpté Moïse, lui a ordonné de marcher ou de parler ? »

Raphaël avait souri, malicieux.

« On l'a raconté.

– C'est cela que les gens de mon pays cherchent à éviter. Qu'un homme ambitionne de se substituer au Créateur.

– Et le prince qui décide de la vie et de la mort, ne se substitue-t-il pas à Dieu d'une manière bien plus impie que le peintre ? Et le maître qui possède des esclaves, qui les vend et les achète ? »

La voix du peintre s'était élevée d'un ton. Je m'efforçai de le calmer :

« Un jour, j'aimerais visiter votre atelier.

– Si je décidais de faire votre portrait, serait-ce une impiété ?

– Nullement. Pour moi, ce serait comme si le plus éloquent de nos poètes écrivait mon éloge. »

Je n'avais pas trouvé meilleure comparaison. Il s'en contenta.

« Fort bien. Venez chez moi, quand vous le voudrez. »

Je m'étais promis de le faire, mais la mort avait été la plus rapide. De Raphaël, il ne m'est resté que quelques mots, une moue, un sourire, une promesse. Mon devoir était d'y songer en cette journée du souvenir. Mais, bien vite, dès avant la fin de la cérémonie, c'est vers Maddalena qu'allèrent mes pensées.

Je tentais de l'imaginer, ses cheveux, sa voix, sa taille ; je me demandais en quelle langue je lui parlerais, par quels mots je commencerais. J'essayais également de deviner ce que Léon X et son cousin avaient pu se dire avant de me convoquer. Le pape, sans doute, avait appris que le cardinal venait de joindre à sa nombreuse suite une femme jeune et belle et, redoutant un nouvel esclandre, lui avait ordonné de s'en défaire, rapidement et dignement : ainsi, nul ne pourrait prétendre que le cardinal Jules avait des visées coupables sur cette fille ; son seul souci était de trouver une femme pour son cousin Léon l'Africain !

Un prêtre de ma connaissance, que je vis en sortant de la chapelle, me fournit d'autres éléments qui vinrent conforter mes suppositions : Maddalena avait longtemps vécu dans un couvent. Au cours d'une visite, le cardinal l'avait remarquée et, au moment de s'en retourner en fin de journée, l'avait tout bonnement ramenée dans ses bagages. Le procédé avait choqué et la plainte était arrivée aux oreilles de Léon X, qui avait tout de suite réagi en chef de l'Église et en chef des Médicis.

Je croyais posséder ainsi l'essentiel de la vérité, mais je n'en détenais qu'une mince pelure.

*

« Est-il vrai que tu es, comme moi, de Grenade ? Et, comme moi, un converti ? »

J'avais trop présumé de mes forces et de ma sérénité. Quand elle pénétra d'un pas lent dans le petit salon feutré où le cardinal m'avait fait asseoir, je perdis à l'instant toute envie de la questionner, de peur qu'un mot d'elle ne me contraigne à m'éloigner. Pour moi, désormais, la vérité sur Maddalena, c'était Maddalena. Je n'avais plus qu'un seul désir, celui de contempler à jamais ses gestes et ses couleurs. Elle avait, sur toutes les femmes de Rome, une langueur d'avance. Langueur dans la démarche, dans la voix, dans le regard aussi, à la fois conquérant et résigné à la souffrance. Ses cheveux étaient de ce noir profond que seule l'Andalousie sait distiller, par une alchimie d'ombre fraîche et de terre brûlée. En attendant de devenir ma femme, elle était déjà ma sœur, sa respiration m'était familière.

Avant même de s'asseoir, elle commença à raconter son histoire, toute son histoire. Les questions que j'avais renoncé à poser, elle avait décidé d'y répondre. Son grand-père appartenait à une branche appauvrie et oubliée d'une grande famille juive, les Abrabanel. Modeste forgeron dans le faubourg de Najd, au sud de ma ville natale, il avait été totalement inconscient du danger qui menaçait les siens, jusqu'au moment où l'édit d'expulsion avait été promulgué. Emigrant alors vers Tétouan avec ses six enfants, il avait vécu au bord de la misère, sans autre joie dans l'existence que de voir ses fils acquérir quelque savoir et ses filles grandir en beauté. L'une d'elles allait devenir la mère de la *conversa*.

« Mes parents avaient décidé de venir s'installer à Ferrare, m'expliquait-elle, où des cousins avaient prospéré. Mais, sur le bateau où nous avions embarqué, la peste s'était déclarée, décimant équipage et passagers. En accostant à Pise, je me retrouvais seule. Mon père, ma mère et mon jeune frère avaient péri. J'avais huit ans. Une vieille religieuse me recueillit. Elle m'emmena avec elle à un couvent dont elle était l'abbesse et s'empressa de me baptiser, me donnant le prénom de Maddalena ; mon père m'avait appelée Judith. Malgré la tristesse d'avoir perdu les êtres les plus chers, je me gardais bien de maudire le sort, puisque je mangeais à ma faim, apprenais à lire et ne subissais aucun coup de fouet qui ne fût justifié. Jusqu'au jour où ma bienfaitrice mourut. Sa remplaçante était la fille naturelle d'un grand d'Espagne, enfermée là pour expier la faute des siens et qui ne voyait en ce beau couvent qu'un purgatoire pour elle et pour les autres. Pourtant, elle y régnait en maîtresse, distribuant faveurs et disgrâces. À moi, elle réservait le pire de son cœur. J'avais été, pendant sept ans, une chrétienne de plus en plus fervente. Pour elle, cependant, je n'étais qu'une convertie, une *conversa* au sang impur, dont la seule présence allait attirer sur le couvent les pires malédictions. Et, sous la pluie de vexations qui s'abattait injustement sur moi, je me sentis revenir à ma foi d'origine. La viande de porc que je mangeais commença à me causer des nausées, mes nuits en étaient tourmentées. Je me mis à échafauder des plans de fuite. Mais ma seule tentative s'acheva lamentablement. Je n'ai jamais couru très vite, surtout pas en habit de nonne. Le jardinier me rattrapa et me ramena au couvent en me tordant le bras comme à une voleuse de poules. Je fus alors jetée dans un cachot et fouettée jusqu'au sang. »

Elle en avait gardé quelques traces, qui toutefois n'ôtaient rien à sa beauté ni à la douce perfection de son corps.

« Quand on me laissa sortir, au bout de deux semaines,

j'avais décidé de changer d'attitude. Je fis étalage d'un profond remords et me montrai dévote, obéissante, insensible à l'humiliation. J'attendais mon heure. Elle arriva avec la visite du cardinal Jules. La supérieure était contrainte de l'accueillir avec les honneurs, bien qu'elle l'eût envoyé au bûcher si elle en avait eu le pouvoir. Elle nous faisait parfois prier pour le repentir des princes de l'Église et ne ménageait pas ses critiques contre « la vie dissolue des Médicis », non en public, mais devant certaines nonnes de son entourage qui ne tardaient pas à le rapporter. Ce sont sans doute les vices dont il était accusé qui m'avaient fait espérer en ce cardinal. »

Je l'approuvai :

« La vertu devient morbide si elle n'est adoucie par quelques écarts, et la foi devient aisément cruelle si elle n'est atténuée par quelques doutes. »

Maddalena me toucha légèrement l'épaule, en signe de confiance, avant de poursuivre son récit :

« Quand le prélat arriva, nous vînmes toutes en rang pour lui baiser la main. J'attendis mon tour avec impatience. Mon plan était prêt. Les doigts du cardinal, ornés de deux bagues, étaient tendus princièrement vers moi. Je les pris, les serrai un peu plus fort qu'il n'aurait fallu et les retins deux secondes de trop. C'était suffisant pour attirer son attention. Je relevai la tête, pour qu'il pût contempler mon visage. « J'ai besoin de me confesser à vous. » Je l'avais dit à voix haute, pour que la requête fût officielle, entendue de toute la suite du cardinal ainsi que de la supérieure. Celle-ci prit un ton doucereux : « Écartez-vous, ma petite, vous importunez « Son Éminence, et vos sœurs attendent. » Il y eut un instant de flottement. Allais-je me retrouver pour toujours dans le cachot de la vengeance ? Allais-je pouvoir m'agripper aux mains d'un sauveteur ? Ma respiration était suspendue, mes yeux étaient implorants. Puis la sentence tomba : « Attendez-« moi ici ! Je vais vous confesser ! » Mes larmes coulèrent, trahissant mon bonheur. Mais, lorsque je m'agenouillai au confessionnal, ma voix était à nouveau ferme pour prononcer sans erreur les mots que j'avais cent fois répétés. Le cardinal écouta en silence mon long cri de désespoir, se contentant de hocher la tête pour m'encourager à poursuivre. « Ma fille, « me dit-il quand je me tus, je ne crois pas que la vie de « couvent soit faite pour vous. » J'étais libre. »

D'y penser, ses larmes coulaient à nouveau. Je posai ma

main sur la sienne, appuyai avec affection, puis la retirai quand elle reprit le fil de son histoire.

« Le cardinal me ramena avec lui à Rome. C'était il y a un mois. L'abbesse ne voulait pas me laisser partir, mais mon protecteur ne fit aucun cas de ses objections. Pour se venger, elle monta toute une cabale contre lui, intervint auprès des cardinaux espagnols qui, à leur tour, s'adressèrent au pape. Les pires accusations ont été proférées, contre Son Éminence et moi-même… »

Elle s'interrompit, car je m'étais levé d'un bond. Je ne voulais pas entendre le premier mot de ces calomnies, même de la bouche exquise de Maddalena. Seul importait désormais l'amour qui venait de naître dans mon cœur et dans celui de la *conversa*. Quand elle se leva pour me dire adieu, il y avait une inquiétude dans ses yeux. Mon départ précipité l'avait quelque peu effarouchée. Il lui fallut surmonter sa timidité pour me dire :

« Nous reverrons-nous encore quelquefois ?
– Jusqu'à la fin de ma vie. »

Mes lèvres frôlèrent les siennes. Ses yeux étaient à nouveau effarouchés, mais par le bonheur et par le vertige de l'espérance.

L'ANNÉE D'ADRIEN

928 de l'hégire
(1er décembre 1521 – 19 novembre 1522)

Le pape Léon mourut d'un ulcère au tout premier jour de cette année-là, et je crus pour un temps qu'il me faudrait déjà quitter Rome, devenue soudain inhospitalière sans ce parrain attentif, sans ce généreux protecteur, puissent les Cieux lui prodiguer les richesses sans compter, à l'image de ce qu'il a toujours fait lui-même !

Je ne fus pas seul à envisager le départ : le cardinal Jules s'exila à Florence, Guicciardini se réfugia à Modène et, tout autour de moi, des centaines d'écrivains, de peintres, de sculpteurs, de marchands, parmi les plus renommés, se mirent à déserter la ville comme si elle était frappée par la peste. De fait, il y eut une courte épidémie, mais la vraie peste était autre. Son nom était déclamé à voix haute de Borgo à la place Navone, avec un qualificatif invariable : Adrien le barbare.

Les cardinaux l'avaient élu comme pour faire pénitence. Trop d'accusations avaient été portées contre la papauté au cours du dernier pontificat, les Allemands adhéraient par provinces entières aux thèses de Luther, et Léon X en était tenu pour responsable. Aussi voulait-on changer la face de l'Église : au Florentin, au Médicis, devenu pape à trente-huit ans et qui avait transmis à Rome son goût du luxe et de la beauté, on fit succéder un austère Hollandais de soixante-trois ans, « un saint homme vertueux, ennuyeux, chauve et ladre ». La description est de Maddalena, qui n'eût à aucun moment la moindre indulgence pour le nouveau chef de la chrétienté.

« Il me rappelle trop l'abbesse qui m'a persécutée. Il a ce même regard étroit, cette même volonté de faire de la vie, la sienne et celle des autres, un perpétuel carême. »

Mon opinion avait été, au début, moins tranchée. Si j'ai toujours été fidèle envers mon bienfaiteur, certains aspects de la vie romaine heurtaient ma foi intime. Qu'un pape affirmât, comme le faisait Adrien : « J'ai le goût de la pauvreté ! » n'était pas pour me déplaire, et l'histoire dont se gaussaient les courtisans dès la première semaine de son règne ne m'avait pas fait rire aux éclats. En entrant dans la chapelle Sixtine, le nouveau pontife se serait écrié en effet, au spectacle de la voûte peinte par Michel-Ange : « Ce n'est pas une église, ici, mais une étuve bourrée de nudités ! » ajoutant qu'il était décidé à couvrir de chaux ces représentations impies. Par Dieu, j'aurais pu pousser le même cri ! Ma fréquentation des Romains m'avait ôté certaines préventions à l'égard de la peinture, du nu, et de la sculpture. Mais pas dans les lieux du culte. Tels étaient mes sentiments à l'avènement d'Adrien VI. Il est vrai que je ne savais pas encore que cet ancien précepteur de l'empereur Charles Quint avait été, avant sa venue à Rome, inquisiteur d'Aragon et de Navarre. En quelques semaines, il fit de moi un Médicis à part entière, sinon par la noblesse des origines, du moins par la noblesse des aspirations.

Ce pape commença par supprimer toutes les pensions accordées par Léon X, y compris la mienne. Il suspendit également toute commande de peintures, de sculptures, de livres, ainsi que toute construction. Il fulminait, à chaque sermon, contre l'art, celui des Anciens comme celui des contemporains, contre les fêtes, les plaisirs, les dépenses. Du jour au lendemain, Rome ne fut plus qu'une ville morte, où rien ne se créait, rien ne se bâtissait, rien ne se vendait. Pour justifier sa décision, le nouveau pape invoquait les dettes accumulées par son prédécesseur, jugeant que l'argent avait été gaspillé. « Avec les sommes englouties dans la reconstruction de Saint-Pierre, disaient les familiers d'Adrien, on aurait pu armer une croisade contre les Turcs ; avec les sommes versées à Raphaël, on aurait pu équiper un régiment de cavalerie. »

Depuis mon arrivée à Rome, j'avais souvent entendu parler de croisades, même de la bouche de Léon X. Mais c'était, à l'évidence, par une sorte de rituel sans lendemain, bien semblable à celui de certains princes musulmans qui parlent de *Djihad* pour embarrasser un adversaire ou pour calmer quelque faux dévot. Il en était tout autrement avec Adrien, Dieu le maudisse ainsi que tous les zélateurs ! Il croyait fermement qu'en mobilisant la chrétienté contre l'islam il mettrait fin au schisme de Luther et réconcilierait l'empereur Charles avec le roi de France.

Suppression de ma pension et appel à l'égorgement universel : il y avait là, assurément, de quoi m'ôter toute envie d'acclamer ce pape. Et de quoi m'inciter à quitter Rome au plus vite pour Florence, où le cardinal Jules m'encourageait à le suivre.

Je l'aurais sans doute rejoint si Maddalena n'avait été enceinte. J'avais loué, dans le quartier du Ponte, une maison à trois étages. Au dernier une cuisine, au deuxième une salle de séjour avec ma table de travail, au premier une grande chambre qui s'ouvrait sur un potager. C'est dans cette pièce que naquit, un soir de juillet, mon premier fils, que je prénommai Giuseppe, c'est-à-dire Youssef, comme le père du Messie, comme le fils de Jacob, comme le sultan Saladin. Mon émerveillement était sans bornes. Maddalena me moquait quelque peu, mais son visage boursouflé rayonnait de bonheur. Je restais des heures à caresser l'enfant et sa mère, à les contempler dans leurs gestes quotidiens, surtout l'allaitement, dont je ne cessais de m'émouvoir. Aussi n'avais-je nulle envie de les entraîner sur les chemins pénibles de l'exil. Ni vers Florence, ni même vers Tunis, comme il me fut suggéré cette année-là, en de curieuses circonstances.

*

Je me trouvais un jour chez le cardinal Jules, peu avant son départ pour la Toscane, lorsqu'un jeune peintre se présenta à lui. Il s'appelait Manolo, je crois, et venait de Naples, où il avait acquis quelque notoriété. Il espérait vendre ses tableaux avant de rentrer dans sa ville. Il n'était pas rare qu'un artiste vienne de loin pour voir le Médicis, toute personne qui frappait à sa porte étant assurée de ne pas repartir les mains vides. Ce Napolitain déroula donc quelques toiles, de qualité inégale, me sembla-t-il. Je les regardais d'un œil distrait, quand soudain je sursautai. Un portrait venait de passer devant moi, hâtivement rangé par Manolo avec un geste d'agacement.

« Puis-je revoir ce tableau ? demandai-je.

– Certainement, mais il n'est pas à vendre. Je l'ai emporté par erreur. Il s'agit d'une commande qu'un marchand m'a faite, et je me dois de la lui livrer. »

Ces rondeurs, ce teint mat, cette barbe, ce sourire d'éternelle satisfaction… Aucune erreur possible ! Je me devais tout de même de demander :

« Comment s'appelle cet homme ?

– Messire Abbado. C'est l'un des plus riches armateurs de Naples. »

Abbad le Soussi ! Je murmurai une imprécation bienveillante.

« Le verras-tu bientôt ?

– Il est souvent en voyage de mai à septembre, mais il passe l'hiver dans sa villa, du côté de Santa Lucia. »

Prenant une feuille, je griffonnai d'une main fébrile un message à l'intention de mon compagnon. Et, deux mois plus tard, Abbad arrivait chez moi, en calèche, suivi de trois serviteurs. S'il avait été mon propre frère, je n'aurais pas été aussi heureux de le serrer contre moi !

« Je t'ai laissé enchaîné au fond d'une cale ; je te retrouve prospère et rutilant.

– *Alhamdoulillah ! Alhamdoulillah !* Dieu a été généreux pour moi !

– Pas plus que tu ne le mérites ! Je suis témoin que, même aux pires moments, tu n'as jamais eu un mot contre la Providence. »

J'étais sincère. Je n'en gardais pas moins intacte toute ma curiosité.

« Comment as-tu réussi à t'en sortir aussi vite ?

– Grâce à ma mère, Dieu bénisse le sol qui la recouvre ! Elle me répétait toujours cette phrase, que j'ai fini par retenir : un homme n'est jamais démuni tant qu'il a une langue dans sa bouche. Il est vrai que j'ai été vendu comme esclave, chaînes aux mains et boulets aux pieds, mais ma langue n'était pas enchaînée. Un négociant m'acheta, que je servis loyalement, lui prodiguant conseil sur conseil, le faisant profiter de mon expérience en Méditerranée. Il gagna ainsi tant d'argent qu'au bout de la première année il m'affranchit et m'associa à son commerce. »

Comme je paraissais étonné que les choses aient été si simples, il eut un haussement d'épaules.

« Quand on a pu devenir riche dans un pays, on le redevient aisément partout ailleurs. Notre affaire est aujourd'hui l'une des plus florissantes de Naples. *Alhamdoulillah !* Nous avons un commis dans chaque port et une dizaine de comptoirs que je visite régulièrement.

– T'arrive-t-il de faire un détour par Tunis ?

– J'y vais en été. Je passerai voir les tiens. Dois-je leur dire que tu te plais ici ? »

Je dus reconnaître que, sans avoir fait fortune, je n'avais nullement subi les rigueurs de la captivité. Et que Rome m'avait fait goûter à deux vrais bonheurs : celui d'une cité antique qui renaît, ivre de beauté ; celui d'un fils qui dormait sur les genoux de la femme que j'aimais.

Mon ami s'en montra satisfait. Il ajouta cependant :

« Si, un jour, cette ville cessait de te procurer du bonheur, sache que ma maison t'est ouverte, à toi et ta famille, que mes bateaux te transporteront aussi loin que tu le désires. »

Je me défendis de vouloir quitter Rome, promettant à Abbad de l'y accueillir à son retour de Tunis et de lui offrir un somptueux festin.

*

Je ne voulais pas me lamenter devant mon ami, mais, pour moi, les choses commençaient à se gâter : Adrien avait décidé de lancer une campagne contre le port de la barbe. « Elle ne sied qu'aux soldats », avait-il décrété, ordonnant à tous les religieux de se raser. Je n'étais pas directement concerné, mais, du fait de ma fréquentation assidue du palais du Vatican, m'obstiner à conserver cet ornement apparaissait comme une affirmation insolente de mes origines maures, comme un défi au pape, sans doute même comme une manifestation d'impiété. Parmi les Italiens que je rencontrais, la barbe n'était pas courante, plutôt une marque d'originalité réservée aux artistes, originalité élégante chez les uns, débordante chez d'autres. Certains étaient attachés à cet attribut, d'autres étaient prêts à s'en défaire plutôt que de se voir interdits de cour. Pour moi, la chose ne pouvait que prendre une autre signification. Dans mon pays, la barbe est de règle. Ne pas en avoir est toléré, surtout pour un étranger. La raser quand on l'a portée pendant de longues années est signe d'abaissement et d'humiliation. Je n'avais nulle intention de subir un tel affront.

Me croirait-on si je disais que, cette année-là, j'étais prêt à mourir pour ma barbe ? Et pas seulement pour ma barbe, car tous les combats étaient confondus dans mon esprit, comme dans celui du pape : la barbe des clercs, les seins nus sur la voûte de la Sixtine, la statue de Moïse, regard foudroyant et lèvres frémissantes.

Sans l'avoir cherché, je devins un pivot et un symbole de la résistance obstinée à Adrien. En me voyant passer, caressant fièrement les poils touffus de mon menton, les Romains les plus glabres murmuraient leur admiration. Tous les pamphlets rédigés contre le pape arrivaient d'abord entre mes mains avant d'être glissés sous les portes des notabilités de la ville. Certains textes n'étaient qu'un tissu d'insultes, « barbare, ladre, porc » et pire. D'autres parlaient à la fierté des Romains : « Plus jamais un non-Italien ne viendra siéger sur le trône de Pierre ! » J'avais arrêté tout enseignement, toute étude, consacrant mon temps à ce combat. Il est vrai que j'étais correctement rétribué. Le cardinal Jules me faisait parvenir d'importantes sommes d'argent accompagnées de lettres d'encouragement ; il promettait de me montrer toute l'étendue de sa reconnaissance dès que la fortune aurait changé.

J'attendais cette heure avec impatience, car ma situation à Rome devenait précaire. Un prêtre de mes amis, auteur d'un pamphlet incendiaire, avait été enfermé à Saint-Ange deux heures après m'avoir rendu visite. Un autre avait été molesté par des moines espagnols. Je me sentais moi-même constamment épié. Je ne sortais plus de chez moi, sauf pour faire quelques rapides achats dans le quartier. Chaque nuit, j'avais l'impression de dormir pour la dernière fois aux côtés de Maddalena. Et je la serrais d'autant plus fort.

L'ANNÉE DE SOLIMAN

929 de l'hégire
(20 novembre 1522 – 9 novembre 1523)

Cette année-là, le Grand Turc devait retrouver grâce à mes yeux. Bien entendu, il n'en a jamais rien su, mais quelle importance ? C'est en moi-même que la querelle avait fait rage, et c'est en moi-même qu'elle devait se résorber.

J'avais dû fuir le puissant empire de l'islam pour ôter un enfant à la vindicte d'un monarque sanguinaire, et j'avais trouvé dans la Rome chrétienne le calife à l'ombre duquel j'aurais tant voulu vivre à Bagdad ou à Cordoue. Mon esprit se complaisait dans ce paradoxe, mais ma conscience n'était pas apaisée. Était-il résolu, le temps où je pouvais être fier des miens sans que ce fût par une misérable vantardise ?

Puis il y eut Adrien. Puis il y eut Soliman. Et surtout cette visite d'Abbad. À son retour de Tunis, il était passé me voir, fidèle à sa promesse, et, avant même qu'il n'ait desserré les lèvres, ses yeux me plaignaient déjà. Comme il hésitait à m'assener ce qu'il avait appris, je me devais de le mettre en confiance :

« On ne peut reprocher au messager ce dont la Providence est responsable. »

Ajoutant, avec un sourire affecté :

« Quand on a quitté sa famille depuis des années, on ne peut en attendre aucune bonne nouvelle. Même si tu me disais que Nour venait d'avoir un enfant, ce serait un malheur. »

Estimant sans doute que sa tâche deviendrait encore moins aisée s'il me laissait aller plus loin dans la plaisanterie, mon ami se décida à parler :

« Ta femme ne t'a pas attendu. Elle n'a vécu que quelques mois dans ta maison de Tunis. »

Mes mains étaient moites.

« Elle est partie. En te laissant ceci. »

Il me tendit une lettre que je décachetai. La calligraphie en était soignée, sans doute celle d'un écrivain public. Mais les mots étaient de Nour :

S'il ne s'agissait que de mon bonheur, je t'aurais attendu de longues années, dussé-je voir ma chevelure s'argenter dans la solitude des nuits. Mais je ne vis que pour mon fils, pour son destin qui s'accomplira un jour, si Dieu l'agrée. Nous t'appellerons alors à nos côtés pour que tu partages les honneurs comme tu as partagé les périls. D'ici là, je serai en Perse, où, faute d'amis, Bayazid aura du moins pour lui les ennemis de ceux qui le traquent.

Je te laisse Hayat. J'ai porté ta fille comme tu as porté mon secret, et il est temps que chacun récupère ce qui lui revient. Certains diront que je suis une mère indigne, mais toi tu sais que c'est pour son bien que je l'abandonne, afin de lui éviter les dangers qui s'attachent à mes pas et à ceux de son frère. Je la laisse comme un cadeau pour toi, lorsque tu reviendras : en grandissant, elle me ressemblera, et elle te rappellera à chaque instant le souvenir d'une princesse blonde que tu as aimée et qui t'a aimé. Et qui t'aimera toujours au fond de son nouvel exil.

Que je rencontre la mort ou la gloire, ne laisse pas ternir mon image dans ton cœur !

À la première larme qu'il avait vue couler, Abbad s'était accoudé à la fenêtre, feignant d'être absorbé par quelque spectacle dans le jardin. Négligeant les sièges vides qui m'entouraient, je me laissai glisser à terre, les yeux embrumés. Comme si Nour était devant moi, je lui adressai un murmure rageur :

« À quoi bon rêver d'un palais quand on peut trouver le bonheur dans une masure au pied des pyramides ! »

Au bout de quelques minutes, Abbad vint s'asseoir à mes côtés.

« Ta mère et tes filles vont bien. Haroun leur envoie chaque mois argent et vivres. »

Deux soupirs plus tard, je lui tendis la lettre. Il fit un geste pour la repousser, mais j'insistai. Sans trop réfléchir, je tenais à ce qu'il la lise. Peut-être voulais-je qu'il s'abtienne de condamner Nour. Peut-être voulais-je, par amour-propre, éviter qu'il ne me regarde avec compassion comme si j'étais un vulgaire mari délaissé par une épouse fatiguée d'attendre. Sans doute aussi avais-je besoin de partager avec un ami un secret que désormais je porterais seul.

Je m'entendis ainsi raconter, dans le détail, l'histoire de ma Circassienne, en commençant par la rencontre fortuite chez un marchand de Khan el-Khalili.

« Je comprends maintenant ta frayeur lorsque l'officier turc a pris Bayazid dans ses bras au port d'Alexandrie. »

Je ris. Abbad poursuivit, tout content d'avoir pu me distraire :

« Je ne m'expliquais pas comment un Grenadin pouvait craindre à ce point les Ottomans, les seuls qui promettent de lui rendre un jour sa ville. »

– Maddalena non plus ne parvient pas à comprendre. Elle voudrait que tous les Andalous, juifs ou musulmans, s'enthousiasment comme elle chaque fois que parvient la nouvelle d'une victoire ottomane. Et elle s'étonne que je demeure si froid.

– Vas-tu éclairer sa lanterne maintenant ? »

Abbad avait parlé à mi-voix. Je répondis sur le même ton :

« Je lui dirai tout, à petites doses. Je ne pouvais lui révéler auparavant l'existence de Nour. »

Je me tournai vers mon ami. Ma voix se fit encore plus faible et songeuse :

« Remarques-tu à quel point nous avons changé depuis notre arrivée dans ce pays ? À Fès, je n'aurais pas parlé ainsi de mes femmes, même à l'ami le plus proche. Si je l'avais fait, il aurait rougi jusqu'au sommet de son turban. »

Abbad m'approuva en riant.

« J'utilisais moi-même mille et une formules d'excuses pour demander à mon voisin comment allait son épouse, et, avant de me répondre, il s'assurait que personne ne nous entendait de peur que son honneur n'en souffrît. »

Après un long rire et quelques instants de silence, mon

compagnon commença une phrase puis s'interrompit, hésitant et embarrassé.

« Qu'allais-tu dire ?

– Sans doute n'est-ce pas encore le moment.

– Je t'ai livré trop de secrets pour que tu me caches ainsi la moitié de ce que tu penses ! »

Il se résigna.

« J'allais dire que, désormais, tu es libre d'aimer les Ottomans puisque Bayazid n'est plus ton fils, puisque ta femme n'est plus une Circassienne, puisqu'à Rome ton protecteur a cédé son siège à un inquisiteur, puisqu'à Constantinople Sélim le Cruel est mort depuis deux ans et que c'est Soliman qui le remplace. »

En un sens, Abbad disait vrai. J'étais désormais libre de mes sentiments, de mon enthousiasme, libre de me joindre aux effusions spontanées de Maddalena. Que de bonheur, que de sérénité à pouvoir tracer au milieu des événements du monde une ligne de partage entre les motifs de joies et de peines ! Ce bonheur-là, toutefois, je savais qu'il m'était interdit, de par ma nature même.

« Mais je te connais, reprit Abbad sans me regarder. Tu ne sais pas mener une joie jusqu'à son terme. »

Il réfléchit un moment.

« Je crois que, tout simplement, tu n'aimes pas les princes, et encore moins les sultans. Quand l'un d'eux remporte une victoire, tu te retrouves d'emblée dans le camp de ses ennemis, et quand quelque sot les vénère, c'est déjà pour toi une raison de les abhorrer. »

Cette fois encore, Abbad disait sans doute vrai. Voyant que je ne cherchais pas à me défendre, il me pourchassa :

« Pourquoi serais-tu hostile à Soliman ? »

Il me parlait avec tant d'émouvante naïveté que je ne pus m'empêcher de sourire. À ce même instant, Maddalena entra dans la pièce. Elle entendit la phrase de mon ami, qu'il s'empressa de lui traduire en italien, sachant qu'elle lui viendrait tout de suite en renfort. Ce qu'elle fit avec vigueur :

« Pourquoi, diable, es-tu hostile à Soliman ? »

Elle s'avança lentement vers nous, toujours affalés contre le mur, tels des écoliers en train de se réciter la longue sourate des femmes. Abbad se redressa avec, à la bouche, un mot confus. Je restai en place, songeur et perplexe. Comme pour accompagner ma pensée, Maddalena se lança dans un éloge passionné du Grand Turc :

« Depuis qu'il est au pouvoir, Soliman a mis fin aux pratiques sanglantes de son père. Il n'a fait égorger ni frères, ni fils, ni cousins. Les notables déportés d'Égypte ont été ramenés chez eux. Les prisons se sont vidées. Constantinople chante les louanges du jeune souverain, comparant son action à celle d'une rosée bienfaisante ; et Le Caire ne vit plus dans la peur et dans le deuil.

– Un sultan ottoman qui ne tue pas ! »

Mon ton était fort dubitatif. Abbad rectifia :

« Tout prince doit tuer. Le tout est qu'il n'y trouve pas son plaisir, comme ce fut le cas du vieux sultan. Soliman est bien de la race des Ottomans et, dans la conquête, il ne le cède en rien à son père. Depuis deux mois, il assiège les chevaliers de l'île de Rhodes, avec la plus grande flotte que l'islam ait jamais connue. Parmi les officiers qui l'entourent, il y a Haroun, ton beau-frère, et avec lui son fils aîné, celui qui devrait un jour épouser Sarwat, ta fille, sa cousine. Que tu le veuilles ou non, les tiens sont dans cette bataille. Même si tu n'avais nulle envie de te joindre à eux, ne devrais-tu pas au moins souhaiter leur victoire ? »

Je me retournai vers Maddalena, qui semblait ravie des propos de mon ami. Je l'interrogeai avec quelque solennité :

« Si je décidais que l'heure était venue pour nous de prendre le chemin de Tunis avec notre enfant, qu'en penserais-tu ?

– Tu n'as qu'un mot à dire, et je partirai avec joie, loin de ce pape inquisiteur qui n'attend qu'une occasion de se saisir de toi ! »

Abbad était le plus excité de nous trois :

« Rien ne vous retient ici. Partez tout de suite avec moi ! »

Je le calmai :

« Nous ne sommes qu'en décembre. Si nous devions prendre la mer, ce ne pourrait être avant trois mois.

– Venez chez moi à Naples, et de là vous embarquerez pour Tunis aux premiers jours du printemps.

– Cela me semble possible », dis-je pensivement.

Mais je me hâtai d'ajouter :

« Je vais réfléchir ! »

Abbad n'entendit pas le dernier bout de ma phrase. Pour fêter ma timide acceptation et éviter de me voir changer d'avis, il héla de la fenêtre deux de ses serviteurs. À l'un, il

ordonna d'aller acheter deux bouteilles du meilleur vin grec ;
à l'autre, il fit préparer une pipe de tabac.

« As-tu déjà goûté à ce doux poison du Nouveau Monde ?

– Une fois, il y a deux ans, chez un cardinal florentin.

– Ne le trouve-t-on pas en vente à Rome ?

– Il n'existe que dans certaines tavernes. Mais les *tabac-chini* qui les tiennent sont les gens les plus malfamés de la ville.

– Bientôt, le monde entier sera couvert de *tabacchini* et leur réputation ne sera pas pire que celle des épiciers ou des parfumeurs. J'importe moi-même de Séville des cargaisons entières de tabac que je vends à Brousse et à Constantinople. »

J'en pris une bouffée. Maddalena en huma le parfum mais refusa d'essayer.

« J'aurais trop peur de m'étrangler avec la fumée ! »

Le Soussi lui conseilla de faire chauffer de l'eau pour boire le tabac en infusion, avec un peu de sucre.

*

Quand Abbad nous quitta ce jour-là, Maddalena sauta tout de suite à mon cou.

« Je suis heureuse de partir. Ne nous attardons plus ici !

– Sois prête ! Quand mon ami reviendra, nous prendrons la route tous ensemble. »

Abbad était allé à Ancône pour affaires, promettant d'être de retour avant dix jours. Il tint promesse, mais pour être accueilli par une Maddalena en sanglots.

J'avais été arrêté la veille, le 21 décembre, un dimanche, alors que je transportais fort imprudemment un pamphlet qu'un moine français m'avait glissé dans la poche à la sortie de l'église San Giovanni dei Fiorentini.

Coïncidence ou vexation délibérée, en me conduisant au château Saint-Ange, on m'enferma dans cette même cellule que j'avais occupée près de deux ans. Mais, à l'époque, je ne risquais rien d'autre que la captivité, alors que cette fois je pouvais être jugé et condamné à purger ma peine dans une prison lointaine, ou même sur une galère.

Je n'en aurais sans doute pas été aussi affecté si je n'avais formé le dessein de partir. Pourtant, les premiers temps, la détention fut moins rigoureuse que je ne le redoutais. Je pus même recevoir en février un cadeau d'Abbad qui me parut sompteux en la circonstance : un manteau de laine et un gâteau de dattes, accompagnés d'une lettre où il m'annonçait à mots à peine couverts la prise de Rhodes par Soliman : *La mer a porté les nôtres au sommet du rocher, la terre a frémi à nos cris de triomphe.*

Vu de ma cellule, l'événement m'apparut comme une revanche personnelle contre Adrien et ses rêves de croisade. Et lorsque, au cours des mois suivants, ma détention devint de plus en plus sévère, lorsque je n'eus plus rien à lire, rien pour écrire, ni calame, ni encre, ni papier, ni même la moindre lampe pour dissiper l'obscurité qui s'installait dès l'après-midi, alors que je n'avais plus aucun contact avec l'extérieur, que mon gardien feignait de ne comprendre aucune langue, à l'exception d'un vague dialecte germanique, je me mis à regarder la lettre d'Abbad comme une relique et à répéter comme une formule incantatoire les mots concernant la prise de Rhodes.

Une nuit, je fis un songe. Je vis Soliman avec, sous son turban, un visage d'enfant, celui de Bayazid. Il dévalait une montagne pour venir me délivrer, mais, avant qu'il n'ait pu m'atteindre, j'étais réveillé, toujours dans ma cellule, incapable de retrouver le sommeil pour rattraper le bout du songe.

L'obscurité, le froid, l'insomnie, le désespoir, le silence… Pour ne pas sombrer dans la folie, je repris l'habitude de prier, cinq fois par jour, le Dieu de mon enfance.

J'attendais de Constantinople la main qui allait me libérer. Mais mon délivreur était beaucoup plus proche, puisse le Très-haut lui prêter Son secours dans la tourmente qui est aujourd'hui son lot !

L'ANNÉE CLÉMENTE

930 de l'hégire
(10 novembre 1523 – 28 octobre 1524)

Un tumulte de pas, une foule de voix, puis les cent bruits secs et froids d'une clé qui tourne et d'une porte qui lentement s'ébroue sur ses gonds rouillés. Debout près de mon lit, je me frottais les yeux, guettant les silhouettes qui allaient se découper dans la lumière du dehors.

Un homme entra. Quand je reconnus Guicciardini, je fis un pas vers lui, m'apprêtant à lui sauter au cou, mais je m'arrêtai net. Je reculai même, comme repoussé par une force invisible. Peut-être était-ce sa face de marbre, ou bien son silence, quelques secondes trop long, ou la rigidité inhabituelle de son allure. Dans la pénombre, je crus voir sur ses lèvres une esquisse de sourire, mais, quand il parla, ce fut d'une voix distante et, me sembla-t-il, exagérément contrite :

« Sa Sainteté désire vous voir. »

Devais-je me lamenter ou me réjouir ? Pourquoi Adrien voulait-il me voir ? Pourquoi m'envoyait-il Guicciardini en personne ? Le visage fermé du Florentin m'interdit de l'interroger. Je regardai vers le ciel. Il devait être six ou sept heures du matin, mais de quel jour ? Et de quel mois ? Je le demandai à un garde pendant que nous traversions le corridor en direction du Vatican. Ce fut Guicciardini qui répondit, le plus sèchement possible :

« Nous sommes le vendredi 20 novembre 1523. »

Il venait d'atteindre une petite porte. Il frappa et entra, me faisant signe de le suivre. Il y avait pour tout mobilier trois fauteuils rouges et vides. Il s'assit, sans m'inviter à faire de même

Je ne m'expliquais pas son attitude. Lui qui avait été un ami si proche, un confident, lui qui, je le savais, appréciait tant ma compagnie, qui avait échangé avec moi mots d'esprit et bourrades…

Brusquement, il se leva.

« Saint-Père, voici le prisonnier ! »

Le pape était entré sans bruit par la petite porte derrière moi. Je me retournai pour le voir.

« Juste Ciel ! Juste Ciel ! Juste Ciel ! »

J'étais incapable d'articuler d'autres mots. Je tombai à genoux et, au lieu de baiser la main du souverain pontife, je la pris contre moi, la pressai sur mon front, sur mon visage baigné de larmes, sur mes lèvres tremblantes.

Il se dégagea sans brusquerie :

« Je dois aller dire la messe. Je reviendrai ici dans une heure. »

Me laissant à terre, il sortit. Guicciardini éclata de rire. Je me levai et avançai vers lui, l'air menaçant.

« Dois-je t'embrasser ou te rouer de coups ? »

Il rit de plus belle. Je m'affalai sur un fauteuil sans qu'il m'y eût invité.

« Dis-moi, Francesco, ai-je rêvé ? C'est bien le cardinal Jules qui vient de passer dans cette pièce, tout habillé de blanc ? C'est bien sa main que je viens de baiser ?

– Le cardinal Jules de Médicis n'existe plus. Il a été élu hier au trône de saint Pierre, et il a choisi de s'appeler Clément, septième du nom.

– Juste Ciel ! Juste Ciel ! »

Mes larmes coulaient sans retenue. Je pus toutefois balbutier, entre deux sanglots :

« Et Adrien ?

– Je n'aurais pas pensé que sa disparition t'affecterait à ce point ! »

Je lui assenai sur l'épaule un coup de poing qu'il ne chercha même pas à esquiver tant il le savait mérité.

« Le pape Adrien nous a quittés il y a deux mois déjà. On dit qu'il a été empoisonné. Quand la nouvelle de sa mort s'est répandue, des inconnus ont suspendu des guirlandes sur la porte de son médecin pour le remercier d'avoir sauvé Rome. »

Il murmura une indispensable formule de réprobation avant de poursuivre :

« Une bataille s'est alors engagée au conclave entre le cardinal Farnèse et le cardinal Jules. Le premier semblait avoir le plus de suffrages, mais, au bout de l'épreuve qu'ils venaient de traverser, les princes de l'Église avaient envie de retrouver à la tête de cette ville la générosité d'un Médicis. Après de nombreux tours de scrutin, notre ami fut élu. Ce fut tout de suite la fête dans les rues. L'une des premières pensées du souverain pontife a été pour toi, j'en suis témoin. Il voulait te libérer sans tarder, mais je lui ai demandé la permission de monter cette mise en scène. Me pardonneras-tu ?

– Difficilement ! »

Je le pris contre moi pour une chaleureuse accolade.

« Maddalena et Giuseppe n'ont manqué de rien. Je t'aurais dit d'aller les voir, mais il faut attendre le pape. »

Le temps que le Florentin me mette au courant de tout ce qui s'était passé depuis mon internement, Clément VII était de retour. Il demanda à ne pas être dérangé et vint s'asseoir le plus simplement du monde sur le fauteuil que nous lui avions réservé.

315

« Je croyais que les meilleures facéties de Rome étaient celles du regretté cardinal Bibbiena. Mais les trouvailles de messire Guicciardini méritent d'être retenues. »

Il se redressa légèrement sur son siège, et son visage devint subitement soucieux. Il me fixa intensément.

« La nuit dernière, nous avons longuement parlé, Francesco et moi. Il ne peut me donner beaucoup de conseils en matière de religion, mais la Providence a ajouté à ma charge celle de diriger un État et de préserver le trône de Pierre des empiétements des puissances temporelles. En cela, les conseils de Francesco me sont précieux, ainsi que les vôtres, Léon. »

D'un regard, il transmit la parole au diplomate.

« Tu t'es souvent demandé, Léon, quelle était la véritable raison de ton abduction à Rome, pourquoi nous avions décidé un jour de faire enlever par Pietro Bovadiglia un lettré maure sur les côtes de Berbérie ? Il y avait là un dessein que le défunt pape Léon n'a jamais trouvé l'occasion de te révéler. L'heure en est venue aujourd'hui. »

Guicciardini se tut et Clément enchaîna, comme s'ils récitaient le même texte :

« Observons ce monde où nous vivons. À l'est, un empire redoutable, animé par une foi qui n'est pas la nôtre, un empire bâti sur l'ordre et la discipline aveugle, habile à fondre les canons et à armer les flottes. Ses troupes avancent vers le centre de l'Europe. Buda et Pest sont menacées, et Vienne le sera avant longtemps. À l'ouest, un autre empire, chrétien mais non moins redoutable, puisqu'il s'étend déjà du Nouveau Monde à Naples et qu'il rêve de domination universelle. Il rêve surtout de soumettre Rome à sa volonté. Sur ses terres espagnoles fleurit l'Inquisition, sur ses terres allemandes fleurit l'hérésie de Luther. »

Le diplomate précisa, encouragé par les hochements approbateurs du pape :

« D'un côté Soliman, sultan et calife de l'islam, jeune, ambitieux, au pouvoir illimité, mais soucieux de faire oublier les crimes de son père et d'apparaître comme un homme de bien. De l'autre, Charles, roi d'Espagne, encore plus jeune et non moins ambitieux, qui s'est fait élire à prix d'or au trône du Saint Empire. Face à ces deux hommes, les plus puissants du monde, il y a l'État pontifical, croix géante et sabre nain. »

Il fit une courte pause.

« Certes, le Saint-Siège n'est pas le seul à redouter cette conjonction. Il y a le roi François, qui se démène pour éviter que son royaume de France ne soit dépecé. Il y a aussi Henry d'Angleterre, tout dévoué à Sa Sainteté mais trop éloigné pour être d'un quelconque secours. »

Je ne voyais toujours pas en quoi mon humble personne pouvait être utile dans ce concert de couronnés. Mais j'évitai d'interrompre le Florentin.

« Cette situation délicate, à laquelle le Saint-Père Léon a fait allusion devant toi, était l'objet de fréquentes discussions avec le cardinal Jules et moi-même. Aujourd'hui comme hier, nous sommes persuadés qu'il faut agir dans de nombreuses directions pour écarter les dangers. Il faut, avant tout, se réconcilier avec François, ce qui n'est pas aisé. Depuis trente ans, les rois de France cherchent à conquérir l'Italie. On les tient à juste titre pour responsables des malheurs qui affligent la péninsule, on accuse leurs troupes de charrier avec elles épidémies et dévastation. Il faut aussi convaincre Venise, Milan et Florence d'oublier leurs querelles pour faire front contre les Impériaux. »

Il prit une voix plus feutrée et se pencha en avant, comme il le faisait à chaque fois qu'il voulait faire une confidence :

« Nous avons également estimé qu'il fallait entamer des pourparlers avec les Ottomans. De quelle manière ? Nous l'ignorons. Nous ne savons pas davantage ce que nous pourrions obtenir. Ralentir le déferlement des janissaires sur les terres chrétiennes d'Europe centrale ? Sans doute pas. Rétablir la paix en Méditerranée ? Mettre un terme aux déprédations des pirates ? »

Il répondit à ses propres questions par une moue dubitative. Clément prit le relais :

« Ce qui est certain, c'est qu'il est temps de bâtir un pont entre Rome et Constantinople. Mais je ne suis pas sultan. Si je m'avisais d'aller trop vite, je serais assailli par mille critiques d'Espagne et d'Allemagne, par mes propres collègues. »

Il sourit de son lapsus.

« Je veux dire par les cardinaux. Il faut y aller très prudemment, attendre les opportunités, voir comment agissent les Français, les Vénitiens et les autres puissances chrétiennes. Vous deux ferez équipe. Léon connaît maintenant le turc, en plus de l'arabe ; il connaît surtout les Ottomans et leur manière de penser et d'agir ; il a même été en ambassade à Constantinople ; Francesco sait tout de Notre politique, et peut négocier en Notre nom. »

Il ajouta, comme s'il parlait à lui-même :

« J'aurais seulement souhaité que l'un des émissaires soit un prêtre... »

Puis, plus haut, un tantinet persifleur :

« Messire Guicciardini a toujours refusé de se faire ordonner. Quant à vous, Léon, je m'étonne que Notre cher cousin et glorieux prédécesseur ne vous ait jamais suggéré de consacrer votre vie à la religion. »

J'étais perplexe : pourquoi l'homme qui m'avait présenté à Maddalena me posait-il une telle question ? Je lorgnai vers Guicciardini ; il me parut soucieux. J'en conclus que le pape cherchait à vérifier mes convictions religieuses avant de me confier une mission auprès des musulmans. Voyant que je tardais à répondre, il insista :

« La religion n'aurait-elle pas été la meilleure des voies pour un homme de connaissance et d'érudition comme vous ? »

Je me fis évasif.

« Parler de religion en présence de Sa Sainteté, c'est comme parler d'une fiancée en présence de son père. »

Clément sourit. Sans toutefois me relâcher.

« Et que diriez-vous de la fiancée si le père n'était pas là ? »

Je choisis de ne plus biaiser :

« Si le chef de l'Église ne m'écoutait pas, je dirais que la religion enseigne aux hommes l'humilité, mais qu'elle n'en a aucune elle-même. Je dirais que toutes les religions ont produit des saints et des assassins, avec une égale bonne conscience. Et que dans la vie de cette cité, il y a des années Clémentes et des années Adriennes, entre lesquelles la religion ne permet pas de choisir.

— L'islamisme permet-il de mieux choisir ? »

Je faillis dire « nous », mais je me repris à temps :

« Les musulmans apprennent que « le meilleur des « hommes est le plus utile aux hommes », mais, en dépit de telles paroles, il leur arrive d'honorer les faux dévots plus que les vrais bienfaiteurs.

— Et la vérité, dans tout cela ?

— C'est une question que je ne me pose plus : entre la vérité et la vie, j'ai déjà fait mon choix.

– Il faut bien qu'il y ait une Foi vraie !

– Ce qui unit les croyants, ce n'est pas tant la foi commune que les gestes qu'ils reproduisent en commun.

– Est-ce ainsi ? »

Le ton du pape était insondable. Songeait-il à remettre en cause la mission qu'il venait de me confier ? Guicciardini le craignit, et s'empressa d'intervenir, avec le plus large des sourires :

« Léon veut dire que la vérité n'appartient qu'à Dieu et que les hommes ne peuvent que la défigurer, l'avilir, l'assujettir. »

Comme pour l'approuver, je murmurai, assez haut pour être entendu :

« Que ceux qui détiennent la vérité la relâchent ! »

Clément eut un rire confus. Puis il enchaîna :

« Résumons-nous. Frère Léon n'entrera pas en religion ; il entrera seulement en diplomatie, comme frère Francesco. »

Rassuré, ce dernier joignit les mains, prit une moue dévote et prononça, d'une voix bouffonne :

« Si frère Léon a horreur de la vérité, qu'il soit sans crainte : il ne la rencontrera pas souvent dans notre confrérie.

– Amen », conclus-je sur le même ton.

*

De nombreux amis étaient rassemblés chez moi pour fêter ma libération, dont la nouvelle s'était répandue dès l'aube. Voisins, élèves, amis, tous s'accordèrent à dire que j'avais peu changé en un an de prison. Tous, sauf Giuseppe, qui refusa résolument de me reconnaître et qui se ménagea trois bonnes journées de bouderie avant de me dire pour la première fois de sa vie : « Père ! »

Bientôt Abbad arriva de Naples, afin de saluer mon retour, mais aussi pour m'exhorter à quitter Rome sans tarder. Pour moi, il n'en était absolument plus question.

« Es-tu sûr que la prochaine fois que tu voudras t'en aller tu ne seras pas enfermé à nouveau à Saint-Ange ?

– Dieu choisira de me laisser ici ou de me faire partir. »

La voix d'Abbad se fit subitement sévère :

« Dieu a déjà choisi. Ne dit-il pas qu'il ne faut pas rester de son plein gré en pays infidèle ? »

Je posai sur lui un regard lourd de reproches. Il se dépêcha de s'excuser :

« Je sais que je n'ai pas le droit de te faire la leçon, moi qui vis à Naples, qui offre deux fois par an des cadeaux à l'église Saint-Janvier, qui ai pour partenaires des Biscayens et des Castillans. Mais j'ai peur pour toi, par le Livre ! Je te sens engagé dans des querelles qui ne sont pas pour nous. Tu pars en guerre contre un pape, tu n'es sauvé que par sa mort.

– Cette ville est aujourd'hui la mienne, et, d'y avoir connu la prison, je ne me sens que plus attaché à son sort et à celui des hommes qui la dirigent. Ils me considèrent comme un ami, je ne puis les traiter comme s'ils n'étaient que des *Roum*.

– Mais les tiens sont ailleurs, et tu les ignores comme si trente années de ta vie et de la leur n'avaient jamais existé. »

Il se ménagea une pause avant de m'assener cette nouvelle :

« Ta mère est morte cet été. »

Visiblement au courant, Maddalena vint réchauffer ma main d'un baiser consolateur. Abbad poursuivit :

« Je me trouvais à Tunis lors de son ultime maladie. Elle a réclamé ta présence.

– Lui as-tu dit que j'étais en prison ?

– Oui ! J'ai préféré qu'elle te réserve sa dernière angoisse plutôt que son dernier blâme. »

*

Pour se faire pardonner d'avoir été, une fois de plus, un messager de malheur, Abbad m'avait rapporté de Tunis un coffret contenant mes volumineuses notes de voyage grâce auxquelles j'allais pouvoir me mettre à l'ouvrage qui m'avait souvent été réclamé depuis mon arrivée à Rome : une description de l'Afrique et des choses notables qui s'y trouvent.

Mais je n'en avais pas encore écrit la première ligne lorsqu'un autre projet vint accaparer mes heures d'écriture, un projet insensé mais fascinant qui me fut proposé lors d'une visite que me rendit mon ancien élève Hans, un mois après ma sortie de prison. Ayant décidé de rentrer en Saxe, il venait me dire adieu, me répéter sa gratitude pour l'enseignement que je lui avais prodigué et me présenter par la même occasion un de ses amis, un imprimeur, saxon comme lui, mais installé à Rome depuis plus de quinze ans.

Contrairement à Hans, l'homme n'était pas luthérien. Il se disait disciple d'un penseur hollandais dont Guicciardini m'avait déjà parlé : Erasme. C'est ce dernier qui lui avait suggéré cette folle idée qu'il avait fait sienne.

Il s'agissait de préparer un gigantesque lexique où chaque mot figurerait en une multitude de langues, parmi lesquelles le latin, l'arabe, l'hébreu, le grec, l'allemand de Saxe, l'italien, le français, le castillan, le turc et bien d'autres. Pour ma part, je m'engageai à fournir les parties arabe et hébraïque sur la base d'une longue liste de mots latins.

L'imprimeur s'exprimait avec une ferveur émouvante :

« Sans doute, ce projet ne verra-t-il jamais le jour, du moins de mon vivant et sous la forme que j'ambitionne. Je suis prêt néanmoins à lui consacrer mon existence et mon argent. Faire en sorte que tous les hommes puissent un jour se comprendre, n'est-ce pas le plus noble des idéaux ? »

À ce rêve grandiose, à cette merveilleuse folie, l'imprimeur saxon avait donné un nom : *l'Anti-Babel*.

L'ANNÉE DU ROI DE FRANCE

931 de l'hégire
(29 octobre 1524 – 17 octobre 1525)

Froide messagère de mort et de défaite, la neige tomba sur ma route, cette année-là, pour la troisième fois. Comme à Grenade certain hiver de mon enfance, comme dans l'Atlas à l'automne de ma fortune, elle revint en tempête, souffle dévastateur, néfaste chuchotement du Destin.

Je rentrais de Pavie, en compagnie de Guicciardini, ayant accompli la plus extraordinaire des ambassades, la plus secrète aussi, puisque de tous les princes de la chrétienté seul le pape devait en connaître la teneur et seul le roi de France en avait été dûment averti.

En apparence, le Florentin était mandaté par Clément VII pour une mission de bons offices. Les derniers mois avaient été sanglants. Les troupes de l'empereur avaient tenté de prendre Marseille, déversant sur la ville des centaines de boulets de canon. Sans succès. Le roi François avait riposté en venant s'emparer de Milan puis assiéger Pavie. Les deux armées menaçaient de s'affronter en Lombardie, et il était du devoir du pape de prévenir un combat meurtrier. De son devoir, m'expliqua Guicciardini, mais pas de son intérêt, puisque seule la rivalité entre les deux puissances chrétiennes ménageait au Saint-Siège quelque marge d'indépendance. « Pour être sûrs que la paix ne se fera pas, nous devons en être les médiateurs. »

Plus importante était l'autre mission, celle par laquelle j'étais concerné. Le pape avait appris qu'un ambassadeur du Grand Turc était en route pour le camp du roi de France. N'était-ce pas l'occasion tant attendue de prendre langue avec les Ottomans ? Il fallait que nous nous trouvions, Guicciardini et moi, sous les murs de Pavie en même temps que cet émissaire, que nous l'approchions et lui transmettions un message verbal de Clément VII.

En dépit du froid, nous atteignîmes les lignes françaises en moins d'une semaine. Nous y fûmes d'abord accueillis par un vieux gentilhomme de haut rang, le maréchal de Chabannes, seigneur de La Palice, qui connaissait fort bien Guicciardini. Il parut étonné de notre visite, vu qu'un autre envoyé du pape, le dataire Matteo Giberti, était arrivé une semaine plus tôt. Sans se laisser démonter, mon compagnon répondit sur un ton mi-insinuateur mi-bouffon qu'il était normal de « faire précéder le Christ par Jean-Baptiste ».

Rodomontade apparemment utile, puisque le Florentin fut reçu le jour même par le roi. Je ne fus pas, quant à moi, admis à l'entretien, mais je pus baiser la main du monarque, ce pour quoi j'eus à peine besoin de me courber, car il me dominait d'une bonne palme. Ses yeux glissèrent sur moi comme l'ombre d'un roseau, avant de s'éparpiller en mille éclats insaisissables, tandis que les miens fixaient avec fascination un point précis de sa face, là où l'immense nez vient protéger la trop fine moustache, plongeant vaillamment par-dessus les lèvres. C'est sans doute en raison de cette complexion que le sourire de François paraissait ironique, même quand il se voulait bienveillant.

Guicciardini sortit enthousiaste de la tente ronde où s'était déroulée l'entrevue. Le roi lui avait confirmé que l'Ottoman arriverait le lendemain et s'était montré enchanté par l'idée d'un contact entre Rome et Constantinople.

« Que peut-il espérer de mieux qu'une bénédiction du Saint-Père au moment de sceller une alliance avec les infidèles ? » commenta le Florentin.

Avant d'ajouter, ostensiblement ravi de me prendre ainsi au dépourvu :

« J'ai fait état de ta présence avec moi ainsi que de ta connaissance du turc. Sa Majesté m'a demandé si tu pouvais faire office de truchement. »

Pourtant, lorsque l'émissaire ottoman entra et se mit à parler, je demeurai muet, incapable de desserrer les lèvres, incapable même de me racler la gorge. Le roi me lança un regard assassin, Guicciardini était rouge de colère et de confusion. Fort heureusement, le visiteur avait son propre traducteur, qui, de plus, connaissait la langue de François.

De tous ceux qui étaient présents, un seul homme comprenait mon émoi et le partageait, bien que sa fonction lui imposât de n'en rien laisser transparaître, du moins jusqu'à ce qu'il eût achevé le grave rituel de la représentation. C'est seulement après avoir lu à voix haute la lettre du sultan et échangé avec le roi quelques propos souriants que l'ambassadeur s'approcha de moi, me serra chaleureusement contre lui, en disant à voix haute :

« Je savais que je rencontrerais dans ce camp des amis et des alliés, mais je ne m'attendais pas à y retrouver un frère que j'avais perdu depuis de longues années. »

Quand le traducteur de la délégation ottomane eut transmis ces propos, l'assemblée n'eut plus d'yeux que pour moi, Guicciardini respirait à nouveau. Moi-même, je n'avais aux lèvres qu'un mot hébété et incrédule :

« Haroun ! »

On m'avait bien dit la veille que l'ambassadeur du Grand Turc s'appelait Haroun Pacha. Mais à aucun moment je n'avais vu le moindre lien entre lui et mon meilleur ami, mon plus proche parent, mon presque frère.

Il nous fallut attendre le soir pour nous retrouver seuls sous la somptueuse tente que son escorte avait dressée pour lui. Son Excellence le Furet portait un haut et lourd turban en soie blanche, orné d'un gros rubis et d'une plume de paon. Mais il ne tarda pas à ôter le tout, d'un geste de délivrance, découvrant une tête dégarnie et grisonnante.

Sans détour, il entreprit de satisfaire mon évidente curiosité :

« Après notre voyage commun à Constantinople, j'ai souvent franchi la sublime porte, en tant qu'émissaire d'Arouj Barberousse, Dieu lui fasse miséricorde ! puis de son frère Khaïreddine. J'ai appris le turc et le langage des courtisans, je me suis fait des amis au *diwan* et j'ai négocié le rattachement d'Alger au sultanat des Ottomans. De cela, je serai fier jusqu'au jour du Jugement. »

Sa main balaya l'air d'un geste ample.

« À présent, des confins de la Perse aux côtes du Maghreb, de Belgrade au Yémen heureux, il y a un seul empire musulman, dont le maître m'honore de sa confiance et de sa bienveillance. »

Il enchaîna, avec un accent de reproche non déguisé :

« Et toi, qu'as-tu fait toutes ces années ? Est-il vrai que tu es à présent un haut personnage de la cour du pape ? »

Je repris à dessein sa propre formule :

« Sa Sainteté m'honore de sa confiance et de sa bienveillance. »

Je jugeai bon d'ajouter, en appuyant sur chaque mot :

« Et c'est pour te rencontrer qu'il m'a dépêché ici. Il voudrait qu'un contact s'établisse entre Rome et Constantinople. »

Si j'attendais quelque excitation, quelque joie, quelque surprise, à cette annonce fort officielle, je fus profondément dépité. Haroun eut subitement l'air préoccupé par une tache de boue sur le revers de sa manche bouffante. Ayant frotté et soufflé dessus pour effacer toute trace, il daigna prononcer, avec un accent de pieuse frivolité :

« Entre Rome et Constantinople, me dis-tu ? Et dans quel but ?

– Pour la paix. Ne serait-il pas merveilleux que, tout autour de la Méditerranée, chrétiens et musulmans puissent vivre et commercer ensemble sans guerre ni piraterie, que je puisse aller d'Alexandrie à Tunis avec ma famille sans me faire enlever par quelque Sicilien ? »

De nouveau, cette tache tenace sur sa manche. Il la frotta de plus belle, l'épousseta énergiquement, avant de m'adresser un regard sans complaisance :

« Écoute-moi, Hassan ! Si tu veux évoquer notre amitié, nos années d'école, notre famille, le prochain mariage de mon fils et de ta fille, parlons-nous tranquillement autour d'une table garnie, et, par Dieu, je goûterai cet instant-là plus qu'aucun autre. Mais si tu es l'envoyé du pape et moi celui du sultan, alors, discutons autrement ! »

Je tentai de me défendre :

« Que me reproches-tu ? Je n'ai parlé que de paix. N'est-il pas normal que les religions du Livre cessent de se massacrer ? »

Il m'interrompit :

« Sache qu'entre Constantinople et Rome, entre Constantinople et Paris, c'est la Foi qui divise et l'intérêt, noble ou vil, qui rapproche. Ne me parle ni de paix ni de Livre, car ce n'est pas de cela qu'il s'agit, et ce n'est pas à cela que pensent nos maîtres. »

Depuis que nous étions enfants, je n'avais jamais pu soutenir une discussion face au Furet. Ma réponse avait l'accent d'une capitulation :

« Je vois tout de même un intérêt commun entre ton maître et le mien : ni l'un ni l'autre ne voudrait voir l'empire de Charles Quint s'étendre sur toute l'Europe, ni sur la Berbérie ! »

Haroun sourit.

« Maintenant que nous parlons le même langage, je puis te dire ce que je viens faire ici. J'apporte au roi des cadeaux, des promesses, et même une centaine de cavaliers valeureux qui se battront à ses côtés. Notre combat est le même : sais-tu que les troupes de François viennent de capturer Ugo de Moncada, l'homme que j'ai moi-même défait devant Alger après la mort d'Arouj ? Sais-tu que notre flotte a reçu l'ordre d'intervenir si les Impériaux tentaient à nouveau de prendre Marseille ? Mon maître est décidé à sceller l'alliance avec le roi François, et, dans ce but, il multipliera les gestes d'amitié.

— Pourras-tu promettre au roi que l'offensive ottomane en Europe ne se poursuivra pas ? »

Haroun parut excédé par ma naïveté.

« Si nous attaquions les Magyars, dont le souverain n'est autre que le beau-frère de l'empereur Charles, le roi de France ne songerait nullement à nous le reprocher. De même, si nous assiégions Vienne, que gouverne le propre frère de l'empereur.

— Le roi de France ne serait-il pas critiqué par ses pairs s'il laissait conquérir ainsi des terres chrétiennes ?

– Sans doute, mais mon maître est prêt à lui donner en échange un droit de regard sur le sort des églises de Jérusalem et des chrétiens du Levant. »

Nous nous tûmes un instant, plongés l'un et l'autre dans nos pensées. Haroun s'adossa à un coffre ciselé et sourit.

« Lorsque j'ai dit au roi François que je lui avais amené une centaine de combattants, il a semblé embarrassé. J'ai cru un moment qu'il allait refuser de les laisser se battre à ses côtés, mais il a fini par m'adresser de chaleureux remerciements. Et il a fait dire dans le camp que ces cavaliers étaient des vassaux chrétiens du sultan. »

Il enchaîna sans transition :

« Quand reviendras-tu chez les tiens ?

– Un jour, sans aucun doute, dis-je en hésitant, lorsque Rome aura perdu pour moi ses attraits.

– Abbad le Soussi m'a dit, quand je l'ai vu à Tunis, que le pape t'avait emprisonné pendant un an dans une citadelle.

– Je l'avais critiqué sans ménagement. »

Haroun eut subitement un accès d'hilarité.

« Toi, Hassan, fils de Mohamed le Grenadin, tu t'es permis de critiquer le pape en pleine ville de Rome ! Abbad m'a même dit que tu reprochais à ce pape d'être étranger.

– Ce n'est pas tout à fait cela. Mais ma préférence allait effectivement à un Italien, si possible un Médicis de Florence. »

Mon ami était abasourdi de constater que je lui répondais le plus sérieusement du monde.

« Un Médicis, dis-tu ? Eh bien, moi, dès mon retour à Constantinople, je vais réclamer que la dignité de calife soit retirée aux Ottomans et restituée à un descendant d'Abbas. »

Il se caressa précautionneusement le cou et la nuque, en répétant comme une rengaine :

« Tu préfères un Médicis, dis-tu ? »

Tandis que je devisais ainsi avec Haroun, Gucciardini échafaudait les plans les plus extravagants, persuadé que mes liens avec l'émissaire du Grand Turc représentaient une chance inouïe pour la diplomatie papale. Je me devais de modérer son ardeur, de lui faire sentir, en particulier, toute l'indifférence que mon beau-frère avait manifestée. Mais le Florentin écarta mes objections d'un revers de main :

« En tant qu'ambassadeur, Haroun Pacha ne manquera pas de rapporter au Grand Turc nos ouvertures. Un pas est franchi, et avant longtemps nous recevrons à Rome un émissaire ottoman. Peut-être aussi partirons-nous, toi et moi, pour Constantinople. »

Mais, avant d'aller plus loin, il était temps de rendre compte de notre mission au pape.

*

Nous nous hâtions vers Rome lorsque la tempête de neige dont j'ai parlé nous surprit, à quelques milles au sud de Bologne. Dès les premières rafales, le drame de l'Atlas envahit ma mémoire. Je me croyais revenu à ces instants terrifiants où je m'étais senti cerné par la mort comme par une meute de loups affamés, n'étant plus relié à la vie que par la main de ma Hiba que je tenais avec rage. Je murmurais sans arrêt le nom de ma belle esclave numide, comme si aucune femme ne lui avait succédé dans mon cœur.

Le vent redoublait de violence, et les soldats de notre escorte durent mettre pied à terre pour essayer de s'abriter. Je fis de même, ainsi que Guicciardini, que je ne tardai pas à perdre de vue. Je croyais entendre des cris, des appels, des hurlements. J'apercevais de temps à autre quelque silhouette fugace que je tentais de suivre, mais qui, à chaque fois, s'évanouissait dans le brouillard. Bientôt ma monture m'échappa. Courant à l'aveuglette, je heurtai un arbre auquel je me cramponnai, accroupi et grelottant. Quand, la tempête apaisée, on vint enfin vers moi, je gisais inanimé, enfoncé dans la neige, ma jambe droite fracturée par quelque cheval fou. Apparemment, je n'étais pas resté longtemps englouti, ce qui m'épargna d'être amputé. Mais je ne pouvais marcher et ma poitrine était en feu.

Nous revînmes donc vers Bologne où Guicciardini m'installa dans une petite hôtellerie voisine du collège des Espagnols. Lui-même partit le lendemain, non sans avoir prédit que je serais sur pied dix jours plus tard et que je pourrais alors le rejoindre à la cour papale. Mais ce n'était que pour me rassurer, puisque, dès son arrivée à Rome, il conseilla à Maddalena de venir me rejoindre au plus vite avec Giuseppe et de m'apporter mes papiers et mes notes pour que je puisse tromper l'ennui par l'écriture. De fait, je ne parvenais pas à m'habituer à l'immobilité et, les premiers temps, je ne décolérais pas, maudissant à longueur de journée la neige, le destin et ce malheureux tenancier qui pourtant me servait avec patience.

Je ne devais plus quitter ma chambre jusqu'à la fin de cette année-là. Je faillis d'abord être emporté par une pneumonie et, à peine rétabli, ce fut ma jambe qui me causa des inquiétudes. Elle était si engourdie et si enflée que je craignis à nouveau l'amputation. De rage, de désespoir, je travaillais et travaillais encore, de jour et de nuit. Je pus ainsi achever les traductions arabes et hébraïques que j'avais promises à l'imprimeur saxon. Je pus également écrire, cette année-là, les six premiers livres de ma *Description de l'Afrique*. Au bout de quelques mois, j'avais fini par me faire aux plaisirs de ma condition de scribe sédentaire, de voyageur repenti, et par goûter aux joies quotidiennes de ma petite famille. Non sans garder un œil inquiet sur les événements qui m'assiégeaient.

J'étais encore entre deux fièvres lorsque Maddalena m'apprit, début mars, la nouvelle qui ébranlait déjà l'Italie : les troupes impériales avaient écrasé l'armée du roi de France devant Pavie. Une rumeur s'était propagée d'abord selon laquelle François avait été tué ; je devais bientôt apprendre qu'il avait été seulement capturé. Mais la situation n'en était pas moins désastreuse : quel que soit le sort du monarque, il était clair que les Français ne pourraient plus, avant longtemps, s'opposer aux ambitions de l'empereur.

Je pensais à Clément VII. Il s'était montré trop favorable à François pour ne pas essuyer sa part de la défaite. Comment allait-il se tirer de ce mauvais pas ? Allait-il se réconcilier avec Charles Quint pour prévenir son courroux ? Allait-il, au contraire, user de son autorité pour rassembler les princes de la chrétienté contre un empereur devenu trop puissant, trop dangereux pour tous ? J'aurais donné cher pour pouvoir m'entretenir avec le pape. Et plus encore avec Guicciardini, surtout depuis qu'une lettre m'était parvenue de lui, au début de l'été, avec cette phrase énigmatique, et terrifiante dans son ironie : *Seul un miracle peut encore sauver Rome, et le pape voudrait que ce soit moi qui l'accomplisse !*

L'ANNÉE DES BANDES NOIRES

932 de l'hégire
(18 octobre 1525 – 7 octobre 1526)

Il était devant moi, statue de chair et de fer, de rires puissants et d'immenses éclats de colère.

« Je suis le bras armé de l'Église ! »

On l'appelait pourtant « le grand diable », et on l'aimait ainsi, indomptable, intrépide, fougueux, prenant d'assaut femmes et forteresses ; l'on avait peur de lui, et l'on avait peur pour lui, et l'on priait Dieu qu'Il le protège et l'éloigne.

« Mon incorrigible cousin Giovanni », disait Clément VII avec tendresse et résignation.

Condottiere et Médicis, il était à lui seul toute l'Italie. Les troupes qu'il commandait étaient à son image, vénales et généreuses, tyranniques et justicières, indifférentes à la mort. Cette année-là, elles s'étaient mises au service du pape. On les appelait les Bandes Noires, et leur chef fut bientôt connu non plus comme Jean de Médicis mais comme Jean des Bandes Noires.

C'est à Bologne que je le rencontrai. Pour ma première sortie, j'avais tenu à me rendre au palais de messire Jacopo Salviati, vénérable gentilhomme de la ville, qui m'avait entouré de sa bienveillance tout au long de ma maladie, m'envoyant sans arrêt argent, livres, habits et cadeaux. Guicciardini l'avait prié de me prendre sous sa protection, et il s'était acquitté de cette tâche avec une diligence paternelle, ne laissant jamais passer une semaine sans envoyer l'un de ses pages s'enquérir de ma santé. Ce Salviati était le personnage le plus en vue de Bologne et il vivait dans un luxe digne des plus grands Médicis. Il est vrai que sa femme n'était autre que la sœur du pape Léon et que sa fille, Maria, avait épousé Jean des Bandes Noires. Pour son malheur, il faut bien dire, car elle le voyait fort rarement, entre deux campagnes, entre deux idylles, entre deux coucheries.

Ce jour-là, pourtant, il était venu, moins pour sa femme que pour leur fils, âgé de six ans. Je m'approchais du palais Salviati, appuyé sur l'épaule de Maddalena, lorsque le cortège se fit entendre. Le condottiere était entouré d'une bonne quarantaine de fidèles à cheval. Des passants murmuraient son nom, certains l'acclamaient, d'autres pressaient le pas. Moi-même je préférai m'écarter pour le laisser passer, ma démarche étant encore lente et incertaine. Il cria de loin :

« Cosimo ! »

Dans l'encadrement d'une fenêtre, à l'étage, un enfant apparut. Jean partit au trot, puis, lorsqu'il fut au-dessous du garçon, il dégaina, pointa son épée vers lui et cria :

« Saute ! »

Maddalena faillit s'évanouir. Elle se couvrit les yeux. Moi-même, j'étais pétrifié. Pourtant, messire Jacopo, qui était sorti pour accueillir son gendre, ne dit rien. Il semblait certes fort contrarié, mais comme on peut l'être devant une misère quotidienne, non devant un drame. Le petit Cosimo ne semblait pas plus surpris, ni plus impressionné. Posant un pied sur la frise, il sauta dans le vide. Au dernier moment, son père, lâchant son épée, le recueillit par les aisselles, le porta à bout de bras, l'éleva au-dessus de lui.

« Comment va mon prince ? »

L'enfant et le père riaient, de même que les soldats de l'escorte. Jacopo Salviati s'efforçait de sourire. Me voyant arriver, il en profita pour détendre l'atmosphère en me désignant cérémonieusement à son gendre :

« Messire Jean-Léon, géographe, poète, diplomate à la cour pontificale. »

Le condottiere sauta à terre. Un de ses hommes lui ramena son épée, qu'il rengaina en se présentant à moi avec une jovialité excessive :

« Je suis le bras armé de l'Église ! »

Il avait les cheveux courts, une épaisse moustache brune coupée sur les côtés et un regard qui me transperça plus sûrement qu'une lance. Sur le moment, l'homme me sembla fort déplaisant. Mais je ne tardai pas à changer d'avis, séduit, comme tant d'autres, par son étonnante faculté à quitter son âme de gladiateur pour redevenir, une fois franchie la porte d'un salon, un Florentin, un Médicis étonnant de finesse et de perspicacité.

« Vous étiez à Pavie, m'a-t-on dit.

– Je n'y suis resté que quelques jours, en compagnie de messire Francesco Guicciardini.

– Moi-même, je n'étais pas loin. J'inspectais mes troupes sur la route de Milan. Quand je suis revenu, l'émissaire ottoman était parti. Et vous aussi, je crois. »

Il eut un sourire entendu. Pour éviter de trahir le secret de ma mission, je choisis de me taire et de dérober mes yeux aux siens. Il poursuivit :

« J'ai appris qu'un message était parti récemment de Paris pour Constantinople demandant aux Turcs d'attaquer la Hongrie pour obliger Charles Quint à détourner son attention de l'Italie.

– Le roi de France n'est-il pas prisonnier en Espagne ?

– Cela ne l'empêche pas de négocier avec le pape et le sultan et d'envoyer ses instructions à sa mère, régente du royaume.

– N'a-t-on pas dit qu'il était à l'article de la mort ?

– Il ne l'est plus. La mort a changé d'avis. »

Comme je m'obstinais à n'exprimer aucune opinion propre, me bornant à poser des questions, Jean m'interrogea directement :

« Ne croyez-vous pas qu'il s'agit là d'une bien étrange coalition : le pape allié à François, allié au Grand Turc ? »

Cherchait-il à deviner mes sentiments à l'égard des Ottomans ? Ou à savoir ce qui avait pu se passer avec Haroun Pacha ?

« Je pense que le Grand Turc, aussi puissant soit-il, n'est pas en mesure de décider de l'issue d'une guerre en Italie. Cent hommes présents sur le champ de bataille sont plus importants que cent mille hommes situés à l'autre bout du continent.

– Qui est le plus fort en Italie, à votre avis ?

– Il y a eu une bataille à Pavie, et il faut bien en tirer les conséquences. »

Ma réponse lui plut visiblement. Son ton devint amical et même admiratif.

« Je suis heureux d'entendre ces mots, car, à Rome, le pape hésite et votre ami Guicciardini le pousse à se battre contre Charles et à s'allier à François, alors même que le roi de France est prisonnier de l'empereur. Dans ma position, je ne puis exprimer mes réserves sans donner l'impression de redouter l'affrontement avec les Impériaux, mais vous vous rendrez compte avant longtemps que ce fou de Jean n'est pas dénué de sagesse et que ce grand sage de Guicciardini est en train de commettre une folie et d'en faire commettre une au pape. »

Estimant qu'il avait parlé trop sérieusement, il se mit à raconter avec force anecdotes sa dernière chasse au sanglier. Avant de revenir subitement à la charge :

« Vous devriez dire ce que vous pensez au pape. Pourquoi ne viendriez-vous pas avec moi à Rome ? »

C'était effectivement dans mes intentions de mettre fin à mon trop long séjour forcé à Bologne. Je m'empressai d'accepter la proposition, me disant qu'un voyage aux côtés de Jean serait fort agréable et dénué de danger, puisque aucun brigand n'oserait s'approcher d'un tel cortège. Ainsi, dès le lendemain, me retrouvai-je avec Maddalena et Giuseppe sur la route, entourés des redoutables guerriers des Bandes Noires, devenus pour l'occasion des compagnons particulièrement prévenants.

*

Après trois jours de marche, nous atteignîmes la résidence de Jean, un magnifique château appelé il Trebbio, où nous passâmes une nuit. Le lendemain de bonne heure, nous traversâmes Florence.

« Vous devez bien être le seul Médicis à ne pas connaître cette ville ! s'exclama le condottiere.

— En allant à Pavie avec Guicciardini, nous avons failli nous y arrêter, mais le temps nous manquait.

— Il est bien barbare, ce temps qui vous empêche de voir Florence ! »

Et aussitôt il ajouta :

« Cette fois aussi, le temps presse, mais je m'en voudrais de ne pas vous y faire faire un tour. »

Jamais encore je n'avais visité une cité avec pour guide une armée. Le long de la via Larga et jusqu'au palais Médicis, où nous pénétrâmes intempestivement dans la cour à colonnades, ce fut une véritable parade matinale. Un serviteur vint nous inviter à entrer, mais Jean refusa sèchement :

« Messire Alessandro est-il là ?

— Je crois qu'il dort.

— Et messire Ippolito ?

– Il dort également. Faut-il que je les réveille ? »

Jean haussa les épaules dédaigneusement et tourna bride. En sortant de la cour, il fit quelques pas à droite pour me montrer une bâtisse en chantier :

« L'église San Lorenzo. C'est ici que travaille maintenant Michel-Ange Buonarroti, mais je n'ose t'y emmener parce qu'il pourrait nous mettre à la porte. Il n'aime guère les Médicis et puis il a un sale caractère. C'est d'ailleurs pour cela qu'il est revenu à Florence. La plupart de nos grands artistes se sont installés à Rome. Mais Léon X, qui appelait tant de gens talentueux auprès de lui, a préféré éloigner Michel-Ange et lui confier un travail ici. »

Il reprit la route, en direction du Dôme. Des deux côtés de la route, les maisons me semblèrent bien agencées et ornées avec goût, mais il y en avait fort peu d'aussi luxueuses que celles de Rome.

« La Ville éternelle est pleine d'œuvres d'art, reconnut mon guide, mais Florence est tout entière un chef-d'œuvre, c'est aux Florentins qu'on doit tout ce qui se fait de mieux dans toutes les disciplines. »

Je croyais entendre parler un Fassi !

Quand nous atteignîmes la piazza della Signoria, et au moment où un notable d'un certain âge, vêtu d'une longue robe, s'approchait de Jean pour échanger avec lui quelques propos, un groupe de personnes se mit à scander : « *Palle ! Palle !* », le cri de ralliement des Médicis, auquel mon compagnon répondit par un salut, tout en me disant :

« Ne crois surtout pas que tous les membres de ma famille se feraient acclamer ainsi. Je suis le seul qui jouisse encore de quelque faveur auprès des Florentins. Si par exemple mon cousin Jules, je veux dire le pape Clément, s'avisait à venir ici aujourd'hui, il se ferait huer et bousculer. Du reste, il le sait fort bien.

– N'est-ce pas votre patrie ?

– Ah ! mon ami, Florence est une curieuse maîtresse pour les Médicis ! Quand nous sommes loin, elle nous appelle à grands cris ; quand nous la retrouvons, elle nous maudit.

– Aujourd'hui, que veut-elle ? »

Il eut l'air soucieux. Il arrêta son cheval au milieu de la chaussée, à l'entrée même du Ponte Vecchio, sur lequel la foule s'était pourtant écartée pour le laisser passer, et duquel venaient quelques acclamations.

« Florence veut bien être gouvernée par un prince, à condition que ce soit en république. Chaque fois que nos ancêtres l'ont oublié, ils l'ont regretté amèrement. Aujourd'hui, les Médicis sont représentés dans leur ville natale par ce jeune présomptueux d'Alessandro. Il a à peine quinze ans et il s'imagine que, parce qu'il est Médicis et fils de pape, Florence lui appartient femmes et biens.

– Fils de pape ? »

Ma surprise n'était pas feinte. Jean éclata de rire.

« Ne me dis pas que tu as vécu sept ans à Rome sans savoir qu'Alessandro était le bâtard de Clément ? »

J'avouai mon ignorance. Il se fit un plaisir de m'éclairer :

« Du temps où il n'était encore ni pape ni cardinal, mon cousin avait connu à Naples une esclave maure, qui lui avait donné ce fils. »

Nous remontions maintenant vers le palais Pitti. Bientôt, nous traversâmes la porta Romana, devant laquelle Jean fut à nouveau acclamé. Mais, plongé dans ses soucis, il négligea de répondre à la foule. Je m'empressai de le faire à sa place, ce dont mon fils Giuseppe s'amusa tellement que, tout au long de la route, il me supplia de refaire à l'infini les mêmes gestes, riant chaque fois aux éclats.

*

Le jour même de notre arrivée à Rome, Jean des Bandes Noires insista pour que nous allions ensemble chez le pape. Nous le trouvâmes en conciliabule avec Guicciardini, qui ne sembla nullement ravi de notre arrivée. Sans doute venait-il de convaincre le Saint-Père de prendre quelque décision pénible et craignait-il que Jean ne lui fasse changer d'avis. Pour dissimuler son inquiétude et pour sonder nos intentions, il choisit, comme à son habitude, le mode badin :

« On ne peut donc plus se réunir entre Florentins sans qu'il y ait un Maure parmi nous ! »

Le pape eut un sourire embarrassé. Jean ne sourit même pas. Quant à moi, je répondis sur le même ton, et avec un geste d'agacement appuyé :

« On ne peut plus se réunir entre Médicis sans que le peuple se joigne à nous ! »

Cette fois, le rire de Jean claqua comme un fouet, et sa main s'abattit sur mon dos en une redoutable tape amicale.

Riant à son tour, Guicciardini enchaîna tout de suite sur les événements du moment :

« Nous venons de recevoir un courrier de la plus haute importance. Le roi François quittera l'Espagne avant le mercredi des Cendres. »

Une discussion s'ensuivit, dans laquelle Jean et moi présentâmes, assez timidement, des arguments en faveur d'un arrangement avec Charles Quint. Mais en vain. Le pape se trouvait entièrement sous l'influence de mon ami Guicciardini qui l'avait persuadé de « tenir tête à César » et d'être l'âme de la coalition anti-impériale.

*

Le 22 mai 1526, une « Sainte Ligue » naquit dans la ville française de Cognac : elle regroupait, outre François et le pape, le duc de Milan et les Vénitiens. C'était la guerre, l'une des plus terribles que Rome ait jamais connues. Car, s'il avait temporisé après Pavie, l'empereur était déterminé cette fois à aller jusqu'au bout, contre François, qui avait été libéré en échange d'un engagement écrit mais qui s'était dépêché de le déclarer nul dès qu'il avait franchi les Pyrénées ; contre le pape ensuite, allié du « parjure ». Les armées impériales avaient commencé à se regrouper en Italie, du côté de Milan, de Trente et de Naples. Pour leur faire face, Clément ne pouvait compter que sur la bravoure des Bandes Noires et de leur commandant. Estimant que le principal danger venait du nord, celui-ci partit pour Mantoue, décidé à empêcher l'ennemi de franchir le Pô.

Hélas ! Charles Quint avait également des alliés à l'intérieur même de l'État pontifical, un clan qu'on appelait « *imperialista* » et qui avait à sa tête le puissant cardinal Pompeo Colonna. En septembre, profitant de l'éloignement des Bandes Noires, ce cardinal fit irruption dans les quartiers du Borgo et du Trastevere à la tête d'une troupe de pillards qui mirent le feu à quelques maisons et proclamèrent sur les places publiques qu'ils allaient « délivrer Rome de la tyrannie du pape ». Clément VII courut se réfugier au château Saint-Ange, où il se barricada tandis que les hommes de Colonna mettaient à sac le palais de saint Pierre. Moi-même, je faillis emmener Maddalena et Giuseppe au château, mais j'y renonçai finalement, estimant qu'il était fort imprudent de traverser le pont Saint-Ange en de telles circonstances. Je me terrai donc chez moi, laissant durant ces heures difficiles les événements s'accomplir.

De fait, le pape fut obligé d'accepter toutes les exigences de Colonna. Il signa un engagement promettant de se retirer de la Ligue contre l'empereur et de renoncer à toute sanction contre le cardinal coupable. Bien entendu, dès que les attaquants se furent éloignés, il fit comprendre à tous qu'il n'était pas question pour lui de respecter un traité imposé par la contrainte, la terreur et le sacrilège.

Au lendemain de cette agression, alors que Clément VII ne se lassait pas de fulminer contre l'empereur et ses alliés, parvint à Rome la nouvelle de la victoire remportée par le sultan Soliman à Mohacs et celle de la mort du roi des Magyars, beau-frère de l'empereur. Le pape me convoqua pour me demander si, à mon avis, les Turcs allaient se lancer à l'assaut de Vienne, s'ils allaient pénétrer bientôt en Allemagne ou bien se diriger sur Venise. Je dus avouer que je n'en avais pas la moindre idée. Le Saint-Père paraissait fort soucieux. Guicciardini estimait que la responsabilité de cette défaite de la chrétienté retombait entièrement sur l'empereur, qui guerroyait en Italie et s'en prenait au roi de France au lieu de défendre les terres chrétiennes contre les Turcs, au lieu de combattre l'hérésie qui ravageait l'Allemagne. Il ajouta :

« Pourquoi voudrait-on que les Allemands se portent au secours de la Hongrie si Luther leur dit matin et soir : « Les « Turcs sont le châtiment que Dieu nous envoie. S'opposer à « eux, c'est s'opposer à la volonté du Créateur ! »

Clément VII approuva de la tête. Guicciardini attendit que nous soyons dehors pour me faire part de son extrême contentement :

« La victoire de l'Ottoman va changer le cours du destin. Peut-être est-ce là le miracle que nous attendions. »

Cette année-là, je mis la dernière main à ma *Description de l'Afrique*. Puis, sans prendre une seule journée de repos, je décidai de m'atteler à la chronique de ma vie et des faits qu'il m'a été donné de côtoyer. Me voyant travailler avec une telle frénésie, Maddalena y vit un mauvais présage.

« C'est comme si le temps nous était compté », disait-elle.
Et moi, j'aurais voulu la rassurer, mais mon esprit était

assiégé par les mêmes appréhensions obsédantes : Rome s'éteint, mon existence italienne s'achève, et je ne sais quand reviendra pour moi le temps de l'écriture.

L'ANNÉE DES LANSQUENETS

933 de l'hégire
(8 octobre 1526 – 26 septembre 1527)

Survint alors ma quarantième année, celle de ma dernière espérance, celle de ma dernière désertion.

Jean des Bandes Noires envoyait du front les nouvelles les plus rassurantes, confortant le pape, la Curie et Rome entière dans l'impression trompeuse que la guerre était fort lointaine et qu'elle le resterait. *Les Impériaux sont au nord du Pô et jamais ils ne le franchiront,* promettait le condottiere. Et du Trastevere au quartier de Trevi on se complaisait à vanter la bravoure du Médicis et de ses hommes. Romain de souche ou de passage, on rivalisait de mépris pour « ces barbares de Germains », qui, comme chacun sait, ont toujours contemplé la Ville éternelle avec envie, avidité et une tenace incompréhension.

À cette folle euphorie, j'étais incapable de m'associer, tant étaient gravés en ma mémoire les récits des derniers jours de Grenade, quand mon père, ma mère, Sarah et toute la foule des futurs exilés étaient persuadés que la délivrance était certaine, quand ils cultivaient un unanime mépris pour la Castille triomphante, quand ils couvraient de soupçons quiconque osait mettre en doute l'arrivée imminente des secours. Instruit par la mésaventure des miens, j'avais appris à me méfier des évidences. Lorsque tout le monde s'agglutine autour d'une même opinion, je m'enfuis : la vérité est sûrement ailleurs.

Guicciardini réagissait de la même manière. Nommé lieutenant général des troupes pontificales, il se trouvait au nord de l'Italie, en compagnie de Jean, qu'il observait avec un mélange d'admiration et de rage : *Il est d'une grande bra-*

voure, mais il risque sa vie dans la moindre escarmouche. Or, s'il lui arrivait malheur, il nous serait impossible d'endiguer le flot des Impériaux. Consignées dans une lettre au pape, ces doléances ne furent connues à Rome qu'au moment où elles étaient devenues sans objet : atteint par un boulet de fauconneau, le chef des Bandes Noires avait eu la jambe droite fracassée. Une amputation s'imposait. Il faisait sombre, et Jean exigea de tenir lui-même la torche pendant que le médecin lui sectionnait le membre avec une scie. Torture inutile, puisque le blessé devait rendre l'âme peu après l'opération.

De tous les hommes que j'ai connus, Tumanbay le Circassien et Jean des Bandes Noires étaient, assurément, les plus valeureux. Le premier a été tué par le sultan de l'Orient, le second par l'empereur de l'Occident. Le premier n'avait pas pu sauver le Caire ; le second n'aura pas su éviter à Rome le supplice qui lui était réservé.

Dans la ville, dès que cette mort fut connue, ce fut immédiatement la panique. L'ennemi n'avait avancé que de quelques milles, mais on avait l'impression qu'il était déjà aux portes de la cité, comme si la disparition de Jean avait rasé les places fortes, asséché les fleuves et aplani les montagnes.

De fait, rien ne semblait devoir arrêter le déferlement. Lorsqu'il avait été tué, le chef des Bandes Noires tentait désespérément d'empêcher la jonction au nord de l'Italie entre deux puissantes armées impériales : l'une, composée surtout de Castillans, qui se trouvait dans le Milanais ; l'autre, de loin la plus dangereuse, qui était formée de lansquenets allemands, presque tous des luthériens de Bavière, de Saxe et de Franconie. Ils avaient franchi les Alpes et envahi le Trentin avec la conviction d'avoir reçu une mission divine : châtier le pape, coupable d'avoir corrompu la chrétienté. Dix mille hérétiques déchaînés, marchant contre le pape sous la bannière d'un empereur catholique : tel était le fléau qui frappa l'Italie, cette année-là.

La mort de Jean, suivie de la retraite précipitée de ses Bandes Noires, avait permis à tous les Impériaux de se regrouper et de franchir le Pô, décidés à aller jusqu'au palais de saint Pierre. Ils ne devaient pas être loin de trente mille soldats, mal habillés, mal nourris, mal payés, et qui comptaient bien vivre et se servir sur le pays. D'abord, ils s'approchèrent de Bologne, qui offrit une importante rançon pour être épargnée ; puis ce fut au tour de Florence, où la peste venait de se déclarer et qui paya également un lourd tribut pour échapper au pillage. Guicciardini, qui avait joué un rôle dans ces arrangements, conseilla vivement au pape de négocier un accord similaire.

À nouveau, ce fut l'euphorie : la paix était à portée de la main, assurait-on. Le 25 mars 1527, le vice-roi de Naples, Charles de Lannoy, arriva à Rome, envoyé extraordinaire de l'empereur, pour conclure un accord. Je me trouvais au milieu de la foule, place Saint-Pierre, pour assister à ce moment de délivrance. Il faisait beau, une superbe journée de printemps, quand le dignitaire apparut, entouré de sa garde. Mais, à l'instant où il franchit la porte du Vatican, il y eut un éclair, suivi d'une pluie diluvienne qui s'abattit sur nous avec un vacarme de fin du monde. La surprise passée, je courus m'abriter sous un porche, bientôt assiégé par une mer de boue.

À mes côtés, une femme se lamentait à grands cris, déplorant ce mauvais présage. Et moi, en l'entendant, je me suis souvenu du déluge de Grenade, que j'avais vécu par les yeux de ma mère, Dieu l'enveloppe de Sa miséricorde ! Était-ce, cette fois encore, un signe du Ciel, annonciateur de désastre ? Pourtant, il n'y eut ce jour-là ni débordement du Tibre, ni flots dévastateurs, ni hécatombe. Et même, en fin d'après-midi, l'accord de paix fut signé. Pour que la ville soit épargnée, il stipulait le versement par le pape d'une importante somme d'argent.

L'argent fut effectivement versé, soixante mille ducats, m'a-t-on dit, et, pour prouver ses bonnes intentions, Clément VII décida de renvoyer les mercenaires qu'il avait recrutés. Mais l'armée impériale n'arrêta pas sa progression pour autant. Les officiers qui osèrent parler de repli furent menacés de mort par leurs propres troupes ; au plus fort de la querelle, le chef suprême des lansquenets allemands fut terrassé par une attaque d'apoplexie, et le commandement passa au connétable de Bourbon, cousin et ennemi juré du roi de France. C'était un homme sans grande autorité, qui suivait l'armée impériale plutôt qu'il ne la dirigeait. Plus personne n'avait de prise sur cette horde, pas même l'empereur, qui se trouvait d'ailleurs en Espagne. Incontrôlée, inexorable, ravageant tout sur son passage, elle avançait donc en direction de

Rome, où les espoirs de paix avaient cédé la place à une panique chaque jour plus démentielle. Les cardinaux, en particulier, ne songeaient plus qu'à se cacher ou à fuir avec leurs trésors.

Quant au pape, il s'obstinait à croire que son accord avec le vice-roi finirait par être respecté, ne serait-ce qu'au dernier moment. C'est seulement fin avril, lorsque les troupes impériales eurent atteint le Tibre, à quelques milles en amont de la ville, que le Saint-Père se résolut à organiser la défense. Les caisses pontificales étant vides, il éleva à la dignité cardinalice six riches commerçants qui versèrent, pour obtenir ce privilège, deux cent mille ducats. Avec cet argent, on put lever une armée de huit mille hommes, deux mille gardes suisses, deux mille soldats des Bandes Noires et quatre mille volontaires pris parmi les habitants de Rome.

À quarante ans, je ne me sentais pas en mesure de porter les armes. Je proposai toutefois mes services pour la gestion du dépôt d'armes et de munitions au château Saint-Ange. Afin de m'acquitter au mieux de cette tâche, qui exigeait une présence attentive de jour et de nuit, je décidai d'élire domicile dans la forteresse, m'arrangeant pour y installer également Maddalena et Giuseppe. C'était, en effet, l'endroit le mieux défendu de toute la ville, et bientôt les réfugiés y affluèrent. J'avais occupé mon ancienne chambre, ce qui me fit apparaître comme un nanti, puisque les nouveaux venus étaient désormais contraints de s'entasser par familles entières dans les corridors.

Aux premiers jours de mai, une étrange atmosphère régnait dans ce cantonnement improvisé, propice aux plus folles excitations. Je me souviendrai toujours du moment où un fifre de l'orchestre pontifical arriva tout haletant et criant à tue-tête :

« J'ai tué le Bourbon ! J'ai tué le Bourbon ! »

C'était un certain Benvenuto Cellini, de Florence. L'un de ses frères s'était battu dans les rangs des Bandes Noires, mais lui-même, médailleur de son état, n'avait jamais appartenu à aucune armée. Il s'en était allé guerroyer, racontait-il, avec deux de ses amis, du côté de la porte Trittone.

« Il y avait une brume épaisse, déclara-t-il, mais je pus distinguer la silhouette du connétable à cheval. J'ai tiré un coup d'arquebuse. Quelques instants après, le brouillard se dissipa en cet endroit, et je vis le Bourbon étendu à terre, visiblement mort. »

En l'entendant, je me contentai de hausser les épaules. D'autres le rabrouèrent sévèrement : la bataille faisait rage sur les murs de la ville, surtout du côté du Borgo, et les tirs n'avaient jamais été aussi nourris ; une clameur de guerre, de souffrance et de peur s'élevait de la ville ; l'heure n'était pas aux vaines rodomontades.

Pourtant, avant la fin de la journée, et, je dois dire, à ma plus grande surprise, la nouvelle se confirmait : le Bourbon avait été effectivement tué dans le voisinage de la porta Trittone. Quand un cardinal nous l'annonça, un large sourire éclairant son visage tiré, il y eut quelques cris de victoire. À mes côtés se tenait un homme qui n'exprima aucune joie. C'était un vétéran des Bandes Noires, il bouillonnait de rage.

« Est-ce donc cela la guerre, de nos jours ? Avec ces maudites arquebuses, le plus preux des chevaliers peut être abattu de loin par un fifre ! C'est la fin de la chevalerie ! La fin des guerres honorables ! »

Aux yeux de la multitude, toutefois, le fifre florentin devint un héros. On lui offrit à boire, on le supplia de raconter à nouveau son exploit, on le porta en triomphe. Célébration déplacée, puisque la mort du Bourbon n'avait pas retardé d'une seconde l'assaut des Impériaux. Bien au contraire, on aurait dit que la disparition du chef de l'armée n'avait fait que déchaîner plus encore ses hommes. À la faveur du brouillard, qui rendait inutile l'artillerie installée à Saint-Ange, les lansquenets escaladèrent les murailles en plusieurs endroits et se répandirent dans les rues. Quelques rescapés purent encore atteindre le château, portant dans les yeux les récits des premières horreurs. D'autres témoignages allaient suivre.

Par le Dieu qui m'a fait parcourir le vaste monde, par le Dieu qui m'a fait vivre le supplice du Caire comme celui de Grenade, jamais je n'ai côtoyé tant de bestialité, tant de haine, tant d'acharnement sanguinaire, tant de jouissance dans le massacre, la destruction et le sacrilège !

Me croirait-on si je disais que des nonnes ont été violées sur les autels des églises avant d'être étranglées par des lansquenets hilares ? Me croirait-on si je disais que les monastères ont été saccagés, que les moines ont été dépouillés de leurs habits et forcés sous la menace du fouet de piétiner le crucifix et de proclamer qu'ils adoraient Satan le Maudit, que les vieux manuscrits des bibliothèques ont alimenté d'immenses feux de joie autour desquels dansaient des soldats ivres, que pas un sanctuaire, pas un palais, pas une maison n'a échappé au pillage, que huit mille citadins ont péri, notamment parmi les pauvres, tandis que les riches étaient retenus en otages jusqu'au paiement d'une rançon ?

En contemplant de la muraille du château les épaisses colonnes de fumée qui s'élevaient de la ville, de plus en plus nombreuses, je ne pouvais chasser de ma mémoire l'image du pape Léon qui, lors de notre première rencontre, m'avait prédit ce désastre : Rome vient tout juste de renaître, mais déjà la mort la guette ! La mort était là, devant moi, se propageant dans le corps de la Ville éternelle.

*

Parfois, quelques miliciens, quelques rescapés des Bandes Noires tentaient d'interdire l'accès d'un carrefour, mais bien vite ils étaient submergés par le flot des assaillants. Dans le quartier du Borgo, et surtout aux abords immédiats du palais du Vatican, les gardes suisses résistèrent avec une admirable bravoure, se sacrifiant par dizaines, par centaines, pour chaque rue, pour chaque bâtiment, et retardant ainsi de quelques heures la progression des Impériaux. Mais ils finirent par céder sous le nombre, et les lansquenets envahirent la place Saint-Pierre, aux cris de :

« Luther pape ! Luther pape ! »

Clément VII se trouvait encore dans son oratoire, inconscient du danger. Un évêque vint le tirer sans ménagement par la manche :

« Sainteté ! Sainteté ! Ils arrivent ! Ils vont vous tuer ! »

Le pape était agenouillé. Il se leva et courut vers le corridor qui mène à Saint-Ange, l'évêque lui tenant le bas de sa robe pour l'empêcher de trébucher. Dans sa course, il passa devant une fenêtre, et un soldat impérial envoya une salve dans sa direction, sans toutefois l'atteindre.

« Votre habit blanc est trop voyant, Sainteté ! » lui dit son compagnon, s'empressant de le couvrir de son propre manteau, de couleur mauve, moins visible.

Le Saint-Père arriva au château sain et sauf mais épuisé, poussiéreux, hagard, le visage décomposé. Il ordonna de baisser les herses pour interdire l'accès de la forteresse, puis il s'enferma seul dans ses appartements pour prier, peut-être aussi pour pleurer.

Dans la ville, abandonnée aux lansquenets, le sac se poursuivit pendant de longues journées encore. Mais le château Saint-Ange fut peu inquiété. Les Impériaux l'encerclèrent de toutes parts, sans jamais se hasarder à l'attaquer. Sa muraille était solide ; ses pièces d'artillerie nombreuses et variées, sacres, fauconneaux et couleuvrines ; ses défenseurs étaient décidés à mourir jusqu'au dernier, plutôt que de subir le sort des malheureux citadins.

Les premiers jours, on attendait encore des renforts. On savait que les Italiens appartenant à la Sainte Ligue, commandés par Francesco della Rovere, duc d'Urbino, n'étaient pas loin de Rome. Un évêque français vint me chuchoter à l'oreille que le Grand Turc avait franchi les Alpes avec soixante mille hommes et qu'il allait prendre les Impériaux à revers. La nouvelle ne se confirma pas, et l'armée de la Ligue n'osa pas intervenir alors qu'elle aurait pu reprendre Rome sans difficulté aucune et décimer les lansquenets tout entiers livrés à leurs pillages, à leurs orgies et à leurs soûleries. Démoralisé par l'indécision et la couardise de ses alliés, le pape se résigna à négocier. Dès le 21 mai, il reçut un envoyé des Impériaux.

Un autre émissaire le suivit, deux jours plus tard, pour une visite brève. Pendant qu'il escaladait la rampe du château, j'entendis prononcer son nom agrémenté de quelques qualificatifs fort désobligeants. Il est vrai qu'il s'agissait d'un des chefs de la famille Colonna, cousin du cardinal Pompeo. Un prêtre florentin entreprit de l'invectiver, mais toutes les personnes présentes lui imposèrent silence. Beaucoup savaient, en effet, comme moi, que cet homme, d'une grande rectitude, ne pouvait se réjouir du désastre qui s'était abattu sur sa ville, qu'il regrettait très certainement la félonie dont sa famille s'était rendue coupable, et qu'il ferait tout pour réparer cette faute en essayant de sauver ce qui pouvait encore l'être de Rome et de la dignité pontificale.

La venue de ce Colonna ne me surprenait donc pas. En revanche, je ne soupçonnais nullement qu'au cours de ses entretiens avec le pape l'émissaire allait parler de moi. Je ne l'avais jamais rencontré auparavant et, quand un milicien vint me convoquer d'urgence aux appartements pontificaux, je n'avais pas la moindre idée de ce qui pouvait m'être demandé.

Les deux hommes étaient assis dans la bibliothèque, sur des fauteuils rapprochés. Le pape Clément ne s'était pas rasé depuis deux semaines, signe de deuil et de protestation contre le sort qui lui était infligé. Il me demanda de m'asseoir et me présenta son visiteur comme « un fils très cher, un ami précieux et dévoué ». Colonna avait un message pour moi, qu'il délivra avec quelque condescendance :

« L'aumônier des lansquenets de Saxe m'a demandé de vous assurer de son amitié et de son reconnaissant souvenir. »

Un seul Saxon pouvait connaître Léon l'Africain. Son nom m'échappa comme un cri de victoire, quelque peu indécent en la circonstance :

« Hans !

– Un de vos anciens élèves, si j'ai bien compris. Il tient à vous remercier de tout ce que vous lui avez appris avec tant de patience, et à vous montrer sa gratitude en vous aidant à sortir d'ici avec votre femme et votre fils. »

Avant que j'aie pu réagir, le pape intervint :

« Bien entendu, je ne m'opposerai en aucune manière à la décision que vous prendrez, quelle qu'elle soit. Mais je me dois de vous prévenir que votre départ ne se fera pas sans de très graves risques pour vous et pour les vôtres. »

Colonna m'expliqua :

« Parmi les troupes qui encerclent le château, il y a un grand nombre d'enragés qui veulent aller jusqu'au bout dans l'humiliation du siège apostolique. Il s'agit surtout d'Allemands fanatisés par Luther, Dieu le poursuive de Sa colère jusqu'à la fin des temps ! D'autres, en revanche, voudraient mettre fin au siège et trouver une solution qui mette un terme à l'humiliation de la chrétienté. Si Sa Sainteté cherchait à sortir aujourd'hui, je connais des régiments qui n'hésiteraient pas à s'emparer de sa personne et à lui faire subir le pire des supplices. »

Clément blêmit, pendant que son visiteur poursuivait :

« Cela, ni moi ni même l'empereur Charles ne pourrions l'empêcher. Il faudra négocier longtemps encore, recourir à la persuasion, à la ruse, n'épargner aucun moyen. En particulier, il serait utile de donner un exemple. Nous avons aujourd'hui la chance inespérée de pouvoir faire sortir un des assiégés à la demande expresse d'un prédicateur luthérien. Il vous attend, avec un détachement de Saxons, tous hérétiques comme lui, et il se dit prêt à vous escorter lui-même loin d'ici. Si tout se passe bien, si toute l'armée apprend demain que l'aumônier des lansquenets de Saxe a libéré un des assiégés de Saint-Ange, il nous sera moins difficile de proposer, dans quelques jours ou quelques semaines, la libération d'autres personnes, peut-être même Sa Sainteté, dans des conditions de dignité et de sécurité. »

Clément VII intervint à nouveau :

« Je le répète, il ne faut pas ignorer les risques. Son Eminence me dit que certains soldats fanatisés pourraient vous déchirer en morceaux, vous, votre famille et votre escorte, sans même épargner cet aumônier. La décision qui vous est demandée n'est pas facile. De plus, vous n'avez pas le temps de réfléchir. Le cardinal s'apprête déjà à partir et vous devriez l'accompagner. »

Par tempérament, il m'était préférable de courir un risque immédiat mais de courte durée plutôt que de m'éterniser dans cette prison assiégée qui, à chaque instant, pouvait être envahie et mise à feu et à sang. Ma seule hésitation concernait Maddalena et Giuseppe. Il ne m'était pas facile de les conduire, de plein gré, au milieu des hordes d'assassins et de pillards. Cela dit, en les laissant à Saint-Ange, avec ou sans moi, je n'assurais en rien leur sécurité.

Colonna me pressa :

« Qu'avez-vous choisi ?

– Je m'en remets à Dieu. Je vais dire à ma femme de ranger les quelques affaires que nous avons ici.

– Vous ne prendrez rien avec vous. Le moindre ballot, le moindre cabas pourrait exciter les lansquenets comme l'odeur du sang excite les fauves. Vous partirez tel que vous êtes, en habits légers, les bras ballants. »

Je ne cherchai pas à argumenter. Il était écrit que je passerais d'une patrie à l'autre comme on passe de vie à trépas, sans or, sans ornement, sans autre fortune que ma résignation à la volonté du Très-Haut.

Quand je lui eus expliqué, en quelques mots brefs, ce dont il s'agissait, Maddalena se leva. Lentement, comme à son habitude, mais sans la moindre hésitation, comme si elle savait depuis toujours que je viendrais l'appeler à l'exil. Elle prit la main de Giuseppe et marcha derrière moi pour se rendre chez le pape, qui nous bénit, vanta notre courage et nous recommanda à la protection de Dieu. Je lui baisai la main et lui confiai tous mes écrits, à l'exception de cette chronique, alors inachevée, que j'avais enroulée et glissée sous ma ceinture.

Hans nous attendait les bras ouverts à l'entrée du quartier de Regola, où nous avions déambulé ensemble par le passé et qui n'était plus qu'une succession de ruines calcinées. Il portait une robe courte et des sandales décolorées, avec, sur la tête, un casque qu'il se dépêcha d'enlever avant de me donner l'accolade. La guerre l'avait prématurément blanchi, et son visage était plus anguleux que jamais. Autour de lui se tenaient une douzaine de lansquenets, en habits bouffants et panaches lépreux, qu'il me présenta comme ses frères.

À peine avions-nous fait quelques pas qu'un officier castillan vint se placer avec ses hommes au travers de notre chemin. Me faisant signe de ne pas bouger, Hans s'adressa au militaire sur un ton ferme mais dénué de provocation. Puis il sortit de sa poche une lettre dont la vue dégagea instantanément la chaussée. Combien de fois avons-nous été arrêtés de la sorte avant d'arriver à destination ? Vingt fois sans doute, peut-être même trente. Mais à aucun moment Hans ne fut pris de court. Il avait admirablement organisé cette expédition, obtenant toute une liasse de sauf-conduits signés par le vice-roi de Naples, par le cardinal Colonna ainsi que par divers chefs militaires. De plus, il était entouré de ses « frères » saxons solidement bâtis, prompts à pointer leurs armes sur les nombreux soldats soûls qui rôdaient sur les routes à l'affût de quelque larcin.

Quand il fut rassuré sur l'efficacité de son dispositif, Hans se mit à me parler de la guerre. Curieusement, les propos qu'il tenait ne correspondaient pas à l'image que j'avais gardée de lui. Il se lamentait de la tournure qu'avaient prise les événements, se rappelait avec émotion les années qu'il avait passées à Rome et condamnait le sac de la ville. Il parlait d'abord à mots couverts, mais au troisième jour, alors que nous nous approchions de Naples, il vint chevaucher à mes côtés, si proche que nos pieds se heurtaient.

« Pour la seconde fois, nous avons déchaîné des forces que nous n'avons pu contenir. D'abord la révolte des paysans de Saxe, née des enseignements de Luther et qu'il a fallu condamner et réprimer. Et maintenant la destruction de Rome. »

Il avait prononcé les premiers mots en arabe, puis continué en hébreu, langue qu'il possédait mieux. Une chose était certaine : il ne voulait pas que les soldats qui l'accompagnaient se rendent compte de ses doutes et de ses remords. Il me semblait même si mal à l'aise dans son rôle de prédicateur luthérien que, lorsque nous fûmes à Naples, je me sentis obligé de lui proposer de m'accompagner à Tunis. Il eut un sourire amer.

« Cette guerre est la mienne. Je l'ai souhaitée, j'y ai entraîné mes frères, mes cousins, les jeunes de mon évêché. Je ne peux plus la fuir, dût-elle me conduire à la damnation éternelle. Quant à toi, tu n'y as été mêlé que par un caprice de la Providence. »

À Naples, un gamin nous conduisit à la villa d'Abbad, et c'est seulement lorsque celui-ci vint nous ouvrir sa grille qu'Hans nous quitta. Je faillis lui exprimer mon souhait de le revoir un jour, quelque part dans le vaste monde, mais je ne voulais pas gâcher par des formules fallacieuses la sincère reconnaissance que j'éprouvais à l'égard de cet homme. Je me contentai donc de le serrer fort contre moi, puis de le regarder partir, non sans une paternelle affection.

Alors ce fut au tour du Soussi de me donner une chaleureuse accolade. Depuis des mois, il espérait chaque jour notre arrivée. Il avait annulé tous ses voyages, cette année-là, jurant qu'il ne partirait pas sans nous. Désormais, plus rien ne le retenait. Le temps d'un bain, d'un festin, d'un somme, et nous nous retrouvâmes tous au port, parfumés et vêtus de neuf. La plus belle des galées d'Abbad nous attendait, prête à cingler vers Tunis.

Un dernier mot tracé sur la dernière page, et déjà la côte africaine.

Blancs minarets de Gammarth, nobles débris de Carthage, c'est à leur ombre que me guette l'oubli, c'est vers eux que dérive ma vie après tant de naufrages. Le sac de Rome après le châtiment du Caire, le feu de Tombouctou après la chute de Grenade : est-ce le malheur qui m'appelle, ou bien est-ce moi qui appelle le malheur ?

Une fois de plus, mon fils, je suis porté par cette mer, témoin de tous mes errements et qui à présent te convoie vers ton premier exil. À Rome, tu étais « le fils de l'Africain » ; en Afrique, tu seras « le fils du *Roumi* ». Où que tu sois, certains voudront fouiller ta peau et tes prières. Garde-toi de flatter leurs instincts, mon fils, garde-toi de ployer sous la multitude ! Musulman, juif ou chrétien, ils devront te prendre comme tu es, ou te perdre. Lorsque l'esprit des hommes te paraîtra étroit, dis-toi que la terre de Dieu est vaste, et vastes Ses mains et Son cœur. N'hésite jamais à t'éloigner, au-delà de toutes les mers, au-delà de toutes les frontières, de toutes les patries, de toutes les croyances.

Quant à moi, j'ai atteint le bout de mon périple. Quarante ans d'aventures ont alourdi mon pas et mon souffle. Je n'ai plus d'autre désir que de vivre, au milieu des miens, de longues journées paisibles. Et d'être, de tous ceux que j'aime, le premier à partir. Vers ce Lieu ultime où nul n'est étranger à la face du Créateur.

Table

Composition réalisée par INFOPRINT

IMPRIMÉ EN FRANCE PAR BRODARD ET TAUPIN
Usine de La Flèche (Sarthe).
LIBRAIRIE GÉNÉRALE FRANÇAISE - 43, quai de Grenelle - 75015 Paris.

ISBN : 2 - 253 - 04193 - 9 ◈ 30/6359/1